Né à Boston en 1963, William Landay est un avocat et un écrivain américain, auteur de romans policiers.

Diplômé de l'Université Yale, il étudie le droit au Boston College. Puis, il travaille pendant sept années comme assistant du District Attorney dans le comté de Middlesex, au Massachusetts, avant de se tourner vers l'écriture.

En 2003, il publie un premier roman intitulé *Boston Requiem*. Succès critique et commercial, ce roman obtient le CWA New Blood Dagger du meilleur premier roman en 2003.

Landay revient en 2007 avec le roman *The Strangler*, inédit en français, puis en 2012 avec le thriller psychologique *Défendre Jacob* qui a reçu le Strand Critics Award for Best Novel 2012.

En 2020, *Défendre Jacob* est adapté en mini-série TV diffusée sur Apple TV+. La série met en vedette Chris Evans et Michelle Dockery.

Marié en 2000 et père de deux garçons, l'auteur vit avec sa famille à Boston.

Qui a tué Jane Larkin ?

WILLIAM LANDAY

Qui a tué Jane Larkin ?

Traduit de l'anglais (États-Unis)
par Marie Tillol

J'AI LU

TITRE ORIGINAL
All that is mine I carry with me

ÉDITEUR ORIGINAL
Bantam Books, une branche de Penguin Random House, États-Unis

LIVRE I

Après avoir fini d'écrire mon précédent roman, j'ai sombré dans un long silence. Le syndrome de la page blanche… on pourrait appeler ça un blocage – sauf que la plupart des auteurs n'utilisent pas ce terme, qu'ils ne comprennent parfois même pas. Quand un écrivain se tait, rien ne bloque, rien n'est bloqué. Simplement, il est à sec. J'ignore pourquoi ce silence m'est tombé dessus. Maintenant que c'est terminé, je n'aime pas à y repenser. Je sais juste que, pendant des mois, qui sont devenus une année puis deux, j'ai été incapable d'écrire. Il m'était impossible de lutter, plus je me débattais, plus le nœud se resserrait, je ne pouvais pas écrire, puis c'est le sommeil qui m'a fait défaut, après quoi c'est ma propre présence qui m'est devenue insupportable et j'ai commencé à avoir des idées noires. Je ne m'appesantis pas là-dessus. Dans mon métier, on dit que les problèmes d'écrivains n'intéressent que les autres écrivains. Si je mentionne ici cette plage de silence, c'est uniquement parce que c'est la raison pour laquelle j'ai écrit ce livre, puisque c'est durant cette période où j'étais à l'affût de toute potentielle idée de roman, que j'ai reçu un mail d'un vieil ami nommé Jeff Larkin.

J'ai connu Jeff quand on avait 12 ans. On s'est rencontrés en septembre 1975, à l'entrée au collège, dans un établissement pour garçons privé très prestigieux et (à mes yeux) terrifiant, et on est devenus copains presque sur-le-champ.

Soyons francs, je suis un peu gêné à l'idée de commencer ce livre de cette manière – en y mêlant souvenirs d'enfance et vieux amis. Je n'éprouve pas de nostalgie de cette période de ma vie. Je ne suis même pas certain qu'on puisse en faire un récit sincère. Je me méfie de mes souvenirs, on se raconte tellement d'histoires au sujet de son passé ; moi comme les autres. Pire – bien pire – je ne crois pas qu'un écrivain ait vocation à s'insinuer comme ça dans ses récits. Ça dessert le texte plus qu'autre chose. La place de l'auteur est en coulisses. Cela dit, ai-je vraiment le choix ? Si je dois raconter cette histoire, je ne peux pas faire l'économie d'une touche autobiographique.

Alors voilà :

Pendant ma dernière année de primaire, mon professeur s'est soudain mis en tête de convoquer mes parents pour leur dire que je m'ennuyais en cours, ce qui était sans doute vrai. Avaient-ils songé à m'envoyer dans le privé ? Un établissement rigoureux, un lieu strict où je cesserais (ici, je paraphrase) d'être dans la lune et de faire le malin. Chez moi, on ne s'était jamais posé la question. Mes parents avaient tous deux été scolarisés dans le public et ils s'imaginaient que le privé, c'était pour les Américains pur sucre. Cela dit, ils avaient compris l'essentiel du message : j'avais besoin d'un bon coup de pied au cul.

C'est ainsi qu'à la rentrée suivante, je me retrouvai dans une école qui n'avait pas dû beaucoup évoluer ces vingt ou même cinquante dernières années. Aucune fille. Cravate de rigueur. On n'enseignait pas l'espagnol ; en revanche, latin obligatoire. Le gymnase était une « palestre », la cafétéria un « réfectoire ».

Des portraits de vieux « maîtres » à moustache ornaient les couloirs. On trouvait même un buste du roi Charles Ier qui nous surplombait de son nez pointu et de son combo moustache-barbichette – à lui seul, il eût suffi à me guérir de ma rêverie et de mon insolence. Mes parents eux-mêmes furent impressionnés, intimidés par le lieu. Ma mère me mit en garde : « Tu verras qu'ils vont te faire des grands sourires, tous ces snobs, mais je te promets que par-derrière, ils nous traitent de sales juifs. »

Jeff Larkin, lui, avait débarqué là sans se poser toutes ces questions. C'était un prince. Son grand frère Alex, en dernière année, excellait dans trois disciplines sportives et jouissait du statut de héros qu'on accordait aux athlètes au lycée. Le père de Jeff aussi était célèbre : c'était un avocat pénaliste, du genre qu'on voyait dans les journaux ou au JT flanqué d'un gangster, à déblatérer sur l'incompétence de la police tout en proclamant l'innocence d'un client accusé à tort. Son boulot avait une aura glamour un peu inquiétante – du moins jusqu'à la catastrophe, quand sa proximité avec de violents criminels cessa d'être pour nous un objet d'admiration. Mais ça, ce serait plus tard.

Aussi hostile que fût l'école, du moins avais-je un nouvel ami. Jeff et moi, ça a tout de suite collé. Nous étions inséparables. C'était l'une de ces amitiés d'enfance si naturelles, si faciles, qu'on semblait la découvrir plutôt que la construire. Je n'ai aucune relation adulte semblable à celle qui m'unissait à Jeff. Et je suis sûr que ça ne m'arrivera plus jamais. Une fois enfilée l'armure de l'âge adulte, on perd toute capacité à former ce type de lien naïf et inconditionnel.

Mais quarante années plus tard, en 2015, quand j'ai reçu le mail de Jeff, nous avions perdu contact depuis bien longtemps. Pour me joindre, il était passé par l'adresse de contact trouvée sur mon site d'auteur, comme le premier quidam venu.

Son message était laconique :

« *Salut, j'ai adoré ton bouquin. M. K*** serait tellement fier.*

(M. K*** était un prof d'anglais que nous adorions.)

Partant pour une bière un de ces jours ? »

« *Une, deux, trois ou plus, tout me va*, écrivis-je en retour. *Dis-moi où.* »

*

*   *

Il opta pour Doyle's, un vieux pub de Jamaica Plain, aujourd'hui fermé. Un choix nostalgique. À 20 ans, Jeff et moi y traînions tous les soirs, à refaire le monde. Le lieu avait changé au fil des ans. Il était plus spacieux et plus lumineux désormais, plus proche du restaurant familial que du vieux pub cradingue et patiné dont j'avais le souvenir. Mais le long comptoir était toujours là, inchangé, ainsi que le miroir victorien tarabiscoté derrière le barman.

À mon arrivée, Jeff m'attendait au bar. Il avait les cheveux gris et je ne m'attendais pas à lui voir des traits si ronds et si ridés. Il m'aperçut, se leva avec un large sourire, et instantanément je retrouvai mon vieux copain.

— Mais voici le célèbre écrivain Philip Solomon, me charria-t-il. Quel honneur.

Et nous nous donnâmes le genre d'accolade gauche et ambiguë typiquement masculine.

Les heures suivantes, nous bûmes et plaisantâmes comme avant. La conversation reprit comme si nous nous étions quittés la veille, en dépit de cet étrange bond de vingt-cinq ans ; je suis quelqu'un de réservé, et je l'étais plus encore durant cette période difficile, mais ce soir-là, je braillai mon comptant d'âneries et ris comme je ne l'avais pas fait depuis un bail.

Il était tard, autour de minuit, quand Jeff finit par évoquer l'affaire de sa mère et les quarante années de malheur qui avaient suivi. Nous avions quitté le comptoir pour une banquette. Il s'exprimait à voix basse, sur le ton de la confidence.

— T'es au courant, pour mon père ?

— Non.

— Il a Alzheimer.

— Aïe. Je suis désolé.

— Pratique, pas vrai ?

— Ce n'est pas sous cet angle qu'on l'envisage, d'ordinaire.

— Comme ça, il peut oublier. Ou du moins, faire semblant.

— Tu crois qu'il simule ?

— Je ne sais pas. Je ne l'ai pas vu. C'est Miranda qui me donne de ses nouvelles.

Miranda est la benjamine de Jeff, d'une année et demie.

— Elle lui parle ?

— Elle s'occupe de lui.

Je restai interloqué.

— Elle veut que j'aille le voir. Avant qu'il soit trop tard.

— Alors, vas-y. Qu'est-ce que ça change ?

— Je refuse de lui donner cette satisfaction.

— Il a Alzheimer. Il ne s'en souviendra même pas.

— C'est ce que dit Mimi. D'après elle, ça a trop duré.

Et, goguenard, il ajouta :

— Il faut que je « brise le cercle de la haine ».

— Le cercle de la haine, ça existe, ça ?

— Commence pas… tu la connais. (Secouant la tête :) Miranda, quoi.

— Ça ferait un nom de groupe génial. Cercle de haine.

— Selon elle, cette haine, c'est surtout moi qu'elle détruit.

— Elle n'a peut-être pas tort.

— Peut-être pas, ouais. Mais c'est pas une raison pour que j'arrête.

— Je te reconnais bien là. Continue à tourner en rond dans ta haine. Super décision.

— Tu devrais l'appeler, Phil. Ça lui ferait plaisir de t'entendre.

— Miranda ? Non, je crois pas. Enfin, je sais pas.

— T'en fais pas, je ne dirai rien à ta femme.

— Trop aimable, mon cher, merci.

J'eus droit à un grand sourire alcoolisé.

— Ça te donnera peut-être de la matière pour écrire.

*

* *

Un peu de contexte :

La mère de Jeff, Jane Larkin, a disparu le 12 novembre 1975. Nous n'étions au collège que depuis quelques semaines, mais j'avais croisé Mme Larkin à plusieurs reprises. Avec le recul, elle ne m'a pas beaucoup marqué. Je n'ai guère de souvenir marquant ou d'anecdotes personnelles révélatrices à partager avec vous à son sujet. Pour le gosse de 12 ans que j'étais, c'était sans doute une mère comme les autres. Rien ne laissait présager qu'elle allait devenir une sorte de célébrité, la-femme-qui-s'est-volatilisée.

Mais après sa disparition, de fait, c'est ce qu'elle devint. À l'automne 1975, croyez-moi, si on vivait à Boston, on savait qui était Jane Larkin. La presse locale fit ses choux gras de cette affaire, surtout dans les premières semaines. C'est ce déluge perpétuel d'infos, plus que Mme Larkin elle-même, dont je me souviens le mieux.

Une photographie en particulier m'est restée en mémoire. C'était un encadré à la rubrique faits divers, l'image avait dû leur être fournie par son mari au tout début, au moment de la disparition. C'était un portrait formel : le buste de trois quarts, épaule gauche devant, elle regardait droit dans l'objectif, comme si elle venait d'entendre quelqu'un entrer et s'était retournée. Les coins de sa bouche étaient relevés, les lèvres légèrement entrouvertes, une expression qui n'était pas tout à fait un sourire. Je relève aujourd'hui, quarante ans plus tard, ce que cette pose avait de sexy. C'est pour ça qu'elle avait tant plu à la presse : ce petit sourire aguicheur. Jane Larkin n'avait que 39 ans lorsqu'elle a disparu, et son sex-appeal était un angle essentiel dans le traitement de l'affaire. Un argument massue qui servit à assommer son mari quand il commença à être suspecté. Comment un homme avec une épouse si séduisante osait-il en demander plus ? Comment osait-il se dire insatisfait ? Pour qui se prenait-il ?

*
* *

Quelques jours après mon dîner avec Jeff, je suis allé voir sa sœur Miranda. Eh oui, je l'ai dit à ma femme, même si je me suis borné à dire que Miranda était une « vieille copine » – un euphémisme conjugal, *a minima*.

La vérité c'est que, quand on était mômes, j'étais désespérément amoureux de Miranda Larkin. Elle était d'une beauté absurde. Et bizarrement, la catastrophe ne fit qu'ajouter à son charme, lui conférant un aspect irrésistiblement abîmé, torturé. Elle était deux classes au-dessous de nous, mais elle avait des années d'avance, une de ces gamines étonnamment matures – une adulte coincée dans un corps d'adolescente. Une intello, un peu comédienne, d'une culture incompréhensible ; je me rappelle qu'un jour, apprenant que je lisais beaucoup, elle m'avait demandé : « Tu as lu les Russes ? » Je devais avoir 14 balais. Je ne savais pas trop de quels Russes il s'agissait, il me semblait qu'il y en avait des tas. J'étais plutôt porté vers Alistair MacLean, Irwin Shaw, Robert Ludlum, Leon Uris – du roman de gare. Inutile de préciser que le cerveau de Miranda m'a toujours un peu impressionné (et que j'ai toujours craint en secret son jugement sur mes romans).

Miranda était également une artiste – quel genre, ça restait à déterminer. On eût dit qu'elle pouvait tout faire. Elle jouait de la guitare. Elle écrivait – des histoires, des poèmes et même un roman alors qu'elle était encore au lycée. Elle peignait – des paysages, des natures mortes, des abstractions, rarement des gens. Elle ne s'attardait jamais longtemps sur ce qu'elle entreprenait, papillonnant d'un sujet à l'autre comme un oiseau perché dans un arbre passerait de branche en branche. Mais elle me parut toujours d'un tempérament authentiquement créatif. Pour ma part, n'étant pas spécialement artiste – je suis plutôt un bosseur, un bûcheur, un bricoleur –, j'ai toujours envié la créativité instinctive et naturelle de Miranda.

J'ai perdu contact avec elle à peu près au moment où Jeff est parti pour San Francisco, où il a passé la majeure partie de sa vingtaine ; il était le lien nécessaire entre nous. Et donc, après un blanc de plus ou moins vingt-cinq ans, j'ai dû googler « Miranda

Larkin » pour apprendre ce qu'elle était devenue. Il s'est avéré qu'elle travaillait comme photographe et peintre.

Elle occupait un atelier dans une usine réhabilitée à Waltham. De l'extérieur, ça semblait abandonné, le genre de bâtisse industrielle en brique rouge qu'on trouve partout en Nouvelle-Angleterre. L'intérieur, en revanche, était une véritable fourmilière. Un panneau dans le hall annonçait plusieurs peintres et photographes, un sculpteur, un atelier de travail du métal.

Le local de Miranda se résumait à une pièce avec une belle hauteur sous plafond au dernier étage, lumineuse grâce à d'immenses baies vitrées laissant entrer le soleil à flots. Pour autant, n'allez pas imaginer quoi que ce soit de romantique ou de pittoresque. Les lieux avaient davantage l'allure d'un grenier de collectionneur. Peu de mobilier : un bureau en chêne abîmé où trônait un énorme ordinateur, une vaste table de travail, un tabouret. Partout des piles de papiers, surtout des magazines et des catalogues, quelques livres.

Enfin, debout au milieu de tout ce bazar, Miranda. Vêtue d'un jean et d'un sweat-shirt trop grand pour elle, portant une queue-de-cheval brouillonne sur le haut du crâne.

— Dis donc, Phil, fit-elle, tu n'as pas changé d'un pouce.

— Toi non plus.

Ce qui n'était pas vrai. Elle était toujours jolie, mais dégageait désormais une certaine austérité. Elle avait beaucoup minci – trop, songeai-je, comparé à la fille dont je me souvenais. Ni maquillage ni bijoux. Toute cette sévérité protestante ne faisait pas oublier sa beauté indéniable – pommettes hautes, yeux clairs, dents blanches – mais elle semblait affadie, réduite, diluée. Enfant, elle était radieuse. Plus maintenant.

Ça n'aurait pas dû me surprendre, évidemment ; elle avait simplement vieilli et le fait de s'occuper de son père devait l'épuiser. C'est juste que, depuis notre dernière rencontre (il y a une éternité), Miranda Larkin n'avait pas pris une ride dans mon esprit. À mes yeux, elle avait toujours 16 ans (même si elle était plus âgée la dernière fois que je l'avais vue). L'espace d'un instant, un seul, je regrettai même de l'avoir retrouvée et de gâcher ce souvenir précieux si vivace.

Elle s'approcha et m'étreignit chaleureusement, comme son frère avant elle.

— Si tu savais comme je suis contente de te voir. Tu m'as manqué.

J'acquiesçai. Comme de nombreux écrivains, je crois, je suis plus retenu dans la vie que dans mes textes. J'aurais été bien incapable de lancer, comme tout un chacun l'aurait fait : « Toi aussi, tu m'as manqué. »

Au lieu de quoi, ramenant la conversation sur des sujets plus futiles et confortables, je répondis :

— J'adore tes photos, ça ne te gêne pas si je jette un œil ?

Je passai en revue les œuvres disposées çà et là. Une bonne dizaine de photographies – des scènes en noir et blanc, pour l'essentiel – mais les plus intéressantes étaient des toiles sans cadre, adossées au mur. Celles-là me plaisaient énormément.

— Miranda, c'est vraiment… *waouh*.

C'étaient des compositions mêlant photographies et peintures de Miranda avec des coupures de presse — publicités tirées de magazines, photos d'actualité, gros titres. Je ne veux pas faire un éloge démesuré de son travail ; ce type de collage à la Rauschenberg est courant de nos jours, et bien sûr il est difficile de porter un regard objectif sur le travail de ses amis. Mais, à mes yeux, ç'avait une touche de fraîcheur pleine de vie. Les arrangements étaient conçus autour d'une ou deux de ses photos au centre, généralement en noir et blanc, et de préférence des gens debout dans la rue. Les sujets semblaient avoir été pris sur le vif, à leur insu. Leurs visages étaient dissimulés sous des traits de peinture ou d'autres ajouts : échantillons de tissu ou de papier journal, ou menus pastiches de grandes toiles de maître. Davantage que des collages décoratifs, c'étaient des portraits.

— Miranda, je suis sans voix. C'est épatant. Vraiment, vraiment beau.

— Merci.

— J'en voudrais un. À combien sont-ils ?

Haussement d'épaules.

— Plus cher qu'une voiture ?

— Quel modèle ?

— Ouch, laisse tomber.

— Disons que ça dure plus longtemps qu'une voiture, donc…

— Comment tu t'y prends pour obtenir ces images ? Ça ne les gêne pas, les gens ?

— Je ne sais pas. Je n'ai jamais demandé.

— Ils ne savent pas que tu les photographies ?

— Non.

— Comment c'est possible ? Tu te caches dans une boîte aux lettres ? Derrière un arbre ?

— Je ne me cache pas. J'ai un truc.

Elle prit sur son bureau un étrange boîtier cubique, un appareil photo assez encombrant.

— Le voilà, mon secret. C'est un Hasselblad. Tu connais le principe ?

— Non.

— Viens voir.

Elle vint près de moi et souleva le petit clapet sur le dessus.

— Ça, c'est le viseur. Tu tiens l'appareil à hauteur des hanches ou de la poitrine, comme ceci, et tu regardes par là. Tout ce que tu as à faire, c'est ne pas te mettre en face de ce que tu prends en photo. Je regarde dans le viseur, mais l'appareil est orienté de profil, donc la personne que je photographie n'a pas la moindre idée de ce qui se trame.

— Et c'est tout ?

— C'est tout.

— C'est pas juste, cette manière de prendre les gens au piège.

— Qui a dit que la vie était juste ? Viens, je peux faire ton portrait ? Au nom du bon vieux temps ?

— Jamais de la vie. Après tu vas me mettre dans une de tes toiles et je finirai au mur d'un cabinet de dentiste.

— Ça n'arrivera pas, promis.

— Nan, laisse tomber. Et je me laisserai pas avoir par ton petit truc de photographe non plus.

— Entendu.

Elle referma le clapet du viseur de son Hasselblad, qu'elle reposa sur le bureau.

— Viens t'asseoir. Tu veux boire quelque chose ? Un café ?

— Non, merci.

— Tant mieux parce que j'en avais pas.

Elle tapota le tabouret, me fit signe d'approcher.

Sur son biceps droit, j'aperçus son vieux tatouage, que j'avais oublié. En petits caractères, un peu flous désormais, on lisait : *Omnia mea mecum porto*, version latine de « Tout ce qui est mien, je le porte en moi ». Elle se l'était fait faire quand nous avions quitté le lycée, au début des années 1980, à un moment où elle était un peu paumée. C'était avant cet engouement massif pour les tatouages, et à l'époque j'avais détesté, non que je fusse en désaccord avec le message (au contraire), mais parce que je détestais voir défigurer un si joli bras. Ça revenait à gribouiller au feutre sur le *David* de Michel-Ange. Aujourd'hui, j'étais frappé par les dimensions modestes de ce tatouage, placé de sorte que seule Miranda puisse le lire sans peine : sous le biceps, une unique ligne courant du milieu de son bras jusqu'à l'épaule. Un peu comme une brève note manuscrite adressée à elle-même.

Elle s'assit sur son bureau, face à moi.

— J'étais désolé quand j'ai appris pour ton père.

— Sincèrement désolé ?

— Non, enfin... Désolé pour toi. Jeff m'a dit que tu t'occupais de lui.

— C'est le cas. Et c'est compliqué.

— J'imagine.

— Tu écris toujours, Phil ? À quand le prochain bouquin ?

— C'est compliqué.

— Pourquoi ? Raconte.

— Écrire sur quoi ? J'ai rien à dire.

— Mais tu peux écrire sur le monde entier.

— Mouais. Le monde est un tel foutoir en ce moment. Le concept même de roman – ça semble trivial de raconter des petites histoires alors que tout fout le camp.

— Tout a toujours foutu le camp. L'art n'en est pas moins nécessaire.

— Je sais. C'est juste que... je voudrais écrire sur un truc bien réel, un truc compliqué.

— Bah fais-le. Écris un truc réel. Un truc compliqué.

Elle m'adressa un petit sourire malicieux.

— Je peux peut-être t'aider.

*
* *

C'est Miranda qui s'était aperçue en premier de l'absence de sa mère, le mercredi.

12 novembre 1975. C'est une enfant qui n'a pas tout à fait 11 ans. Pas encore marquée par la vie. Une blondinette aux cheveux bouclés, le genre de gamine au visage lumineux qui plaît tant aux adultes. Ce jour-là, elle rentrait de l'école avec, dans les bras, un classeur joufflu à trois anneaux, un gros livre de maths et une édition de poche du roman *Un jour un enfant noir*. Elle portait sa jupette bleu sarcelle préférée et le col roulé ivoire à côtes qui allait avec, son « uniforme scolaire ».

Devant la porte qui donnait sur l'arrière de la maison, serrant les livres contre son buste, elle pivota pour appuyer sur la sonnette. Pas de réponse. Il y avait toujours quelqu'un à la maison pour accueillir Miranda – sa mère le plus souvent –, mais ce jour-là, la maison était dans le noir.

Posant ses livres en pile impeccable sur le perron, elle essaya la poignée. Fermée.

Elle alla chercher le double des clés dissimulé dans le garage, sous un pot de fleurs vide, déverrouilla la porte et remit aussitôt le trousseau dans sa cachette, comme on le lui avait appris.

Une fois à l'intérieur, elle lança : « Je suis là ! » Aucune réponse ne lui parvint. Au pied de l'escalier, elle cria en direction de l'étage : « Je suiiis lààà ! » Toujours rien.

Elle parcourut le rez-de-chaussée puis monta, passant en revue les pièces les unes après les autres. « Maman ! Maman ! » appela-t-elle pendant un moment, mais les lieux étaient déserts. Seul le chat, une bête maigrichonne et nerveuse aux griffes assassines répondant au nom de Carl, se glissa dans le couloir pour la dévisager et se frotter à ses chevilles.

Elle ne songea pas à avoir peur. L'agenda de sa mère était dans l'entrée. Elle avait dû sortir un court instant. Loin de paniquer, elle ressentit un agréable petit frisson d'indépendance à l'idée d'avoir la maison pour elle. Elle n'avait pas souvenir d'avoir jamais été laissée ainsi complètement seule.

Miranda prit trois biscuits Oreo dans la cuisine, alluma la petite télévision en noir et blanc du salon et s'installa devant le « Mike Douglas show ». Les invités du jour étaient les Jackson Five (elle se rappellerait toujours ce détail) et elle fut ravie que personne (Alex ou Jeff) ne soit là pour changer de chaîne et mettre « Les Trois Stooges » ou un dessin animé à la noix. À 16 heures, quand le « Mike Douglas Show » prit fin, elle éteignit le poste et erra dans la maison. Dans le silence, on remarquait mieux le décor. Vide, ce n'était pas chez elle ; c'était juste un lieu que sa famille, pour l'heure, se trouvait occuper. Il s'agissait d'une construction vieille de quatre-vingts ans, basique, très cubique, avec quatre murs tout droits sans la moindre fioriture, contrairement à la plupart des demeures victoriennes tarte-à-la-crème du voisinage. Toutes les surfaces avaient subi les outrages du temps et des occupants – le bois avait foncé, les gonds et les poignées de porte en laiton avaient terni, le crépi s'écaillait. L'âge même de la maison supposait une idée troublante : d'autres familles avaient vécu en ces lieux. Ce parquet noueux et piqueté avait grincé sous les pas d'autres enfants. Et d'autres familles encore s'y installeraient quand les Larkin n'y seraient plus.

La maison déserte exhalait des petits bruits. Hoquet des radiateurs s'emplissant de vapeur, craquement des tuyaux qui se dilataient puis se contractaient dans les murs, bruit sourd de la chaudière redémarrant par intermittence au sous-sol.

Elle entra dans la chambre parentale, d'ordinaire chasse gardée. Sur le chevet de son père, trois uniques objets : un réveil digital Sony, avec des cartes perforées tournant pour afficher l'heure, un exemplaire de *Newsweek* et un roman de la série *Horatio Hornblower* montrant un voilier sur la couverture. Miranda ouvrit le tiroir, observa son contenu impeccablement rangé : un petit paquet de mouchoirs, un tube de crème, quelques magazines retournés. Elle prit celui du dessus. C'était *Penthouse*. Sur la couverture brillante s'affichait une femme au grain doux, nue, dos à l'objectif. La mannequin regardait par-dessus son épaule avec une expression absente. Miranda l'examina un instant, regrettant sa découverte, puis la replaça minutieusement dans le tiroir qu'elle repoussa.

Dans une grande armoire renfermant les vêtements de son père, des piles de chemises encore dans leur housse plastique du pressing. Elle ouvrit son placard : des costumes sur des cintres en bois assortis, une série de bleus, une de gris, rien ne dépassait. Ses souliers à bout pointu s'alignaient au sol, avec des embauchoirs en cèdre dans chacun, des noirs, des marron, des sang de bœuf.

Dans le vestiaire de sa mère se trouvait une photo vieille de dix-huit ans. Son père, les cheveux courts, sa mère en chemise de nuit blanche, les cheveux relevés sur le sommet du crâne comme un haut-de-forme, souriant tous les deux. Miranda ouvrit le coffre à bijoux de sa mère et y jeta un œil. Sur un plateau argenté, quelques piécettes, du mascara, un rouge à lèvres, un petit tube de blush et un pinceau de maquillage d'une douceur irrésistible. Une brosse à cheveux Mason Pearson avec, coincés dans les soies, quelques cheveux entortillés. Un paquet entamé de Lark (rouge, avec le papier argent) et un cendrier en céramique rempli de mégots de cigarette tachés de rouge. Miranda fit glisser le pinceau sur ses joues, son nez et son front, une caresse à la sensualité délicieuse.

16 h 30, la lumière déclinait, la maison se fit plus glauque et Miranda fut subitement gagnée par l'angoisse.

Elle songea à appeler son père au travail. Le numéro était dans le répertoire, à la cuisine. Mais Miranda n'avait encore jamais appelé au bureau et elle était trop timide pour se lancer aujourd'hui. Qui allait répondre ? Comment s'y prendrait-elle pour demander son père, comment fallait-il l'appeler ? « Monsieur Larkin » ? « Dan » ? De toute manière, il était occupé et Miranda comprenait, sans qu'on le lui ait jamais dit, qu'il ne fallait pas le déranger durant la journée. La mère et les trois enfants considéraient le travail de Dan Larkin avec déférence. Le Droit – ainsi que l'appelait sa mère – était une affaire exigeante, complexe et noble. Personne dans la famille n'en parlait avec cynisme, à l'exception de Dan lui-même.

Il n'y avait pas davantage de voisin ou d'ami de confiance que Miranda pouvait appeler. Ses parents avaient peu d'amis et aucun de ces adultes ne pénétrait dans le cercle familial.

Restait Grandma Lil, mais elle allait à coup sûr surréagir et débouler dans tous ses états, alors qu'à dire vrai Miranda ne savait même pas si problème il y avait.

Ou Grandma Mildred, sinon, mais c'était une option beaucoup trop angoissante.

Elle patienta donc. Qu'aurait-elle pu faire d'autre ? Dans la pénombre croissante, Miranda alluma une unique lampe, dans le petit salon du rez-de-chaussée, et dans ce halo rassurant elle lut *Un jour un enfant noir*, bien résolue à ne pas lever le nez du livre tant que sa mère ne serait pas rentrée. C'était une bonne lectrice, mais ce jour-là elle eut du mal. Une idée revenait sans cesse, à l'arrière-plan de son esprit – comme parfois une pensée parasite vous détourne de votre lecture – l'idée que sa mère puisse ne jamais rentrer à la maison.

*
* *

Quatre décennies plus tard, quand Miranda me raconta cette histoire dans son atelier encombré, elle marqua une pause à cette étape :

— C'est bizarre, hein ? Pourquoi j'aurais pensé que ma mère était partie pour toujours ? C'était comme si je savais déjà.

— Va savoir. Peut-être que c'est normal d'imaginer le pire, pour un gosse.

Miranda en convint et reprit son récit : Jeff, revenant du collège avec, à la main, son maillot de football américain bordeaux avec des renforts aux épaules qui donnaient l'impression que c'était un buste. Puis Alex, penché sur les deux plus jeunes pour les rassurer, ce n'était probablement rien. Dan, de retour du boulot, qui découvrait sa femme envolée, les mômes seuls, pas de dîner sur le feu. Les coups de fil de plus en plus anxieux aux amis et, plus tard, à la police, qui refusa de s'en occuper le soir même sous prétexte que Jane ne serait considérée comme « disparue » qu'après un délai de quarante-huit heures. Miranda, au lit, plongée dans une panique sourde, écoutant la voix de son père qui téléphonait en bas, effrayée par son ton bien qu'elle ne parvînt pas à distinguer les mots, n'attendant qu'une chose : que sa mère vienne s'allonger auprès d'elle.

Elle me confia :

— Je me disais que c'était ma faute. Que j'avais fait un truc qui l'avait fait fuir. C'est pour ça que je savais qu'elle reviendrait pas.

— Qu'est-ce que tu aurais bien pu faire ?

— Je ne sais pas. Ça n'a aucun sens. Mais ça m'arrive encore de le penser.

*

* *

Le lendemain matin, Miranda se réveilla de bonne heure. La maison était baignée d'une lumière douce, cotonneuse. On était jeudi, jour d'école, mais tout allait de travers. Ça ne ressemblait pas à un jeudi. Ça ne ressemblait à aucun jour connu. Un jour qui aurait pris son indépendance du calendrier.

Des voix lui parvenaient depuis la cuisine, toutes masculines.

Miranda sentit tout de suite que sa mère n'était pas rentrée. Si ç'avait été le cas, elle serait montée la voir immédiatement, elle serait là au pied de son lit. Miranda en aurait mis sa main à couper.

Elle avait envie de faire pipi, mais pas le temps. Pieds nus, dans sa chemise de nuit en percale à rayures roses, elle descendit l'escalier.

Trois personnes discutaient sur le seuil de la cuisine : Papa, portant la même chemise blanche que la veille au soir, mais pleine de plis et pas rentrée dans la ceinture, Alex, et un troisième homme qu'elle n'avait jamais vu auparavant.

Ce dernier aurait pu être très beau – les traits carrés et une manière de vous regarder sans détour assez séduisante – mais son visage était gâché par une énorme tache de vin à la droite de son front. Miranda n'avait jamais vu un visage marqué de la sorte et l'apparence du type, combinée à l'atmosphère anormale qui régnait dans la maison, lui arracha un hoquet de surprise.

Son père fit un pas vers elle :

— Maman n'est pas encore rentrée. On ne sait rien. On continue d'attendre.

— Mais elle est où ?

— Je regrette, ma puce, on ne sait pas, c'est tout. Je ne peux rien te dire de plus.

Miranda digéra la nouvelle et, frissonnante, resta plantée là.

— Je te présente l'inspecteur Glover. Il est de la police. Et il va nous aider.

L'homme lui adressa un sourire mitigé.

Comme son père ne s'approchait pas davantage, ne venait pas la prendre dans ses bras comme elle le désirait si fort, elle tourna les talons et remonta l'escalier d'un pas absent.

Dans la chambre de ses parents, le grand lit était froissé, mais les draps étaient encore bordés. Papa avait dû dormir sur les couvertures. Miranda défit le drap du côté de sa mère et se glissa dessous. Elle se pelotonna dans le vague creux que le corps de sa mère avait imprimé au matelas, posa sa tête sur son oreiller plat, s'imprégnant des traces de la présence de sa mère sur les draps, de son odeur. Elle ne pleura pas ; il n'était pas encore clair qu'une tragédie s'était produite. Elle resta simplement étendue là, au lit, savourant les dernières traces fantomatiques de sa mère.

Au bout d'un moment, Jeff vint voir ce qu'elle faisait. Il était déjà habillé, en jean et tee-shirt. Jeff avait 12 ans et demi, et depuis peu il avait changé, son corps s'était allongé. Miranda songea qu'il paraissait soudain beaucoup plus âgé qu'elle. Les dix-huit mois de différence entre eux semblaient s'être étirés. Il devenait un adulte miniature, comme Alex, laissant Miranda seule dans le camp de l'enfance.

— Salut, Mimi.

— Faut que tu te coiffes.

— Sérieux ?

— Tu ressembles au sauvage de Bornéo.

C'était la réplique de sa mère. Les enfants n'avaient pas la moindre idée d'où se trouvait Bornéo ni de qui était ce sauvage, mais apparemment il avait les cheveux sacrément en pétard.

— Ça va, Mimi ?

— Non.

Il s'assit par terre près du lit, genoux relevés, dos au mur.

— Ça va aller, tu verras.

— C'est qui, le monsieur en bas ?

— C'est un flic.

— Nan, mais, je veux dire, qu'est-ce qu'il fait ici ?

— Papa a demandé à la police de venir.

— Pourquoi ?

— Ben parce qu'il est inquiet pour maman.

— Tu devrais pas dire flic, je crois pas que ça leur plairait.

— Ils s'en fichent pas mal. Je crois qu'ils s'appellent comme ça entre eux, tu sais.

— Il a quoi, sur la figure ?

— C'est juste une marque de naissance. Il y peut rien.

— Ça lui donne l'air bizarre.

— Toi aussi t'as l'air bizarre.

Elle sourit.

— Elle est où, maman ?

— Ils en savent rien.

— Et toi, tu crois qu'elle est où ?

— Comment je saurais ?

— Ils doivent penser qu'il lui est arrivé quelque chose. C'est pour ça qu'ils ont fait venir un flic.

— Non, Mimi. Faut pas réfléchir comme ça. Tu vas te rendre triste. Faut qu'on reste zen.

— Qu'on reste zen.

— Ouais, c'est ça. Zen.

— Et si elle avait eu un accident de voiture et qu'elle était quelque part en train d'attendre qu'on vienne la chercher ?

— C'est pas le cas. Ils ont tout vérifié, hôpitaux et commissariats. Il n'y a eu aucun accident.

— Elle est peut-être blessée ?

— Peut-être. Il faut qu'on attende, Mimi, c'est tout.

— Elle est peut-être morte.

Un large sourire échappa à Miranda, qui se couvrit la bouche de la main, surprise de l'étrangeté de sa réaction, avant d'enfouir son visage dans l'oreiller.

Mais Jeff rit à son tour.

— Elle n'est pas morte, t'es bête ou quoi ? Pourquoi elle serait morte ?

Ils patientèrent un moment, guettant un signe montrant que les adultes dans la cuisine, papa et ce flic à la drôle d'allure, auraient entendu leur rire déplacé.

— Si ça se trouve, elle est simplement partie.

— Partie où ?

— Je sais pas.

— Pourquoi elle partirait, Mimi ?

— Je sais pas. Peut-être qu'elle était triste.

— Triste ?

Son ton s'était raffermi.

— Elle était pas triste, maman.

— Si ça se trouve elle avait un amoureux et ils se sont enfuis.

— Un amoureux ! Ça va pas ou quoi !

— Ben ouais. Sauf que, si elle avait un amoureux et qu'elle partait avec lui, elle nous emmènerait, pas vrai ?

— Non, Miranda, quand on a un amoureux, on n'a pas envie d'avoir ses enfants dans les pattes. On va à l'hôtel ou dans des endroits comme ça.

Il parlait de sexe, Miranda le comprenait, et elle aurait été incapable de le regarder dans les yeux. Elle savait ce que c'était, dans les grandes lignes, mais elle n'aimait pas en parler, encore moins avec son frère, et elle aimait encore moins imaginer sa mère en train de le faire.

— Ils vont divorcer alors ?

— Je crois pas.

— Comment tu sais ?

— Parce qu'ils s'engueulent jamais.

— Oh.

Un temps.

— Et si elle revient pas ?

— Elle va revenir.

— D'accord, mais si elle revient pas ?

— Pourquoi elle reviendrait pas ?

— Peut-être qu'elle a pas envie.

— Bien sûr qu'elle a envie !

— T'en sais rien. Elle a peut-être plus envie d'être avec papa.

— Elle reviendrait quand même pour être avec nous.

— Pas sûr. Si elle voulait rester avec nous, elle se serait pas enfuie.

— Si elle voulait plus revenir ? Je sais pas. J'imagine qu'ils divorceraient. C'est pas grave, hein. Y a plein de gens qui divorcent.

— Et nous, il nous arriverait quoi ?

— J'imagine qu'on irait vivre avec maman.

— Pourquoi pas avec papa ?

— C'est pas comme ça que ça marche.

— Et on habiterait où ?

— Qu'est-ce que j'en sais ! Il ne va rien se passer du tout, Mimi. Elle va revenir, ils ne vont pas divorcer, tout va bien. Il faut juste attendre. Rester zen. Z-E-N.

— Et si elle veut plus être notre maman ?

Jeff émit un grognement. Miranda cacha de nouveau son visage dans l'oreiller, le temps de réfléchir.

— On doit quand même aller à l'école ?

— Moi j'y vais. Toi, je sais pas.

— Je suis obligée ?

— Oui. T'es pas malade.

— Papa me laissera peut-être rester à la maison.

— Ça risque pas. Tu dois y aller. T'es pas malade.

— Si j'y vais, qu'est-ce que je dis aux gens pour maman ?

— Rien. C'est pas leurs oignons. Ils ont qu'à se mêler de ce qui les regarde.

— Ils ont qu'à s'occuper de leurs fesses.

— Exactement. Je crois qu'on ferait mieux de rien dire à personne. Ils s'occupent de leurs fesses et basta. D'accord ?

— D'accord.

— Vraiment, Miranda. Faut que tu me promettes, OK ? C'est gênant.

— OK, j'ai dit que je promettais.

Jeff la regarda d'un air méfiant, puis décida de lui faire confiance.

— Bien, on est d'accord. Moi aussi je promets.

Et, de fait, Jeff alla au collège ce jour-là, et aussi le lendemain, vendredi. Il se conduisit normalement à tout point de vue. Il participa même à son match de football du vendredi après-midi, après les cours. Ces deux jours-là, je croisai Jeff au bahut et je n'eus pas la moindre idée que sa mère avait disparu avant le samedi matin, quand ma mère repéra l'info dans le *Herald American*. J'étais descendu prendre mon petit déjeuner lorsqu'elle me tendit le journal, ouvert à la page de l'article :

— Ce n'est pas la mère de ton copain ?

*

* *

Quelques jours après notre conversation dans le studio de Miranda, j'appelai Tom Glover, qui avait dirigé l'enquête en 1975 – l'homme à la tache de vin au-dessus de l'œil droit. J'avais du mal à me dépatouiller de mon projet de livre. Je craignais que l'histoire ne soit pas assez dense pour maintenir mon intérêt (et le vôtre) jusqu'au bout, mais ça valait assurément le coup de creuser un peu.

Je ne connaissais pas l'inspecteur Glover. Avant de devenir romancier, j'avais travaillé quelques années comme procureur adjoint dans le comté de Middlesex, où se trouve la ville de Newton, mais je n'avais jamais suivi un de ses dossiers, pas plus que je ne l'avais rencontré. Je savais qu'il avait quitté la police depuis quelques années déjà, au rang de lieutenant. Parmi mes vieux copains, certains l'avaient connu et gardaient le souvenir d'un type intelligent, susceptible et réservé. Pas le mauvais bougre, vraiment, pour autant personne n'avait son numéro de téléphone non plus. Je m'attendais à ce qu'il soit content de discuter avec moi de l'affaire Larkin.

Ce ne fut pas le cas. Il me découragea d'emblée. « L'enquête est encore en cours », asséna-t-il. J'eus droit à une excuse hypocrite et, même s'il ne me raccrocha pas au nez, il me fit bien sentir qu'il n'avait aucune envie de prolonger l'échange. Le tout ne dura pas plus d'une minute ou deux.

Bon, je ne suis pas présomptueux au point de penser que quand je passe des coups de fil pour me documenter en vue d'un livre, tout le monde ne demande qu'à me parler, mais le fait est que généralement, c'est le cas. Les gens sont flattés de s'entendre dire que leur vie est matière à roman. Les flics, en particulier, sont toujours ravis de causer. Le fait que j'aie été procureur aide sans doute un peu, car je leur suis généralement recommandé par un autre procureur ou par un flic. Je suis dans leur équipe, ou du moins je l'avais été. Enfin, quelle que soit la raison, les flics se sont toujours montrés réceptifs à mes questions.

L'excuse que Glover me servit était également ridicule. L'affaire Jane Larkin était plus qu'enterrée. Me parler ne risquait en rien de compromettre l'enquête. En fait, il n'y avait pas d'enquête, juste un tas de vieux dossiers oubliés dans un coin aux archives.

J'appelai Miranda pour le lui raconter.

Ma frustration devait être perceptible parce qu'elle me répondit :

— Faut pas lui en vouloir. Il fait pas exprès. Laisse-moi le contacter.

— Tu crois qu'il va te parler juste parce que tu le lui demandes ?

— Il le fera, je le sais.

Et elle avait raison. Un coup de fil suffit pour que l'inspecteur Glover accepte de me rencontrer. Il fit preuve d'un enthousiasme modéré, mais m'autorisa à lui rendre visite chez lui, une maison modeste typique de la côte, à Burlington, au nord de Boston.

Nous discutâmes au salon. Il y trônait une cheminée de brique, au-dessus de laquelle était posée une vieille photographie du père de Glover en uniforme de la police de Cambridge. On aurait dit une version plus épaisse, plus grossière de l'homme qui se tenait à mes côtés, le matériau brut qu'on affinerait à la génération suivante.

Glover, pour sa part, était assez bel homme, comme me l'avait décrit Miranda, bien qu'il ait désormais 71 ans. Je voyais fort bien ce qui, du haut de ses 11 ans, avait pu l'impressionner. Il émanait de lui une certaine timidité, une réserve, il était vigilant comme un enfant très intelligent et craintif.

Quant à la tache de naissance que Miranda m'avait dépeinte à plusieurs reprises et que je m'étais préparé à ignorer, dans les faits, il me fut de prime abord impossible de ne pas me laisser distraire. Elle était posée sur son front comme une pensée et, en l'observant, j'eus la sensation désagréable de sa nudité, comme si ce que je voyais exposé là était un détail très intime qui aurait dû rester caché. Sa teinte n'était pas aussi criarde que dans la description de Miranda – elle se rappelait un rouge framboise alors que c'était une teinte plus sombre, un brun presque noisette, pas si différent du teint du reste de sa peau. Il se peut que la tache ait eu davantage d'éclat quand Miranda avait rencontré Glover en novembre 1975, alors qu'il avait 31 ans. Ou simplement était-ce son regard d'enfant qui avait suscité cette fascination irrépressible. Du fait de son emplacement sur le côté droit de son front, quand il tournait la tête cela engendrait l'image d'une sorte de Janus à deux faces. Son profil gauche était vierge de toute marque, d'une beauté frappante ; son profil droit offrait un visage sans rien de commun, dominé par la tache. Je ne m'étendrai pas davantage sur le sujet. Maintenant que je connais Tom Glover – je dirais même que c'est un ami – je comprends qu'il détesterait qu'on le définisse par ça.

Si je veux évacuer ce sujet, c'est aussi que, en tant qu'auteur, je hais cette tache de vin. L'artifice est malhabile, absurde ; croyez-moi, il m'embarrasse drôlement. Pas plus que je n'affublerais d'oreilles en chou-fleur un personnage pour suggérer qu'il a une bonne capacité d'écoute, je ne choisirais une tache de vin pour suggérer un quelconque tourment intérieur. Mais le fait est que Tom Glover avait (et a toujours) cette tache phénoménale et je suis résolu à rapporter les faits tels que je les ai observés, donc laissons-lui sa fichue tache sur le front et avançons.

*

* *

Cet après-midi-là – le jeudi 13 novembre 1975, le lendemain de la disparition de Jane Larkin – Glover était en planque dans un véhicule banalisé à quelques maisons de chez les Larkin quand Miranda, qui rentrait de l'école à pied, passa devant lui. Dans le rétroviseur extérieur, il observa la gamine approcher d'un pas traînant sur le trottoir opposé. Elle avançait lentement, tête basse, raclant ses semelles sur le bitume, balançant ses livres et la gamelle de son déjeuner.

Ce n'est pas elle que l'inspecteur Glover attendait. Il surveillait la maison, ou plutôt il surveillait Dan Larkin depuis maintenant bientôt six heures. Dès le premier instant, Larkin ne lui avait pas inspiré confiance. Le matin, il avait déployé tous les signes d'angoisse d'un mari inquiet. Il se faisait un sang d'encre pour son épouse ; il l'avait dit et redit. Il comptait rester chez lui au cas où sa femme appellerait. Il avait demandé à Glover si ça aiderait d'appeler la police d'État ou même les fédéraux, il avait des relations, Glover n'avait qu'un mot à dire. Quelque chose dans sa performance – inerte, méticuleux, calculateur, manquant de naturel – avait nourri les soupçons de Glover. Il se pouvait, bien entendu, que ce soit juste un gars un peu rigide, mais Glover ne pouvait s'empêcher d'être sceptique. Trop de théâtre.

Si ça se trouve, Larkin voulait qu'on puisse attester qu'il avait eu la réaction appropriée, et ça expliquerait qu'il ait exigé qu'on envoie quelqu'un sur-le-champ : il voulait qu'un public assiste à son désarroi. Plus tard, si l'affaire passait au tribunal, l'inspecteur Glover pourrait être appelé à témoigner de tout ce spectacle : la panique, les cent pas, les appels infructueux aux amis. Même aux yeux d'un flic, ça paraissait impitoyablement cynique, mais tout de même, Glover se méfiait. Il passa donc toute la matinée et l'après-midi à son poste d'observation, pour voir si Larkin avait réellement l'intention de demeurer chez lui à attendre un appel de sa femme, ou s'il savait pertinemment que l'appel ne viendrait pas. Voir, tout bonnement, ce que Larkin ferait ensuite. Et parce qu'au fond, il ne savait pas quoi faire d'autre qu'observer. Aucun indice ne laissait clairement penser qu'un crime avait été commis, aucune piste à suivre pour l'heure. En l'absence d'autre soupçon, tant que quarante-huit heures n'auraient pas passé, la disparition de Jane Larkin ne serait pas du ressort de la police, même en tant qu'affaire (non criminelle) de disparition.

La vérité, c'est que Glover aimait la surveillance. Du moins tant qu'il pouvait la pratiquer seul, de cette manière. Il y avait quelque chose de si paisible à attendre, sans un geste, sans un bruit, tapi comme une chouette sur sa branche. Une bonne part du boulot d'enquêteur revenait, en fin de compte, à n'être rien de plus qu'un observateur, et toute sa vie l'y avait préparé. Le fait d'avoir une conscience aiguë du regard des autres implique d'être réceptif à la présence d'autrui – de remarquer et de relever les réactions autour de soi, d'observer ceux qui vous observent.

Ce matin-là, Miranda avait été trop timide pour lui parler et Glover envisagea de la laisser filer, mais la petite le reconnut et s'arrêta. Il sortit la tête par la fenêtre, trois mètres les séparaient, pas plus. Elle avait devant les yeux son profil sans tache, mais Glover voyait bien qu'elle réfléchissait, se rappelait la marque et la projetait sur sa peau.

Il lui laissa le temps de se rassembler.

— Elle est pas rentrée, alors ?

— Non. Je suis désolé.

La fillette baissa les yeux et resta plantée là, immobile.

— On va la retrouver, ajouta-t-il.

Il n'en croyait pas un mot, ou du moins n'en était-il pas certain, mais ça lui semblait être le genre de chose à dire à un gosse.

— Tu veux qu'on en parle ?

La fillette parvint à secouer la tête, les yeux rivés sur ses orteils.

— Ça va aller ?

Pas de réponse.

— Tu veux que je te raccompagne chez toi ?

— J'ai pas le droit de monter avec des inconnus.

— Je ne suis pas un inconnu, je suis un policier.

— C'est pareil.

— C'est vrai.

Un silence.

— De toute façon, j'ai pas envie de rentrer.

— Ah bon, pourquoi ? Ton papa est là.

— C'est pas papa que je veux !

Sur ce, après presque vingt-quatre heures d'attente, c'en fut enfin trop pour Miranda. Elle fit de son mieux pour contenir ses émotions, reniflant de son mieux. Puis elle rendit les armes. Ses livres lui échappèrent, s'éparpillèrent à ses pieds et soudain, la petite était en larmes, pleurant de manière si extravagante, si assumée – les épaules tressautantes, la respiration entrecoupée de sanglots – que Glover fut gêné par son manque d'inhibition.

Glover, ce pauvre Glover qui n'avait pas d'enfant, n'avait pas la moindre idée de la conduite à tenir. Il la dévisagea un moment, s'étonnant de sa capacité d'abandon. Il regretta qu'elle ne fût pas un garçon ; alors il aurait su lui parler et régler la question. Il regarda aux alentours, au cas où quelqu'un serait dans les parages, mais non, personne. Enfin, bien embarrassé – avait-il seulement le choix ? –, il se força à sortir du véhicule et la rejoignit à pas pressés. Il fit « ch... ch... », et lui posa la main sur la tête, avançant d'abord la paume comme on tapoterait un poêle pour s'assurer qu'il est chaud. Voyant que ça restait sans effet, il s'agenouilla auprès d'elle. Miranda se jeta abruptement contre son épaule et lui passa les bras autour du cou sans cesser de pleurer ; il n'eut guère d'autre choix que de refermer ses bras sur elle, sans serrer, et quand elle raffermit son emprise il exerça à son tour une pression mesurée – et, pour la première fois, la gravité de ce qui était en train d'arriver à cette enfant lui apparut, ce n'était plus uniquement abstrait, une affaire à résoudre, c'était réel. Ils demeurèrent ainsi quelques secondes. Glover était surpris par sa propre émotion autant que par celle de Miranda. Pantois, il prit le parti de ne pas bouger tant que la petite ne l'aurait pas lâché.

Elle finit par détacher ses bras, laissant son épaule trempée de larmes et de morve, et il comprit qu'il venait – via cette épaule, ce contact maladroit, inexpérimenté – de consoler l'enfant. L'émotion inconnue s'enfuyait, et il s'efforça de la nommer avant qu'elle ait disparu. Ni pitié, ni instinct de protection, ni amour. C'était une sorte d'alliance entre eux.

— Allez, fit-il, on va ramasser tes livres.

— Je m'en fiche, des livres.

— Je vais les ramasser, alors.

Il les remit en pile et les lui tendit.

— J'en veux pas.

— Non ? D'accord. Alors, euh, on pourrait – je pourrais te les rapporter à la maison.

— Je veux pas rentrer à la maison. Je veux ma mère.

— On peut aller voir si elle est rentrée.

— Vous savez bien que non. Vous venez de le dire.

— Oui, mais elle a pu appeler. Il y a peut-être eu des nouvelles. Ton père saura.

— Vous essayez juste de vous débarrasser de moi.

— Pas du tout, je n'essaie pas de me débarrasser de toi, pourquoi je voudrais me débarrasser de toi ?

— Je suis plus une gamine. Vous êtes pas obligé de me parler comme ça.

Elle détournait le regard.

— OK, on pourrait aller au lac. Tu veux qu'on aille s'asseoir au bord du lac ? On pourrait juste rester là-bas le temps que tu te sentes prête à rentrer chez toi.

Le lac Crystal se trouvait au bout de la rue.

— Je serai jamais prête.

— Dans ce cas, on n'aura plus qu'à rester là-bas jusqu'à l'hiver.

Il n'avait pas eu l'intention de plaisanter et n'y voyait rien de drôle, mais la petite rit, alors Glover rit à son tour.

Il abandonna les livres dans sa Ford banalisée et ils marchèrent tous deux jusqu'à la pente ombreuse bordant le lac. Ils prirent place sur un banc en bois, Miranda à la droite de l'inspecteur, le côté qu'elle avait déjà choisi pendant le trajet. Il songea qu'elle devait vouloir assouvir sa curiosité au sujet de sa tache de naissance, mais elle n'y jetait pas le moindre regard. Il envisagea qu'elle ait pu choisir ce profil pour le mettre à l'aise, lui montrer que ça ne la gênait pas, qu'il n'avait plus besoin d'y penser. Le geste était si altruiste qu'il se convainquit immédiatement qu'il était impossible que ce soit ça. C'était simplement une coïncidence si elle s'était assise de ce côté, parce que les enfants ne sont pas si gentils, pas plus que ne le sont, en règle générale, les adultes.

— Tu as envie qu'on en parle ? demanda-t-il.

— Non.

— Tu as envie de parler d'autre chose ?

— Non.

Ils restèrent silencieux un long moment ; du moins lui trouva-t-il ça long.

— C'est quoi, votre nom ?

— Inspecteur Glover.

— Non, le vrai.

— C'est Tom.

— Tom. Et ça vous plaît d'être inspecteur, Tom ?

— Pas vraiment.

— Pourquoi ?

— Je ne sais pas. Sans doute parce que je croise beaucoup de gens malheureux.

— Des gens comme moi ?

— Comme toi, oui.

— Vous en croisez aussi des heureux, quand même ?

— Pas beaucoup. Les gens heureux n'appellent pas tant que ça la police.

— Comment on fait, pour faire ce travail ?

— Eh bien, d'abord, on commence par être officier de police, ceux qui ont un uniforme bleu.

— Vous en avez eu un, d'uniforme bleu, vous ?

— Oui.

— Pourquoi bleu ? Pourquoi pas vert ?

— Je ne sais pas trop. J'imagine que les gens aiment bien que la police soit en bleu. J'ai eu un uniforme vert, avant, dans l'armée. J'ai porté pas mal d'uniformes.

— Mais maintenant c'est fini.

— Oui, c'est fini. Mais j'aimais mieux. Ça simplifie les choses. On n'a pas à réfléchir à sa tenue.

— Vous pouvez retrouver ma mère ?

Il baissa les yeux vers elle.

— Oui.

— Vous savez pourquoi elle s'est enfuie ?

— Qu'est-ce qui te fait dire qu'elle s'est enfuie ?

— Parce qu'elle est partie.

Glover opina. Il contempla le lac, au lieu de la fillette. Et attendit qu'elle parle.

— Ça leur arrive souvent, aux gens, de partir comme ça ?

— Parfois.

— Et après ils reviennent ?

— Parfois.

Ils observèrent un colvert plonger pour aller gober quelque chose sous la surface.

— Pourquoi ils partent ?

— Je l'ignore. Pour des tas de raisons, sans doute. Qu'est-ce qui te fait croire que ta mère pourrait s'enfuir ?

— Je sais pas.

— Elle se disputait avec ton père ?
— Des fois, je crois. Tout le monde se dispute.
— Et ils se disputaient à quel sujet ?
— Ils se disputaient pas fort-fort. Juste des petites disputes normales.
— Tu aurais un exemple de dispute à me donner ?
— Je sais pas. Vous vous disputez jamais, vous ?
— Bien sûr que si. Ils se sont disputés récemment ?
— Non.
— Pour des questions d'argent, peut-être ?
— Non.
— Ou alors un truc qu'aurait fait ton père ?
— Non. Y a pas eu de dispute, je vous ai dit.
— Tu les as déjà vus faire pire que se disputer ?
— C'est quoi, pire ? Je comprends pas.
— Ta mère a déjà été frappée ? Des bleus, un œil au beurre noir, des trucs comme ça ?
— Vous voulez dire… par mon père ?
— C'est ça.
— Non !
— Ton père n'a jamais frappé ta mère ? Il ne l'a jamais poussée ?
— Non ! Jamais.
— Ou menacée ?
— Non.
— Tu me le dirais si c'était le cas ?
— Oui.
Il se recula contre le dossier, croisa les bras, étendit ses jambes, une cheville sur l'autre.
— Tu as vu ton père hier matin, avant d'aller à l'école ?
— Je le vois tous les matins.
— Et il était comme d'habitude ? Rien de différent dans sa manière d'agir ou dans son apparence ?
— Non. Il était content.
— Il n'était pas en colère ou nerveux ou rien ?

— Il était juste normal.
— Il était habillé comment ?
— En costume.
— Quelle couleur, tu te souviens ?
— Gris.
— Tu te souviens de la chemise ?
— Ouais.
— Elle était de quelle couleur ?
— Bleu. Bleu ciel. Avec un col blanc.
— C'est très bien. Comment tu fais pour te rappeler tout ça ?
— Quand il descend au petit déj, il fait toujours la même chose. Il suspend sa veste au coin de la porte de la cuisine et quand il s'assied, il jette sa cravate derrière son épaule comme une écharpe pour pas la salir.
— Il devait manger un truc sacrément salissant.
— Non, juste un muffin.
— Ça peut faire un paquet de saletés, pas vrai ?
— Non. Il l'a mangé avec un couteau et une fourchette.
— Pourquoi il aurait pris des couverts pour manger un muffin ?
— Il fait toujours ça. Il dit que c'est gras. Il aime pas avoir les doigts gras.
— Hum. D'accord. Mais tu te souviens qu'il portait cette chemise en particulier ?
— Oui, c'est ma préférée. Elle a des petits trous au col parce que des fois il met une épingle.
— Tu as bonne mémoire. Et la cravate, tu t'en souviens aussi ?
— Ouais. Rouge, avec des… des décorations.
— Des décorations ?
— Oui, tu sais, des motifs. (Elle prononçait modifs.) Des petites fleurs, ou un truc comme ça.
— Tu l'avais déjà vue, cette cravate ?

— Tout le temps.

— Mais des cravates rouges, il en a d'autres ?

— Ouais.

— Mais tu sais laquelle c'était précisément ?

— Ouais.

— Tu la reconnaîtrais si tu la voyais de nouveau ?

— Ouais.

— Il avait des marques sur lui, hier matin, des égratignures, des bleus ou des coupures, des choses de ce genre-là ?

— Non, je crois pas.

— Mais tu n'es pas sûre ?

— Je me rappelle de rien.

— Et dans le cou ?

— Je me souviens pas.

— Et ta mère ? Est-ce qu'elle avait l'air d'avoir peur, d'être contrariée ou agitée ?

— Agitée ?

— Tu vois… bizarre.

— Non, elle était normale, elle aussi.

— Ton père, il aime jardiner ou travailler dehors ?

— Non. Pourquoi vous me demandez ça ?

Il lui sourit gentiment, comme un oncle bienveillant.

— Pour rien. Juste pour vérifier que tu m'écoutais bien.

— Ma mère, des fois, elle aime bien jardiner. Elle plante des fleurs. Mais pas souvent. Papa, lui, jamais.

— OK, celle-là va être drôlement bizarre. Tu es prête ?

— Prête.

— Est-ce que la voiture de ton père est très propre ?

— Pas mal, je crois. Enfin, normale quoi.

— Il l'emmène aux rouleaux ?

— Je crois pas.

— Il la lave lui-même, devant la maison ?

— Non, jamais.

— Ça arrive qu'il demande à quelqu'un de la laver à sa place ?

Elle leva les yeux vers lui.

— Vous croyez que mon père lui a fait du mal, c'est ça ?

— Qu'est-ce qui te fait dire ça ?

— Toutes ces questions sur lui.

— Je ne crois rien. Simplement, il m'arrive de remarquer des choses. Je suis un bon observateur. Et j'ai le sentiment qu'on a ça en commun. J'ai raison ?

— Je sais pas... ça se peut.

Il songea à ce que la petite pourrait dire une fois rentrée chez elle.

— Je ne crois pas que ton père ait fait quoi que ce soit, Miranda. Je veux juste qu'on retrouve ta mère, c'est tout. D'accord ?

— D'accord.

— Tu me crois ?

— Oui.

Glover se tut. Il avait été trop loin, il n'aurait pas dû faire autant confiance à un enfant.

— Y a-t-il une question que tu voudrais me poser ?

— À quel sujet ?

— N'importe quel sujet.

Elle se concentra – lèvres pincées, sourcils froncés.

— Je sais pas si je peux demander ça.

— Tu peux tout me demander.

— C'est pas au sujet de ma mère.

— OK.

— Vous l'avez depuis toujours, cette tache sur le visage ?

— Oui.

— D'où ça vient ?

— Je suis né avec.

— Donc vous l'aviez quand vous étiez petit ?

— Oui.

— Et les autres enfants, ils étaient méchants avec vous ?

— C'est arrivé.

— Vous auriez préféré ne pas l'avoir ?

— À l'époque, oui.

— Mais plus maintenant.

— Maintenant je n'y pense plus. Ça fait partie de moi. Ça ne me servirait à rien de regretter de l'avoir, alors je ne perds pas de temps avec ça, je n'y pense même plus.

— C'est pas si moche.

— Je sais.

— Ça vous embête pas que j'en aie parlé ?

— Non, pas de problème.

— Est-ce que ça se sent ? Je veux dire, c'est différent à toucher ?

— Non, c'est juste de la peau. Comme la tienne.

— Je peux toucher ?

Il hésita.

— J'imagine que oui.

Cet instant d'hésitation était sans rapport avec un quelconque tabou social lié au contact physique avec les enfants. Les temps ont changé. De nos jours, un homme dans la position de Tom Glover pourrait refuser pour cette raison, aussi innocent que soit le geste. Mais en ce jour de 1975, l'hésitation de Glover était entièrement de son fait. Il n'aimait tout bonnement pas qu'on le touche.

Miranda se plaça face à lui. Le banc était sur un terrain pentu ; debout, son visage était à la hauteur du sien. Avec une concentration intense, elle posa sa main gauche sur son front, paume sur sa tempe et doigts couvrant ses sourcils. La tache était plus large que sa main, elle dut la repositionner pour couvrir toute la surface. Glover sentait chaque fois sa main tiède quitter son front et venir s'y reposer, tel un chien se réinstallant avec précision sur sa couche.

— Là. C'est parti.

Il lui offrit un sourire douloureux.

— Merci.

*
* *

Quand il eut fini de me décrire cette scène, quarante ans plus tard, dans son petit salon, le souvenir de la petite Miranda fit naître un sourire sur le visage de Glover.

Il continua :

— Ce jour-là, il s'est aussi passé autre chose. C'est sans rapport avec l'affaire Jane Larkin. Mais ça m'est resté en mémoire.

— Vous devez penser que c'est lié à cette histoire si ça vous revient maintenant.

— Ça fait partie de l'histoire pour moi.

Il se frictionna la mâchoire, l'air songeur, puis haussa les épaules.

— Je n'en sais rien. Je vous raconte et vous trancherez. Vous le mettez dans votre bouquin, vous le mettez pas, à vous de voir.

— Entendu.

— Donc, je suis devant la maison des Larkin. J'y suis depuis le matin, si on excepte le laps de temps passé avec Miranda. Il doit être 6 ou 7 heures du soir, dans ces eaux-là. Et rien ne se passe, évidemment. Mme Larkin ne rentre pas chez elle. M. Larkin ne quitte pas la maison, n'appelle pas les flics, ne fait rien. Il fait profil bas. Il sait que je suis là, à observer – il ne va rien lâcher. Donc je finis par laisser tomber, je m'en vais.

« Je roule – vous connaissez ce coin dans les bois, là où Hammond Pond Parkway croise Beacon Street ?

— Ouais, je vois de quoi vous parlez.

— Je suis sur Hammond Pond Parkway, à ce niveau-là, et je vois un truc sur la chaussée donc je m'arrête pour le dégager avant qu'il y ait un accident. C'est un phare. Il est explosé. Il y a des bris de verre partout. Du sang sur l'herbe, et l'herbe est toute piétinée. On voit clairement que le sang se dirige vers les bois.

« Je suis la piste. La nuit n'est pas encore tombée, mais sous les arbres, l'atmosphère est plus sombre, plus glauque. Je continue de suivre le sang.

« J'arrive à une petite clairière, et là, une biche est couchée. Sur le flanc. Une bête pas bien grosse, qui se démène. L'animal respire péniblement, il halète. Il lève la tête et me regarde, mais c'est tout ce qu'il peut faire, il ne peut pas vraiment bouger. Il a de l'écume aux lèvres. Son dos, ses hanches – ses pattes arrière et son bassin forment une masse ensanglantée. La chair est à vif, la peau arrachée et je distingue la... vous voyez, la chair. J'ignore depuis combien de temps il est là, mais il y a beaucoup de sang. La biche ne va pas s'en tirer, c'est évident.

« Je préviens les collègues par radio. Que faire ? Le standard me répond : Rien. Tu laisses l'animal où il est. Parce que c'est pas du ressort de la police. Aucun crime n'a été commis, personne n'est blessé et ça ne trouble pas l'ordre public. C'est juste un accident. Des animaux sauvages, il en meurt tout le temps.

« Je reste un peu avec la biche. Je saurais pas l'expliquer, mais... je ne peux tout simplement pas la laisser mourir là, toute seule.

« Sauf que ça n'en finit pas. Elle refuse de mourir. À intervalles réguliers, elle relève la tête ou essaie de s'appuyer sur ses pattes avant pour se redresser. À un moment, je retourne attendre dans ma voiture, espérant qu'elle sera morte entre-temps. Mais quand j'y retourne, elle est toujours consciente et souffre le martyre. Il faut agir. La nuit commence à tomber.

« Je suis jeune, à l'époque. Je ne suis pas chasseur, je n'ai jamais rien tué. Je passe un appel pour dire aux gars que je veux mettre fin au martyre de cette bête. Pourraient-ils m'envoyer les services vétérinaires ou autre ? On me dit que les services ne se déplaceront pas pour une biche, qu'une biche dans les bois, c'est normal. Que je vais devoir le faire moi-même. Sauf que je sais pas comment, et j'ai pas envie d'empirer les choses en m'y prenant mal. Donc le régulateur me trouve un volontaire, un flic qui est chasseur, et le type me dit : Approche-toi tant que tu peux, mais pas trop, tu risquerais de te prendre un coup de sabot dans la tronche. Tu vises le point de jonction exact entre le cou et le crâne, juste sous le crâne, afin de lui mettre une balle en plein cerveau. Elle s'en rendra même pas compte.

« Et c'est ce que j'ai fait. Je me suis approché comme j'ai pu et j'ai tiré.

— Et... ?

— Ça fait partie de l'histoire de cette journée, qu'on le veuille ou non.

— Ça a été toute une affaire pour vous, visiblement.

— Non. C'est ça, le truc. Ça m'a paniqué jusqu'à ce que j'appuie sur la détente. Je ne m'en croyais pas capable, mais une fois que ce fut fait, ça n'a plus eu aucune importance. Mais plus du tout. C'est juste que c'était ma première fois.

Il chassa le souvenir d'un revers de main.

— C'est juste un truc qui est arrivé. Oubliez ça. Juste une journée étrange.

*

* *

Le même soir – le deuxième jour, peu après que Glover eut tué le cerf – la grande sœur de Jane, Kate, débarqua à la maison. Ni Miranda ni Jeff ne savaient trop comment elle avait appris pour la disparition ; sans doute Dan l'avait-il appelée pour la prévenir.

Pour Miranda, ce fut un immense soulagement de voir tante Kate. Ça signifiait que les Larkin n'étaient pas tout seuls ; Miranda n'était plus la seule fille et son père, plus le seul adulte. Même l'apparence physique de tante Kate était rassurante : elle ressemblait suffisamment à la disparue pour que sa présence rappelle un peu à Miranda le fait d'avoir sa mère à la maison. Tante Kate était peut-être même mieux armée que sa mère pour ce genre de crise : elle était plus sèche, plus rude que sa sœur, dépourvue de la chaleur un peu espiègle de Jane. Une femme forte.

(Petite digression : aujourd'hui, on peut difficilement ignorer le fait que la Miranda adulte ressemble beaucoup plus à sa tante Kate qu'à sa mère, plus chaleureuse et plus « douce ». J'ai rencontré Kate, qui a désormais 80 ans, et elle a quelque chose de la beauté glaciale et de la maîtrise de Miranda. Même leurs voix ont une couleur semblable.)

À la vue de sa tante, Miranda commença à perdre son sang-froid.

Tante Kate contourna Dan, tomba à genoux et serra Miranda dans ses bras.

Miranda se laissa enlacer, malgré le froid qu'exhalaient encore la doudoune de Kate, ses joues et ses oreilles.

— Oh, ma chérie. Tu dois être tellement inquiète. Ne t'en fais pas, va. Tout ça va s'arranger.

Les garçons étaient là et Kate les salua tour à tour de manière étroitement mesurée – une accolade plus retenue pour Jeff, qui avait davantage besoin de ses parents qu'il le laissait paraître, et une bise formelle pour Alex qui, raide comme un piquet, se pencha pour la recevoir.

Ils s'installèrent dans le salon télé, cette petite pièce du rez-de-chaussée où la famille avait coutume de se retrouver, et Kate laissa tomber d'un ton péremptoire :

— Alors qu'est-ce qui se passe ? Racontez-moi tout.

Dan lui résuma le peu qu'ils savaient, qui se limitait grosso modo au fait que Jane n'était pas là la veille au soir à leur retour à la maison.

— On n'a aucune nouvelle, Kate. On peut rien faire. On attend, c'est tout. On est coincés ici.

— Il s'est passé quelque chose. Ça ne lui ressemble tellement pas. Partir comme ça, sans rien dire ? Impossible. C'est inimaginable, elle ne ferait jamais ça. Il est forcément arrivé quelque chose.

— Tu sais quoi que ce soit, Kate ?

— Bien sûr que non.

— Ça n'allait pas ?

— Jane ? *Jane ?* Non. Si ça n'allait pas, elle ne m'en a jamais parlé.

— Non, mais, est-ce qu'elle était malheureuse avec moi, Kate ? Sois franche.

— Non, elle ne m'a jamais rien dit de tel. Jamais.

— Alors pourquoi serait-elle partie ?

— Oh, Dan, arrête. Il a dû y avoir un accident ou un incident quelconque, c'est sûr.

— Ils ont vérifié, ils ont tout vérifié.

Il se rencogna dans le canapé, se couvrit le visage de la main.

— Elle ne serait pas partie sans prévenir. Elle n'aurait jamais fait ça aux enfants. Ni à toi. Se peut-il qu'un de tes clients… ?

— Mes clients ? Non. Personne ne ferait jamais ça.

— En tout cas, il a dû lui arriver quelque chose, parce qu'elle ne serait jamais partie de son plein gré, laisse-moi te le dire.

— Les enfants, lança Dan, vous pouvez nous laisser, Kate et moi, qu'on discute une minute seul à seule ?

Quand ils eurent quitté la pièce, Dan s'avança au bord de l'assise et murmura :

— Kate, est-ce qu'elle t'a déjà parlé de quelqu'un ?

— Comment ça, quelqu'un ?

— Tu vois très bien ce que je veux dire. Y avait-il quelqu'un d'autre ?

— Oh mon Dieu, non. Jane ? Tu es fou ?

— Il y a forcément une raison quand une femme quitte son mari.

— Dan, s'il y a bien une chose à savoir au sujet de Jane, c'est qu'elle ment extrêmement mal. Si elle était malheureuse ou si elle voyait quelqu'un, tu l'aurais su. Surtout toi. Elle n'aurait jamais pu le cacher, impossible. Ce n'est pas elle. Elle est trop intègre pour ça.

— Les femmes ont leurs secrets.

— Les gens ont leurs secrets, Dan. Mais pas Jane, pas ça.

— Et si ça n'allait pas, tu me le dirais ?

— Oui. Évidemment que oui. Il y a déjà eu des moments difficiles, par le passé. On le sait tous les deux. Mais ces temps-ci, j'ai le sentiment que ça allait plutôt mieux, non ?

Il se renfonça dans le canapé.

— Je crois tout de même qu'elle n'était pas heureuse.

— Qu'est-ce qui te fait dire ça ? Tu étais malheureux, toi, Dan ?

— Pas plus qu'un autre.

— Ça ressemble à un oui.

— Non, je n'étais pas malheureux. Sans doute un peu frustré, ça oui, mais pas malheureux.

— C'est-à-dire ?

— Tu sais très bien ce que ça veut dire, Kate. Avec Jane, ça fait vingt ans qu'on est mariés maintenant. (Ça en faisait quinze, en vérité.) Les choses évoluent. C'est naturel, c'est pareil pour tout le monde. Sois franche. On n'est plus des gamins.

— Dan, je ne suis plus dans la fleur de l'âge, mais je ne suis pas malheureuse.

— Je n'ai pas dit que je l'étais, j'ai dit que j'étais frustré.

— Et Jane, elle savait que tu te sentais… frustré ?

— Sans doute. Je ne sais pas. Je suis sûr qu'elle devait le savoir. Comment l'aurait-elle ignoré ?

Elle observa son visage un moment, puis :

— Tu as prévenu mes parents ?

— Non. C'était trop pour moi, sincèrement. Ce n'est pas un coup de fil qui m'enchante.

— Tu préférerais que je leur dise ?

— Crois-moi, j'aimerais. Mais je peux pas te laisser t'en charger. C'est à moi de le faire. Je vais les appeler.

— Tu veux qu'on le fasse tout de suite, ensemble ?

Il y réfléchit.

— Non. Attendons encore une journée. Imagine qu'elle rentre et que tout ne soit qu'un énorme malentendu. Inutile de les angoisser pour rien.

Kate accepta sans commentaire. Elle semblait déterminée à offrir à Dan toute l'aide nécessaire en évitant absolument de le contredire, comme à son habitude.

— Les policiers ont l'air de dire qu'elle pourrait revenir.

— Dans ce cas, très bien. On attend, si c'est ce que tu souhaites.

— C'est ce qu'ils m'ont dit.

— Très bien. Je te crois.

— C'est vrai ?

— Oui.

— Je ne sais pas trop ce que je dois croire, pour ma part.

Kate n'accrochait pas trop avec son beau-frère, elle ne l'avait jamais vraiment « senti ». Elle l'appréciait pourtant, me confia-t-elle des années plus tard. Il était intelligent et de bonne compagnie. Elle comprenait sans mal ce que Jane lui trouvait : il était son genre, un type qui réussit et d'une beauté fade, avec le genre d'attitude de premier servi que Jane cherchait invariablement chez les hommes. Déjà, quand elles étaient petites, Jane se faisait tout un cinéma au sujet des garçons, et pas Kate, jamais. Mais entre Kate et Dan ? Ça n'avait jamais pris au-delà des formalités d'usage, une fine ligne les reliant sur l'arbre généalogique. Kate avait un jour dit à sa sœur, avec des pincettes, qu'il y avait chez Dan quelque chose de fuyant qui lui rappelait la célèbre critique d'Oakland formulée par Gertrude Stein selon laquelle « il n'y a pas de là-bas, là-bas ». Jane avait balayé sa remarque d'un rire et rétorqué qu'elle ne savait même pas ce que ça voulait dire, « pas de là-bas, là-bas », c'était juste une de ces petites phrases malignes que les gens aimaient à proférer. Après quoi Kate n'avait plus abordé le sujet. Mais sur le moment, alors qu'elle faisait de son mieux pour apprécier Dan et être présente pour lui, elle eut de nouveau le sentiment qu'il n'y avait rien, chez lui, auquel se raccrocher. Peu importait la nature de cette chose essentielle – le petit pilote installé au sein de nos têtes, le soi, l'âme, appelez ça comme vous voulez –, Kate ne parvenait pas à le percevoir chez Dan. Il était creux.

Pourquoi, précisément, lui donnait-il cette impression ? Qu'est-ce qui clochait chez lui ? Les raisons semblaient se dématérialiser sitôt qu'elle essayait de les nommer.

Il avait une personnalité sur la réserve. Et après ? Fallait-il que chacun soit transparent ?

Il pouvait se montrer distant, distrait ou perdu dans ses pensées. Et après ? Il avait sans doute plus important en tête que les derniers ragots familiaux.

La faute en revenait peut-être aussi à Kate, rappelez-vous. Si elle trouvait Dan creux, c'est peut-être que son imagination échouait à concevoir une personnalité aussi différente de la sienne. Son empathie n'allait pas jusque-là. Nous sommes tous hermétiquement seuls. Chacun porte, au cœur de son esprit, le centre de l'univers. Pour chacun de nous, c'est un point, quelques centimètres derrière les yeux, là où convergent les lignes de notre vision binoculaire. Seuls un narcissique ou un enfant sont assez fous pour y croire. Bien sûr que non, Dan n'était pas creux, pas plus que Kate. Elle savait pertinemment tout cela.

Kate fit donc un réel effort pour se rapprocher de son beau-frère, ce soir-là, l'accepter sans condition, être une sœur pour lui. Et pourtant, et pourtant.

*

* *

Jeff. En cours de route, j'ai laissé Jeff quitter la scène. C'est ce qu'il aurait tant voulu faire à cette époque, au moment où tous ces événements se déroulaient. Jeff avait ses secrets. Ça ne m'a jamais dérangé. Il en a pas mal bavé, cela va sans dire. C'était son droit d'en parler ou non, c'était son choix. De toute façon j'ai toujours compris les gars solo comme lui. À dire vrai, ce sont les extravertis qui me déroutent le plus, à s'agiter en tous sens en battant de la queue, à en vouloir toujours plus, plus, plus. À mes yeux, la réticence de Jeff paraissait parfaitement normale.

Pour nous qui étions nouveaux au collège, c'était déjà une période intense avant la disparition de Mme Larkin. Durant les premières semaines de cours, nous n'avions pas arrêté une seconde. Le privé était beaucoup plus exigeant que le public. Nous étions submergés, c'était inévitable. Notre nouvelle école était connue pour sa rigueur – « les épreuves modèlent l'Homme », *(sic)* –, si bien que terroriser les nouveaux venus était une coutume bien ancrée.

Un des aspects de cette nouvelle vie scolaire nous semblait toutefois plus simple : l'emploi du temps, qui nous donnait notre premier parfum d'indépendance. La journée comprenait des plages vides où l'on pouvait faire ce que bon nous semblait, tant qu'on demeurait dans l'enceinte de l'établissement. Jeff et moi, ainsi que tous nos copains, nous passions ces heures au gymnase, à jouer au basket. Jeff n'a jamais été très impliqué. Il jouait, mais c'était juste pour passer le temps et il n'était pas très doué. À son arrivée au collège, les garçons plus âgés le toisaient, guettant des signes du talent de son grand frère, mais il n'avait ni les compétences d'Alex ni sa cruauté. La vérité, c'est qu'il n'en a jamais rien eu à carrer du basket. Il voulait juste être avec ses copains et pour ça, à l'époque, il fallait traîner au gymnase.

C'est dans ce vieux bâtiment charmant, entre deux cours, que Jeff et moi avons évoqué pour la première fois la disparition de sa mère. C'était le lundi après l'événement. Je l'ai dit, ma mère avait vu passer un article dans l'édition du dimanche, et j'étais arrivé en cours avec mille questions aux lèvres. L'opportunité ne s'était pas présentée avant le milieu de la matinée, où j'avais trouvé Jeff au gymnase.

Le lieu était silencieux. J'ai d'abord cru qu'il n'y avait personne et j'ai ramassé un ballon, avant de l'apercevoir, assis seul en haut des gradins, les épaules basses. Son visage affichait une expression indéchiffrable. Encore aujourd'hui, je me rappelle avec acuité combien il avait l'air perdu. Je sus, avant de pouvoir lui parler, que quelque chose de terrible était en train de se passer. Je sus que la mère de Jeff n'avait pas juste filé pour quelques jours, que ce n'était pas un malentendu, comme l'avaient supposé mes parents. Je sentis immédiatement que Jeff avait changé. À cet âge, je n'avais encore jamais vu un tel malheur, pas de si près. Ça m'a fichu une trouille terrible.

Voici ce que Jeff m'a raconté ce jour-là :

— Il y a quelques mois, mon père nous a emmenés dîner à la pizzeria, Miranda et moi. On était vendredi soir. Il faisait *vraiment* chaud, donc on devait être en quoi, en juin peut-être ?

« Ma mère n'est pas venue. Elle a dit qu'elle était crevée, qu'elle voulait dormir. Qu'elle allait prendre un cachet. Nous, on a répondu OK. Ça a l'air étrange comme ça, mais pour nous, c'était normal. Elle dort mal depuis toujours donc elle prend des somnifères. Sauf qu'elle se comportait bizarrement. Et c'était pas normal que papa nous emmène sans elle. Ça n'arrive jamais. Et puis il avait l'air fâché. Ils avaient dû se disputer.

« Bref, on va à la pizzeria tous les trois. Chez Pino. On y reste, quoi, une heure, un peu plus peut-être.

« Quand on rentre, la maison est silencieuse, le chauffage est poussé à fond, l'atmosphère est moite. Comme ma mère dort à l'étage, on reste tous en bas pour ne pas la déranger. On ne fait pas de bruit, rien. On met un match des Red Sox, le son au minimum. Ils jouaient à l'extérieur – contre les Royals, je crois – et on a regardé le jeu un petit moment, puis Miranda en a eu marre et elle a quitté la pièce.

« Et pendant tout ce temps, il y avait un bruit, un genre de bourdonnement. Très discret. Vraiment juste en fond. Comme si un moteur tournait quelque part au loin, un lave-vaisselle, un climatiseur ou autre.

« C'est alors que Miranda crie depuis l'étage : Elle est où, maman ?

« Et mon père dit : Mais je croyais qu'elle dormait ?

« Donc on se met à l'appeler et à la chercher dans tous les coins – et elle nous répond pas. Elle n'est pas là. Elle est partie.

« Et nous, on continue de chercher.

« Quand soudain, je comprends ce que c'est, ce bruit.

« Je fonce dehors, vers le garage. Le portail métallique est fermé.

« J'ouvre la porte latérale. Il fait assez sombre, je la distingue tout juste. Elle est assise dans sa voiture, moteur allumé. Tête renversée en arrière, comme si elle était morte.

« Je suis planté là, près de la petite porte latérale et le bouton pour ouvrir la grande porte du garage est juste là, donc je l'actionne. Le battant se relève, laissant passer un peu de lumière du jour.

« Et elle, elle se réveille et me regarde comme si, Oooh ! elle était surprise de me voir. Elle me dit : J'ai dû m'endormir ! J'ai dû m'endormir !

Il imitait sa voix confuse avec un dédain marqué.

— Moi j'ai marmonné un OK, ouais, c'est ça. C'était n'importe quoi, tu vois ? Carrément pathétique. Je lui en voulais tellement. J'étais pas triste, je me sentais pas désolé pour elle ni rien. Simplement je la détestais d'avoir fait ça, tu vois ? Je me suis barré sans rien dire, en la laissant là.

J'ai répondu :

— Pourquoi tu lui en voulais ?

— C'était tellement débile. Et égoïste. Elle voulait se suicider ? Mais pourquoi ? Et nous, dans tout ça ? On compte pas, notre avis compte pas ?

— Mais c'était un accident, non ? Pourquoi aurait-elle voulu se suicider ?

Haussement d'épaules de Jeff.

— Elle est comme ça, c'est tout. Un jour ça va, le lendemain ça va pas. Bref. Elle en a plus jamais reparlé. On n'en a jamais reparlé. On a juste fait comme si ça n'était pas arrivé. À croire qu'on s'était mis d'accord, elle et moi, sans qu'un mot soit prononcé, pour se comporter comme si je n'avais pas vu ce que j'avais vu. Comme si je n'avais pas compris ce qu'elle essayait de faire.

« Et c'est ce qu'on a fait. Elle a dit à Miranda et à mon père qu'elle s'était juste endormie dans la voiture, comme si c'était une histoire drôle. Elle n'a pas mentionné le fait que le moteur était allumé et la porte du garage fermée. Aujourd'hui encore, mon père et Miranda l'ignorent. Il n'y a que moi. Et toi, maintenant.

À dire vrai, je me demande toujours pourquoi Jane Larkin aurait voulu se suicider. Était-ce vraiment son intention ? Tout cet incident demeure une énigme. J'ai récemment demandé à un copain à moi, qui est médecin urgentiste, si l'anecdote de Jeff lui semblait authentique. Il a trouvé l'excuse de Jane plausible, mais fort peu probable. Les erreurs sont monnaie courante, avec les médicaments sur ordonnance. En 1975, Jane aurait pu se faire prescrire du Valium, qui l'aurait rendue suffisamment somnolente pour s'endormir de manière fortuite après avoir démarré. Mais ça lui semblait improbable, et à moi aussi. Je ne sais toujours pas quoi en penser. L'unique détail dans cet incident que j'ai été capable de confirmer de manière ferme, c'est la date : le 13 juin 1975. C'est le seul vendredi, ce mois-là, où les Sox ont joué à Kansas City (ils ont gagné 10 à 4, et Rick Wise, leur lanceur, un gars hyper habile, droitier, a fait un match complet).

Ce jour-là, dans le gymnase, Jeff, l'unique témoin, n'avait pas plus de réponses à m'apporter. Pourquoi sa mère aurait-elle voulu se tuer ? Il renifla d'un air méprisant, mimique naïve d'adolescent exprimant son mépris des adultes et de leurs existences foireuses et bordéliques.

— Ils s'entendaient pas. C'était le bordel.

Je ne poussai pas plus loin. Ça n'aurait pas été sympa. L'amitié avant tout.

Jeff ajouta :

— Elle ne reviendra pas.

Quatre jours seulement s'étaient écoulés, et déjà Jeff avait perdu espoir, tout comme Miranda le jour où elle avait appris que sa mère avait disparu. Sauf que Jeff ne perdit jamais sa contenance. Ni ce jour-là ni jamais, du moins pas devant moi. On le sentait dévasté. Un certain tragique l'entourait, un halo – pas de tristesse ; de drame – mais il ne s'effondra pas.

*
* *

Le jour où Jeff me raconta cette histoire – le lundi 17 novembre 1975, selon ma reconstitution – le véhicule de Jane fut retrouvé à la gare ferroviaire sur la route 128. C'était un coupé Ford, une Thunderbird '75 décapotable au toit marron et aux sièges en cuir crème. Elle n'était pas fermée à clé et en parfait état. Aucune trace de bagarre. La clé, sans anneau ni trousseau, était glissée dans la visière côté conducteur. La voiture démarra sans problème, aucun signe de pépin mécanique. Quand le policier tourna le contact, le lecteur huit pistes s'enclencha. Visiblement, au moment de couper le moteur, Jane (ou quelqu'un) écoutait « Cecilia », de l'album de Simon & Garfunkel *Bridge Over Troubled Water*. Le coffre et les vide-poches étaient quasi vides, à l'exception de menus objets disparates : des pièces, des stylos, un élastique à cheveux, une carte routière mal repliée dans la boîte à gants.

Le véhicule était garé à la vue de tous. Il avait fallu quatre jours pour le localiser parce que la police n'avait pas commencé à chercher Jane avant le samedi, et même alors ils n'avaient pas pris la chose au sérieux, partant du principe que si Jane s'était véritablement envolée, c'était sans doute une affaire privée conjugale (une attitude plus courante en 1975 que de nos jours, cela va sans dire). Et puis, personne n'avait songé à vérifier la gare parce que Jane n'avait pas, que l'on sache, l'habitude de voyager en train. De fait, Tom Glover avait écumé le parking longue durée de l'aéroport Logan à Boston, qui lui avait semblé davantage dans le style de Jane.

La voiture fut photographiée sous tous les angles, intérieur et extérieur, avant d'être remorquée jusqu'au parking du commissariat de Newton où elle fut examinée en quête d'empreintes. On en trouva plusieurs, appartenant toutes aux membres de la famille Larkin. La clé, le volant et les poignées de portière – les parties nécessairement manipulées par la personne ayant abandonné le véhicule – ne livrèrent aucune empreinte.

Les jours qui suivirent, les enquêteurs affectés au dossier – en sus de Glover, un inspecteur de la police d'État était sur le coup, ainsi que des renforts temporaires pour le travail de terrain – tâchèrent de confirmer la théorie selon laquelle Jane était montée à bord d'un train. Cela se révéla impossible. Ils interrogèrent témoins et conducteurs présents dans la gare et sur différents itinéraires. Personne ne se souvenait de l'avoir vue. En 1975, on ne vérifiait pas les papiers d'identité et on ne gardait pas trace des passagers. Ceux-ci payaient généralement leur billet en liquide, les transactions étaient intraçables. Au bout du compte, les enquêteurs ne purent ni confirmer ni infirmer que Jane avait pris un quelconque train.

*

* *

Ce soir-là, Glover fit part à Dan Larkin de ses soupçons pour la première fois. Avec le recul, admet-il aujourd'hui, il le regrette. Il n'y avait rien à en retirer, aucun avantage tactique. L'inspecteur perdit simplement le contrôle de ses émotions. Il révéla son jeu parce qu'il était épuisé et qu'il voulait que Larkin sache qu'il ne trompait personne. Aujourd'hui, Glover le reconnaît : « Je voulais qu'il sache que j'étais aussi malin que lui. » Un homme plus expérimenté – et faisant preuve de plus d'assurance – n'aurait pas fait la même erreur, c'est du moins l'avis de Glover.

Pour ce que ça vaut, je ne vois pas les choses ainsi. L'erreur, si c'en était bien une, n'a sans doute fait aucune différence. Dan Larkin était un avocat pénaliste avec de la bouteille. Il devait être sur ses gardes. Il se savait sur la liste des suspects, comme n'importe quel mari lorsque son épouse s'évapore. Glover ne trahissait là aucun secret.

Mais tous les flics sont familiers de la culpabilité lancinante qui accompagne un cas non (ou mal) résolu. Ces questions qui reviennent sans cesse, ces « Et si… ». La honte de l'échec personnel. Glover avait pris cette affaire très à cœur. C'est une chose d'échouer, ça nous arrive à tous, c'en est une autre de vivre avec l'échec année après année, de l'emporter partout avec soi dans sa poche, de le tripoter du bout des doigts.

Cette conversation eut lieu dans la cuisine des Larkin, après que Glover eut révélé à Larkin qu'ils avaient trouvé la voiture de Jane. Ce nouvel indice engendrait de toute évidence un dilemme pour l'inspecteur. Fallait-il continuer de traiter Dan comme un suspect, sans le tenir au courant de rien – ou même le mettre sur des fausses pistes si cela pouvait servir les objectifs des flics ? Au final, Glover passa certains faits sous silence, notamment l'absence d'empreintes digitales, dont les enquêteurs avaient déjà connaissance ce soir-là. Il donna cependant à Dan suffisamment de détails pour feindre qu'ils étaient toujours du même bord.

Quand la conversation commença à se tarir, Glover ajouta :

— Permettez que je vous pose une question ? C'est bien vous qui avez défendu Vincent Tancredo ?

Dan inclina la tête et prit le temps de jauger Glover d'un regard par en dessous :

— Pourquoi cette question ?

— L'affaire est célèbre. Pure curiosité. Il était comment ?

— Aucune idée. Vincent était un client, pas un ami.

— Vous avez passé beaucoup de temps avec lui. Vous devez bien avoir une opinion.

— Pas tellement, non.

— Il était intelligent ?

— Pas spécialement.

— Vous l'aimiez bien ?

— C'était un type très ordinaire. Un homme comme les autres. Comme n'importe quel autre. Comme vous.

Rappel des faits : la femme de Vincent Tancredo, Janice, avait été assassinée en avril 1972. On avait découvert le corps dans sa voiture, replié dans l'espace au pied du siège conducteur, sous une couverture. Le véhicule, une Buick Wildcat '69 décapotable vert émeraude, était stationné devant les urgences de l'hôpital Faulkner à Boston où Janice travaillait comme infirmière. Elle avait effectué son service de jour normalement, mais n'était jamais rentrée chez elle. Son mari avait signalé sa disparition l'après-midi suivant et la voiture fut rapidement localisée. Personne n'y avait prêté attention jusque-là ; le personnel avait l'habitude de la voir demeurer longtemps garée à cet emplacement.

— C'est la voiture qui m'y fait penser, c'est tout, prétendit Glover. J'ai passé la journée sur un parking avec la voiture de votre épouse, aujourd'hui. Ça m'a simplement évoqué Tancredo, la façon dont l'affaire avait démarré.

— Mm-hm.

— On disait de lui que c'était un cerveau. C'est vrai ?

— Vincent ? Pff, non.

— Il était médecin.

— Et après ?

— Il devait quand même en avoir sous le capot.

— Vous croyez ? Vous connaissez cette vieille blague : Comment on appelle le plus con des élèves, en médecine ?

— Je sais pas. Dites voir.

— Docteur.

— Ce qui voudrait dire que... qu'on n'a même pas besoin d'être très futé pour s'en tirer après un meurtre.

— Qui a dit qu'il s'en était tiré après un meurtre ?

— Tout le monde.

— Pas moi.

— Forcément. Vous êtes son avocat.

— Vous n'y êtes pas. Si Vincent avait été acquitté après un meurtre, je serais obligé de me ranger à votre avis : pas besoin d'être un génie. Mais sachant qu'il n'y est pour rien, je vois mal comment vous pouvez tirer la moindre conclusion de ce dossier. Tout ce qu'on peut affirmer, c'est qu'il n'y avait aucune preuve.

En réalité, il y avait des preuves substantielles montrant que Vincent Tancredo avait étranglé son épouse. Il y avait simplement présomption de culpabilité – un faisceau d'indices établissant le mobile, les moyens et les circonstances, mais aucune preuve directe de l'acte en lui-même. Le contexte était banal : un mari qui s'ennuyait, cultivant un appétit croissant pour la grande vie et les femmes autres que la sienne sans avoir les moyens de payer l'addition. Il y avait une maîtresse et des contrats d'assurance vie au nom de Janice Tancredo. Une accumulation de clichés, comme souvent dans les crimes conjugaux. L'intérêt – l'unique intérêt – de l'affaire résidait dans le fait qu'il s'en était tiré. Le procureur patienta deux ans avant de le faire passer au tribunal, dans l'espoir de récolter plus de preuves. En vain. Il décida alors de tenter le tout pour le tout et de jouer les cartes qu'il avait en main au lieu d'attendre qu'on lui distribue un carré d'as. Lors du procès, Dan Larkin revint inlassablement sur le caractère insuffisant de la preuve, Vincent Tancredo ne fut même pas cité à comparaître et il ne fallut que quelques heures de délibération au jury pour trancher : non coupable. Fin de la partie.

— Je suis peut-être naïf...

— Oh, j'en doute fort, inspecteur.

— ... mais quand je regarde ce dossier, je me dis : peut-être qu'après tout c'est pas si dur de passer à travers les mailles. Ça ne vous a pas traversé l'esprit ? Ne me dites pas que vous n'y avez jamais pensé. On enchaîne les dossiers, on voit les erreurs que font tous ces types, on trouve des schémas récurrents. Et on apprend.

— Je vois des gens, pas des schémas.

— Ouais, je sais, vous êtes obligé de dire ça. On ne peut pas le dire, mais c'est la triste vérité, pas vrai ? On peut s'en tirer, c'est pas si difficile. Il faut juste savoir s'y prendre et éviter les impairs. La plupart des gens sont des amateurs, en matière de meurtre. Ils font des erreurs stupides. Pas vous.

— C'est ça, inspecteur, je suis un véritable expert ès meurtres d'épouses.

— Je n'ai pas dit...

— Si, vous l'avez dit.

Dan avait une manière bien à lui de scruter les gens droit dans les yeux, sans ciller. Au tribunal, il s'en servait pour mettre les témoins mal à l'aise ; ils devenaient nerveux, remuants, ce que les jurés prenaient à tort pour un signe de malhonnêteté. Pour l'heure, son regard était rivé sur Tom Glover.

Un long moment s'écoula.

— Inspecteur – Tom –, laissez-moi vous aider. Ne jouez pas à ce petit jeu avec moi. On n'est pas au cinéma.

Dan se radoucit pour laisser l'autre se détendre un peu. « On ne peut pas maltraiter sans fin un témoin, avait-il coutume de dire. Il faut aussi faire montre d'un peu de tendresse, prendre son parti de temps à autre, lui donner de l'espoir, sinon on le perd et il finit par se taire pour de bon. »

— Écoutez. Oubliez Vincent Tancredo. Ce n'est pas nécessaire. Vous n'avez pas à jouer avec moi. Je comprends ce que vous vous dites. C'est naturel que vous vous posiez toutes ces questions. Vous avez des soupçons, et c'est bien normal. C'est votre boulot. À votre place, moi aussi je me montrerais méfiant. À partir de maintenant, interrogez-moi sans détour, OK ? Demandez-moi ce que vous voulez. Je répondrai à tout.

Glover ne dit rien. Son esprit tournait à vide, aucune question ne lui venait.

— Quel âge avez-vous, Tom ?

— Presque 32 ans.

— Presque 32 ans. Vous n'avez jamais eu un cas pareil à traiter, pas vrai ?

— Non.

— Écoutez, je crois que vous avez envie de m'entendre le dire, Tom. Je vais être on ne peut plus clair. Je ne veux pas qu'on aille demander, plus tard : mais pourquoi ce sale bâtard de Larkin n'a-t-il jamais nié ? Pigé ? Alors écoutez : je n'ai pas touché à un cheveu de Jane. D'aucune manière, jamais. Je n'ai pas la moindre idée d'où elle se trouve ni de ce qui lui est arrivé. Ma femme a disparu et je ne sais pas pourquoi. Je suis dévasté – dévasté, Tom, vous comprenez ça ?

— Oui.

— Maintenant, avez-vous encore des questions en suspens ?

— Non.

— Bien. Parce que je tiens à répondre à toutes vos interrogations, Tom. Je veux que vous sachiez que vous pouvez tout me demander. Je n'attends pas de vous que vous me fassiez confiance, ce ne serait pas raisonnable. Jouez franc jeu avec moi, c'est tout.

— D'accord.

— Parce que je vous fais confiance, Tom. Vraiment. Je n'ai jamais refusé de répondre à aucune de vos questions. Je ne me suis jamais dérobé en évoquant le Cinquième Amendement. Je n'ai jamais exigé que vous me montriez un mandat avant de fouiller où que ce soit. C'est à peine si j'ai fermé l'œil ou mangé ces derniers jours, ce qui ne m'a pas empêché de vous apporter l'aide requise, ai-je tort ?

— C'est exact.

— Cela vous évoque-t-il un homme coupable, Tom ? Un meurtrier ?

— Non.

— Tant mieux. Alors retrouvez ma femme. Je vous en prie, trouvez-la. Vous pouvez faire ça ?

Glover ne répondit rien. Il resta planté là, avec le sentiment que Dan venait de lui faire les poches.

— Très bien, dans ce cas je crois, inspecteur, que vous feriez mieux d'y aller.

Glover tourna les talons, désireux de quitter cette maison, et c'est seulement là qu'il aperçut Alex dans l'encadrement de la porte de la cuisine, bras croisés. Glover s'approcha du jeune homme, qui faisait bien quinze centimètres de plus que lui, mais ce dernier ne s'écarta pas immédiatement.

— Excuse-moi, dut dire Glover, sur quoi Alex pivota, laissant un espace étroit qui obligea Glover à se contorsionner. Excuse-moi, répéta Glover d'un ton un peu plus ferme, et le jeune homme s'écarta pour le laisser passer.

Dans l'entrée, il vit Miranda assise sur le palier intermédiaire de l'escalier, en chemise de nuit. Les yeux de la petite étaient baignés de larmes. Elle agita faiblement la main. Elle n'était qu'à quelques mètres – huit marches au-dessus de lui – et Glover voulut dire quelque chose qui puisse l'aider, pour être gentil avec elle comme elle l'avait été avec lui. Mais, pris entre le désespoir de Miranda, le mépris d'Alex et les manipulations de Dan, il peina à trouver les mots justes, puis ne trouva plus les mots du tout. Il resta là un moment, contemplant son impuissance, puis sortit sans qu'on le raccompagne.

*

* *

Quand Glover me rapporta cet incident, je songeai à tenter ma chance auprès de Vincent Tancredo, au cas où il accepterait de me parler. Ça ferait une bonne digression. Avait-il des souvenirs de Dan Larkin ? Se rappelait-il la teneur de certaines de leurs conversations ? Comment était Dan, pendant l'audience ? Mais Vincent Tancredo était mort en mai 2005, de « cause naturelle », selon sa notice nécrologique dans le *Globe*. Il avait 82 ans, ce qui – dans l'une de ces charmantes symétries qui sont monnaie courante, dans la vie, mais que les romanciers feraient mieux d'éviter – était précisément le double de l'âge de sa femme à l'heure de sa mort.

Les deux cas ne se ressemblaient pas plus que ça, mais il est compréhensible que Tom Glover les ait reliés. Il y avait ces voitures, toutes deux abandonnées dans des parkings publics, et leurs prénoms voisins, Janice et Jane. Et puis, évidemment, ils avaient Dan Larkin en commun. Glover avait fait une déduction parfaitement logique, ou du moins une déduction qui aurait pu paraître évidente pour un flic : après avoir longtemps observé ses propres clients être innocentés malgré la diversité des crimes commis, meurtres inclus, quoi de plus naturel pour Dan que de songer : on peut commettre n'importe quel crime sans se faire pincer si on est assez malin.

Mais du point de vue des flics, l'affaire Jane Larkin posait deux énormes problèmes absents de celle de Janice Tancredo. Tout d'abord, il n'y avait pas de corps. Comprenez, il n'est pas nécessaire qu'on ait trouvé un cadavre pour que le procureur prouve qu'un meurtre a eu lieu. Le cadavre est simplement la meilleure et la plus évidente des preuves. En conséquence, si, au tout début de l'enquête, on était tenté de soupçonner Dan Larkin d'avoir tué sa femme, il fallait déjà supposer – deviner, même – que Jane était bien décédée. La plupart des gens franchissaient ce pas sans problème. À chaque jour qui passait, il semblait de moins en moins probable que Jane soit égarée, blessée, incapable de trouver un téléphone, inconsciente de la panique que sa disparition générait, etc. Jane était morte – tout le monde le savait, point. À tout le moins, pensait-on, une mère ne pouvait pas se volatiliser en laissant ses enfants derrière elle. Au bout d'une semaine, un consensus tacite se fit qui voulait que Dan soit coupable de *quelque chose*. Le seul suspense dramatique qui demeurait consistait à savoir de quoi. L'absence de preuve tangible ne sauvait pas Dan face au « tribunal de l'opinion publique » ou aux enquêteurs professionnels. Voyez-vous, le soupçon n'a pas besoin de se nourrir de preuves ; leur absence l'alimente tout autant.

Le second problème avec l'accusation portée contre Dan, c'est qu'il n'avait aucune raison apparente de tuer son épouse. Cela allait bientôt changer.

*
* *

À ce stade, je dois de nouveau vous rapporter un détail sans respecter la chronologie des faits, car ce n'est qu'assez tard dans le processus d'écriture de ce livre qu'Alex a consenti à se laisser interviewer, et c'est son point de vue que j'attendais le plus sur la question du mobile, pour des raisons qui vous apparaîtront clairement dans un instant. Lorsque lui et moi avons discuté, j'avais déjà un premier jet quasi abouti, j'ai donc pu jouer la carte du chantage, typique des journalistes : le livre sortira avec ou sans votre coopération, donc si vous souhaitez faire entendre votre version…

La rencontre eut lieu dans le cabinet d'avocats dont Alex est désormais associé, au cœur de Boston. C'est un cabinet prestigieux et fort ancien. Je ne le nommerai pas ; il me suffit de dire que son nom est familier à tout avocat de Boston. Le hasard veut que j'aie travaillé brièvement dans ce même cabinet, en tant que stagiaire largement surpayé et désœuvré, pendant mes études de droit. À cette époque – c'était l'été 1989 – le cabinet opérait sa mue, passant du vieux cabinet à l'ancienne au colosse national qu'il est aujourd'hui. Mais l'avenir de l'entreprise se devinait, et je savais très bien que je n'y resterais pas. En tant qu'avocat, une autre carrière m'appelait.

Toutefois, aussi inadapté que j'étais à la vie dans un gros cabinet juridique, Alex Larkin avait cette envergure. Je le revois flâner dans les couloirs, cet été-là, avec son costume bien coupé et ses bretelles en soie, beau mec élancé au port d'athlète. Il avait 30 ans et quelques, à l'époque. Ses golfes commençaient à se creuser, élargissant le fossé des années entre nous. Il avait l'arrogance de la jeunesse – comment dire ça aimablement ? –, un trait de caractère que je hais, mais je ne pouvais pas ne pas apprécier Alex, ni même le blâmer de se prendre autant au sérieux. C'était une star depuis si longtemps. Moi aussi, je songeais encore à lui sous cet angle. On ne détrône pas les idoles qu'on se choisit dans l'enfance.

Un autre souvenir se dégage de cet été 1989. Personne, au cabinet, ne mentionnait jamais l'histoire de la mère d'Alex Larkin. Comme s'ils étaient tacitement convenus qu'il serait inconvenant de commérer à ce sujet. À moins qu'ils n'aient jamais fait le lien entre Alex et l'affaire dont les médias n'avaient plus parlé depuis des années. Alex se comportait comme s'il l'avait également oubliée. À vrai dire, il ne montrait jamais aucun signe du moindre embarras, quel que soit le contexte.

Quand nous nous sommes enfin vus pour discuter du livre, presque trois décennies plus tard, au début du printemps 2017, c'est cette version princière d'un Alex dans la fleur de l'âge que je m'attendais à trouver. Et en effet, malgré ses 57 ans, c'est exactement ainsi que je l'ai retrouvé. Contrairement à Jeff, dont la cinquantaine lasse et fatiguée m'avait frappé, Alex avait bien vieilli, comme lui avaient réussi le costume sur mesure, la Rolex et les discrètes lunettes de lecture. C'était la version aboutie d'Alex Larkin, le dernier modèle ayant exaucé toutes les promesses initiales.

Le rendez-vous se déroula dans le bureau d'angle d'Alex, qui offrait une vue époustouflante sur le front de mer et le quartier du port. Après une poignée de main appuyée, il s'installa derrière sa table, un monolithe de bois sombre, le genre de témoignage de puissance monumentale dont on se demande comment il a pu être transporté jusque-là. Devant lui, les pages de mon manuscrit formaient une pile en pagaille. (Il avait insisté pour disposer d'un tirage papier et non d'un simple fichier numérique.) Alex s'inclina dans son fauteuil, souple et élancé comme un guépard.

— Bon, fit-il, je ne suis pas franchement un gros lecteur, Phil, mais j'ai trouvé ça bon, si tu veux mon avis. Je ne dirai pas que j'ai pris plaisir à le lire, évidemment, mais c'est bien ficelé.

— Merci. Je sais que ce n'est pas un sujet évident pour toi.

— Parce que pour toi, ça l'est ?

— Non, ce n'est pas évident pour moi non plus. Ce n'est pas le genre de chose facile à écrire. Je l'ai aussi dit à Miranda et Jeff. Je le dis dans le livre, merde. Je n'aime pas écrire au sujet de mes amis.

— Parce que c'est ce qu'on est, des amis ?

— Oui.

— Sauf que tu vas quand même publier ça.

— Je l'espère, oui. J'ai mes scrupules, tu sais. Je ne suis pas trop fier de moi.

— Dans ce cas, pourquoi le publier ? Pourquoi ne pas écouter ta conscience ?

— Parce que c'est mon job.

— Régler tes comptes avec les gens ?

— Non.

— Et moi alors ? Je n'ai pas voix au chapitre ?

— Je crains que non.

— Et si je te demande de ne pas le publier ? Il se passe quoi ?

— Ça dépendra de la raison invoquée, j'imagine.

— Et la décence, dans tout ça ? L'amitié ? Mon père est très malade et tu le sais. Il va mourir. Ça te semble juste de l'attaquer maintenant, alors qu'il ne peut pas se défendre ?

— Je n'attaque personne. J'essaie juste de dire la vérité. Mon travail consiste à être honnête.

— Oh, me la joue pas vertueuse. L'honnêteté, c'est parfois cruel. Rien ne t'oblige à t'exprimer et à balancer tous ces trucs.

— C'est le boulot des écrivains.

— Mais pas des romanciers.

— C'est exactement ce que font les romanciers.

— Un romancier, ça raconte des histoires, Phil. De la fiction.

— C'est ce que j'ai fait.

— À peine.

— C'est un roman, Alex. C'est comme ça que je le définis.

— Je croyais que tu étais honnête. Tu viens de le dire.

— Je suis honnête à ma manière. Aussi honnête que possible.

— Tu n'aimes pas mon père, Phil ?

— Je n'ai pas d'avis tranché sur lui, ni dans un sens ni dans l'autre.

— Quelle opinion te fais-tu de lui ?

— Je le connais mal.

— Arrête, tu dois bien avoir un avis. Tu l'as connu. Tu l'aimais bien ? Tu trouvais que c'était quelqu'un d'aimable ?

— Ce sont deux questions distinctes. Je ne crois pas qu'il soit particulièrement aimable, non. Ce qui ne signifie pas que je ne l'aimais pas.

— Mais c'est le cas pour Jeff. Tu dois le savoir, non ? Jeff le déteste profondément.

— Ça, c'est à Jeff d'y répondre.

— Jeff n'est pas ici, c'est à toi que je pose la question.

— Je crois que les sentiments de Jeff pour son père sont assez confus.

— Mais dans ces pages, tu répètes comme un perroquet tout ce que Jeff te raconte sans une once d'esprit critique.

— Je n'utiliserais pas le terme perroquet. Je rapporte des paroles. Et je sais me montrer critique.

— Tu peux appeler ça comme tu veux. C'est assez biaisé, comme perspective.

— Je pourrais aussi jouer les perroquets avec la partie adverse, si tu me parlais un peu. Tu as refusé de me parler, qu'y puis-je ?

— Il est trop tard, de toute façon, non ? Le bouquin est déjà écrit.

— On a le temps. Tout ce que tu me diras sera utilisé.

Il sourit, mais ne releva pas l'invitation.

— Et Glover. Visiblement, c'est une source majeure. Tu l'as jugé fiable.

— C'est exact. Je le crois sincère.

— On peut être sincère sans être fiable, être sincère et avoir tort. Le monde regorge d'imbéciles d'une grande sincérité.

— Glover n'est pas un imbécile.

— Non, je retire ce que j'ai dit.

Il considéra le manuscrit d'un air contrarié.

— Je présume que le texte a été visé par le service juridique de ton éditeur ?

— Pas encore.

— La diffamation n'est certes pas mon domaine d'expertise, néanmoins il me semble que mon père aurait bien des raisons de t'attaquer.

— Alex, si tu penses que j'ai commis des erreurs factuelles…

— Des erreurs factuelles ? Je ne saurais même pas par où commencer.

— Vas-y, dis. Dis-moi quelles erreurs tu as repérées, je les corrigerai volontiers.

— Non. Parce que ce que je te donnerais, ce ne serait pas des faits. Ce serait juste un témoignage. Tu es avocat, tu le sais aussi bien que moi. On ne peut pas se fier à tous les témoins, pas même à moi. Les témoins se trompent, même quand ils ne mentent pas. Ils perçoivent les choses de travers, se rappellent mal, déforment tout. Enfin, c'est la base, on voit ça en première année. Tu as l'air de croire que tu peux te contenter de répéter ce qu'on te confie – qu'il s'agisse de Miranda ou de Jeff. Comme si tout ce qu'ils te disaient était parole d'Évangile, comme s'il suffisait que quelqu'un raconte quelque chose pour que ça devienne un fait.

— Écoute, je sais que tu m'en veux, Alex, mais encore une fois, si tu souhaites que je corrige quoi que ce soit, je le ferai volontiers.

— Mais c'est à moi que la responsabilité incombe, c'est ça ? Et si je ne veux rien corriger du tout ? Si je ne veux rien avoir à faire avec tout ça et qu'on me laisse tranquille, simplement ?

— C'est ton droit. Mais ce n'est pas ce que souhaitent Miranda et Jeff. Tu comptes intenter un procès à tes propres frère et sœur ?

— Bien sûr que non. C'est toi que j'attaquerai. Et ton éditeur.

— Pour avoir rapporté les propos de Jeff ? Un témoin direct ? Non, tu n'en feras rien.

— Jeff. Jeff.

Il ferma les paupières et se massa le front du bout des doigts comme un père épuisé. Jeff aurait tiqué. Pour décrire sa relation ambivalente à son frère aîné, il avait toujours eu recours à des termes comme « arrogant », « aveugle aux autres », « narcissique ». À ses yeux, Alex avait échappé au pire. Quand sa mère avait disparu, il était déjà un jeune homme. Moins d'un an plus tard, il quittait la maison pour aller à la fac. Alex était suffisamment âgé pour encaisser le choc – bien mieux que Jeff et Miranda, en tout cas, qui étaient encore des enfants. Jeff avait raison d'en vouloir à Alex, selon moi, mais je « comprends » un peu mieux Alex à présent. Il n'était ni aveugle ni narcissique, pas plus que les autres adolescents de son âge, du moins. Simplement, il n'avait pas saisi combien ses cadets avaient souffert dans l'histoire. Pourquoi Jeff et Miranda s'étaient-ils laissé submerger par le chagrin à ce point ? Pourquoi ressasser sans fin ce qu'on ne pouvait pas changer, année après année ? Quel intérêt ? Et qu'est-ce qu'il y pouvait, lui, Alex ? C'était le rôle de sa mère de couver Miranda et Jeff ; Alex n'était pas équipé pour la remplacer (ce qui est pardonnable) et il n'avait pas la moindre envie d'essayer (ce qui l'est sans doute moins).

— Alex, je crois que Jeff essaie simplement de comprendre ce qui s'est passé. Cela me semble parfaitement normal. Ça ne te titille jamais, toi ?

— Non. C'est du passé.

— Comment est-ce possible ? Comment peux-tu être aussi… serein ?

— Je ne suis pas serein. Tu n'as aucun droit de dire ça. Tu ne peux pas comprendre.

— Désolé. Le mot n'était sans doute pas adéquat. Mais on dirait que, dans ta tête, tout est réglé. Comment tu t'expliques l'affaire ? Quelle histoire tu te racontes, comment tu vois ce qui s'est passé ?

— Tu veux dire, est-ce que je pense que mon père est un meurtrier ?

— Je n'ai pas dit ça.

— Mais c'est ce que tu voulais dire. La réponse est non, je ne le pense pas.

— Tu n'en as jamais douté ? Même fugacement ?

— Non. J'ai confiance en lui. Ça a toujours été le cas.

— Mais il y a des choses que tu ignorais à son sujet.

— Bien entendu.

— Sarah, par exemple.

— Oui. Sarah, par exemple.

— Parle-moi un peu d'elle.

— Qu'est-ce que tu veux savoir ?

— À quel moment tu as su, pour elle ? Comment était-elle ? Tu l'aimais bien ? Dis-moi n'importe quoi. Quelle a été ta première impression ?

Il me cloua du regard.

— Ça reste entre nous ou pas ?

— Non. Jamais. Je ne suis pas journaliste. Je ne sais pas enclencher le mode « off ».

Sa main flotta un instant au-dessus du manuscrit, araignée descendant sur son fil, puis atterrit sur le bout de ses cinq phalanges.

— Elle est venue à la maison.

Il s'en tint là.

— Quand ? Quand est-elle apparue pour la première fois ?

Il resta silencieux un moment, hésitant, puis se décida à me parler de l'affaire.

— Environ une semaine après la disparition de ma mère. Voire deux. Je ne suis plus trop sûr.

— Qu'est-ce que ça t'a fait ? Qu'as-tu pensé quand tu l'as vue ?

Une autre pause. Alex, toujours hésitant à se confier.

J'attendis. Plein d'espoir.

— Je l'ai trouvée belle. Quand elle a passé le seuil, j'en ai eu le souffle coupé. Je n'avais jamais vu une femme qui faisait un tel effet. Elle était lumineuse.

Je souris.

— Eh bien dis donc.

— Elle avait été mannequin, plus jeune, tu le savais ? C'était une des égéries du shampoing Breck. Quand je l'ai connue, elle devait avoir 39 ou 40 ans – à peu de choses près l'âge de ma mère, au passage, tu veilleras bien à le préciser, Phil.

— Entendu.

— C'était un soir, tard. On a frappé à la porte de derrière, presque sans bruit. En entendant ça, mon père a montré des signes de nervosité évidents. Ça faisait un moment qu'on était enfermés entre quatre murs et un rien nous faisait bondir. Ça aurait pu être les flics, ou un taré quelconque qui aurait entendu parler de nous dans le journal. Déjà, c'était quelqu'un qui n'avait pas sonné à l'entrée principale. Qui avait fait le tour, malgré l'obscurité. C'était franchement bizarre. J'ai même songé que ça pouvait être ma mère qui finissait par rentrer, vu que personne, en dehors de la famille, n'utilisait la porte de derrière le soir.

« Mon père a ouvert la porte, Sarah est entrée et ils se sont embrassés.

— Et ensuite ?

— Non, pas de “Et ensuite”. C'était… c'était un véritable baiser. Fallait voir ça. Ils se sont embrassés comme des amants, comme un jeune couple resté trop longtemps loin de l'autre. Mon père n'était pas un homme passionné, mais la manière dont il l'a embrassée… il a passé une main derrière sa tête, la gauche, celle avec l'alliance, et une main dans le creux de ses reins, et il l'a tenue comme ça pendant longtemps. Je crois qu'il avait complètement oublié que j'étais là. Il faut dire qu'il devait être sacrément sous pression, avec toute cette tension. Tu essaieras de te montrer un peu compréhensif sur ce point, Phil. Imagine ce qu'il devait ressentir. La solitude, l'état de siège. Et voilà qu'apparaissait soudain la femme qu'il aimait. Imagine ce qu'il a dû ressentir.

— Je m'efforce de m'imaginer ce que toi, tu as dû ressentir. Ça a dû être un choc.

— Un choc ? Ça m'a soufflé. Littéralement soufflé.

— Tu ne l'avais jamais vue auparavant ?

— Jamais.

— T'en avais jamais entendu parler ?

— Jamais.

— T'avais jamais eu la moindre idée que ton père… ?

— Mon Dieu, non. On se doutait de rien. Mon père était quelqu'un de très précautionneux, très méticuleux. Je ne savais absolument pas qui était cette femme, j'ignorais son existence.

— Et ta mère ? Elle était au courant ?

— Je ne sais pas. J'en doute.

— Donc, qu'est-ce que tu te disais en les regardant s'embrasser ?

— Franchement, j'ai pensé que mon père avait soudain l'air rajeuni de vingt ans. Un autre homme. Ce n'était plus mon père, juste un gars nommé Dan Larkin que je n'avais jamais vu de ma vie. Il était vivant, tu vois ? C'est la seule idée qui me vient pour le décrire.

— Ça a l'air de te rendre un peu jaloux, si tu me permets cette remarque.

— Parce que toi, non ? Imagine comment on doit se sentir en se réveillant du jour au lendemain.

— En se réveillant amoureux, c'est ça ? Il était amoureux, c'est ce que tu me dis.

— Amoureux... je ne sais pas. Je ne peux pas dire avec certitude ce qu'il ressentait. On ne peut que supposer. Tout ce que je peux affirmer, c'est que je l'ai vu embrasser cette femme avec fougue. J'en suis resté stupéfait. Il s'agissait de mon père. Les jeunes croient toujours que c'est leur génération qui a inventé le sexe. Ils sont incapables d'imaginer que leurs parents ont pu connaître une telle passion.

— Et après ?

— Sarah a dit : Il fallait que je te voie. Je me suis fait un sang d'encre. Je savais que tu pouvais pas m'appeler et qu'il ne fallait pas que je vienne, mais c'était plus fort que moi. Mon père lui a dit : C'est pas grave. C'est fait maintenant. Je suis content que tu sois là.

« Il m'a présenté à Sarah. Il n'en a pas fait tout un plat, n'a pas paru le moins du monde embarrassé ou désolé. Il a simplement dit : Alex, voici mon amie Sarah, comme s'il me présentait un partenaire de golf, un copain du boulot ou autre, comme si ce baiser n'avait jamais eu lieu. Elle, au moins, semblait un peu mal à l'aise. Elle m'a serré la main, puis ils sont allés dans son bureau.

— Décris-la-moi. Comment était-elle habillée ? Tu te rappelles ?

— Évidemment que je me rappelle. Un pantalon et un chemisier crème. Elle avait des petits escarpins aux pieds – du genre coûteux. Elle avait une sorte de queue-de-cheval un peu lâche, un truc sophistiqué dont je ne connais pas le nom.

Alex regardait dans le vague, mélancolique à l'évocation de Sarah. Je supposai qu'il revivait la griserie de cette première entrevue, l'admiration suscitée par son chemisier clair, le fin trait séparant ses orteils qui dépassaient des escarpins échancrés.

— Miranda et Jeff, où étaient-ils ?

— En haut, je suppose. Je ne m'en souviens pas. Miranda devait dormir. Elle était petite.

— Ils n'ont pas assisté à la scène ? Ils n'ont rien entendu ?

— Non.

— Et tu ne leur as rien dit ?

— Je l'ai dit à Jeff. Mais pas à Miranda.

— Pourquoi ?

— Parce qu'elle n'aurait pas compris. Elle était trop jeune.

— Qu'est-ce qu'elle n'aurait pas compris, exactement ?

— Rien que la façon dont mon père regardait Sarah. Ce qu'il voyait en elle.

— Et que voyait-il ?

Il baissa la tête, haussa les épaules. *Tu sais.*

— Ta mère aussi était séduisante, n'est-ce pas ?

— Bien sûr, bien sûr. Loin de moi l'idée de lui manquer de respect. Mais là c'était différent. Soyons clairs : je ne dis pas que mon père avait raison de craquer pour elle ; simplement que, en tant qu'homme, je comprends comment c'est arrivé.

— Qu'est-ce qui t'a fait penser que Jeff comprendrait, mais pas Miranda ?

— Il était un peu plus vieux.

— C'était un gamin.

— Il avait 12 ans, Phil. C'était plus un gamin, mais un ado. Souviens-toi comment tu étais, à 12 ans.

— J'aime mieux pas.

— Alors imagine ton pote Jeff. C'était plus un enfant.

— Je me souviens de Jeff, à cet âge. Et il a compris ?

— Je crois qu'il a compris à ce niveau (il pointa le doigt sur sa tempe), mais pas à celui-là (il indiqua son cœur).

— Mais toi, oui.

— J'ai compris que les gens tombaient amoureux.

— Y compris les gens mariés ?

— Je ne suis pas sûr que ta question soit sérieuse. Ce sont des êtres humains. La chair est faible.

— Et aujourd'hui tu comprends. Tu lui pardonnes.

— Je lui pardonne d'avoir été humain, oui.

— Voilà une formule digne d'un avocat. Je ne crois pas que les faits reprochés à ton père aient jamais inclus le fait d'« avoir été humain », je crois que Jeff, au bas mot, dirait qu'il a trahi sa femme, qu'il l'a trompée.

— Je ne cautionne rien, Phil. Je dis juste que je pourrais lui pardonner. On ne peut pas pardonner à quelqu'un qui n'a rien fait de mal. Mais là n'est pas la question : ce dont on l'accuse – ce dont tu l'accuses dans ton livre –, c'est bien pire que l'adultère.

*

* *

Avoir connaissance de la liaison de son père donnait à Alex une longueur d'avance sur les enquêteurs. Il leur faudrait des semaines pour découvrir la relation que Sarah Bennet entretenait avec Dan. Ils avaient d'abord dû installer sur le téléphone familial deux appareils distincts, des outils de l'ère prénumérique permettant d'enregistrer les numéros et de distinguer les appels entrants des sortants. À l'époque, on n'avait pas la possibilité technique de passer en revue les communications téléphoniques passées sur la ligne dans les semaines ayant précédé la disparition de Jane ; il n'en existait pas de trace. Néanmoins, les faibles moyens techniques d'alors présentaient l'avantage de ne pas nécessiter de mandat, puisqu'ils n'enregistraient que l'heure et le numéro composé, et non les propos tenus, à la différence des écoutes. Donc, une fois le dispositif en place, les enquêteurs furent en mesure de monitorer l'activité du téléphone de Dan Larkin malgré l'absence quasi totale de preuves contre lui. Ces données menèrent la police à Sarah. D'après les habitudes observées, ils purent deviner que Dan et Sarah avaient tout d'abord essayé de tenir leur liaison secrète. Les premiers temps, aucun appel, puis il y en eut quelques-uns, souvent tard le soir, et enfin leur fréquence grandit à mesure que, semblait-il, Sarah perdait son sang-froid. Dan devait inévitablement savoir que la liaison finirait par être révélée. Il n'essaya pas de la cacher outre mesure, se contentant de demander à Sarah de garder ses distances tant que les choses ne se seraient pas calmées, puis quand elle n'en fut plus capable et que leur histoire sortit au grand jour, il reconnut aussitôt les faits devant la police.

En matière de preuves factuelles, ça ne comptait guère. La découverte ne fit pas tant que ça progresser l'enquête. Car une question demeurait : si Dan Larkin voulait se débarrasser de sa femme, pourquoi ne pas simplement divorcer ? Cette énigme, plus que tout le reste, contrariait les enquêteurs. Après tout, des maris qui quittent leur femme, il y en a sans cesse – mais qui la tuent, quasiment jamais. La réponse ne se trouvait pas davantage du côté du porte-monnaie. Dan aurait pu se payer un divorce, même ruineux, et il n'existait pas de police d'assurance ou d'autre argument financier pour tuer Jane.

Tom Glover fut le seul que cet obstacle ne rebuta pas. Pour lui, l'affaire était entendue. La question du mobile était complètement résolue : Dan ne voulait plus de Jane ; le reste, c'étaient des points de détail. Presque quarante ans plus tard, Glover était toujours aussi sûr de lui. Au cours de l'un de nos entretiens, en 2015, il a dit : « [Dan] ne voulait pas juste se séparer d'elle. Il voulait qu'elle n'existe plus, il voulait l'effacer. Il n'y avait pas de place pour une ex-épouse dans la nouvelle existence de Dan avec cette femme. »

À mon avis, c'était un peu tiré par les cheveux. Ça ne suffisait pas à déterminer le mobile et ça ne tiendrait certainement pas en face d'un jury. Glover, frustré, en était venu à surévaluer la liaison. Les enquêteurs bredouilles cherchaient désespérément la moindre percée. Et Glover s'est peut-être aussi montré un tantinet prude dans cette histoire d'adultère. Le jeune homme à la vie monacale qu'il était y aurait attaché trop d'importance. Le mariage était sacré à ses yeux, peut-être parce qu'il était si profondément seul. (Glover finirait par se marier bien plus tard, douze ans environ après la disparition de Jane.)

Quoi qu'il en soit, Alex ne parla à personne de Sarah, son petit frère excepté. Il ne lui vint apparemment jamais à l'esprit de signaler le fameux baiser à la police. Libre à vous de vous faire votre opinion là-dessus. Ça a dû être une position insoutenable, pour un jeune homme. Parler, c'était trahir son père ; ne pas parler, c'était trahir sa mère. Personnellement, je ne lui jette pas la pierre pour avoir protégé le secret de son père. J'aurais sans doute fait de même.

Petite digression :

Durant cette même conversation de 2015 où Tom Glover avait évoqué la liaison de Dan, je fis une découverte intéressante : depuis cette affaire, il avait gardé une photo de Jane Larkin dans son portefeuille.

Il me l'a montrée spontanément. J'avais simplement dit en passant que cette affaire semblait l'avoir marqué d'une manière inhabituelle et il m'a sorti son portefeuille, en a tiré la photo pincée entre deux doigts, comme on présente ses papiers, la preuve de sa dévotion à Jane.

J'ai demandé :

— Votre femme est-elle au courant que vous vous trimballez avec ça ?

— Ça va. On n'a jamais trompé personne avec une photo.

C'était faux, bien sûr. On peut tromper avec une photo. On peut tomber amoureux de la photo d'une personne, de son souvenir ou de son idée. D'ailleurs, il est généralement plus facile d'aimer l'image de quelqu'un que la personne réelle puisque l'image ne change jamais, ne vieillit pas, qu'il n'y aura avec elle ni dispute ni déception.

Je soupçonne que Glover n'est pas le seul flic à conserver la photo d'une victime dans son portefeuille. Ils doivent être encore plus nombreux à garder en tête une image, un visage qu'ils ne peuvent pas oublier. Les enquêteurs, y compris les plus endurcis, développent souvent des sentiments pour une victime en particulier. Même les victimes d'homicide inspirent cette sorte de culte, en dépit – ou à cause – du fait qu'elles resteront à jamais inconnues.

D'une manière ou d'une autre, Jane avait visiblement compté pour Tom Glover. Du moins, Jane telle qu'il la concevait, ce qu'elle représentait, puisqu'il ne l'avait, de fait, jamais rencontrée. Alex avait peut-être raison. Chacun tombe amoureux à sa manière. La chair est faible.

*

* *

Glover se présenta à la tête d'une équipe munie d'un mandat le 2 décembre, sur le coup de 17 heures. Ils devaient être une douzaine, des flics locaux et de l'État, tous en civil. Glover avait passé une cravate et un veston.

Des véhicules de police stationnaient aux deux bouts de la rue, bloquant la circulation et décourageant les curieux.

Miranda se tenait derrière son père lorsqu'il ouvrit la porte à la brigade. En les voyant répartis sur l'étroit perron, elle songea que même les collègues de Glover se tenaient un peu à distance de lui, ou lui d'eux.

Glover lui semblait différent ce jour-là de la fois précédente, quand ils s'étaient assis au bord du lac. Plus ferme, plus décidé. L'homme déférent, timide qu'elle avait rencontré avait disparu. Glover avait apparemment tiré ses conclusions au sujet du père de Miranda. Son enquête était bouclée ; il cherchait uniquement à rassembler des preuves désormais, à monter un dossier contre lui. Même alors, Miranda l'apprécia et se sentit blessée de voir que son nouvel ami ne lui adressa pas le moindre signe de connivence sur le perron.

Dan Larkin le dévisagea – avec mépris, se rappela ultérieurement Miranda.

(Miranda me glissa en passant : « Savais-tu ce que Tom Glover était pour mon père ? Il était ce petit morceau de tendon qu'on mâche et remâche sans pouvoir ni l'avaler ni le cracher. Mon père aurait voulu le recracher, mais il n'a jamais pu. »)

— On a un mandat, annonça Glover en tendant le papier.

— Vous n'aviez pas besoin d'en passer par là, Tom. Vous le savez. Je vous l'ai dit, vous pouvez venir fouiller quand bon vous semble.

— Vous consentez donc à la perquisition ?

Un battement.

— Non. Je ne consens pas. Laissez-moi une minute pour lire le mandat.

Larkin, sur le seuil, passa en revue le document avec une mimique théâtrale exprimant son désaccord. Il s'attarda sur l'affidavit, la déclaration sous serment de Glover résumant les faits justifiant la perquisition. Il fit durer ce moment plus que nécessaire, jusqu'à ce que les policiers commencent à piaffer d'une jambe sur l'autre comme des chevaux de course au portillon.

— Ça ne tiendra pas.

— On verra.

Larkin se tourna vers sa fille.

— Allez viens, Miranda. On va s'installer au salon pendant que la police fait son travail.

— Qu'est-ce qu'ils font ?

— Ils cherchent maman.

— Ici ?

— Maman n'est pas ici, mon cœur. Je ne crois pas que ces messieurs sachent ce qu'ils cherchent. Mais on va les laisser jeter un œil, comme ça tout le monde est content et quand Alex et Jeff rentreront, on passera à table, d'accord ?

Ils s'installèrent donc sur le canapé et attendirent. Miranda s'allongea, la tête sur la hanche de son père, une proximité qu'il n'aurait sans doute pas tolérée s'ils avaient été seuls.

Enfin, Glover redescendit avec une pile de vêtements.

— On embarque ces costumes.

— Lesquels ?

— Tous les gris. Ils sont tous là ou il y en a au pressing ?

— Non, tout est là. Ce sont de beaux costumes. Vous me les rendrez.

Glover l'ignora.

— Et aussi les chaussures.

— Prenez juste les noires.

Larkin examina Glover des pieds à la tête, prenant bonne note de sa tenue, un veston en grosse laine au revers large et une cravate immense d'une étoffe différente.

— On ne porte jamais de chaussures marron avec un costume gris. Mais ça vous le saviez.

Glover l'ignora.

— Tom, vous voulez bien au moins m'expliquer pourquoi vous embarquez mes costumes ? Vous pensez vraiment que si j'avais dans l'idée de tuer ma femme, j'enfilerais un costume ? C'est ça, votre théorie ?

— Il va nous falloir accéder au garage, monsieur Larkin.

— C'est ça votre théorie, inspecteur ? J'ai mis mon costume pour un meurtre ?

— Le garage, s'il vous plaît. C'est une porte électrique ? J'ai besoin que vous m'ouvriez. Et il me faudra vos clés de voiture.

— Tom, à combien de procès pour meurtre avez-vous assisté ? Savez-vous au moins...

— Le garage, s'il vous plaît.

Soupir.

— Bien sûr. Je vais vous chercher tout ça.

Larkin passa à la cuisine, Glover sur ses talons, et pêcha un porte-clés dans le fouillis d'un tiroir. Il pointa la petite télécommande en plastique, à travers la fenêtre, vers le garage qui n'était pas attenant à la maison.

Observant Larkin, Glover fronça les sourcils.

— Vous avez un truc sur les ongles ?

— Non, fit Dan.

— Si, si. De quoi s'agit-il ?

— Oh ça. C'est du vernis.

— Vous vous mettez du vernis à ongles ?

— Du vernis transparent, oui. Ça les renforce et ça fait plus propre. C'est la petite touche finale. Vous devriez essayer, Tom. Soigner un peu votre apparence.

Glover grimaça, comme si Larkin lui avait suggéré de tester le cannibalisme ou la zoophilie.

— Les clés du véhicule.

(Miranda se rappellerait la réaction de Glover, un des premiers signes que la méticulosité de son père n'était peut-être pas normale. Ça la surprit. Elle avait toujours adoré la manière dont il s'habillait, surtout pour le travail – les cols blancs contrastant avec la teinte de la chemise, les poignets mousquetaire, les vestes, les épingles dorées au col. La mère de Miranda le charriait souvent à ce sujet, surtout avec sa coiffure au brushing impeccablement laqué, même le week-end. Mais Miranda n'avait aucun moyen de juger lequel de ses parents avait raison. Il est difficile, pour un enfant, de se faire un avis sur les bizarreries parentales. Chaque famille a les siennes, mais toutes semblent normales aux yeux de l'enfant né en leur sein, du moins pendant un temps.)

Ils restèrent encore une heure à fouiller la voiture et le garage. Ils balayèrent le sol du garage et passèrent au crible les nids de poussière, puis embarquèrent la lourde pelle en fer des Larkin, mais laissèrent les pelles à neige.

Enfin, ils sortirent le véhicule du garage et s'y agglutinèrent. C'était une berline Mercedes 450 SEL de 1973, blanche avec intérieur noir, pour laquelle Dan avait déboursé la somme hallucinante de 26 000 dollars, ce qui avait déclenché une dispute avec Jane. Miranda observa les inspecteurs depuis la cour à l'arrière de la maison. Ils retirèrent les tapis de sol et enlevèrent le cric et la clé en croix rangés dans le coffre, qu'ils placèrent tous deux dans des sacs de recueil d'indices. À un moment donné, se souvient-elle, Glover se pencha si loin dans le coffre que ses pieds se soulevèrent du sol. Quand il en émergea, il était en train d'arracher le revêtement en tissu du coffre, il tirait dessus pour le déchirer, arquant son corps pour faire levier. Elle songea : papa va être furax quand il verra ce que Tom fait. Il adore cette voiture.

Avant le départ des policiers, Glover demanda à s'entretenir avec Miranda seul à seule.

— Non, je ne vous y autorise pas.

— Elle peut me parler ou alors le procureur peut la convoquer dans le cadre de la procédure. Nous obligez pas à faire ça. C'est encore une enfant.

Dan hésita.

— Vous ne l'emmenez nulle part, j'exige d'être présent.

Ils montèrent à l'étage, dans la chambre des parents, escortés par un agent de la police d'État pour attester de la présence de deux témoins aux échanges qui allaient suivre. Le désordre régnait dans la pièce – tiroirs restés ouverts, vêtements éparpillés – mais pas de véritables dégâts. Ils continuaient de traiter Larkin avec certains égards, se dit Glover, parce qu'ils doutaient encore et qu'il les intimidait.

Sur le lit, une pile de cravates en soie, des rouges, des jaunes, des bleues, avec des touches de vert et de rose, des pois, des rayures de VRP, des pochettes.

Glover mit un genou à terre et dit à Miranda :

— Tu te rappelles que tu m'as dit que ton père portait une cravate rouge le jour où ta mère est partie ?

La fillette acquiesça.

— Je voudrais que tu regardes parmi ces cravates – regarde bien, prends ton temps – et que tu me dises si la cravate en question est là.

Miranda, debout près du lit, examina les cravates. Elle les disposa sur le lit, caressa les tissus fluides et frais, les regroupa, bien pliées, par couleur, comme son père aurait voulu qu'elle le fasse, pour racheter sa coopération déloyale avec la police. Quand elle fut satisfaite, elle leva les yeux vers Glover – mais pas vers son père – et secoua la tête.

— Non.

*

* *

L'homme qui était à l'époque procureur du comté de Middlesex – et avait donc le pouvoir de décider si Dan Larkin serait accusé d'un quelconque agissement criminel en lien avec la disparition de son épouse – se nommait John Kearney. Il était en poste depuis 1959, suffisamment longtemps pour que la plupart des électeurs ne puissent pas se rappeler le bureau du procureur sans lui. Il avait 64 ans, mais en paraissait davantage, avec ses mèches blanches éparses coiffant un crâne essentiellement chauve et son visage flasque. Pour les électeurs du comté et au-delà, il incarnait le vieux briscard de la politique, l'arriviste à l'irlandaise. Il avait aussi la réputation d'être agressif – un homme d'ordre, un type direct que rien n'effrayait, le genre de procureur « qui mettrait en examen sa propre mère ». Il cultivait et chérissait cette image. En quatre ans de poste, il avait été impliqué dans bon nombre de dossiers ultramédiatisés, parmi lesquels l'affaire de l'Étrangleur de Boston.

Sous la surface, cependant, en 1975, Kearney commençait à flancher. Sa santé faisait déjà des siennes, de manière discrète, mais visible. Dans la conversation, il marquait par instants des pauses pour déglutir péniblement. Il lui arrivait de bredouiller ou de manquer de coffre, surtout quand il était fatigué. Sa démarche était raide et hésitante, son équilibre instable. C'étaient là les premiers symptômes de la maladie de Charcot – un secret bien gardé. Aux journalistes, il fut dit qu'il avait une « infection virale ». Pour couper court aux rumeurs sur sa santé, son premier cercle évoquait sans cesse son énergie et son esprit acéré. En 1975, il était probablement plus aisé qu'aujourd'hui de protéger un tel secret ; la majorité des électeurs ne l'avait jamais entendu parler ni vu marcher.

Eût-il été en pleine santé, des nuages assombrissaient de toute manière l'avenir politique de Kearney. Il n'était pas parvenu à quitter son bureau de procureur pour décrocher un poste plus élevé. Il s'était présenté au poste de gouverneur en 1964 et avait échoué ; derechef en 1972, face à Ed Brooke, lors de la campagne sénatoriale américaine. Son image n'était pas sortie indemne de ce dernier échec. Kearney fut confortablement réélu procureur en 1974, mais un nouveau narratif émergea : Kearney était l'homme du passé. Trop âgé, en poste depuis trop longtemps – le public s'était lassé. Kearney faisait partie du paysage politique, d'une manière ou d'une autre, depuis bientôt trois décennies. Avant d'entrer en fonction, il avait longtemps œuvré dans l'équipe de campagne de John Kennedy, avait été pour ce dernier un homme de confiance dès sa première élection à la Chambre des représentants en 1946, quand les deux hommes revenaient tout juste du Pacifique où ils avaient servi dans la marine.

Mais en 1975, tout cela était de l'histoire ancienne. Kearney ne pouvait plus se revendiquer de son lien au président Kennedy ; cela n'aurait fait que souligner son âge avancé.

Autour, les requins rôdaient : des candidats plus fringants et télégéniques avaient commencé à s'organiser en vue du scrutin de 1978. Le vieux briscard de la politique n'allait pas tarder à se faire éjecter au profit de profils plus lisses, résolument plus modernes.

Voilà l'homme qui allait décider du destin de Dan Larkin à cette étape cruciale. La mise en examen est un des leviers d'influence les plus importants que possède un procureur ; à lui seul revient la décision de mettre ou non en examen un suspect et de définir les charges pesant sur lui. Le profil de Kearney – son âge, sa maladie, la précarité de sa position politique – eut-il un effet sur sa décision dans l'affaire Larkin ? On ne peut préjuger de rien, mais je soupçonne que cela dut jouer en faveur de Dan. Un homme en fin de carrière, comme l'était Kearney, est libre de suivre sa conscience. Et moins enclin à se faire forcer la main pour inculper quelqu'un lorsque les preuves manquent.

Larkin eut de la chance de tomber sur Kearney, comme il avait eu de la chance à maints égards, et cela pour une autre raison encore : du fait de son expérience sans équivalent, Kearney était disposé à croire Larkin innocent. Mais peut-être Dan le savait-il également.

*

* *

C'est donc dans le bureau d'angle de Kearney, à l'étage du palais de justice d'East Cambridge, à l'époque flambant neuf, qu'eut lieu la réunion pour statuer sur une éventuelle mise en examen. C'était peu avant Noël. Sur les murs lambrissés de bois de noyer s'alignaient des plaques et des portraits du procureur en compagnie d'un certain nombre d'huiles, dont John et Robert Kennedy, mais le bâtiment de facture austère et les finitions bâclées – moquette ultrafine sur un sol en béton, façades en béton moulé, fenêtres aux jointures défaillantes – donnaient à la pièce une allure miteuse peu accueillante.

Selon le souvenir qu'en a gardé Glover (il n'a pas conservé ses notes prises le jour J), six hommes faisaient cercle autour d'une table, représentant le bureau du procureur et les différentes polices, d'État et locale. Devant eux, une poignée d'épais dossiers. Le premier adjoint au procureur – le bras droit de Kearney – avait un classeur à trois anneaux, surnommé le « journal du crime », dépositaire des documents originaux et conclusions majeurs de l'affaire.

La veille, Dan Larkin avait mis fin à son silence médiatique, déclarant à un journaliste du *Globe* : « J'ai le droit à une décision de justice. Je suis innocent. Il n'existe aucune preuve que j'aie fait quoi que ce soit. Le procureur doit se montrer intègre et me blanchir de toutes ces rumeurs une bonne fois pour toutes, au lieu de laisser un innocent se faire traîner dans la boue. »

(Ce détail nous permet de dater la réunion avec précision. C'était le jeudi 18 décembre 1975. L'article dont se souvient Glover était une pleine page dans le *Globe* intitulée « Larkin proteste avec véhémence contre les rumeurs ».)

Dan avait raison, dans une certaine mesure : on le traînait dans la boue. La manière dont le public le percevait changeait. Les mêmes journaux qui avaient traité Larkin en victime des semaines durant – voyant en lui un homme « endeuillé, dévasté, ravagé par la douleur, éperdu de chagrin » – laissaient maintenant ouvertement entendre qu'il était un suspect. La dernière perquisition au domicile des Larkin avait fait l'objet de comptes rendus dans toute la presse locale. Le *Globe* et le *Herald American* avaient tous deux inclus des photos d'hommes en civil devant la maison. Si Dan était de fait innocent, alors c'était d'une injustice flagrante.

Cependant, Dan ne pouvait forcer la main au procureur, surtout pas pour se faire blanchir. Ce dernier avait tout à fait le droit de prolonger l'enquête indéfiniment, dans l'espoir que de nouveaux indices feraient surface. Les suspects dans sa position choisissaient généralement de se taire, du moins les plus avisés. D'un point de vue tactique, on n'a rien à gagner à parler – et beaucoup à perdre. Alors pourquoi Dan Larkin avait-il brisé son silence ?

Les hommes autour de la table de réunion en débattirent un moment. Larkin était peut-être coupable – de fait il s'en défendait trop. Ou bien essayait-il de les pousser à une mise en accusation précoce, avant que la preuve puisse être établie. Ou encore s'adressait-il à de potentiels jurés, argumentant déjà sa « version de l'affaire », à savoir qu'il était victime d'une accusation bâclée. Quelle que soit sa véritable motivation, ils étaient tous certains d'une chose : il avait un plan. C'était un avocat pénaliste, après tout, et parmi les plus insaisissables. Ils savaient avec certitude que jamais de sa vie Dan Larkin n'avait eu une parole impulsive ou stupide ; il n'allait pas commencer aujourd'hui.

Kearney se tenait en retrait sur son siège, écoutant les échanges.

Il finit par intervenir :

— Si Larkin l'a dit, peut-être que c'est vrai. Il n'y est peut-être pour rien. Si nous ne trouvons aucun indice, il y a peut-être une raison.

Son adjoint continua :

— Nous devons néanmoins prendre une décision. Nous allons bientôt révoquer le grand jury. La session se clôt le premier de l'an, je peux les garder encore un peu, si on approche du but. Est-ce le cas ?

Le procureur se tourna vers Glover, interrogateur :

— Qu'en dites-vous, inspecteur ?

Glover ne se sentait pas sûr de lui parmi ces hommes qui avaient davantage de bouteille et semblaient se connaître.

— Je crois que, avec un peu plus de temps... je crois qu'on tient le bon gars, je le crois vraiment.

— Peu importe que ce soit le bon gars si on n'a pas de quoi monter un dossier, si ? Il nous faut des preuves.

— On y travaille.

— Se peut-il que vous ayez tort ?

— Non. Je ne crois pas. Il n'y a qu'avec lui que ça tient la route.

— Mais cela tient-il seulement la route ? Je dois vous dire, inspecteur, que je ne suis pas très à l'aise avec la tournure que prend ce dossier. Je ne suis pas tout à fait sûr qu'on n'entende plus jamais parler de Mme Larkin. Il me semble que l'explication la plus probable, quand une femme s'évanouit sans laisser de trace, c'est qu'elle est partie de son plein gré. Cela se pourrait-il ?

— On l'a envisagé. Simplement je n'y crois pas. Une mère qui quitterait ses enfants sans crier gare ?

— On a vu plus étrange.

— Tout ce que j'apprends à son sujet me fait penser que ça ne lui ressemble pas.

— Tom, avez-vous déjà entendu parler de Joan Risch ?

— Non, je ne crois pas, non.

— Alors, laissez-moi vous raconter une histoire. Joan Risch a disparu en octobre 1961. C'était ma troisième année comme procureur. Quand j'ai été confronté au dossier la première fois, j'ai eu exactement la même intuition que vous. Mme Risch habitait Lincoln. Elle avait 31 ou 32 ans. Deux jeunes enfants qu'elle adorait, tout le monde s'accordait là-dessus. Tout le monde disait aussi qu'elle ne les aurait jamais abandonnés.

« Son comportement n'avait rien d'inhabituel. Le matin de sa disparition, elle a emmené sa fille chez le dentiste, puis elle est allée faire des courses.

« Aux alentours de 16 heures, sa fille, qui était allée jouer chez une amie, est rentrée à la maison. Elle a vu du sang sur le mur de la cuisine. Des traces de lutte : l'annuaire était ouvert à la page des numéros d'urgence, une chaise était renversée, le téléphone mural avait été arraché et balancé à la poubelle. Une traînée de sang menait de la cuisine jusque devant la maison.

« Cet après-midi-là, Mme Risch a été vue errant près de la route 128, qui venait juste d'être construite à l'époque. D'après les témoins, elle était en sang et semblait confuse, mais personne ne s'est arrêté pour la secourir.

« On ne l'a jamais revue.

« Évidemment, dans le cas de Joan Risch, on disposait d'éléments de preuve – plus que dans celui-ci. Des témoins avaient aperçu une berline grise garée devant chez les Risch durant l'après-midi. Une empreinte de paume ensanglantée était imprimée sur le mur de la cuisine avec quelques empreintes digitales, dont aucune ne put être identifiée – quelqu'un s'était donc trouvé dans la pièce avec elle. Ce n'était pas son mari ni personne de la famille. De toute manière, le mari était en déplacement professionnel ce jour-là. Son alibi était solide comme un roc. Il a immédiatement été disculpé.

« De toute évidence, Mme Risch avait été assassinée par un mystérieux intrus. Aucun doute là-dessus. J'ai participé à je ne sais combien de réunions comme celle-ci et personne, personne n'en a jamais douté.

« C'est alors que des détails curieux ont commencé à émerger. Mme Risch avait travaillé dans l'édition, à New York, avant de mettre un terme à sa carrière pour se marier et adopter une tranquille vie d'épouse et mère au foyer en banlieue. Certains de ses amis commencèrent à nous dire qu'elle n'était pas heureuse des choix qu'elle avait faits. Qu'elle s'ennuyait. Le glamour de sa vie d'éditrice new-yorkaise lui manquait.

« Mme Risch continuait néanmoins d'adorer les livres. C'était une lectrice de polars compulsive. Cet été-là, elle avait emprunté trente romans à la bibliothèque municipale, traitant tous de meurtres et de disparitions. Elle avait étudié la manière dont les femmes disparaissaient.

« Puis il s'avéra que le sang était moins abondant qu'on le pensait. Selon les experts, il émanait probablement d'une blessure superficielle.

« Sans compter que certaines histoires couraient au sujet de Mme Risch : elle avait subi des violences dans l'enfance, ses propres parents avaient péri dans un incendie inexpliqué quand elle avait 9 ans. C'était peut-être une personne instable.

« Et donc, conclut le procureur, que s'est-il passé ? Mme Risch s'est-elle enfuie ? Ou a-t-elle été assassinée ? On l'ignore encore à ce jour. L'enquête reste ouverte. À la lumière de ces faits, monsieur Glover, reconsidérez-vous votre opinion sur le cas qui nous concerne ?

— Non.

— Pourquoi ? D'où vous vient cette assurance ?

— Écoutez, j'admets qu'il est possible que Mme Larkin se soit enfuie. Tout est possible. Mais je n'y crois pas. Rien de ce qu'on a appris à son sujet ne nous incite à penser qu'elle voulait partir. Tout le monde s'accorde à dire qu'elle était dévouée à ses enfants, qu'elle ne les aurait jamais quittés.

— Quelle est votre théorie, alors ? Développez.

— Je pense que son mari voulait qu'elle parte. Il voulait être avec sa maîtresse. On a un mobile solide.

« Je pense que ce matin-là, il est allé à la bibliothèque de droit social pour avoir une trace de son absence du domicile et se constituer un alibi. Mais il n'y est pas resté : il est rentré chez lui et a tué sa femme. J'ignore comment ; on le saura quand on aura découvert le corps. Ensuite, il s'est débarrassé dudit corps je ne sais où. Il a pris toutes les précautions nécessaires. Les deux voitures ont été examinées à la loupe, ni empreinte, ni sang, ni cheveu, aucune trace de lutte ou de détérioration. La voiture de Mme Larkin notamment semble excessivement propre. Les pelles dans le garage ont également l'air d'avoir été nettoyées et essuyées récemment, je le soupçonne donc d'avoir enterré le corps ou de l'avoir immergé au fond d'un lac. Quant à savoir où…

« Et puis, Dan n'était pas vêtu de la même manière le soir qu'en partant de chez lui le matin. Sa cravate a disparu et il avait du noir sous les ongles le lendemain matin. On ne se noircit pas les ongles quand on passe sa journée plongé dans des textes de loi.

« Le véhicule retrouvé à la gare est un leurre laissé là à notre intention par Dan. On n'y a rien trouvé ; si c'était Jane qui l'avait abandonné là, elle n'aurait pas essuyé ses empreintes.

« Mettons qu'elle se soit enfuie, de quoi vivrait-elle ? Elle n'a emporté ni argent liquide, ni chéquier, ni carte de crédit.

Le procureur haussa les épaules :

— Peut-être qu'on l'aide. Peut-être qu'elle vit avec quelqu'un. De toute façon, tout ceci n'est que pure hypothèse, n'est-ce pas ?

— Tous les dossiers démarrent sur une hypothèse.

— Oui, mais la théorie, quand elle est juste, finit par être corroborée par des éléments de preuve. C'est le grand absent, ici. On n'a pas de corps, pas d'arme, pas de témoin, pas de violences conjugales ni de mauvais traitements. La réalité, c'est qu'on n'a rien.

— Dan Larkin est un homme très intelligent et très méticuleux.

— Ah oui ? Vous en connaissez beaucoup, des gens aussi intelligents ? Capables de tuer leur femme sans laisser le moindre indice ? Sans commettre la moindre erreur ?

Glover se tut.

Kearney se tourna vers son adjoint :

— Qu'en dites-vous, George ?

— L'affaire est entendue. Le dossier est vide, on n'a aucune preuve. Révoquez le grand jury et continuez à creuser. C'est tout ce qu'on peut faire.

Kearney lança :

— Quelqu'un y trouve à redire ?

L'assemblée secoua la tête.

— Tom, reprit Kearney, je vois bien que vous êtes déçu. Mais je ne vais pas inculper un homme pour meurtre, si c'est pour que la victime débarque en plein procès saine et sauve, après s'être planquée au Canada, en Floride ou à Tombouctou. Vous ne voudriez tout de même pas que je passe pour un imbécile, dites-moi ?

— Non, monsieur.

— Entendu. L'enquête reste ouverte. Continuez vos recherches.

— Oui, monsieur.

— Faites-moi changer d'avis.

— Oui, monsieur.

— Bien.

Le procureur s'adressa à son adjoint :

— Je voudrais que vous fassiez une déclaration. Tâchez de donner l'impression que l'affaire est bouclée. Il faut calmer les esprits avant que Dan Larkin se retrouve couvert de goudron et de plumes. Faites simple : aucune charge imminente, le dossier reste ouvert, l'enquête suit son cours, toute personne en possession d'une information est invitée à se rapprocher de nos services, etc., etc.

— Souhaitez-vous que je mentionne nommément Dan Larkin pour le mettre hors de cause comme il nous l'a demandé ?

— Non. Il n'est pas hors de cause.

— C'est dur à avaler, s'il n'est pas coupable. Toutes ces rumeurs.

— Cela dit, fit le procureur, s'il l'est, c'est dur aussi à avaler.

L'année suivante, à la date anniversaire de la disparition de Jane, la presse s'enquerrait de l'avancée de l'enquête et le bureau du procureur publierait une déclaration similaire : aucune mise en examen en vue, pas de piste active, le dossier restait ouvert. L'année d'après, lors du deuxième anniversaire, une déclaration semblable. Après cela, la presse cessa de poser la question.

*
* *

L'affaire aurait pu en rester là – d'un certain point de vue, ce fut le cas. La déclaration du bureau du procureur avait précisément cet objectif : la fièvre retomba, les gens se désintéressèrent progressivement de l'affaire. Le drame y gagna provisoirement une forme de conclusion, aussi frustrante soit-elle. On n'était pas arrivé au terme de l'histoire ; néanmoins on s'arrêtait là. Chacun – les enquêteurs et nous, le public voyeur – se résigna à l'attente.

Pour Dan, la décision du procureur de ne pas le disculper explicitement était dévastatrice. Cela scellait sa réputation. À l'avenir, cela conduirait la plupart des gens à supposer qu'il était pour quelque chose dans la disparition de son épouse – mais quoi précisément, personne n'aurait su le dire. Telle était l'ombre qui planerait sur les existences de mes amis Jeff et Miranda pendant bien longtemps.

Chez les Larkin, la vie ne reprit pas son cours comme avant, cela va de soi, mais elle reprit. Les jours, puis les semaines passèrent. Il fallait chaque jour préparer le déjeuner des enfants, faire tourner les lessives, plier le linge, remplir le frigo, préparer le dîner. Miranda, qui n'avait encore que 9 ans, demandait davantage d'attention que les garçons. Il fallait la récupérer à la sortie des classes et l'accompagner à la danse le mardi et le jeudi après-midi. Dan reprit le travail. L'intendance domestique ne l'intéressait pas le moins du monde. Pas plus qu'il n'osa, durant ces premières semaines et mois, demander à Sarah de venir l'aider. Donc, pour l'essentiel, la charge de combler le vide créé par la disparition de Jane incomba à sa sœur. Kate s'occupait des courses et du linge. Elle était là tous les jours à l'heure où Miranda rentrait de l'école.

Toujours présent, parmi toute cette normalité factice, rôdait le fantôme de Jane. Aujourd'hui, Miranda explique : « C'était comme vivre dans cet état d'entre-deux. On imaginait en permanence qu'elle pouvait débarquer à tout moment. Mon père nous disait que maman était en vie quelque part et que nous ne devions pas perdre espoir. Jeff et moi, on était convaincus qu'il ne voulait pas nous dire que maman était morte pour s'épargner de gérer deux mômes hystériques. »

On a le cœur en miettes à la pensée de ces deux enfants, évidemment, mais je ne peux m'empêcher de songer à Kate également. Tous les jours, elle venait chez sa sœur et la remplaçait. Tous les jours, elle s'efforçait de donner à ses neveux et nièce une partie de ce que Jane leur aurait procuré. Ses enfants à elle étaient suffisamment grands pour qu'elle puisse passer ses après-midi avec Miranda, la conduire à ses cours de danse ou regarder la télé avec elle, ou simplement s'assurer qu'elle ne trouve pas une maison vide en rentrant de l'école. Elle venait tous les jours, et tous les jours elle ressassait sa colère.

Un après-midi – Miranda estime que c'était quelques semaines après la déclaration décevante du procureur, quand la blessure était encore à vif –, elles étaient assises côte à côte sur le canapé devant un jeu télévisé. Miranda était pelotonnée contre sa tante. Elle avait besoin de contact physique, et tante Kate la serrait tout contre elle – bien que le corps de Kate fût plus maigre, plus dur que celui de la mère de Miranda, moins agréable pour les câlins.

— Miranda, je peux te poser une question qui reste entre toi et moi ?

— D'accord.

— C'est quelque chose que tu ne diras pas à ton père, ce sera notre secret à toutes les deux.

— D'accord.

— Tu es sûre que tu es capable de garder un secret rien qu'à nous ?

— Ouais.

— Est-ce que tu as peur, ici ?

— Peur ? Mais de quoi ?

— De lui.

— Non.

— Si c'était le cas, tu me le dirais ?

— Oui.

— Tu te sens en sécurité ici, dans cette maison ?

— Oui.

— Est-ce qu'il a déjà fait ou dit quelque chose qui t'a fait peur ou qui t'a inquiétée ?

— Non. Non, je ne crois pas.

— Parce que, tu sais, si tu veux venir habiter avec oncle Stephen et moi, c'est possible. Tu serais en sécurité. Personne ne pourrait s'en prendre à toi.

— Comment ça, s'en prendre à moi ?

— Non, rien. C'est juste une discussion. Je veux juste m'assurer que tu le saches : si jamais tu as peur de qui que ce soit, tu peux venir m'en parler. Tu sais ça, pas vrai ?

— Oui, je crois.

— Alors c'est parfait.

Elle embrassa la petite sur le front.

Miranda comprit ce que sa tante sous-entendait, mais l'idée d'être expulsée de chez elle, d'être une orpheline victime d'un méchant père lui semblait insensée, un anachronisme tout droit sorti d'un roman de Dickens. Sans compter que Miranda n'était sincèrement pas effrayée, même si elle comprenait qu'on ne pouvait exclure que son père ait fait quelque chose d'atroce. C'était son père, après tout. Elle n'aurait pas pu s'empêcher de l'aimer, même si le pire était avéré.

Kate n'en avait pas fini avec ce sujet, cependant. Elle le rumina tout le restant de l'après-midi, ses mots se faisant plus rares à mesure que l'obscurité gagnait la maison.

Quand Dan rentra ce soir-là, vers 17 h 30, avant le retour des deux garçons, sa belle-sœur écumait, et elle n'était guère douée – si tant est qu'elle en ait eu l'envie – pour dissimuler ses émotions.

Kate s'attarda dans la cuisine, ramassant son sac à main, boutonnant lentement son manteau. Elle planta le baiser attendu sur le dessus du crâne de Miranda, puis resta auprès d'elle un instant de trop, comme si elle rechignait à partir, et la petite fille songea soudain que sa tante aurait voulu l'emmener sur-le-champ, sans lui demander son avis.

Kate dévisagea Dan suffisamment longtemps pour qu'il ne puisse plus l'ignorer.

— Il y a un problème ?

— Tu sais très bien.

— C'est pas facile, cette situation. Je sais. On est tous…

— Je ne parle pas de ça.

Elle refusait de détourner le regard.

— Quoi, alors ? Dis-moi.

Elle s'approcha, comme si elle voulait que Miranda n'entende pas. Mais quand elle parla, elle le fit sans baisser la voix.

— Je sais ce que tu as fait.

Elle le pointa du doigt.

— Je sais ce que tu as fait.

LIVRE II

Il m'a tuée. Vous le savez, n'est-ce pas ? Il m'a tuée parce qu'il s'ennuyait, il était déçu. C'est aussi bête que ça. Il était déçu par la vie. Il était déçu par son mariage. Il était surtout déçu par moi. Je ne le rendais plus heureux. Je ne l'excitais plus.

Moi aussi, j'étais malheureuse. Ça, au moins, c'est terminé.

*

* *

À mes enfants, Alex, Jeff et Miranda :

Il y a certaines choses que je voudrais que vous sachiez, que je n'ai pas eu l'occasion de vous dire avant de partir. Tout d'abord, je n'ai pas de haine à l'égard de votre père. Je suis en colère, ça oui. Je ne lui pardonne pas, et je ne l'aime plus. J'aurais dû me débarrasser de lui. Mais je n'ai jamais pu me résoudre à le haïr. Ce serait comme me haïr moi-même ; il n'y a pas de moi sans lui. On a grandi ensemble. On a été gamins ensemble. On s'est faits l'un l'autre.

Et puis, bien sûr, on *vous* a faits. Sans votre père, pas d'enfants, pas de beaux et précieux enfants. Comment alors aurais-je pu regretter ma vie avec lui ? La fin n'efface pas tout ce qui a précédé. Elle ne vous efface pas.

Tout ça pour dire que je ne veux pas non plus que vous ressentiez de la haine pour lui. Je ne veux surtout pas que vous le haïssiez pour moi, par loyauté. Je veux que vous soyez heureux. C'est ce que toutes les mères souhaitent pour leurs enfants : soyez simplement heureux. C'est aussi simple que ça. Laissez couler. Après toutes ces années, je veux que ça s'arrête – toute cette rage qui couve et ce mépris, les reproches, la tristesse.

Surtout vous, les petits, Jeff et Miranda : il faut oublier, vous m'entendez ? Il faut *m'*oublier, pour votre propre bien. Je ne veux pas être la cause de votre malheur, pas une journée de plus. S'il faut que vous m'oubliiez, si c'est le prix de votre bonheur, alors faites-le. Faites-le dès aujourd'hui, faites-le maintenant. On doit tous se dire adieu un jour ou l'autre. Autant que ce soit la dernière chose que je vous aurai apprise : à dire adieu.

*

* *

Quand je suis morte, on a fait de moi une sainte. La presse m'a unanimement dépeinte en femme docile, simple, jolie, gentille – l'agneau sacrificiel. Rien de tout ça n'était vrai, ni plus ni moins que ce n'est vrai de vous, en tout cas.

Certains ont été moins tendres. Ils ont dit : pourquoi a-t-elle épousé ce monstre ? Comment a-t-elle pu ne pas voir le meurtrier en lui ? Ça ne serait pas quand même un petit peu de sa faute, de s'être mise en danger comme ça ? D'avoir été naïve ou stupide, avoir mal jugé cet homme nocif ? Être restée avec lui malgré les signes qu'il devait forcément y avoir ?

Écoutez, il n'y a pas eu de signes. Quand j'ai rencontré Danny Larkin à Brookline High en 1952, c'était un garçon de 16 ans gentil, intelligent et ringard. Il portait des vestes en molleton et des pantalons de toile repassés par la gouvernante de sa mère. Il arborait parfois au biceps un ruban bleu et rouge, l'insigne des délégués de classe – ceux qui nous disaient de ne pas courir dans les couloirs. Il était maigrichon, sa montre flottait autour de son poignet et le fond de ses pantalons bâillait, la faute à des fesses plates. Son front était trop proéminent pour un ado de son âge, ce qu'accentuait l'implantation de ses cheveux. Il était aussi drôlement malin et avait excessivement confiance en lui, je n'avais jamais vu ça. Il était *différent*, pas comme les autres garçons. Mais croyez-moi, c'était juste un môme – aussi loin de devenir un monstre que le reste d'entre nous.

Je comprends pourquoi les gens veulent me faire porter le chapeau. On veut se rassurer sur l'homme qui, à nos côtés, regarde la télévision ou ronfle dans le lit. Mais je n'ai été ni stupide ni naïve au sujet de Dan.

*
* *

Je suppose que j'ai dû savoir qui était Danny Larkin durant notre première ou deuxième année de collège. Notre classe n'était pas si nombreuse, tout le monde connaissait tout le monde. Mais je n'ai véritablement fait sa connaissance que lors de la troisième année.

Cet automne-là a été marqué par une petite controverse. Pour célébrer le jour de l'Armistice, on nous avait montré un film intitulé *A Time for*

Greatness. Ça parlait de l'enfer de la guerre, en suggérant que l'Amérique ferait mieux d'adopter une approche plus pacifiste et diplomate pour régler les différends l'opposant aux autres pays. Ç'avait été produit par des Quakers, ce qui n'aidait pas. Bon, ça semble pas grand-chose aujourd'hui, mais vous imaginez les réactions. Était-il approprié de projeter un tel film le 11 novembre, jour férié dont la vocation était d'honorer ces soldats qui avaient tant sacrifié ? *A Time for Greatness* n'était-il pas une insulte envers ces hommes, en interrogeant la cause pour laquelle ils avaient combattu ? Ou la manière dont ils avaient combattu, ou le fait même de s'être battu – ou quoi encore ? Le reproche fait au film ne fut jamais très clair. Il donna lieu à des semaines de débats sincères, sans fin, patriotiques et ridicules. Je sais – c'est fou, hein ? C'étaient surtout nos parents qui étaient furieux. Ça m'a tellement affligée que j'ai fini par écrire une lettre au journal de l'école, le *Sagamore*. J'y disais que c'était une bien triste journée si on ne pouvait pas tous tomber d'accord pour dire que la guerre, c'était mal, et que la projection d'un film innocent et les débats autour d'un sujet aussi majeur n'enlevaient rien au patriotisme de Brookline High. Avec tout ça, j'avais quand même fait attention à mentionner mon oncle Charlie qui avait servi dans le Pacifique pendant la guerre (oncle Charlie nous disait toujours, à nous les mômes, qu'il avait combattu lors de la « bataille de San Diego » et qu'il n'avait tué personne hormis les patates sans défense qu'il avait pelées à mort. Détail que j'ai omis dans ma lettre).

Ma sœur, Katie, avait été rédactrice en chef du *Sagamore* l'année précédente (Katie a toujours excellé dans tout ce qu'elle entreprenait. Personne n'était plus doué que ma grande sœur. Évidemment qu'elle était rédac-chef. Quel autre poste aurait-elle pu occuper ? Katie était la perfection même). Je crois que c'est pour cela que le journal a publié ma lettre – parce que c'était la sœur de Katie qui l'avait écrite. Le texte nécessitait quelques coupes, me dit-on, et le secrétaire de rédaction à qui la tâche fut confiée était Danny Larkin. Plus tard, Dan m'apprit qu'il s'était porté volontaire pour éditer cette lettre débile juste pour pouvoir me rencontrer. Je le crois ; pour quelqu'un qui a fini par gagner sa vie dans les prétoires, Dan n'a jamais trop aimé dire franchement ce qu'il voulait.

Rendez-vous fut fixé dans les bureaux du *Sagamore* un soir après les cours. La salle était vide, à l'exception de nous deux. Quelques machines à écrire et paniers en croisillons de métal sur les tables, et partout, des piles de papier. Un calendrier au mur avec, entourée en rouge, la prochaine date de parution (le journal sortait toutes les trois semaines).

Danny me présenta ma lettre, annotée à l'encre. Le papier pelure, tout ridé, avait gondolé et cloqué sous les assauts du stylo de Dan. Il n'avait pas apporté tant de changements que ça. Il avait surtout arrosé mes phrases de tout un tas de virgules, comme un chef cuisinier actionnant le moulin à poivre sur un plat. Les virgules étaient pour la plupart facultatives, mais Danny semblait très sûr de son fait, et je compris que toutes ces virgules étaient sa manière de frimer.

— C'est vraiment bien, commenta-t-il.

— Merci.

— Je vais juste… l'essentiel de ce que j'ai écrit là… pourquoi tu me le lirais pas à haute voix ? Lance-toi, je t'attends, je vais juste, euh…

Je commençai à lire, mais pas moyen qu'il se taise.

— Pourquoi tu n'as pas postulé au *Sagamore* ?

— Danny, je ne peux pas lire si tu n'arrêtes pas de parler.

— Pardon, oui. Je te laisse lire.

— OK.

— C'est juste que… ta sœur aurait pu te faire entrer.

— C'est Katie, l'écrivain de la famille.

— J'en suis pas si sûr.

Je grimaçai. Danny me faisait l'impression d'être très sûr de lui, un peu chicaneur – toujours à intervenir en cours, toujours à lever la main, connaissant la réponse, ne changeant jamais d'avis même quand les profs le corrigeaient. C'était mignon de le voir bafouiller en essayant de parler à une fille.

— Pourrais-je faire une petite suggestion ? Tu pourrais peut-être ajouter une phrase pour dire que, parfois, la guerre est nécessaire. Vu que, bon, si on avait laissé les Quakers s'en occuper, si ça se trouve on parlerait tous allemand à l'heure qu'il est. C'est vrai, quoi, personne n'aime ça, la guerre, mais parfois on n'a pas le choix. C'est comme aller chez le dentiste.

— Il faut vraiment que je dise ça ? Ça semble assez évident.

— Pas pour tout le monde.

— Pour moi, ça l'est.

— Ils vont vouloir débattre avec toi. Surtout vu que t'es une fille.

— Laisse-les parler. Je m'en fiche. Je déteste débattre.

— Dans ce cas, t'aurais pas dû écrire cette lettre. Les gens vont vouloir t'en parler.

— On verra ça. D'ailleurs je ne sais même pas pourquoi j'ai écrit cette lettre débile.

— Elle est pas débile. Il fallait que ce soit dit. Et par quelqu'un d'intelligent comme toi.

C'était peut-être déjà un peu de la drague, mais pas le genre dont j'avais l'habitude.

— Je suis content que tu l'aies écrite.

— Pourquoi tu l'as pas fait toi-même, alors ?

— Tu m'as devancé, sans doute.

— Écris-la maintenant. Ce sera mieux si ça vient de toi.

— Non. Personne n'y fera attention si ça vient de moi.

— Et pourquoi ?

— Je passe mon temps à donner mon avis sur tout.

— Tu crois que moi, ils vont m'écouter ?

— Bien sûr que oui. Tout le monde te connaît, Jane. Ils le liront justement parce que c'est toi.

— Si tu le dis. Et après ? C'est une lettre dans un journal scolaire. Tout le monde s'en fout.

— Pas moi. Faut jamais lâcher l'affaire, Jane. C'est ça qui compte.

Il avait l'air de prendre plaisir à dire mon prénom, de s'en gargariser.

— Pourquoi ça compte autant ?

— Parce que si tu lâches, ils ont gagné.

— Qui a gagné ? C'est qui, ils ?

Il y réfléchit un instant.

— Je sais pas.

On a ri tous les deux. Et ça a été le début.

Ma petite missive fut effectivement publiée dans le *Sagamore*, saupoudrée des virgules de Danny, mais sinon, pour le reste, telle que je l'avais rédigée. Mes copines, mes parents et même Katie furent impressionnés, mais personne d'autre ne sembla le remarquer et le film des Quakers fut bientôt oublié.

Sauf que maintenant, Danny Larkin avait un peu de pouvoir sur moi et, un après-midi, il s'arrêta près de mon casier où je rassemblais mes affaires avant de rentrer.

Il me dit :

— Je peux te demander un truc ? Tu y vas, au bal du *Carousel* ?

C'était une fête dans le gymnase sur le thème de cette comédie musicale de Broadway.

— Je crois bien. Je suis désolée, Danny.

— Tu crois que tu y vas ? Ou tu y vas pour de bon ?

— Je crois.

— Avec qui ?

— Je ne sais pas.

— Tu ne sais pas ? Comment peux-tu ne pas savoir ?

— Ben... j'hésite encore. Pourquoi cet interrogatoire ?

— C'est ***, pas vrai ?

Je préfère ne pas donner ici le nom de ce garçon. J'imagine que, comme la plupart d'entre nous, il n'aimerait pas qu'on le résume à la personne qu'il était au lycée.

J'ai tiré une de ces tronches : *Quoi ?*

— Y a rien à cacher.

— Danny, t'es vraiment... Écoute, non pas que ça te regarde, mais il ne m'a pas encore demandé.

— Pas encore. Donc tu penses qu'il va le faire ?

Je haussai les épaules.

— Tu espères qu'il va le faire.

— Pourquoi tu me cuisines comme ça ?

— Je te cuisine pas, on discute c'est tout.

— Ça ressemble pas vraiment à une discussion. Plutôt à un débat.

— Sois pas si sensible.

— OK, merci pour l'invitation en tout cas. Ça me fait vraiment plaisir, Danny, c'était très gentil de ta part. J'imagine qu'on se verra là-bas.

Il secoua la tête, dépité.

— Je ne t'y verrai pas ?

— J'en doute. Je n'ai pas très envie d'y aller.

— Tu n'as pas envie d'y aller ? Mais tu viens de me demander de t'accompagner.

Haussement d'épaules.

— Danny, pourquoi tu demandes pas juste à quelqu'un d'autre ? Tu n'as même pas besoin d'être accompagné – tu y vas, un point c'est tout. Plein de gens y vont seuls.

— Eh, c'est pas pour moi.

— Mais tu as envie d'y aller !

— Pas vraiment.

— Tu viens de dire que tu voulais y aller !

— Non, j'ai dit que je voulais y aller avec toi.

À ce moment-là, l'espace d'un instant, je me suis dit que j'avais fait le mauvais choix. Moi non plus je ne voulais pas y aller ; je voulais y aller *avec lui*. Ou tout au moins je voulais y aller avec un garçon qui avait envie d'y aller avec moi.

Évidemment, ça ne s'est pas passé ainsi. On n'était pas dans un film avec Doris Day, mais au lycée. Je suis allée au bal avec ***. C'était le type de garçon que j'attirais et qui m'attirait. Pas Danny Larkin. Vous aussi, vous auriez choisi ***. Il faisait partie des équipes de foot et de base-ball. Il était populaire et beau gosse. Mes copines le trouvaient toutes à se damner. Mais il ne lisait jamais le *Sagamore*, pas plus qu'il n'avait lu ma lettre au sujet du film des Quakers. Il ne m'interrogea même pas à ce sujet. Il s'intéressait largement plus à ce que j'avais dans mon pull qu'à ce que j'avais en tête. Je veux pas dire par là que c'était un sale type ; pas du tout. Simplement, Danny et lui étaient très différents. Et au lycée, Danny n'était pas la meilleure option. Mais quand s'est profilée la fête suivante, le bal de promo de printemps, je n'étais plus avec ***, Danny me fit sa demande en bonne et due forme et même si mes copines estimaient que je pouvais trouver mieux (« Pourquoi tu sortirais avec lui ? T'es tellement canon »), j'ai dit oui. Le thème, cette fois, était « Miami sous la lune ». Les murs du gymnase étaient décorés de palmiers en carton et d'une grosse lune dorée. Les garçons avaient loué des smokings aux revers satinés, les filles portaient des jupes bouffantes et des corsages soyeux à fines bretelles. Danny dansait atrocement mal, mais il semblait n'en avoir pas conscience ou s'en moquer, il était si heureux de m'accompagner. Après cela, nous avons pris la voiture de son père pour aller chez Jack et Marion's, une épicerie où on a pris des sandwichs et bavardé jusqu'à pas d'heure. Quand on est finalement arrivés devant chez moi, quasiment en haut de la colline sur Summit Avenue, je suis restée sur mon siège pendant un temps infini, attendant qu'il prenne son courage à deux mains et m'embrasse. Allez, haut les cœurs ! Plus tard, il m'a dit qu'il savait déjà à ce moment-là qu'il m'épouserait.

Maintenant, dites-moi : ça ressemble au comportement d'un monstre, selon vous ?

*

* *

Une année après ma disparition, presque jour pour jour – il attendit la date anniversaire, un intervalle décent pour que, crut-il, personne n'y prête attention –, Dan emmena sa nouvelle copine en vacances aux Bermudes. C'était un voyage que nous aurions dû faire ensemble. J'avais tout organisé avec l'agence de voyages. Ils ont pris les vols que j'avais choisis, ont dormi dans le même hôtel, le Southampton

Princess. Ils se sont baladés sur la plage et se sont mis sur leur trente et un pour aller dîner dans des restaurants coûteux. Ils ont enfilé des palmes, un masque et un tuba et sont allés explorer les récifs coralliens des hauts-fonds non loin du littoral, chose que je n'aurais jamais eu le courage de faire. Elle semblait si mignonne, si glamour, tellement plus grande et fine que moi. J'avais l'air d'un cheval de trait à côté de la copine de Dan. À la piscine, elle passait un paréo diaphane au-dessus de son maillot de bain et le soir elle enfilait des robes élégantes. Elle avait des bras et des jambes tout fins, et de belles épaules anguleuses. À son côté, Dan marchait en bombant le torse, comme il avait coutume de le faire après le sexe ou après avoir remporté un gros dossier, comme un petit garçon plastronnant en costume de Superman, tellement fier, tellement heureux. Ils étaient faits pour être ensemble, ça sautait aux yeux de n'importe qui. Ça collait, c'est tout. Ils formaient un couple, bien plus que Dan et moi ne l'avions jamais été, bien qu'on se soit pas mal entendus pendant tout un temps, qu'on se soit même aimés. Là, c'était différent. Avec moi, Dan n'avait jamais été tactile, mais allongé à côté d'elle au bord de la piscine, il fallait toujours qu'il ait une main sur elle, agrippée à sa cheville ou posée sur son fessier menu, une audace qu'elle acceptait tranquillement, bien que ça n'ait pas l'air son genre.

J'ai lu un jour, dans un magazine, que « l'amour se nourrit des obstacles », désirer, ne pas obtenir. Désirer ardemment. Mon meurtre les avait tenus séparés un moment, ce qui n'avait fait que renforcer leur désir. Maintenant, c'en était enfin fini de l'attente. L'empêchement avait été supprimé. L'empêchement, c'était moi.

*
* *

C'est à peu près à cette période que Miranda eut une vision.

L'année qui suivit ma disparition, l'apparence de Miranda changea. Elle avait 11 ans, bientôt 12. Elle s'affinait, commençait à ressembler à la femme qu'elle deviendrait. Son attitude était différente, aussi, je crois – mais peut-être n'est-ce là que l'imagination d'une mère. Elle semblait épuisée. Je sais que c'est bizarre d'user de ce terme pour décrire une enfant, mais c'est ainsi qu'elle m'apparaissait. Une lumière s'était éteinte en elle.

Oh, ma pauvre petite fille dépourvue de mère. Je sais que ma mort n'est pas la seule cause de tout ce qui est arrivé à Miranda. Certaines personnes ont, de naissance, une nature mélancolique, et c'est souvent à l'adolescence qu'elle se révèle. Une autre enfant aurait pu survivre à tout ça. Une autre aurait pu pleurer, puis s'en remettre. Miranda n'a pas pu. Sa tristesse s'est installée corps et biens, avec la ferme intention de rester. Quand j'ai vu cette pauvre petite une année après mon départ, j'ai ressenti une telle culpabilité. Et si je n'avais pas disparu ? En quoi serait-elle différente aujourd'hui ? Ce n'était pas ma faute, mais il n'en demeure pas moins que je n'étais pas là pour elle quand ma fille a eu besoin de moi.

Imaginez Miranda. Elle traîne sur le trottoir devant le petit supermarché à Newton Highlands, sur Lincoln Street. Octobre 1976. Milieu d'après-midi. Elle n'aimait plus rentrer directement après les cours, donc l'après-midi elle traînait dehors, dans ce parc qu'elle aimait bien ou à la bibliothèque municipale, pour bouquiner. Elle avait une copine prénommée Marybeth, une brunette à la queue-de-cheval virevoltante, avec qui elle passait parfois ces moments de liberté. Mais généralement Miranda préférait être tranquille, dans cette plage de calme après les cours, et ce jour-là elle se tenait donc, seule, sur le trottoir quand elle me vit.

La première fois qu'elle m'aperçut, je marchais à une rue de là, avançant droit vers elle. Miranda resta bouche bée tandis que la vision miroitante se précisait. Son corps se figea.

C'est vrai qu'elle me ressemblait, cette femme. Surtout à cette distance, à la dérobée, quand Miranda ne distinguait qu'une silhouette, la manière de se tenir, la posture.

À mesure que le fantôme se rapprochait, des détails s'ajoutaient : les bonnes teintes, la bonne taille. Certaines choses clochaient, évidemment – le nez n'allait pas, le visage était trop étroit –, mais ça ne sembla pas arrêter Miranda qui vit en elle quelque chose de plus profond, quelque chose dans son expression qui ne pouvait venir que de sa mère.

Vous voyez, n'est-ce pas ? Pour Miranda, ce n'était pas une femme qui ressemblait à sa mère ; c'était sa mère. Un instant fugace.

Puis ça se dissipa. Elle savait que c'était impossible. Strictement impossible. Et la vision disparut.

Pour autant, l'illusion était si entêtante, si chaude, qu'elle choisit de demeurer là, blottie dans la présence de sa mère.

La femme finit par atteindre le magasin. Elle remarqua Miranda, hocha la tête avec un sourire et entra. Si elle songea qu'il y avait quelque chose d'étrange chez cette petite à l'air frappée de stupeur, elle n'en montra rien.

Au bout d'un moment, Miranda la suivit à l'intérieur. C'était un petit magasin, dans un bâtiment vieux d'un siècle. Une pièce avec des armoires réfrigérées dans le fond et des rayonnages sur la droite. À gauche, un comptoir et derrière la caisse un homme, sur une estrade surélevée, devant un mur de friandises et de cigarettes. Il salua la petite au passage.

Miranda ne répondit rien. Plantée près de l'entrée, elle observait cette femme qui était et n'était pas sa mère, l'examinait, puis, craignant que cette dernière la remarque, elle finit par battre en retraite sur le trottoir.

Elle ne savait pas quel nom donner à l'excitation qui s'était emparée d'elle, le cœur qui tambourinait, le frisson de bonheur après une année de torpeur, mais moi, je sais : c'était de l'amour. Un drôle d'amour, c'est vrai, mais n'est-ce pas toujours le cas ? Il n'y a pas deux amours rigoureusement identiques. Elle savait, bien entendu, à ce stade, quelques minutes après la rencontre, que cette femme, ce n'était pas moi. Le rêve ne pouvait pas se prolonger, la réalité l'avait fracassée. Si cette femme avait vraiment été moi, alors mon apparition aurait forcément signifié que j'avais volontairement fui ma famille tout en choisissant de rester dans les parages, sans me cacher, à faire mes courses à quelques pâtés de maisons de mon ancien domicile, à regarder ma propre fille droit dans les yeux sans ciller. Non. Et pourtant, il s'était passé quelque chose, une étincelle s'était allumée chez Miranda, et elle comprit que ça la laminerait, ce serait un second abandon si cette femme s'évanouissait simplement comme je l'avais fait.

Aussi, quand la femme sortit du magasin, un sac en papier brun dans les bras, Miranda, masquant de son mieux son sentiment d'urgence, l'aborda :

— Excusez-moi ?

— Oui. Oh, bonjour.
— J'essaie de… Je me demandais si vous n'auriez pas besoin d'une baby-sitter.
— Ah oui ? Oh, c'est trop mignon. Qu'est-ce qui te fait penser que j'ai des enfants à faire garder ?
Miranda ne sut quoi dire.
— J'ai l'air si vieille ?
La fillette sentit sa gorge se bloquer.
— Non.
— T'en fais pas, ma grande, c'était pour rire.
Un clin d'œil.
— Oh.
— Quel âge as-tu ?
— Treize ans.
Un petit mensonge de rien du tout.
— Treize, c'est tout ? Tu as déjà gardé des enfants ?
— Non.
— Hum. Et tu as des gens qui te recommandent ?
— Non. Mais mon père pourrait le faire ? J'habite à deux rues d'ici, indiqua-t-elle en pointant le doigt.
— Tu as des petits frères ou sœurs dont tu t'occupes ?
— J'ai deux frères, mais ils sont plus grands.
— Ah bon. Dommage. Comment t'appelles-tu ?
— Miranda.
— Miranda. Miranda comment ?
— Miranda Larkin.
— C'est un bien joli prénom. Qui te l'a donné ?
— Ma mère, j'imagine.
— Eh bien il me plaît beaucoup. C'est un prénom de star de cinéma.
— Elle s'appelle Jane. Elle ne voulait pas que j'aie un nom rasoir comme le sien.
— Tu trouves ça rasoir ?
— C'est ce qu'elle disait.
— En tout cas elle t'a choisi un prénom magnifique, Miranda. Pas du tout rasoir. Voici ce qu'on

va faire : tu me donnes ton numéro et on peut faire un essai pour une heure ou deux, à l'occasion. J'ai deux petites filles de 7 et 9 ans. Je te les présenterai. Qu'en dis-tu ?

— Bien.

Miranda sourit à s'en faire exploser les joues, cela faisait si longtemps qu'elle n'avait pas regardé vers l'avenir, au lieu du passé.

La femme cala son sac de provisions contre son épaule, le temps de fourrager dans son sac à main en quête d'un stylo. C'était un gros sac en bandoulière en cuir, qui pendait sur sa hanche et semblait regorger de tout un fatras d'accessoires maternels. Même le son de ces objets s'entrechoquant plut à Miranda, si semblable à mon sac surchargé dans lequel elle avait l'habitude de fouiller.

— OK, je t'écoute, fit-elle quand elle eut trouvé de quoi écrire.

Miranda récita son numéro de téléphone, que la femme nota sur le papier kraft froissé.

— Vous m'appellerez ? demanda Miranda.

— Promis.

La femme lâcha son stylo dans la gueule béante de son sac puis tendit la main à Miranda, qui la serra.

— J'étais ravie de te rencontrer, Miranda. Je m'appelle Mme Bowers.

Miranda la regarda partir, avant de filer d'un pas pressé à son tour, s'échappant avant que la magie de la rencontre se dissipe. Elle voulait l'emporter avec elle à la maison, ce nouveau secret porteur d'espoir.

*

* *

Et Jeff ? Alors, il faut que vous compreniez : s'il fut jamais un garçon parfaitement conçu pour exaspérer son père, c'était mon Jeff. Il abandonnait chaque fois ses serviettes mouillées en tapon sur le sol de sa chambre. Laissait systématiquement les tiroirs de sa commode ouverts après s'être habillé (un jour, la commode entière avait basculé après qu'il avait ouvert les six tiroirs à la fois). Semait ses affaires partout où il passait, laissant toujours une trace derrière lui – livres de cours, veste, baskets, chaussettes. Il disposait d'un éventail de justifications très recherchées pour son désordre. Pourquoi fallait-il laver une serviette, disait-il, qui ne pouvait être plus sale que vous puisqu'elle ne touchait que des corps impeccablement propres, à la sortie de la douche ? Pourquoi refermer un tiroir ou faire son lit alors qu'on le rouvrirait ou le déferait quelques heures plus tard ? Pourquoi récurer le porte-savon puisque la saleté en question, c'était du savon ? À quoi bon plier des caleçons ? Dan et lui étaient aux antipodes. Dan aimait que ses caleçons soient repassés. Exigeait que ses chaussettes soient pliées à plat, et non en boule. Se lavait les mains à l'eau brûlante, au point qu'il ne pouvait rester que quelques secondes sous le jet du robinet. Il fallait une température encore plus élevée pour la vaisselle, autant que le permettait le chauffe-eau. Il frottait impitoyablement chaque assiette, les rinçait sous l'eau bouillante en les tenant avec précaution par le bord, après quoi il enfournait les assiettes fumantes une à une dans le lave-vaisselle. Et les livres ! Même moi, il m'arrivait de me faire enguirlander à cause des livres dans le salon. Il piquait une crise si je laissais un poche parmi les grands formats, ou un vulgaire roman parmi ses histoires d'apparence plus sérieuse ou ses biographies. Ça lui déplaisait que j'ajoute à notre bibliothèque un bouquin trop usé (Dan avait cette compétence magique de lire un ouvrage entier sans que ça se voie le moins du monde. Je n'ai jamais réussi. Mes bouquins avaient le dos plié ou la jaquette déchirée, quel que soit le soin que j'en prenne). Parfois, je le faisais quand même, juste pour agacer mon mari, mais en ce qui concerne Jeff, rien n'était intentionnel. Il n'en avait pas conscience, comme un chien qui perd ses poils et rend fou son maître. Tant que j'avais été là, j'avais maintenu la paix en passant discrètement derrière Jeff, ou en charriant Dan pour qu'il prenne le parti d'en rire. Je les surnommais « Le vieux couple ». C'était chou, ce comique de répétition.

Mais durant la première année sans moi, les différences entre eux se sont accentuées.

Un samedi matin ensoleillé, Dan, à la fenêtre, observait Jeff passer la tondeuse dans le jardin. Toute la maison vibrionnait sous le ronron du moteur.

Jeff avançait en dents de scie, traçant des lignes maladroites sur la longue pelouse. Il portait un jean coupé en short, un tee-shirt et ses baskets préférées, des Puma Clyde vertes en suédine, éternel objet de combat, bien qu'elles coûtent trente dollars et durent moitié moins de temps. Il lambinait derrière la tondeuse, courbé en deux, regardant davantage ses pieds que devant lui. Il lui arrivait sur son itinéraire de zapper un endroit, auquel cas il opérait un demi-tour pour aller ratiboiser le coin omis, puis essayait de retrouver là où il s'était arrêté.

Debout devant l'évier, Dan contemplait la scène avec une irritation croissante. Il avait une vue plongeante sur le jardinet, et les traces ivres, insensées que la tondeuse dessinait dans l'herbe lui sautaient aux yeux. Il essaya de passer outre – le manque de soin, la désinvolture – mais ce fut plus fort que lui. Ça le dérangeait profondément. Il se précipita au-dehors, le bras levé moulinant pour faire pivoter une clé invisible, pour dire à Jeff de couper le contact.

La tondeuse se tut, le silence se fit soudain, appréciable.

— Mais qu'est-ce que tu fais, bon sang ?

— Tu m'as dit de tondre la pelouse.

— Mais regarde-moi ça ! Qui t'a appris à tondre comme ça ?

— Franchement, je sais même pas de quoi tu parles.

— Tu ne sais pas ? Et là, tu ne vois rien, là ?

— Mais voir quoi ?

— Le foutoir que tu me mets.

— Tu plaisantes ? Quel foutoir ? Je tonds la pelouse comme tu m'as demandé.

— Regarde mieux.

— Mais je regarde, je fais que ça !

— Regarde l'herbe.

— Quelle herbe ? Y en a partout, de l'herbe !

— Regarde les traces que ça laisse.

— Les traces ? Mais on s'en fiche, de ça.

— Pas moi !

— Qu'est-ce que ça te fait ?

— C'est pas la question ! Pourquoi tu peux jamais faire les choses correctement ?

— Parce qu'il y a une manière correcte de tondre ?

— En l'occurrence, oui. Tu peux pas aller tout droit, comme une personne normale ?

— Tu m'en veux parce que mes traces sont pas droites ? Non, mais t'es sérieux, putain ?

— Surveille ton langage. Je t'en veux parce que tu ne fais pas les choses correctement.

— Y a pas de mauvaise manière de tondre une pelouse. Ça n'existe pas. Soit c'est tondu, soit ça l'est pas.

— C'est chez nous, ici, c'est notre bien. Je veux que tu en prennes soin.

— C'est le jardin de derrière ! Personne le voit jamais ! Même nous, on le voit jamais. On n'y va jamais.

— Moi, je le vois !

— Oh mon Dieu, papa, ça n'a aucune importance. C'est de l'herbe.

— Si, ça a de l'importance ! Tout est important.

— Comment tout peut-il être important ?

— Jeff, tout ce que tu fais est important, surtout quand personne ne te regarde.

— Pourquoi ?

— Parce que ça définit qui tu es. Tu fais preuve de nonchalance pour ça, puis ce sera pour autre chose et c'est comme ça qu'on devient un parfait fumiste. Tu crois que ça va donner quoi, dans la vraie vie ? Tu comptes t'en tirer en disant à ton patron que ça n'a aucune importance et que c'est assez bien comme ça ? Non ! Ta manière de tondre la pelouse, c'est la manière dont tu fais tout le reste.

— C'est pour ça que tu es aussi furax ?

— Oui. Fais les choses correctement.

— Franchement, t'as l'air complètement barge, là.

— Jeff, c'est chez nous ici, tu le sais ? On vit ici. Et chaque fois qu'on regarde dehors et qu'on voit cette pelouse sens dessus dessous, ça nous envoie un message. Et tu sais ce que ça dit ? Ça dit : « Cet endroit n'a aucune importance, on a laissé tomber. On a tout laissé tomber. » Et toi ça te fait rien.

— Elle dit tout ça, la pelouse ?

— Oui. La pelouse dit tout ça. Écoute, fais-moi plaisir et applique-toi, d'accord ? Tu fais des allers-retours en allant tout droit, comme une machine à écrire, propre et net, que ça ressemble pas au tracé d'un vieil alcoolo. Dans un sens, puis dans l'autre, dans un sens, puis dans l'autre. Je te demande pas grand-chose.

— C'est...

Dan inspira un grand coup et souffla par les narines. Patient, intransigeant.

— OK. Si tu le dis. Je vais aller tout droit.

— Je vois même pas pourquoi tu débats, là. C'est l'affaire de cinq minutes. Tu t'y remets et tu me reprends tout ça.

— Comment ça, je te reprends tout ça ? Tu veux que je retonde ce que j'ai déjà tondu ?

— Et comment !

— Tu veux que je repasse la tondeuse une deuxième fois ?

— On peut pas y couper. On peut pas laisser les choses en l'état.

— Oh mon Dieu. Si seulement maman était là.

— Bon, j'en ai assez entendu, commence pas. (Dan agita les mains : *pas de ça.*) Fin de la discussion. Au boulot.

— Très bien.

— Très bien. D'accord. Merci.

Dan resta planté là un moment, ne sachant trop comment clore ce qui restait irrésolu entre eux, et faute de savoir par quel bout prendre le problème, il tourna les talons et s'éloigna, alors que Jeff adressait au dos de son père un doigt d'honneur.

*

* *

Cet automne, Alex partit à l'université, une absence de plus, ne laissant plus qu'eux trois. La vie continua. Le quotidien reprit ses droits : le matin, debout et à la douche, l'école, les activités l'après-midi (du sport pour Jeff, deux cours de danse par semaine pour Miranda), les devoirs le soir. Les enfants devaient se débrouiller avec ce qu'ils ressentaient, pour l'essentiel ; leur père ne croyait pas au bla-bla des psys ni aux professionnels qui s'y adonnaient. L'énigme de ma disparition restait entière, empêchant les enfants d'en faire le deuil et d'essayer de passer à autre chose, comme ils auraient pu le faire si j'étais simplement morte dans mon lit.

Côté public, au bout d'un an, mon affaire s'effaça des mémoires. L'étrangeté de l'histoire ne suffisait pas à maintenir l'intérêt éternellement, et le scénario aboutissait à une impasse. Au final, la plupart durent penser que j'avais été tuée. Dans ce camp-là, la moitié croyait que Dan avait fait le coup. Une poignée de gens s'imaginaient que j'avais fichu le camp, ce qui n'était pas aussi invraisemblable en 1976 que ça le serait de nos jours. Disparaître était plus facile, à cette époque, on pouvait se créer une nouvelle identité, une nouvelle vie. Les histoires d'épouses envolées étaient monnaie courante aux infos, surtout dans la presse à scandale, que j'adorais – le mari qui ne réapparaissait jamais après avoir sorti les poubelles, ce genre d'histoire. Ça me fascinait, voyez l'ironie. La presse publiait parfois aussi le dénouement de l'intrigue : le mari ou la femme refaisait surface des années plus tard, sous un faux nom. Je faisais mon miel de ces histoires-là. La destination la plus populaire pour ces échappés semblait être la Floride. J'ignore pourquoi. J'imagine que, tout comme l'eau descend de la montagne, les gens filaient plein sud, jusqu'à atteindre le bout de la route. En tout cas, mon histoire était terminée. On était à court de révélations, le public était passé au sujet suivant.

Pour les enfants, il va de soi que les choses étaient autrement plus complexes.

Un soir de novembre, la famille désormais réduite était assise autour du dîner, à ses places de toujours à la table en Formica, dans la salle dite « du petit déj » – nom que l'agent immobilier qui nous avait vendu la maison avait donné à la petite alcôve accolée à la cuisine. Dans les faits, on n'y prenait jamais le petit déjeuner, qu'on avalait en deux secondes chrono au comptoir de la cuisine, debout ou juché sur un tabouret, en lisant les journaux qui y traînaient, tout en écoutant *The Today Show* sur la petite télé noir et blanc.

La salle du petit déj ne servait qu'au moment du dîner, mais le nom demeura, sans doute parce que, quand nous avions acquis la maison, Dan et moi nous rengorgions d'être capables de nous offrir un lieu qui avait une pièce spécifiquement dévolue au petit déjeuner. Désormais, Alex et moi étant partis, Jeff et Miranda continuaient d'occuper les mêmes places à table, laissant mon ancienne place vacante.

À sa décharge, Dan faisait l'effort de maintenir le rituel du dîner en famille, comme nous l'avions toujours fait. Il apprit à cuisiner quelques plats – très, très mal –, notamment un poulet à l'estragon que Jeff aimait beaucoup. (Il l'aimait tellement qu'on l'appelait le « poulet à la Jeff ».)

Dan avait moins de succès pour ce qui était d'engager la conversation avec les enfants ; mais à sa décharge, Jeff et Miranda étaient beaucoup moins loquaces qu'avant. Le dîner se déroulait le plus souvent en silence, sans grand entrain, sauf quand Miranda se mettait à faire la fofolle de manière communicative (phénomène rare, désormais) ou que Dan bombardait les enfants de questions sur leur journée. La plupart du temps, on entendait les couverts s'entrechoquer sur les assiettes ou les bruits de mastication occasionnels de Jeff.

Ce soir-là, Dan reposa fourchette et couteau ; il avait quelque chose à leur annoncer, dit-il.

— J'ai une bonne et une mauvaise nouvelle. Par quoi je commence ?

— La mauvaise, répondit Jeff.

— OK. Je dois faire une chose qui risque, je le crains, d'être un peu difficile pour vous, les enfants. Pour nous tous. Je dois aller au tribunal, au sujet de votre mère. Pour demander un jugement... un juge doit déclarer que votre mère est officiellement morte. C'est juste une question légale. Un détail technique.

— Mais t'avais dit qu'elle était pas morte, fit Miranda, t'avais dit qu'on n'en savait rien.

— C'est exact. Mais elle n'est pas ici alors que nous, si, et on a besoin d'avancer. Le monde continue de tourner et on doit vivre du mieux qu'on peut.

— Mais t'avais dit...

— C'est vrai, Mimi, je l'ai dit. C'est juste que... il faut qu'on fasse certaines choses si on veut poursuivre nos vies. Il y a beaucoup de choses dont vous, les enfants, n'avez pas conscience, des choses dont les papas et les mamans doivent se préoccuper.

— Comme quoi ? demanda Jeff.

— Comme les assurances. Ou comme le fait que je dois pouvoir signer les documents vous concernant en tant qu'unique représentant légal, à l'école, ou à l'hôpital ou que sais-je. Ou encore comme prévoir mon testament. Que se passerait-il si je mourais ? Qu'est-ce qui vous arriverait ?

Dan avait envisagé ce dernier point comme un détail ennuyeux, procédurier, mais il vit la terreur s'imprimer sur le visage de Miranda et il battit aussitôt en retraite.

— Ça n'arrivera pas, Miranda. C'est juste un exemple.

Jeff roula des yeux et pinça les lèvres. Il jeta un regard à sa sœur, qui se détendit. Un regard que seul Jeff pouvait lui offrir, qui disait : tout va bien, je serai là même si papa mourait. Miranda adorait son frère. Elle admirait Alex, mais elle adorait Jeff. (Je me souviens que quand les enfants étaient petits, dans les 8 ou 10 ans, et qu'on partait se promener dans les environs, Miranda faisait toute la balade sur le dos de Jeff. C'est une image que je garderai toujours d'eux deux : Jeff portant sa cadette qui bondissait d'excitation ou posait sa tête sur son épaule, et lui courbé en deux sous son poids.)

Jeff intervint :

— Qu'est-ce qu'il en sait, le juge, si elle est morte ou pas ?

— Rien. Personne n'en sait rien. Mais ça fait un an, la présomption joue. La loi autorise le conjoint survivant à demander qu'on statue pour que l'on puisse... eh bien, que l'on puisse tourner la page et avancer.

— T'arrêtes pas de dire ça, avancer, avancer. Mais si j'ai pas envie d'avancer, moi ?

— Que veux-tu faire d'autre ?

— Y croire encore un peu. L'attendre.

— Bon sang, Jeff, ouvre les yeux ! Tu la vois quelque part ? Tu crois qu'elle va se pointer comme ça à la porte ? Elle n'est pas là. Il n'y a que moi. Que veux-tu que je fasse ?

— Rien. Je veux que tu fasses rien. Pourquoi on devrait faire quoi que ce soit ?

Jeff se concentra sur son assiette. L'expression de son père lui était insupportable, cette logique imperturbable, ce ton donneur de leçon. Il songea que s'il le pouvait, s'il était plus grand, il lui balancerait son assiette à la figure.

— Il est temps.

Jeff secoua la tête, mais garda les yeux baissés, évitant le regard de son père.

Miranda semblait frappée de stupeur. Au-delà de la mauvaise nouvelle, elle était surtout mal à l'aise de voir son père et son frère se déchirer de la sorte. Son foyer se fracturait, se fragilisait. Tout pouvait s'effondrer si vite, sa famille pouvait voler en éclats et elle se retrouverait toute seule.

— Et l'autre nouvelle, la bonne, c'était quoi ? demanda Jeff.

— La bonne nouvelle. (Dan se força à sourire, une petite mimique encourageante.) La bonne nouvelle, c'est que Sarah va emménager avec nous.

— C'est ça, ta bonne nouvelle ?

— Oui.

— Ben dis donc.

— Ce sera bien d'avoir à nouveau une... une mère chez nous, non ?

— Ce n'est pas notre mère.

— Ce n'est pas ce que j'ai voulu dire.

— Tu ne peux pas nous amener une nouvelle mère...

— Ce n'est pas ce que j'ai voulu dire...

— ... choisir une femme au hasard et dire que c'est notre mère.

— ... et tu le sais très bien. Allez, Jeff, tu n'écoutes rien, là. Bon sang, lâche-moi un peu, tu veux ? D'accord, j'ai eu tort de le formuler comme ça, t'es content ? Je suis désolé si je vous ai blessés. (Il se tourna vers Miranda, en quête d'une oreille plus compréhensive.) Et toi, qu'en dis-tu ? Tu crois pas que ce sera chouette d'avoir une autre fille à la maison ?

— Non.

— Non ? Tu n'aimes pas Sarah ?

Miranda haussa les épaules.

— En tout cas, Sarah t'apprécie beaucoup. Elle vous aime tous les deux.

— Elle m'aime ? fit Jeff. Elle me connaît même pas.

— Bien sûr que si. Et elle va apprendre à te connaître encore mieux. Elle en a très envie, si vous le permettez. Il ne tient qu'à vous.

— Apparemment non.

— Tu sais, Jeff, tu pourrais lui laisser une chance, lui entrouvrir la porte.

— La porte. On est chez nous. On n'a pas notre mot à dire sur qui peut habiter ici ?

— Ce n'est pas *chez nous*, Jeff, c'est chez moi.

— Donc mon avis n'a aucune importance.

— Bien sûr que si. Mais ce n'est pas toi qui décides. Je suis un adulte. Je ne laisse pas un enfant de 13 ans décider pour moi. Je décide avec qui j'habite, avec qui je veux passer ma vie. C'est comme ça que ça marche.

— Avec qui tu veux passer ta vie ? Tu vas te marier avec elle ?

— Je ne sais pas. Un jour, peut-être.

— Tu ne sais pas, hein ? C'est ça, la vraie raison, c'est pour ça le tribunal, pas vrai ? Tu t'en fiches, du testament ou de l'assurance ou du reste. C'est juste que tu peux pas épouser cette fille tant que tu seras marié à maman.

— Ça fait partie des raisons, en effet.

Le garçon lança un regard à la ronde à un public imaginaire, une expression horrifiée – *c'est pas croyable* ! Il était partagé entre le mépris pour son père et la fierté d'avoir percé à jour son secret.

— Et alors, c'est mal, Jeff ? Je devrais passer le restant de mes jours seul, comme un moine ? C'est ce que tu veux ? Non, mais dis-moi quelle est la bonne décision, et je le ferai.

— Rien. La bonne décision, c'est de ne rien faire.

— Pendant combien de temps ?

— Je ne sais pas. Plus longtemps que ça.

Dan soupira.

Miranda :

— Et si le juge dit que maman est morte, mais qu'il se trompe et qu'elle est vraiment vivante ?

— Je ne sais pas, Mimi. Je ne crois pas que ça va arriver.

— Pourquoi ?

— Je ne crois pas, c'est tout.

— Mais pourquoi ?

— Parce que ça fait longtemps, maintenant. Je ne crois pas que ta mère nous abandonnerait comme ça. Si elle est vivante, génial. Mais...

Miranda se recroquevilla.

— Tu vas lui donner la bague de maman ?

— Quelle bague, Mimi ?

— Celle avec les cœurs.

C'était ma bague de fiançailles. Elle avait un beau motif de cœurs entrecroisés en or, chacun contenant un minuscule diamant. Avant d'être à moi, elle avait appartenu à la grand-mère de Dan, une femme qui – selon la légende familiale – avait été pauvre au point de travailler dans la vitrine du grand magasin Jordan Marsh à raccommoder des gants de femme.

Un jour, peu de temps avant ma disparition, Mimi m'avait demandé d'enlever la bague pour mieux la regarder.

Je peux pas la retirer, ma puce. Elle est coincée. Mon doigt est trop gros.

Tu veux dire que tu l'enlèves jamais ?
Oui, c'est ça, je ne l'enlève jamais.
Même pour aller nager ?
Même pour aller nager.
Même pour prendre ta douche ?
Même pour prendre ma douche.
Même pour aller dans le jardin ?
Même pour ça.
Même pour faire caca ?

Oui, mon petit cradopoulo, même pour faire caca, je ne la retire jamais, jamais, jamais. Elle est jolie, hein ? Pas vrai qu'elle est belle, Mimi ?

— Tu parles de la bague de fiançailles de maman ? Je ne l'ai même pas.

— Mais alors elle est où ?

— Je ne sais pas. Sans doute à son doigt, où qu'elle se trouve.

— Personne n'a le droit de la prendre.

— D'accord.

Dan posa sur sa fille un regard perplexe. Pourquoi n'avait-il pas des enfants plus simples ?

Miranda quitta la table et courut dans sa chambre. Elle n'en ressortit pas de la soirée.

Et Dan ne réussit pas davantage à la tirer du lit le lendemain matin pour aller à l'école. Il essaya de l'amadouer, de la menacer, mais elle demeura sous la couette, arguant qu'elle en était incapable, elle ne se sentait pas bien, pourrait-elle, une fois, rien qu'une fois, rester à la maison, merci. Dan finit par céder, non par gentillesse, mais sous le coup de l'exaspération : il fallait qu'il parte au travail. Ma sœur vint passer la journée à la maison auprès d'elle. Kate crut Mimi sur parole quand elle lui dit être malade, malgré l'absence de symptômes. Plus tard, les épisodes dépressifs de Miranda se feraient plus manifestes – plus longs, vertigineux, paralysants – mais ce jour-là Kate n'y vit pas matière à s'inquiéter. Mimi passa le gros de la journée à traîner dans la maison son air épuisé, léthargique, sonné, puis son humeur s'allégea dans le courant de l'après-midi et peu à peu elle revint à elle et tante Katie lui apprit à jouer au rami.

En ce qui concerne la grande annonce de Dan, Sarah vint bien s'installer quelques semaines plus tard, dans ma maison, dans mon lit. Elle acheta des draps blancs tout neufs, remisa mes vêtements dans des cartons qu'elle monta au grenier. Tout ça, alors que je n'étais pas encore officiellement morte. J'avais simplement disparu, tant qu'un juge n'en aurait pas statué autrement.

Une autre surprise suivit : Sarah ne vint pas seule.

*

* *

Parfois, je ressens une tristesse si lourde qu'elle ne me lâche plus. Certaines pensées – mes enfants, ma sœur – reviennent à me lester les poches de grosses pierres. Ça me le fait aussi quand je songe à mon mariage.

Pendant longtemps, nous avons été heureux avec Dan. On formait un bon ménage. Tout le monde le disait. Pas pareils, mais compatibles. Autour de nous – en ville, parmi nos amis – nous voyions des mariages pires que le nôtre, des mariages comme des cyclones. Nous connaissions des couples qui se trompaient, qui pariaient, qui buvaient (ceci dit, nous aussi buvions trop, en ce temps-là).

Nous connaissions des couples qui se disputaient sans fin ; pour qui aime argumenter, la contradiction est de l'ordre du réflexe, et une union entre deux natures comme ça revient à observer deux béliers se donner indéfiniment des coups de tête. Nous n'avions pas ces problèmes. Dan et moi étions des éléments stables. Notre mariage n'était pas parfait, mais le mariage parfait n'existe pas.

Je serais bien incapable de dire ce que j'ai raté, en quoi je lui ai déplu. Pendant dix-sept ans, j'ai fait la cuisine et le ménage pour lui. J'ai fait des régimes et prêté attention à ma tenue. J'ai donné le bain aux enfants, nourri les enfants, conduit les enfants – il ne connaissait même pas leurs emplois du temps ni les prénoms de leurs copains. Je l'ai regardé se saouler à des fêtes. J'ai écouté ses anecdotes en boucle, à propos de prévenus et d'avocats qui ne me disaient rien, et j'ai réagi comme on l'attendait – hoché la tête, ri, été d'accord, toujours d'accord. Je lui ai souri et souri encore. J'ai baisé dans les positions qui lui plaisaient, quand ça lui plaisait. Jamais au grand jamais je ne me suis moquée de lui, même pour rire, parce qu'il ne supportait pas qu'on le charrie. J'ai fait tout mon possible – tout – et ça n'a pas suffi.

Et je vais vous dire : je n'ai jamais su combien il était malheureux. Il me cachait des choses. Mon mari avait des secrets.

Quand j'y pense, franchement, ça me fait bouillir.

Enfin. Plus maintenant. Je ne peux pas être en colère. Je ne peux pas être – je n'existe pas. Je ne *suis* pas.

Revenons à l'histoire. Mon mariage.

Vous voulez comprendre mon mariage ? Il y a une chose que vous devez savoir : la famille de Danny était riche. Et pas qu'un peu. Pas riche qui va au country club ou s'offre une belle bagnole. Mais riche au point de donner son nom à un hôpital. Je ne l'ai pas épousé pour ça, évidemment. Je l'ai épousé parce que c'était un homme bon et attentionné, que je l'aimais. Mais je ne peux pas dire non plus que je n'en avais pas conscience. Et ça me plaisait. Qui dirait le contraire ? J'avais droit à des regards jaloux et rêveurs de la part de mes amies quand elles m'imaginaient déambuler dans un manoir en vraie princesse Grace. Mes parents, pour me taquiner, l'appelaient « Roosevelt ». Ça aussi, ça me plaisait. Il n'y a que Katie que ça n'impressionnait pas. Elle n'a jamais trouvé qu'il en valait la peine. Tout ça pour dire que, quand Danny m'a demandée en mariage, je n'allais tout de même pas refuser parce qu'il était riche.

C'était peut-être ça, le problème. Je n'ai jamais pu être riche, peu importe combien j'ai gagné. Je n'ai jamais pu être comme Dan. Même vers la fin, juste avant ma disparition, quand l'un des enfants se comportait comme un rustre sans manières — que Jeff nettoyait les giclures de ketchup d'un coup de langue ou plongeait la tête dans l'évier pour boire au robinet –, je me disais toujours : *Ça vient de ma famille*.

Quant à Danny, il lui arrivait de se vanter de la fortune familiale comme s'il y était pour quelque chose, mais ça lui donnait aussi une sorte d'insécurité touchante. Lors d'un de nos premiers rendez-vous, à ma question : « C'est vrai que tu es riche ? », il répondit : « Non, ce sont mes parents », et ça me parut trop mignon. Je n'avais pas compris cette distinction. J'aurais dû écouter davantage.

Dan et moi nous étions fiancés juste avant notre dernière année de fac, mais il ne voulait le dire à personne. Ce serait notre petit secret, disait-il – pour combien de temps, il n'en savait rien. Je craignais qu'il se ménage une sortie au cas où il ait des regrets ; alors qu'il cherchait simplement à reculer le moment de l'annoncer à ses parents. Je lui ai forcé la main, délibérément, en crachant le secret à Katie et à quelques amis proches, et la chose a commencé à se savoir jusqu'à ce qu'en fin de compte j'en vienne à exiger qu'il en parle à ses parents avant qu'ils l'apprennent par la bande. On était déjà en décembre.

Il a organisé la rencontre, un dîner chez ses parents, en laissant entendre qu'une grande nouvelle se profilait. Je me mis sur mon trente et un. Danny avait passé une veste et une cravate.

Le domicile des Larkin n'était pas spécialement majestueux. À l'intérieur, c'était charmant, plein de belles œuvres d'art et de meubles anciens, mais vu du dehors rien ne laissait penser que c'était la demeure d'une famille riche. La salle à manger était somptueuse, cela dit. Nappe blanche, chandeliers en argent, verres à pied d'une finesse cristalline et service en porcelaine liseré d'or. Au-dessus de la table, un chandelier en cristal. Tout le long du dîner, Mme Larkin conserva près de son assiette une clochette en argent fin ; quand elle l'agitait, la gouvernante familiale déboulait par les portes battantes, une femme noire corpulente et enjouée qui apportait les plats et desservait. Du haut de mes 21 ans, j'en fus ébahie.

Lorsque Danny annonça que nous étions fiancés, Mme Larkin sourit comme si elle le savait déjà. C'était une femme mince, aux cheveux déjà blancs, au nez de faucon et à la peau mate. Pas une beauté, mais elle dégageait une assurance attirante et sans ambages. Du charisme. J'avais déjà commencé à étudier son comportement, à l'imiter — sa manière de se mouvoir, ses jugements acerbes – afin de ne pas la décevoir.

— Voilà qui est formidable, dit-elle. Et quand serai-je grand-mère ?

— Millie ! s'exclama son mari.

Et moi :

— Pas de sitôt, j'espère.

— C'était une question, rien de plus.

Nous rîmes tous, et ma future belle-mère continua à manger et bavarder comme si elle n'avait pas remarqué mon embarras. Elle l'avait remarqué, bien entendu. Je ne crois pas que rien lui ait jamais échappé. Simplement, elle ne se souciait pas de ce que l'on pensait d'elle.

Mildred Larkin était propriétaire d'un tiers des parts de la Coachman Shoe Company, héritage de son père qui en était le fondateur. À son sommet, dans les années quarante et cinquante, Coachman avait été une entreprise gigantesque, le deuxième employeur de la ville de Boston, derrière Gillette. Enfant, Mildred avait fréquenté une école privée puis Simmons College, ce qui était un luxe pour une femme à l'époque. Mais il n'y avait nulle place pour les femmes dans la tenue des affaires. Ces postes revinrent à ses deux frères, et par la suite au mari de Mildred. Par conséquent, tout son esprit et toutes ses capacités intellectuelles furent confinés à la table du dîner et à sa famille plus qu'hétérogène, et parfois à ces dames conviées à des déjeuners de bienfaisance. Quel gâchis, pour une personne si vive !

Après le repas, mais avant le dessert, alors que la domestique s'agitait en tous sens, débarrassant avec force tapage, Mme Larkin me dit :

— Venez, on a une minute. Je voudrais vous montrer quelque chose.

Elle me guida en haut de l'escalier. Je me souviens d'avoir examiné sa jupe en laine grise rêche et ses jambes arquées si fuselées et d'avoir songé qu'elle était très vieille. Elle avait de l'arthrose qui lui verrouillait les articulations et les genoux, et lui donnait une démarche raide. En fait, elle n'avait que 53 ans.

Dans sa chambre, elle alla chercher une vaste boîte à bijoux dans laquelle elle se mit à fourrager.

— Je voudrais vous donner quelque chose qui m'appartient.

— Oh, madame Larkin, il ne faut pas.

— J'y tiens. C'est plus qu'un cadeau, cela dit « c'est à moi ». Un cadeau, ce serait de ma part, mais ça ne serait pas à moi. Vous comprenez la différence ?

— Oui.

Son mari et elle dormaient dans des lits séparés et je m'assis sur celui qui semblait être le sien. Elle me rejoignit avec un collier, une chaîne en or, pas du tout mon style (ni mon budget, de toute évidence), mais elle paraissait si contente en le passant autour de mon cou que je ne dis rien.

— Venez voir.

Elle se tenait derrière moi, face au miroir.

— Oh, c'est ravissant, vous ne trouvez pas ?

— Tout à fait. Mais c'est trop. Vraiment, il ne fallait pas.

Elle posa les mains sur mes épaules.

— Je comprends tout à fait pourquoi il vous a choisie.

— Je vous remercie.

— Il vous plaît ?

— Évidemment qu'il me plaît. Il est très joli.

— Bien. Alors, gardez-le. Moi aussi, il me plaît. Il vous va mieux qu'à moi. C'est une pièce robuste ; ça exige une femme robuste.

Elle me pressa les épaules – un geste d'amitié, mais non dénué d'un certain professionnalisme, comme si elle jaugeait un cheval dont elle envisageait l'achat.

— Quand vous le porterez, vous penserez peut-être à moi.

— J'y compte bien. Chaque fois.

— Venez, allons nous asseoir. Je voudrais que nous discutions un peu.

— Ne ferait-on pas mieux de descendre ? Les hommes nous attendent.

— Qu'ils attendent. Nous n'avons jamais vraiment pu discuter. Je vous veux tout à moi.

Telle était la raison d'être véritable de mon nouveau collier : c'était le prix d'un entretien en tête à tête avec moi. Nous avons pris place chacune sur un lit, face à face.

— Jane, avez-vous déjà fait la connaissance de mon père ?

— Non, mais j'ai beaucoup entendu parler de lui. Danny le vénère.

— Que vous a-t-il raconté ?

— Que votre père a gagné ce pays pour fuir la pauvreté. Et qu'il a fondé l'entreprise.

— La pauvreté… voilà un mot bien impuissant à décrire ce qu'il a vécu. Il est arrivé ici à 14 ans, sans rien d'autre qu'une chemise sur le dos, sans parler un mot d'anglais. Il a commencé par dormir dans la rue. Vingt ans plus tard, il a lancé son affaire.

— Ce devait être un homme d'une grande intelligence.

— Oh que oui, et travailleur avec ça. Mais le monde est plein de gens intelligents et travailleurs. Vous savez le fin mot de l'histoire ? (Sa voix se fit un murmure :) La chance. Le marché de la chaussure était en pleine expansion. Il n'y avait pas comme aujourd'hui d'acteurs puissants au niveau national. C'étaient surtout des entreprises à l'échelon local. Mais tout évoluait. Les techniques de fabrication, la distribution, la vente, tout concourait à accélérer le processus et réduire les coûts, tout en améliorant la qualité des produits. Il y avait des opportunités, vous comprenez ? C'est en cela qu'il a eu de la chance. Dites-moi, ma chère, avez-vous déjà eu une paire de souliers Coachman ?

— Oui.

— Ils sont très chers, vous en conviendrez.

— Oui.

— Et vos parents ne roulent pas sur l'or, si je ne m'abuse ?

Elle était sans pitié !

— Non, admis-je.

— Alors pourquoi votre mère vous les a-t-elle achetés ? Pourquoi dépenser une telle somme ?

— Parce qu'ils sont de première qualité.

— Exactement, c'est le mot. De première qualité. Savez-vous pour quelle raison je vous raconte tout cela, Jane ?

— Non, pas vraiment.

— Les parents font ce genre de chose pour leurs enfants. Ce que votre mère a fait pour vous.

— Oh, oui. C'est vrai.

Mme Larkin me jaugea avec insistance. À son sourcil froncé, je sus que je n'avais pas compris où elle voulait en venir ; elle tenta une approche différente :

— Savez-vous comment mon père a fait la connaissance de ma mère ? Danny vous l'a-t-il raconté ?

— Oui. Il l'a vue dans la vitrine de Jordan Marsh, en ville.

— C'est exact. À votre âge, ma mère confectionnait des gants. Les couturières étaient exposées en vitrine pour témoigner de la qualité du travail. Et à votre avis, quel genre de fille accepte de coudre des gants dans la vitrine d'un grand magasin ?

— Je ne sais pas.

— Je vais vous le dire : une fille pauvre. Une fille pauvre, Jane. Voyez-vous, voilà d'où viennent mes parents. Ce n'est pas là d'où vient Danny, mais moi, si. C'est ce qu'on m'a appris. Je ne suis pas née riche. Ma famille s'est enrichie de mon vivant. Ça fait toute la différence, je vais vous dire pourquoi. Parce qu'on n'a pas eu d'argent depuis suffisamment longtemps pour le traiter avec désinvolture. On se souvient encore de quand on était pauvres. Demandez à mon père de vous en parler, un jour. Demandez-lui ce que ça fait d'avoir faim. Et froid.

Le sujet me mettait mal à l'aise. Chez moi, on ne parlait jamais d'argent, sauf pour se dire que ça ne faisait pas le bonheur, qu'on ne l'emportait pas dans la tombe, et j'en passe.

— Mon Howard aussi a grandi dans la misère. Quand je l'ai connu, il n'avait pas un sou en poche. Il débarquait de Washington, Pennsylvanie. C'était un dentiste sans patientèle. C'était la Grande Dépression ; personne n'allait chez le dentiste, on n'avait pas les moyens. Alors il a décidé d'ouvrir un cabinet pour les enfants, en se disant que les parents seraient prêts à leur payer les soins qu'ils ne se permettaient pas pour eux-mêmes.

— C'était bien vu.

— Ça n'a pas suffi. Il n'a pas eu de chance. Il s'avéra que personne n'avait d'argent pour les soins dentaires, fin de l'histoire. Donc quand nous nous sommes mariés, mon père lui a proposé un emploi chez Coachman et c'en fut fini de sa carrière de dentiste.

— Ça lui a plu, chez Coachman ?

— Pas un jour qu'il n'ait détesté. Il a pris sa retraite dès qu'il a pu.

— Que c'est triste.

— Pas du tout. Howard est très heureux aujourd'hui. Il est retraité, il joue au golf, on descend passer l'hiver à Palm Beach. Il mène une existence agréable.

— Mais durant toutes ces années, il a été malheureux.

— Oui, bon, le bonheur est un luxe. Il faut d'abord avoir un toit sur la tête et le ventre plein avant de s'inquiéter de ces choses-là. Danny vous rend-il heureuse, Jane ?

— Oui, très.

— Tant mieux, j'en suis ravie. Howard aussi m'a rendue heureuse. J'ai épousé un bel homme, et lui une fille riche ; ça a été un échange de bons procédés. On a eu une belle vie.

— Il devait quand même y avoir plus que ça. Vous vous aimiez, n'est-ce pas ?

— Oui, bien sûr ! Et encore plus aujourd'hui. Le seul problème, c'était mon père. Il était convaincu qu'Howard était un coureur de dot.

Les yeux de Mildred pétillaient, lourds de sens.

Je ne trouvai rien à dire.

— Oh, ne vous en faites pas, Jane. Ne soyez pas choquée. C'était normal qu'il soit méfiant. Howard était un coureur de dot. Mais ça n'avait aucune importance, vous voyez ? Parce que c'était lui que je voulais.

— Oh.

— Et avant qu'Howard hérite du premier centime, il sera devenu trop vieux pour en profiter de toute façon. Mon père s'en est assuré. Tout leur appartient, à lui et à ma mère, jusqu'à leur dernier jour. En attendant, je ne vaux pas un kopeck. Je suis bien placée pour hériter une belle somme, mais ça peut ne pas arriver avant des années. Et le jour où ça arrivera, rien n'est prévu pour les petits-enfants

– Danny n'aura rien, du moins pas avant notre mort à Howard et moi. C'est comme ça que ça marche, dans cette famille. Chaque génération doit se prendre en main. Personne n'obtient rien sans l'avoir mérité.

— Je vois.

— Je voulais, ma chère, que vous le sachiez d'entrée de jeu. Il n'y aura pas d'argent pour Danny. Ni pour vous. Pas avant très longtemps, et peut-être jamais. J'ai l'intention d'atteindre un âge vénérable.

— Je ne cours pas après l'argent. Je n'ai jamais...

— Je sais, Jane. Aucune raison de le prendre mal. Je tenais juste à vous parler sans détour. Nous sommes entre adultes, n'est-ce pas ? Nous sommes adultes et nous savons toutes deux qu'aux yeux de certaines filles, Danny pourrait représenter la poule aux œufs d'or. Il faut donc que l'on se parle franchement. Ça ne vous ennuie pas ? Je peux vous parler en toute franchise ?

J'acquiesçai. Je m'abstins de lui dire ce que je pensais réellement de son petit laïus insultant.

— Savez-vous ce que mon père a l'habitude de dire au sujet de son choix de carrière ? Qu'il s'est lancé dans la chaussure parce que quand on marche dans la merde, on ne salit pas son chapeau. Puis, se penchant vers moi, elle me fit cette confidence :

— Ça, c'est nous. (Clin d'œil.) Allez, venez. Ce n'est pas si grave.

Elle me releva et me frotta vigoureusement les bras pour calmer mes larmes. Elle arrangea le collier pour qu'il soit parfaitement disposé.

— Une si jolie jeune femme. Nous allons être de bonnes amies, vous et moi.

*

* *

Un samedi matin du mois de mars 1977, Jeff se réveilla – émergea lentement de son sommeil profond et drogué d'adolescent – au son de la voix de Sarah, venue d'en bas. Pas des paroles distinctes, juste le timbre inhabituel d'une voix féminine, pour la première fois en un peu plus d'un an, traversant la structure de cette vieille maison pour parvenir jusqu'à sa chambre.

Dehors, une voiture ronronnait.

Il se leva péniblement et, écartant les lattes du store vénitien, vit la Oldsmobile Toronado bleu sarcelle de Sarah devant la maison, dont le pot d'échappement crachait un filet de fumée. Il maugréa et se dirigea d'un pas mou vers la salle de bains.

Quand il revint s'habiller dans sa chambre, il jeta de nouveau un coup d'œil. La voiture de Sarah était toujours dans l'allée, moteur allumé.

En bas, dans l'entrée, des cartons étaient empilés, que son père et Sarah descendaient au sous-sol. Les affaires de Sarah, apparemment.

L'heureux couple remontait justement de la cave.

— Salut, p'tit gars, dit Dan d'un ton résolument gai – un surnom qu'il n'utilisait absolument jamais.

— Bonjour, fit Sarah, plus prudente.

Tout à coup, Jeff se sentit aigri, toxique – de manière irrationnelle, mais impossible de contrôler cette humeur vénéneuse. Un ressentiment nauséabond le gagna. Que Sarah se trouve ici, de bon matin, en train d'emménager, une invasion définitive. Le visage plein d'attente de son père, son odieuse voix éraillée, tout ça pour le manipuler. C'était plus qu'il n'en pouvait supporter.

Il dit :

— Tu as laissé le moteur allumé.

— Je sais. Jamie est dehors.

Jamie était la fille de Sarah, une fille dont l'existence même – autre détail rageant dur à avaler pour Jeff – lui avait été cachée jusqu'à il y a quelques semaines seulement, quand Dan avait révélé que l'arrivée de Sarah dans la famille pourrait se révéler plus complexe qu'il l'avait laissé entendre. Les deux familles s'étaient retrouvées pour « célébrer » l'événement autour d'un dîner et donner une chance à mes enfants de faire la connaissance de cette fille, leur nouvelle demi-sœur. Même Alex était là, venu de Cambridge en taxi comme une star de cinéma un soir de première. Ils dînaient au Pier 4, le restaurant préféré des enfants (pas donné), réservé aux anniversaires et aux grandes occasions – autre tentative maladroite pour le manipuler, songea Jeff, pour l'acheter.

— Tu l'as laissée dehors dans la voiture ?

— Je ne l'ai pas laissée. Elle a refusé de sortir.

— Pourquoi ?

— J'en sais rien. T'as qu'à aller lui demander.

— Hein ? OK, ouais, je vais faire ça.

Jeff faisait preuve de courage, je crois (j'espère), mais il ne fait aucun doute qu'il était surtout content d'avoir une excuse pour planter là Dan et Sarah. Il alla chercher dans le placard de la cuisine un paquet de Pop-Tarts qu'il laissa ouvert sur le comptoir, le tout avec une lenteur assumée, histoire de montrer à son père qu'on n'allait pas le chasser si facilement de chez lui. Un adolescent a mille manières de dire « Vous me faites chier ».

Une fois dehors, frissonnant dans la froidure hivernale, Jeff vit Jamie assise à l'avant, il s'installa donc près d'elle, au volant. C'était une banquette et rien ne les séparait.

Pauvre Jeff, il n'avait pas été si près d'une fille depuis des mois. Les seuls individus de sexe féminin dans son école étaient des secrétaires d'âge mûr et une grande tige de prof de maths. Il n'était pas plus timide que ça, mais ne savait pas baratiner et n'avait aucune idée de ce dont les filles aimaient parler. La seule chose qu'il désirait d'elles – le sexe –, il n'avait pas le cran de le demander. Jamie Bennett était un peu plus âgée que Jeff, une classe au-dessus. C'était un beau brin de fille, un peu replète, engoncée dans une doudoune si gonflée qu'elle devait lui faire l'impression d'un fruit bien mûr, une pêche juteuse se balançant sur sa branche. Il était tout bonnement impossible qu'il reste assis à côté d'elle en ignorant son corps. Pour autant, malgré toute cette électricité sexuelle, il se sentait étrangement apaisé dans la voiture, enfermée avec elle, tranquille, au chaud, à l'abri. Leurs problèmes étaient tous relégués au-dehors, dans le froid. En fait, la situation était tellement bizarre – de parfaits étrangers appelés à devenir frère et sœur, dans l'ombre de mon absence mystérieuse, et le bonheur malvenu de Dan et Sarah, et la quasi-célébrité dont l'affaire avait auréolé la famille – qu'il se dit que Jamie serait peut-être la seule fille sur terre à pouvoir comprendre ce qu'il ressentait. Il pensait même que c'était encore pire pour elle, sous un certain angle : la mère de Jamie avait volontairement choisi de s'intégrer à cette famille complètement bousillée et de l'entraîner là-dedans. Ce n'était pas la mère de Jamie qui avait disparu, après tout. Une autre raison faisait qu'il se sentait à l'aise avec elle : le mot demi-sœur, avec son parfum d'inceste, interdisait d'emblée toute ambiguïté, elle n'en était que plus facilement abordable.

— C'est eux qui t'ont demandé de venir ?

— Non.

— T'es juste venu ici sans raison ?

— Non. J'avais pas envie d'être avec eux.

— Moi non plus.

Il ouvrit le sachet blanc tout froissé renfermant un Pop-Tarts.

— T'en veux un ?

— Ils sont à quoi ?

Il consulta l'emballage.

— Fraise.

— Sans glaçage.

— Ma mère nous laissait jamais prendre ceux avec le glaçage. Trop sucré.

Il sortit un gâteau du sachet, qu'il lui tendit. Elle secoua la tête.

— T'as pas envie de vivre ici ?

— Non.

— Moi non plus.

Il prit une bouchée, puis mâchant toujours (une de ses mauvaises habitudes indécrottables, d'ailleurs) :

— Ta mère vient de dire qu'elle ne sait pas ce que tu fiches ici.

— Elle sait.

— Elle sait que tu n'as pas envie d'habiter ici ?

— Ouais. Elle a dit qu'elle était désolée que je ressente ça, mais que ça allait quand même se passer comme ça.

— Je te parie que c'est mon père qui lui a soufflé ça. Ça lui ressemble trop.

— Va savoir. Pas moyen que je vive ici.

— Tu flippes à cause de toute cette... de tout ce qui s'est passé ? Ou t'as juste pas envie d'habiter ici ?

— Non, c'est à cause de... ce qui s'est passé. Ton père... nan, laisse tomber.

— Non, tu peux le dire.

— Je peux pas vivre dans la même maison que lui, c'est tout.

— Tu as peur de lui ?

— Il me terrifie. Pas toi ?

— Non.
— Jamais ? Même pas un peu ?
— Non. C'est juste mon père.
— Alors tu penses qu'il l'a pas fait ?
Long silence.
— Je ne sais pas.
— Dans ce cas, comment peux-tu ne pas avoir peur ?
— Je ne sais pas. C'est comme ça c'est tout. Tu trouves ça pas logique ?
— Non. À moins que tu sois suicidaire.
— Peut-être que je le suis. L'autre nuit, j'ai fait ce rêve...
— Argh, faut être casse-pieds pour raconter ses rêves. Tu comptes pas me débiter un rêve idiot, quand même ?
— Plus maintenant, non.
— Non, vas-y.
— Nan. C'est débile. Laisse tomber.
— Non, dis-moi. Je veux que tu me le racontes, ce rêve. C'est celui où t'as une interro et t'as rien révisé et t'as oublié de t'habiller ?
— Non. Même si je l'ai déjà fait, celui-là. Comment t'as deviné ?
— Absolument tout le monde l'a fait, ce rêve, Jeff.
— Toi aussi ?
— Non. Je fais mes devoirs. Allez, reprends. C'est quoi, l'histoire ?
— OK. Alors, dans le rêve, je suis chez le médecin et il me dit que j'ai une maladie mortelle et qu'il ne me reste qu'une semaine à vivre.
— Et c'est tout ?
— Non. Ce qui est trop bizarre, c'est que je suis super content. Parce que ça veut dire que je vais échapper à tout ça, tu vois ?
— Échapper à quoi ?

— À grandir. Aux trente prochaines années. T'as jamais rêvé de ça ?

— Non.

— Oh.

Elle offrit à mon Jeff un petit sourire consolatoire – oh, la gentille, la gentille fille, merci ! – et il ajouta, penaud :

— Moi non plus. Je viens de l'inventer. Bref, c'est pour ça que j'ai pas peur de lui, si tu vois ce que je veux dire.

— Je vois.

— Tu sais, on t'a préparé une chambre. C'est Mimi qui a tout fait. Elle a préparé une pancarte avec ton nom et l'a accrochée sur la porte. Elle croit qu'elle va avoir une nouvelle sœur.

— Je peux toujours être la sœur de Mimi. Elle est adorable.

— Elle est pas adorable. C'est une impression qu'elle donne.

— Si, elle l'est ! C'est peut-être toi qui l'es pas.

— Et ton père, dans tout ça ? Tu pourrais aller habiter chez lui.

— Ça l'intéresse pas.

— Comment ça ? Tu lui as demandé ?

— Je le connais pas trop. Il fait pas partie du tableau. Tu vois...

Sa voix s'éteignit.

— Où tu vas aller, alors ?

— Ma copine m'a dit que je pouvais venir chez elle.

— Ce serait trop dommage, enfin... pour Mimi. (Sourire gêné.) Tu gâches de l'essence, tu sais. Tu devrais couper le contact.

— Je ne suis pas sûre que je pourrai le remettre, après. Je l'ai jamais fait. On va se geler.

— Je sais comment faire.

— Dans ce cas, vas-y.

Il tourna la clé sous le volant et le moteur se tut. Dans ce silence, des voix de piétons leur parvenaient. Le froid s'insinua aussitôt dans l'habitacle. L'intimité de l'espace clos n'était plus la même sans la tiédeur et le ronron du moteur, ils se sentaient moins à l'aise, moins enclins aux confidences.

Jamie se frotta les mains.

— On rallume ? dit-il.

— On rallume.

Il remit le contact.

— Où t'as appris à faire ça ? T'es trop jeune pour conduire.

— Je sais pas. Pure imitation.

— Tu me trouves folle d'avoir peur de ton père ?

— Je crois qu'il faudrait être un peu dingue pour ne pas avoir peur de lui.

— Mais toi, t'es pas fou.

— J'essaie juste de ne pas trop y penser, quoi. J'essaie de ne pas penser. Jamais. À ça, en tout cas.

— Et ça marche ?

— Pas vraiment. Mais j'ai pas le choix. Où tu veux que j'aille ?

— Et s'il s'en prenait à toi ?

— Il s'en prendra jamais à moi.

— Ou à Miranda.

— S'il touche à Miranda, je le tue.

— OK. Désolée, je voulais pas t'énerver.

— Non, non, ça va. C'est juste pour dire.

— Ça me regarde pas. Je suis pas comme ça, d'habitude. Pardon.

— T'inquiète. C'est pas comme si j'y avais jamais pensé.

Elle s'enfonça dans son siège, persuadée d'avoir été trop loin. Et pas assez loin en même temps

– elle n'avait pas vraiment obtenu les réponses à son dilemme intérieur.

— Tu t'entends bien avec ta mère ? demanda Jeff.

— Avant, ouais. Tu t'entends bien avec ton père ?

— Je sais pas. Je crois pas qu'il m'aime beaucoup.

— Ah bon, pourquoi ?

— Tout ce que je fais l'agace. Je sais pas m'y prendre, avec lui. Mais il est pas si méchant.

— Pas si méchant, à un minidétail près.

Elle écarta ses doigts d'un demi-centimètre.

Jeff se marra.

Jamie rit, puis se couvrit la bouche de la main.

— Pardon. J'aurais pas dû dire ça.

— Ouais bon, il a tué sa femme, et après ? Il l'a fait qu'une fois.

— Oh mon Dieu, arrête ! C'est ta mère ! C'est affreux.

Ils arrêtèrent de rire et la gêne reprit toute la place.

— Elle était comment, ta mère ?

Jeff pesa sa réponse. Sa vision se troubla et il s'essuya les yeux entre le pouce et l'index. « Elle était gentille » fut tout ce qu'il trouva à dire. (Oh, Jeff. Ça me brise le cœur.) « Vraiment gentille. »

Jamie se rappuya contre son dossier, regard rivé au pare-brise, se demandant quelle direction la conversation pouvait bien prendre après ça.

— J'aimerais qu'on puisse se barrer d'ici, fit Jeff.

— Moi aussi.

Un temps.

— On a déjà la voiture.

— Mais pas le conducteur.

Ils échangèrent un regard espiègle.

Jeff posa les deux mains sur le volant, à 9 h 15.

Jamie :

— Oh non, on peut pas.

— Techniquement si, on peut. Tu veux plutôt dire qu'on devrait pas.

— Non, on peut pas, c'est ça que je dis.

— Si on peut pas, alors j'imagine que... je peux pas faire ça.

Il enclencha la marche arrière et le véhicule se mit immédiatement en branle, jusqu'à ce qu'il parvienne à enfoncer la pédale de frein. La voiture s'immobilisa avec un à-coup.

— Stop ! C'est complètement interdit.

— Je sais ! C'est génial, hein ?

Il souleva timidement son pied de la pédale et recula jusqu'à atteindre la chaussée.

— Tu peux pas conduire !

— Arrête de dire que je peux pas. Tu vois bien que je peux. Je suis en train de le faire !

Il démarra et ils roulèrent au pas dans la rue, tout doux. Au panneau stop, il freina trop brutalement et ils furent secoués. Autre échange de regards, même sourire ravi.

— Où on va ?

— À la maison !

— Désolé. Cet endroit n'existe pas.

— Fais demi-tour !

— Non. On n'a qu'à aller très loin. Que dirais-tu de la Californie ?

— Je n'ai aucune envie d'aller en Californie.

— Bien sûr que si.

Ils avancèrent jusqu'au lac, Jeff hyper concentré, Jamie bouche bée.

— Va pas bousiller la voiture de ma mère !

— La vache, jamais vu une voiture aussi mastoc. Qui conduit ce genre de bagnole ? C'est comme conduire un dirigeable.

— Ça me rassure pas vraiment.

— Oups, pardon.

— Regarde la route, tu veux. Si tu abîmes cette voiture, elle va me tuer.

— Te tuer, toi ? Et moi, alors ?

— Elle peut pas te tuer. T'es pas à elle.

— Non, ça, clairement pas.

Ils allèrent au bout de la route, laissant le moteur les entraîner à faible allure, comme un voilier poussé par le vent. Prenant confiance, Jeff commença à tester la pédale d'accélération.

— Allume la radio.

— Non ! Faut que tu restes concentré !

— La radio !

— OK. Je mets quoi ?

— BCN.

— C'est quelle fréquence, ça ?

— Attends, t'écoutes pas BCN ?

— Mais regarde la route, merde ! Tu vas nous tuer.

— J'y compte bien, dit-il en négociant un virage serré le long du lac. J'y compte bien.

La semaine suivante, quand Sarah emménagea, sa fille suivit le mouvement, sans rechigner. Miranda avait une nouvelle sœur, en fin de compte.

*

* *

En mars 1977, l'inspecteur Glover se rendit à Cleveland, dix heures de route plein ouest depuis le commissariat de Newton, sur la I-90, en ligne droite d'un bout à l'autre. Il partit le vendredi matin et s'arrêta le moins possible. Une fois quittée l'orbite de Boston, il perdit le signal radio et roula en silence, à l'exception du bruit de la route défilant sous l'habitacle. Les longs trajets en autoroute créent toujours l'illusion, surtout quand on conduit depuis un moment, que la voiture n'avance pas ; seul le décor, une succession d'arbres et de panneaux, est en mouvement. C'est ainsi que je me représente Tom Glover ce vendredi matin là, avançant vers l'ouest à rebours de la rotation de la Terre : suspendu à un point fixe de l'espace alors que tout autour filait à grande vitesse. Parce que c'est ce qui est arrivé à ce pauvre homme, je crois. Il est resté coincé dans le passé, à me chercher, tandis que le reste du monde reprenait sa course.

Le problème, voyez-vous, c'est que mon affaire ne s'est jamais vraiment classée. On m'avait vue, on croyait m'avoir vue, dans toute sorte d'endroits. Je me trouvais à Santa Monica, en Californie, et juste après à Petaluma. J'étais à Mobile et à Montréal, et à Portland, dans l'Oregon, et à Spokane et Vancouver (le Nord-Est devait être une région propice aux apparitions spectrales comme les miennes). J'étais dans des lieux plus reculés, aussi, dont je n'avais jamais entendu parler : Benson, dans le Minnesota ; Plano, au Texas ; Las Cruces, au Nouveau-Mexique. En général, ces visions survenaient après la diffusion d'un reportage dans lequel on avait vu mon visage. Souvent, les témoins étaient originaires de Nouvelle-Angleterre, et bien plus familiers de l'affaire que les locaux. Les témoignages remontaient à la police locale, ou d'État, parfois au FBI (qui ne s'intéressait pas aux disparitions de citoyens lambda), et le témoignage allait d'agence en agence, jusqu'à atterrir, en fin de course, sur le bureau de Tom Glover. Chacune de ces pistes fut étudiée avec sérieux, d'une manière ou d'une autre.

Ce fut encore plus difficile que ça en a l'air, et ce pour deux raisons. Premièrement, en 1977, on ne savait pas établir avec certitude l'identité d'une personne autrement qu'avec des empreintes digitales.

Glover disposait d'un jeu d'empreintes (pas la version canonique avec des doigts encrés, bien sûr. Je n'avais jamais été arrêtée. Mais les flics avaient pu relever des traces « latentes » sur des objets que moi seule avais pu toucher : ma brosse à cheveux, les poignées de ma commode, un briquet Bic en plastique sur ma table de nuit). Seule autre méthode « scientifique » pour prouver qu'un de ces sosies était bien Jane Larkin : la cicatrice que j'avais à l'épaule droite et dont ma mère leur avait parlé, un détail que la police avait caché au public (cette cicatrice remontait à mes 8 ou 9 ans. J'étais à vélo et j'avais décidé – Dieu sait pourquoi – de voir ce qui adviendrait si je roulais à fond la caisse sur un trou dans la chaussée. Résultat ? Le vélo s'arrête net, la petite fille valdingue par-dessus le guidon et atterrit sur l'épaule). Donc, pour Glover, vérifier ces suspects était une tâche fastidieuse et chronophage.

La deuxième chose qu'il faut savoir, c'est que les disparitions sont bien plus courantes qu'on l'imagine. Chaque année, des milliers d'affaires de disparition restent en suspens, et même si l'on exclut les banales et tragiques fugues, les gens qui veulent disparaître – ceux qui sont pris dans des relations malheureuses ou violentes, ceux qui ont perdu tout espoir à force de dettes ou de problèmes avec la justice, les malades mentaux, les toxicomanes et les alcooliques –, il reste encore un bon nombre de personnes qui s'évanouissent sans aucun motif apparent. Parmi elles, beaucoup sont victimes de meurtre mais, faute de cadavre, impossible de savoir précisément combien (et la communication défaillante entre les juridictions a pour conséquence qu'un corps anonyme trouvé loin de son domicile a toutes les chances de passer sous les radars des enquêteurs qui le recherchent). Tout ce qu'on sait au sujet des disparus, c'est qu'ils étaient là et qu'ils n'y sont plus. Un à un, ils s'évaporent, ici et là, année après année, et à force ce sont des nuées de gens qui sont simplement partis, évanouis, absents. Dès lors, pour Glover, l'aspect aiguille-dans-une-botte-de-foin de l'enquête était particulièrement retors, parce que la botte en question était immense.

Heureusement, Glover n'était pas seul. Mon père a coutume de dire : *Qui a du courage lèvera une armée*. C'est un peu ce qui est arrivé à Glover. Il n'avait qu'à demander à une antenne de police locale de vérifier une piste, et on s'exécutait. Partout, tout le temps. Une fois qu'il avait expliqué la situation, jamais on ne refusa de lui venir en aide. Il y avait toujours un inspecteur prêt à retrouver la trace d'une « Jane Larkin », lui poser une batterie de questions, voire lui extirper un échantillon de son écriture et ses empreintes. Ça incluait les flics dans des territoires immenses en sous-effectif auxquels Glover ne pourrait jamais renvoyer l'ascenseur et même des services de police à l'étranger, à Mexico ou Paris, à qui il ne pouvait s'adresser sans passer par un interprète. C'est ainsi que l'écrasante majorité des pistes fut écartée.

La femme de Cleveland fut l'une des Jane Larkin potentielles que Glover tint à interroger en personne. Elle me ressemblait, c'est indéniable, même si ce n'était pas aussi frappant que ces messieurs voulaient bien le croire (ce qui est sans doute un argument massue pour intégrer plus de femmes dans la police). Son comportement était suspect : elle payait tout en liquide, y compris son loyer et ses factures d'eau et d'électricité, et avait refusé (ou été dans l'incapacité) de présenter une pièce d'identité à son bailleur. Un inspecteur de police de Cleveland – un vieux de la vieille à qui on ne la faisait pas, un type voûté et ravagé par l'acné du nom de David Poirier – se présenta à sa porte en prétendant être un technicien mandaté pour inspecter le bâtiment, afin de ne pas l'effaroucher. Elle refusa de le laisser entrer, mais Poirier put tout de même jeter un œil dans l'appartement depuis le seuil. Il eut l'impression qu'elle n'avait pas encore défait ses cartons. Elle avait dit s'appeler Jane Setera ; aucun registre ne mentionnait une Jane Setera à cette adresse, ni liste électorale ni permis de conduire. Elle avait paru nerveuse à Poirier, qui conseilla à Glover de ramener sa fraise avant qu'elle se fasse la malle. Si elle filait, Poirier n'aurait aucun recours pour l'arrêter ; elle n'avait commis aucun délit.

Quand elle tomba sur Glover et Poirier à sa porte, elle se pétrifia.

Glover brandissait son porte-cartes, ouvert sur son badge. Il déclara qu'ils étaient de la police et voulaient discuter avec elle. Il était déjà en train de détailler son visage.

Elle le fixa un petit moment, elle aussi, observant son beau visage marqué, avant de passer à Poirier, derrière lui, qu'elle sembla reconnaître. Elle grimaça, semblant se reprocher de n'avoir pas vu clair dans son jeu, précédemment. Quand son attention revint à Glover, il était toujours scotché à elle, à croire qu'il la reconnaissait, comme un vieil ami ou un amant.

Son visage était plus étroit que le mien, avec une ossature solide. Elle portait les cheveux courts à la Mia Farrow, un style qui ne m'aurait pas réussi (j'aurais eu l'air d'un écureuil, avec une coiffure pareille). Elle ne me ressemblait pas tant que ça, mais elle avait, de fait – du moins à leurs yeux –, l'air d'une femme que j'aurais pu devenir si j'en avais décidé ainsi.

— Nous autorisez-vous à entrer ?

— Nous, je ne vous le permets pas.

— Nous voulons juste discuter.

— J'ai dit non.

— Vous n'avez rien fait de mal. On essaie simplement de retrouver quelqu'un.

— Qui ça ?

— Quelqu'un qui est perdu.

— Je ne connais personne de ce genre.

— Tant mieux. Dans ce cas ce ne sera pas long, après on s'en va et vous ne nous reverrez jamais. Si vous ne nous aidez pas, en revanche, on ne va pas pouvoir vous laisser tranquille, vous comprenez ?

Elle hésita.

Glover avança d'un pas dans l'embrasure, l'obligeant doucement à lâcher le battant de la porte et reculer dans la pièce. Son geste n'avait rien d'agressif : c'était plus un pas de danse qu'un passage en force.

La pièce était petite et malpropre.

— C'est vous, Jane.

— Oui.

Glover ne m'avait jamais vue en chair et en os, uniquement d'après photographie. En présence de cette femme, il se sentait tout, tout près de moi.

— Est-ce que c'est votre véritable prénom ?

— Je n'ai pas tellement envie de répondre à vos questions. Il me semble que j'ai le droit de...

— Écoutez, je ne vais pas vous dire... On va pas jouer à ça, d'accord ? Je suis venu de loin pour vous voir. Vous n'avez pas d'ennuis, vous n'êtes pas impliquée dans un quelconque délit, en tout cas pas par moi. Ce que vous avez fait ou ce qu'on vous a fait, c'est pas mes oignons. Quelle que soit la raison qui fait que vous vous terrez dans ce trou, je m'en fous. Vous pigez ? Je m'en fous. J'ai juste besoin que vous m'aidiez. Que vous soyez franche avec moi pendant cinq minutes, et après je disparais. Je cherche quelqu'un. OK ?

— OK.

— Je cherche une femme prénommée Jane. Elle a disparu. Elle vivait près de Boston. J'en viens. L'inspecteur ici présent croit qu'il se peut que ce soit vous. Il croit que vous êtes ma Jane.

— Ce n'est pas le cas.

— Alors qui êtes-vous ? Quel est votre vrai nom ?

— Jane Setera.

— Le vrai.

— Jane Setera.

— Que faites-vous ici ?

— Je ne peux pas vous le dire.

— Pourquoi ? Vous avez fait une bêtise ? Vous avez fait du mal à quelqu'un ?

— Non ! Bien sûr que non. C'est à moi qu'on a fait du mal.

— Qui ?

— Mon mari.

— Qui se trouve où ?

— Peu importe.

— J'ai besoin de le savoir. Pour me prouver que vous jouez franc-jeu.

— Je veux qu'il sorte. (Elle désigna Poirier d'un signe de la tête.) Il m'a menti. Je ne lui fais pas confiance.

— OK. Dave ?

Poirier quitta l'appartement, refermant avec tact la porte derrière lui.

— C'est qui, cette femme que vous cherchez ?

— Qu'est-ce que ça change ?

— Je veux savoir.

— Son nom est Jane Larkin.

— Qu'est-ce qu'elle a fait ?

— Rien.
— Alors pourquoi vous la cherchez ?
— Parce qu'elle a disparu.
— On lui a fait du mal ?
— Je n'en sais rien.
— Mais vous croyez que c'est moi.
— Je crois qu'elle est morte, pour tout vous dire. Mais vous pourriez être cette femme, oui.
— Pourquoi vous la croyez morte ?
— C'est juste une impression.
— Qui l'a tuée ?
— Son mari.
— Si vous pensez qu'elle est morte, pourquoi vous êtes là ?
— Parce que j'ai… des doutes. J'ai besoin de savoir.
— Elle a des enfants ?
— Oui, trois. Et vous ?
— Si j'avais des enfants, ils seraient ici avec moi.
— Pouvez-vous me montrer une pièce d'identité ?
— Non, je l'ai jetée à la poubelle.
— Vous avez quel âge ?
— Trente-huit ans.
— Et votre vrai nom, c'est quoi ?
— Margaret.
— Margaret comment ?
— Margaret Ann Furman.
— C'est votre nom de jeune fille ?
— Non. C'est Daugherty.
— Et comment s'appelle votre mari ?
— Michael.
— Deuxième prénom ?
— Il n'en a pas. (Les yeux de Glover s'étrécirent.) Non, vraiment. C'est vrai.
— Où êtes-vous née ?
— Dans le New Jersey, à Long Branch.
— Dans quel hôpital ?

— Monmouth Medical Center.
— La date ?
— 18 mai 1938.
— Quel est votre signe astrologique ?
— Taureau.
Ses réponses fusaient, précises, exactes.
— Comment s'appelait votre école primaire ?
— Garfield.
— Votre institutrice en CP ?
— Mme Phillips.
— Qui était votre meilleure amie en CP ?
— Sandra.
— Sandra comment ?
— Elle s'appelait Levine, à l'époque.
— Où vit-elle maintenant ?
— Asbury Park.
— Et sous quel nom ?
— Stancill. S-T-A-N-C-I-L-L.
— Quelle est votre date de naissance ?
— Je vous l'ai déjà dit.
— Redites-moi.
— 18 mai 1938.
— Où êtes-vous allée au lycée ?
— Long Branch High School.
— Quelle promo ?
— 1955.
— Vous êtes dans l'annuaire des terminales ?
— Oui.
— Quelle est la date de votre mariage ?
— 12 juin 1960.
— Et le lieu ?
— Newark.
— Où ça ?
— À l'hôtel Essex.
— Vous avez un certificat de mariage ?

— Oui.

Il opina. Ce n'était pas la bonne Jane. Il vérifierait ses réponses plus tard – demanderait à quelqu'un d'aller consulter sa page dans l'annuaire et de sortir son certificat de naissance et de mariage des registres –, mais ça n'y changerait rien. Il savait déjà. D'ici là, de toute manière, elle se serait envolée.

— Encore une chose. Jane Larkin avait une cicatrice, juste là, sur l'épaule droite.

Il passa la main gauche par-dessus son épaule pour montrer un point, juste derrière.

La femme se rapprocha un peu, posa sur lui un regard direct, dépourvu de gêne, déboutonna suffisamment son chemisier pour dévoiler une épaule et pivota pour que Glover voie sa peau vierge de toute marque.

*
* *

Un vendredi après-midi, Miranda se rendit chez Mme Bowers où, en compagnie de ses deux petites filles, elles cuisinèrent des biscuits aux pépites de chocolat, activité que Mme Bowers avait imaginée pour tester Miranda afin de voir si elle ferait l'affaire comme baby-sitter. Cet après-midi enivra Miranda. Le temps fila beaucoup trop vite. Tout, dans cette famille, lui plaisait, décida-t-elle. Elle adorait les lumières vives et blanches de leur maison, et surtout la cuisine moderne et étincelante, avec ses appareils ménagers en Inox brossé. Elle adorait préparer des cookies, je l'avais souvent fait avec elle. Elle sentit instantanément un lien avec les filles, des petites de 7 et 9 ans brillantes qui regardaient la grande Miranda avec un regard admiratif dont elle n'avait jamais fait l'expérience. C'était comme si elle avait pénétré dans un négatif de sa propre famille, image lumineuse et ensoleillée, alors que chez elle tout était secret et brumeux.

Par-dessus tout, elle ne pouvait s'empêcher d'adorer Mme Bowers. Miranda lui trouva de moins en moins de ressemblances avec moi à mesure que l'après-midi avançait, mais ça n'avait pas d'importance. Elle n'en rappelait pas moins sa mère à Miranda, d'une manière sibylline, indéfinissable. Miranda se sentait un dévouement filial pour cette femme – elle avait conscience que c'était déraisonnable, fou, mais ça la mettait dans un tel état d'extase qu'elle ne souhaitait aucunement en sortir. Elle observait Mme Bowers à la dérobée, quand elle se croyait hors de portée des regards, et enregistrait chaque geste : la façon dont elle glissait une mèche derrière son oreille, dont ses yeux se plissaient quand elle souriait. Toutes ces attitudes que Miranda adopterait à son tour.

Quand les biscuits furent enfournés et la vaisselle empilée dans l'évier, les deux petites allèrent chercher des chaises d'enfant et se plantèrent en face de la vitre du four pour surveiller la cuisson, comme devant la télé.

Miranda s'affairait autour d'elles, petite poule ravie, affichant le souci maternant qu'on attendait des baby-sitters, imaginait-elle, jusqu'à ce que Mme Bowers l'appelle :

— Viens, Miranda, je voudrais qu'on discute un peu.

Elles gagnèrent l'avant de la maison, un salon réussissant à être formel sans être intimidant. Elles s'assirent, Mme Bowers dans un fauteuil, Miranda sur le canapé adjacent, de sorte que leurs genoux se touchaient presque.

— Bon, fit-elle, clairement, les filles t'ont adoptée. Tu t'es fait deux nouvelles copines.

— Moi aussi, je les aime bien.

— Si tu veux venir les garder de temps en temps, on t'accueille volontiers. Tu m'as l'air d'une fille fantastique.

Miranda lui fit un large sourire.

— Toutefois, il y a une chose qu'il faut que je te demande, ma chérie – je suis au courant… pour ce qui s'est passé.

— Oh.

— Donc j'ai besoin de savoir : est-ce que ça va ? Je veux dire, tu te sens capable de faire ça ?

— Oui.

— Ton père est-il au courant que tu es ici ? Chez nous ?

— Non, pas encore, je pensais…

Sa voix se perdit.

Mme Bowers regarda le sol. Elle crocheta ses doigts, serra à s'en blanchir les jointures.

— On va devoir édicter une règle. Il faut toujours des règles, pas vrai ? (Sourire bidon d'adulte.) Ton père n'a pas le droit de venir ici. Jamais. Ni même d'attendre devant chez nous pour venir te chercher. Au besoin, on passera te prendre chez toi et on te raccompagnera.

— Je comprends.

— Je ne voudrais pas être blessante.

— Non, mais ça va.

— Tu es sûre, Miranda ?

— Oui, ça ne fait rien.

— Je suis désolée. Mais c'est une situation tellement bizarre.

— Je sais.

— Je sais que tu sais. Je suis désolée.

Elle prit la main gauche de Miranda dans la sienne et y posa un baiser. Miranda ne disait rien. Elle comprenait qu'elle devait se montrer reconnaissante que des personnes généreuses comme Mme Bowers l'acceptent en dépit de cette tare.

— Ça me va, dit Miranda. Ma mère a – enfin, avait – une règle disant que les clients de mon père n'avaient pas le droit de venir à la maison. Il y en avait parfois des pas nets.

— Je ne dis pas que ton père n'est pas quelqu'un de bien, Miranda.

— Si, c'est ce que vous dites.

— Non, ma puce. C'est juste que c'est compliqué, t'es pas d'accord ? La vie, parfois, c'est compliqué.

— Oui.

*

* *

1958-1961

J'étais mariée ! J'étais une femme mariée ! Évidemment, nous étions tous les deux si jeunes – j'avais 21 ans le jour de mon mariage, Dan 22 – que ça nous bidonnait de nous appeler comme ça, mari et femme, monsieur et madame. Nous étions des gosses jouant au papa et à la maman, des touristes à Mariageland. Je n'ai jamais été aussi heureuse. Petite, bien sûr, je m'étais imaginée mariée, mais tout cela était si flou, si nébuleux. Et puis ça dépend tellement du garçon, pas vrai ? Maintenant, j'en avais un – le meilleur, le garçon parfait pour moi – et le rêve était devenu réalité. J'avais un mari !

On logea d'abord dans un deux pièces à Brighton, un appartement microscopique et glauque qui nous rendit furieusement heureux. On mangeait à la cuisine. On jouait aux cartes avec une poignée de jeunes couples, des parties de rami et de canasta bien arrosées, toujours pour de l'argent, qui duraient jusque tard dans la nuit et nous laissaient, le lendemain, une gueule de bois et une haleine chargée de tabac. Il y avait du sexe, aussi, des gestes maladroits, hésitants, électriques. En théorie, nous essayions d'avoir un enfant ; la réalité, c'est que nous explorions toute cette affaire bien mystérieuse et embrouillée – les bruits de succion, les odeurs trop fortes, les tortillements voraces et articulés – et que ça nous rendait tous deux un peu dingos. Danny n'était jamais rassasié de moi, ne pouvait s'empêcher de me toucher. « T'en as jamais assez, toi », je lui disais. Nous n'étions pas aussi experts que les jeunes d'aujourd'hui, ni aussi brusques, mais nous nous étions trouvés, nous avions tellement confiance. Nos corps s'emboîtaient à merveille, nous étions si bien assortis mécaniquement que je ne pouvais pas concevoir d'être avec un autre homme ni lui avec une autre femme.

Nous étions mariés depuis un an quand je suis tombée enceinte d'Alex, et toute cette parenthèse euphorique prit fin.

Encore des gamins nous-mêmes, nous emménageâmes en banlieue pour jouer à être parents. Nous fîmes l'acquisition d'une adorable maison de trois chambres, à Newton. L'apport venait des parents de Dan. C'était présenté comme un prêt, mais Dan m'assura que nous n'aurions pas à le rembourser et balaya toutes mes objections. Il me présentait les décisions financières de sa famille sous l'angle qui l'arrangeait, ça m'a toujours largement échappé. Tout ça pour dire que l'argent des Larkin, ça concernait les Larkin. J'avais ma propre famille à construire. Quand nous fûmes installés, je me lançai dans les préparatifs pour accueillir le bébé – récurer, peindre, décorer.

Mais les choses avaient changé. Ce saut en banlieue altéra mon couple d'une manière des plus étrange. Nous n'avions bougé que de quelques kilomètres, mais nous ne fûmes plus jamais les mêmes après notre installation à Newton. Nous étions peut-être trop installés, justement, trop satisfaits. À moins que la première année de mariage soit vouée à perdre de son piquant, comme un champagne éventé. Ça expliquerait que les jeunes mariés soient si heureux : ça ne peut pas durer. En tout cas, nous n'avons jamais retrouvé la félicité de ces premiers mois. Danny n'appréciait pas ce que la grossesse imposait à mon corps. Moi non plus. Le médecin m'avait prévenue : plus je prendrais de poids, plus ce serait dur à perdre après la naissance, donc je m'affamais pour rester mince. Peine perdue. J'observais, impuissante, mon ventre et mon fessier s'élargir. Même mes pieds et mes chevilles gonflaient. J'avais l'impression d'être une boule. Mon tout jeune époux se désintéressa rapidement de la chose, mais pour le reste il était attentionné, peut-être même plus qu'avant, en adoration devant sa femme enceinte de mille manières adorables et désuètes. Il m'appelait « petite mère ».

C'est à peu près à cette époque que Dan décida de faire du droit. C'était son souhait – Dan n'était pas un homme d'affaires – et, de toute manière, il n'avait pas d'avenir chez Coachman Shoe. Le père de Dan avait quitté l'entreprise et, désormais, une tripotée d'oncles et de cousins se plaçaient pour en hériter la direction.

Il s'avéra que Coachman allait bientôt entrer dans une phase de déclin lent et régulier. Dans les années soixante et soixante-dix, la confection de chaussures partit pour l'essentiel à l'étranger. Les modes s'éloignèrent du style assez formel qui était la marque de Coachman. L'entreprise – dirigée par tous ces oncles et cousins – échoua à s'adapter.

Bien sûr, les problèmes de Coachman nous affectèrent également. La fortune des Larkin était liée aux actions de l'entreprise. En 1975, année de ma disparition, mes beaux-parents étaient toujours à l'aise, mais ils n'étaient plus riches. Il n'y aurait pas de trésor pour Dan et moi. Ce n'était pas grave, me disais-je. Nous nous débrouillerions par nous-mêmes et personne ne pourrait plus m'accuser de m'être mariée par intérêt. Même Danny prenait un malin plaisir à assister à la débâcle. Il trouvait que son père avait été lésé dans l'affaire et Danny était du genre rancunier. C'était plus fort que lui.

Mais je vais trop loin.

En 1958, année de notre mariage, à Dan et moi, nous savions simplement qu'il n'avait pas d'avenir dans cette boîte. Il était libre de suivre son cœur. Il hissa donc le drapeau pirate et choisit le droit pénal.

Il suivit son cursus à l'université de Boston, en cours du soir. Le jour, il travaillait pour un avocat véreux nommé Ronnie Collins, qui fit la véritable éducation juridique de Danny. Tous les soirs, il rentrait avec une nouvelle histoire. La fois où Ronnie avait teint les cheveux de son client avant le procès pour filouter un flic qui l'avait décrit comme grisonnant. La fois où la couture de son pantalon avait craqué aux fesses, ce qui ne l'avait pas empêché de délivrer une tirade finale brillantissime, en faisant les cent pas pour être sûr que les jurés aperçoivent son caleçon criard, comme une queue de lapin. Ou la fois où il s'était curé le nez pendant le plaidoyer final du procureur pour distraire les jurés. Danny disait toujours que tout ce qu'il savait en matière de plaidoirie, il l'avait appris auprès de Ronnie Collins. Mais il y avait une différence : Ronnie était vulgaire et Danny ne l'était pas. Danny avait de belles manières et une bonne éducation, et dans son cabinet, il récupérerait des clients fortunés qui snobaient les bateleurs minables de la trempe de Ronnie Collins. Mais ce n'était qu'une question de style. Sous la surface, c'étaient tous deux des pirates. Avec Danny, c'était juste un peu plus difficile à dire.

Donc voilà. On vivait bien. Dan avait trouvé sa voie. J'avais un mari et un bébé en route. Mon Dieu, qu'on était heureux.

*

* *

Après ma disparition, Dan connut de nouveau le bonheur avec sa copine. Elle s'installa chez nous et Dan en fut extrêmement heureux. Le jeune marié était de retour.

Imaginez un peu :

Un soir, la nouvelle famille recomposée était assise au salon, devant la télé. Dan et Sarah sur le canapé, elle les pieds croisés sur les cuisses de Dan. Jeff et Jamie dans des fauteuils séparés. Miranda au sol, sur le ventre, le menton dans les mains.

Sarah lâcha un « Mmmh ».

Tournant la tête, les trois gamins virent Dan qui massait paresseusement les pieds de sa copine. Sarah, les yeux fermés, dos cambré. Tout juste si elle ne ronronnait pas.

— Ouh là, c'est immonde, fit Jamie. Beurk. Arrêtez-moi ça.

Jeff fit mine de vomir.

Ils décampèrent tous deux, direction l'étage, à grand renfort de grognements et de roulements d'yeux tels des soldats sous l'assaut du gaz moutarde.

— Quoi ? dit Sarah. Qu'est-ce qu'on a fait ?

Dan haussa les épaules.

— Et toi, Mimi ? dit-il au dernier enfant toujours présent dans la pièce. Toi aussi, tu nous trouves répugnants ?

— Un peu, ouais.

Miranda se gratta l'aile du nez. C'était carrément répugnant. Pas juste la connotation sexuelle. C'était dégoûtant parce que Dan ne m'avait jamais massé les pieds de mon vivant ni fait montre d'affection de manière si libre d'aucune autre manière, du moins pas en présence de ma fille. Maintenant, en choisissant Sarah, Dan était obligatoirement en train de me rejeter, ce qui signifiait – pour suivre la réflexion qui cheminait dans l'esprit de Miranda – qu'il abandonnait aussi Miranda, puisque cette enfant ne pouvait pas se projeter autrement que comme ma fille. Je faisais partie d'elle. J'étais dans sa peau, dans ses cheveux, dans ses os.

Cette pensée – perdre son père après avoir perdu sa mère, se retrouver complètement orpheline – provoqua en elle une tristesse familière. C'était d'abord une petite chute, puis un basculement fatal de l'humeur. Elle redoutait cette sensation, la première secousse, annonce brutale du chagrin à venir, comme les premiers reniflements et les picotements dans la gorge, prémices de la maladie. Une fois que son humeur s'assombrissait, elle ne contrôlait plus rien. Son corps semblait s'alourdir et ralentir, comme si le sang s'épaississait dans ses veines. Pas d'autre choix que d'affronter la morosité, aussi longtemps que durait la crise, deux ou trois jours, parfois davantage. Elle était jeune, mais elle savait déjà tout cela.

Dan aurait dû le savoir, lui aussi. Il aurait dû le voir dans les yeux de mon bébé. Ce n'était pas compliqué.

Miranda voulait qu'il le voie, assurément, qu'il devine son besoin et vienne à elle.

Mais il n'en fit rien, évidemment. Miranda se leva et quitta la pièce, les mains de Dan n'avaient pas un instant quitté les jolis petits petons de sa copine.

Tout n'était pas que tristesse, pour Miranda, cela dit. Elle aussi était amoureuse. Ses visites chez les Bowers, à quelques rues de là, se firent plus fréquentes. Après avoir gardé les enfants quelques samedis soir, elle commença à passer dire bonjour, souvent dans l'après-midi, après l'école, préférant s'asseoir un moment avec Mme Bowers à rester chez elle seule ou avec Sarah. Cela devint quotidien. Miranda apportait ses devoirs ou de la lecture, et elle était toujours partante pour jouer avec les petites. Vers 17 heures, quand la famille commençait à prévoir le retour de M. Bowers, Miranda se faisait la malle, retrouvant invariablement un domicile terne et cafardeux.

Mme Bowers autorisait Miranda à aller et venir, d'abord avec une certaine circonspection, puis avec un amour authentique. Si je pouvais reprendre vie juste l'espace de quelques heures, j'irais remercier cette femme si bonne d'avoir accueilli ma fille et ses bizarreries, surtout avec l'ombre pesant sur notre famille (vous voyez, Jeff et Miranda ? Même dans cette histoire, il y a des gens formidables).

Jusqu'où allait sa bonté ? Écoutez voir :

Un après-midi, Miranda se retrouva seule avec Mme Bowers dans la cuisine. Les filles jouaient au ballon devant la maison, et Mme Bowers leur jetait de temps à autre un regard par la fenêtre ou souriait en entendant leurs voix. Miranda, qui lisait *Tess d'Urberville*, a alors posé le livre à côté d'elle.

— Je peux vous demander quelque chose ? dit Miranda.

— Bien sûr.

— C'est un peu personnel.

— OK.

— Vous croyez que j'ai besoin d'un soutien-gorge ?

— Un soutien-gorge ? Eh bien... Voyons voir. Tu pourrais en porter, je dirais. Tu penses qu'il t'en faut un ?

— Un peu, ouais.

— Elles en mettent, les filles de ta classe ?

— Certaines, oui.

— Tu as envie d'en avoir un ?

— Oui. Je crois que... (Miranda redressa sa posture, épaules rejetées en arrière, menton baissé pour essayer d'apercevoir sa poitrine.) Je crois que ça pointe un peu. Vous trouvez pas ?

— Pas du tout ! (Ce n'était pas tout à fait exact, mais merci, grand merci à elle d'avoir dit ça.) Tu es splendide, Miranda. Mais si tu te sens mieux avec, tu peux en mettre. Rien ne t'en empêche.

— Où ça s'achète ?

— Oh, dans tous les grands magasins.

— Vous m'emmèneriez ?

— Moi ? C'est ton premier soutien-gorge. Tu ne crois pas que tu devrais y aller avec quelqu'un que tu connais mieux ?

— Je voudrais que ce soit vous. De toute façon, non, y a personne d'autre.

— Je n'en crois rien. Il y a forcément quelqu'un.

Mme Bowers n'était pas au courant, pour Sarah, la quasi-belle-mère. Miranda n'avait pas partagé ce détail humiliant de son histoire familiale.

— Et ta grand-mère, alors ?

Cela eut pour effet de faire glousser Miranda à l'idée de discuter de seins et de brassières avec l'une de ses aïeules. Ma mère en aurait fait trop ; celle de Dan, trop peu.

— Et cette tante dont tu m'as parlé ?

— Katie.

— Pourquoi pas avec ta tante Katie ? Je suis sûre qu'elle t'emmènerait.

— Ce serait bizarre. Il faudrait que je l'appelle juste pour ça. Je n'ai pas envie que tout le monde en parle. J'ai juste envie de... de le faire.

— Oh. OK. (Mme Bowers prit une mine soucieuse.) Je ne sais pas, ma grande, ça me fait un peu drôle.

— S'il vous plaît. Emmenez-moi, s'il vous plaît.

Mme Bowers sourit, cédant, indulgente.

— Alors c'est entendu.

— Oui ! Merci !

Radieuse, Miranda lui sauta au cou. Elle enroula ses bras autour de Mme Bowers, posa sa tête sur son épaule, paupières closes, et la serra fort. À cet instant, Miranda ressentait un tel amour pour cette femme et un tel réconfort à sentir son corps pressé contre le sien – le câlin fonctionnait à merveille – qu'elle resta accrochée à elle.

Mme Bowers rendit la pareille à Miranda puis relâcha son étreinte, signe qu'il était temps que le câlin prenne fin. Comprenant que Miranda n'avait aucunement l'intention de se détacher, elle l'attira contre elle, embrassa le sommet de son crâne et posa sa joue pile à l'endroit qu'elle venait d'embrasser. Cela devait lui paraître impossible de ne pas aimer Miranda, mais elle devait savoir, aussi, que ce baiser était une erreur.

*

* *

De mon temps, les enfants avaient toujours fait leurs devoirs dans leur chambre. Dan répétait sans cesse qu'ils avaient besoin de silence et de calme pour se concentrer. Pour ma part, j'ai toujours aimé avoir du monde autour de moi quand j'essaie de me concentrer, et je soupçonne que la solitude leur faisait plus de mal que de bien. Mais Dan avait eu gain de cause, et les enfants avaient pris l'habitude de filer dans leur chambre après le dîner. Ils en émergeaient à tour de rôle, au bout d'une heure ou deux, le regard vaseux et avide d'écran, une fois leurs devoirs finis. Même Alex, devenu déjà bien trop grand pour sa chambrette en seconde — on disait en plaisantant qu'il lui faudrait bientôt rentrer dans sa chambre comme un crabe dans sa coquille – continua à s'enfermer chaque soir jusqu'à la fin du lycée.

Cela changea du tout au tout avec l'arrivée de Jamie. Jeff et elle se mirent à travailler ensemble au salon. Ça semblait un détail. Jeff voulait être sympa, modifiant ses habitudes pour que sa nouvelle demi-sœur ne se sente pas seule dans sa nouvelle maison. Jamie se trouvait dans une situation inconfortable, socialement ; vu qu'elle n'avait pas changé d'école, elle terminait l'année dans son ancien lycée et n'avait donc pas d'amis à Newton, dans sa nouvelle ville.

Un soir au début du printemps, Jeff se trouvait à la petite table de bridge dans le salon, bataillant avec son latin, comme toujours. Il arborait un masque d'ennui – c'était un adolescent, mais il lui arrivait encore d'avoir des airs de petit garçon – et son regard s'attarda sur Jamie, assise sur le canapé, jambes croisées, au milieu de livres éparpillés.

Elle sentit peser son regard, leva la tête.

— Quoi ?
— Non, rien.
— Arrête.
— Arrête quoi ?
— De me mater.
— Je te mate pas.
— T'appelles ça comment, alors ?
— C'est juste mes yeux qui étaient tournés dans cette direction.
— Eh ben tourne-les ailleurs, dans ce cas.
— Où par exemple ?
— Où tu veux, mais pas vers moi. Allez, au boulot.
Mais il ne détourna pas le regard. Il en était incapable. Et n'importe quelle fille aurait compris.

*
* *

Dès le début de sa carrière d'avocat, Danny avait eu des revenus confortables, mais il dépensait aussi vite qu'il gagnait. Il aimait les belles choses, les whiskies et les vins de choix, les cigares, les Rolex, les voitures. Il aimait se rendre à New York pour s'y faire tailler un costume sur mesure ou faire des emplettes chez Paul Stuart. Il voulait à tout prix que l'on devienne membres du club de golf de ses parents, la cotisation était hors de prix et je dus le supplier d'y renoncer. Mon mari semblait totalement ignorer que l'argent pouvait venir à manquer.

Ça me rendait folle et Danny le savait. Au restaurant, il faisait exprès de traîner derrière moi pour pouvoir laisser un énorme pourboire au serveur ou au voiturier. Notamment chez Charley, en centre-ville, où le serveur en faisait des tonnes avec Danny. Il venait nous chercher dans la file d'attente, au vu et au su de tous, et nous faisait traverser le bar pour nous mener jusqu'à une table libre. Puis Danny lui glissait son pourboire dans le creux de la main – un geste qu'ils semblaient avoir répété.

— C'est toujours un plaisir de vous voir, monsieur Larkin.

Pour Danny, c'était on ne peut plus ordinaire.

— Ça arrondit les angles, Jane, c'est comme ça que ça marche.

Si je trouvais à redire à ces dépenses inconsidérées, sa réponse était toute prête :

— C'est mon argent. Je l'ai gagné. Personne n'a à me dire ce que je dois en faire.

Il était tellement à son aise, tellement content de lui que je commençai à croire que c'était moi, la folle. Au bout d'un moment, je cessai donc de protester. Il avait raison : cet argent était à lui. Il en brassait beaucoup. À quoi cela servait-il, sinon à être dépensé ? Donc je me mis à dépenser à mon tour. À collectionner les pulls Courrèges, les robes Dior et même une montre en or massif Corum. Tous nos amis semblaient faire de même : nous dépensions tout jusqu'au dernier cent, et plus encore. Pourquoi thésauriser ? À un certain point, ça ne me parut plus anormal qu'en dépit des sommes que gagnait Danny, nous soyons parfois dans l'incapacité de payer les traites de notre maison en fin de mois. Au fond de moi je savais que nous avions tort. Je le savais pertinemment. Je n'étais pas comme Danny – je faisais semblant, lui non.

Une année – ce devait être en 1965, Miranda était tout bébé – nous fîmes une grosse erreur. Nous vivions au jour le jour, comme toujours. Arriva avril, où nous réalisâmes que nous avions omis de mettre de côté de quoi payer nos impôts (Danny détestait les impôts ; il refusait d'en parler, y voyant un vol légalement admis).

Nous allâmes chez ses parents demander de l'aide. Ce fut non.

— Tu l'as bien cherché, je ne veux rien savoir, asséna sa mère.

Je fus choquée. Je ne pouvais imaginer mes propres parents refuser de m'aider, aussi irresponsable qu'ait été ma conduite.

Mais Danny n'était pas seulement surpris, il était furieux. Il ne lui vint jamais à l'esprit que la logique froide de sa mère ressemblait fort à la sienne. Jusqu'à son jugement péremptoire – *Tu l'as bien cherché* –, qui aurait pu sortir tout droit de la bouche de Danny.

Lui et sa mère se disputèrent méchamment et, une fois rentrés chez nous, il la rappela pour lui crier dessus de plus belle, le tout en vain.

Une fois les enfants au lit, nous nous retrouvâmes dans la cuisine pour réfléchir à une issue.

Danny bouillonnait. Il buvait un Chivas arrosé de glaçons, un verre quasi plein.

Nous passâmes en revue tous les moyens possibles de se faire de l'argent rapidement auxquels nous pûmes songer. Danny avait-il des clients avec des factures en souffrance ? Des clients prêts à lui accorder une avance, en échange d'un rabais peut-être ? Danny évoqua certains clients, avec des relations, qui pourraient nous prêter de l'argent, mais nous convînmes que c'était là une mauvaise idée.

Je dis :

— Ta mère a raison, tu sais. On ne peut s'en prendre qu'à nous-mêmes.

Les yeux de Danny lançaient des éclairs.

— En quoi est-ce notre faute ?

— En quoi ? Enfin, Danny… C'est pas comme si on ne savait pas que les impôts allaient tomber. Pas comme si on n'avait jamais payé d'impôts avant.

— On a fait une erreur, OK ? Une simple erreur. Tout le monde en fait. Mais elle, ce qu'elle a fait, ça n'a rien à voir.

— Ce qu'elle a fait ? Ta mère ? Qu'a-t-elle fait ?

— Elle nous a poignardés.

— Enfin, Danny, quand même.

— Si, si, elle nous a poignardés dans le dos. Tu le vois pas ?

— Tu surréagis un peu, là.

— Ah bon ? Je surréagis, là, Jane ? Laisse-moi te dire un truc : si nous sommes dans cette situation, c'est uniquement parce que ma mère a refusé de nous venir en aide.

— C'est son argent.

— Non. C'est l'argent de la famille. Et la famille, c'est nous aussi. On a le droit d'en toucher une partie, quand même.

— Non. Aucun droit.

— Jane, je crois que tu comprends pas. Cet argent, elle nous le garde. Il n'est pas vraiment à elle.

— Eh bien, pour l'instant si, il est à elle.

— Elle ne l'a pas gagné, que je sache, hein ? Alors en quoi lui appartient-il ? Ça joue les reines mères : *Tu l'as bien cherché, je ne veux rien savoir*. Non, mais va te faire foutre ! Je bosse, moi, je le gagne, mon fric. Je me démène, je me bats, tous les jours je suis au turbin. Tous les jours, bordel. Et elle, elle fait quoi ? Elle l'a gagné, ce fric ? Oui ou merde ?

— Non.

— Non. Donc en quoi il lui appartient ? Il lui appartient pas.

— Je ne sais pas, Dan.

— Tu ne sais pas ?

— Et toi alors, en quoi il t'appartient ?

— Simple : je suis son fils. Parfois faut tout t'expliquer, avec ta cervelle de moineau.

— Me parle pas comme ça. Je n'ai pas une cervelle de moineau.

— Alors, montre-le un peu.

Un blanc. Le temps que Dan se calme. Il était parfois sujet à des orages intempestifs.

Je suggérai tout à trac :

— On pourrait vendre une des voitures ?

— On ne va pas vendre les voitures, non. Ça ne suffirait pas, de toute façon. Sitôt sorties de chez le concessionnaire, elles perdent la moitié de leur valeur.

— Il doit forcément rester des sous quelque part, Dan. Tout n'a pas pu s'envoler.

Il se leva, verre en main, gagna un angle de la pièce et s'accouda au comptoir.

— J'ai un peu d'argent dont je pourrais me servir.

— Sérieusement ?

— C'est aux clients. Je suis juste le dépositaire. Je pourrais en emprunter un peu. Personne en saurait jamais rien.

— Et si tu te fais prendre ?

— Je serai rayé du barreau.

— Oublie, alors.

Son front se barra d'un pli soucieux.

— J'ai d'autres réserves, aussi. Des liquidités.

— Des liquidités ? Où ça ?

— À la banque.

— Mais non, tu n'as plus rien. Je vois passer tous les relevés. Je fais les comptes.

— Ce n'est pas sur un compte bancaire. C'est du cash. Au coffre.

— Tu as… quoi ? Tu as des sommes en liquide à la banque ? Pourquoi ?

— En cas de coup dur.

— Pourquoi tu m'as rien dit ? Tout ce temps passé à s'inquiéter et à se disputer… pour rien ?

— C'est *mon* argent.

— C'est de l'argent, Dan. C'est ce dont on a besoin en ce moment : de l'argent. Pourquoi tu me l'as caché ?

— Ce n'est pas complètement... (il chercha un mot qui soit opaque, diplomate, mais même là, il ne put se résoudre à l'imprécision) légal.

— Oh, Danny, non. Qu'est-ce que tu trafiques ?

— Rien. Parmi mes clients, certains aiment me payer en liquide.

— Et toi, tu n'as aucune envie qu'on te prélève des taxes.

— Entre autres, oui.

— Parce qu'il y a d'autres raisons ?

— Certains de mes clients sont moyennement présentables. Je ne leur demande pas d'où ils tiennent leur argent.

— Tu ne demandes pas parce que tu le sais déjà.

— Et toi, tu me poses la question ?

— Non.

— Alors c'est réglé.

— Y a-t-il autre chose que tu ne m'as pas dit au sujet de ta clientèle ?

— Jane, c'est mon métier. Je suis avocat. Je n'ai pas besoin de te rapporter chaque microdétail. C'est comme ça, c'est tout.

— D'accord. Donc on peut s'en servir pour régler nos impôts ?

— Ce n'est pas si simple. Ça peut être risqué.

— En quoi ? C'est juste des honoraires d'avocat. Tu les as gagnés, tu l'as dit toi-même.

— Ce ne sont pas des honoraires. Je ne peux pas les placer sur un compte.

— Danny, qu'est-ce que tu racontes, qu'est-ce qui se passe ?

— Ces types ont parfois besoin de placer leur argent à l'abri quelque part. Ils veulent investir — dans un bar, un resto, pourquoi pas construire un immeuble, un Lavomatic, un parking, n'importe quoi. Ils veulent investir, comme tout le monde. Sauf que pour eux, c'est plus compliqué. Donc je les aide. On monte une petite société, ou un fonds, et on achète les locaux sans que leur nom apparaisse. Ou on met le mien à la place. Ce genre de chose.

— Du blanchiment, tu veux dire.

— Tu t'écoutes un peu, Edgar Hoover ? Je ne parle pas de blanchiment, juste de paperasserie. Je ne fais rien d'illégal, Jane, crois-moi. Je ne ferais rien qui nous mette en danger, tu le sais.

— Pourtant tu planques de l'argent dans un coffre à la banque.

— Eh bien je pourrais difficilement me pointer à l'agence et donner au guichetier une valise pleine de billets, pas vrai ?

— Rien ne l'empêche, dans les textes.

— Ce ne serait pas très malin.

Il me menait en bateau. Et j'étais prête à l'accepter dans une certaine mesure, j'imagine. Tout, pourvu qu'on se sorte de ce mauvais pas.

— Donc on va payer le fisc avec une valise pleine de billets ?

— Non. Je vais me débrouiller, t'en fais pas. Je vais le disperser à droite à gauche. Ça va aller.

— Tu es sûr ?

— Ouais. T'inquiète pas. Je m'occupe de tout.

Je n'ai jamais demandé à Dan comment il avait réussi à rapatrier cet argent sur notre compte bancaire. J'ai supposé qu'il avait écumé les agences et multiplié les petits dépôts. Je ne lui ai jamais demandé combien il avait dans ce coffre, non plus. J'ai choisi de ne pas savoir. Tout ce que je peux dire, c'est que quand est venu le jour de payer les impôts, nous avons fait des chèques à l'administration fédérale et au Commonwealth du Massachusetts, et aucun ne nous est revenu. Cela m'a suffi.

Et ce n'est pas tout. En écoutant Dan, je me mis à songer : peut-être qu'il a raison. Peut-être qu'il serait malin d'avoir un peu d'argent de côté pour les jours de vaches maigres. Une femme doit avoir le choix, elle aussi, autant que son mari. J'entrepris donc de remplir mon bas de laine, tout comme Danny. Sauf que j'appelais ça mon « ticket de sortie ».

*

* *

Tracez un cercle autour de notre domicile en dehors de Boston, d'un rayon d'environ trois cents kilomètres. C'était à peu près la distance, avait établi Glover, que Dan aurait pu parcourir en voiture durant les dix heures où l'on ne savait pas ce qu'il avait fait le jour de ma disparition. Le cercle couvre une surface immense : New York et la majorité de l'État de New York, l'intégralité du Vermont et du New Hampshire, et le Maine en remontant presque jusqu'à Bangor, au nord. Quelque part dans cette zone, pensait-il, devait être caché mon corps, dans une sépulture hâtive, au fond d'un lac ou d'un sous-sol cimenté de frais.

À présent, en partant du centre, déplacez votre doigt sur le tracé du périmètre à environ 11 heures, et sous votre phalange se trouvera Trout Lake, dans le Vermont.

Aux abords de cette ville s'étend une vaste et dense forêt, fort ancienne.

Selon Glover, l'hypothèse que mon corps puisse être enterré dans ces bois était intrigante. Un rapport flou mentionnait une Thunderbird blanche semblable à la mienne en ville lors de ma dernière journée, même si le modèle et la couleur étaient monnaie courante. C'était aussi le seul espace sauvage auquel on puisse relier Dan – pour ce qu'en savait Glover, la seule zone rurale que Dan connût tout court. Nous étions venus en famille à Trout Lake l'été précédant ma disparition. Ç'avait été notre destination de vacances, cette année-là. Dan était déjà venu dans cette forêt, et il semblait peu probable à l'enquêteur que Dan ait pris le risque de s'aventurer en terre inconnue. C'était sans doute une coïncidence – une berline blanche, des vacances en famille. Mais si jamais ?

Glover écarta la piste du corps immergé dans le lac ou dans l'un des petits étangs environnants. Dan n'avait pas accès à un bateau, n'avait aucune expérience en la matière et n'aurait jamais impliqué une tierce personne. Et puis, sur un lac en plein jour, on risquait fort de se faire repérer et il y avait toujours le risque que le corps remonte à la surface. Non, la forêt, conclut-il, pas le lac.

Ça ne collait pas trop, à vrai dire. Glover en était conscient. Mais il y avait si peu d'éléments. S'il y avait un écueil à éviter, c'était d'arrêter trop tôt les investigations.

Pour finir, dix mois après ma disparition, il fit un tour dans le Vermont, au cas où. Il fureta en ville, demandant si on avait vu Dan ou l'une de nos voitures le 12 novembre 1975, ou quelques jours auparavant. (J'avais disparu le 12 novembre, mais Glover supposait que Dan avait pu venir auparavant pour creuser un trou, afin de régler son affaire rapidement le jour dit.) Évidemment, personne ne se souvenait de rien. Il s'était écoulé trop de temps.

Il consulta des registres de paiements par carte bancaire dans les stations-service des environs, celles qui les avaient conservés du moins, espérant un coup de chance. Il fit chou blanc. Pour autant, cela ne signifiait rien ; Dan aurait eu la présence d'esprit de payer en liquide.

L'inspecteur identifia le bungalow que nous avions loué, aux abords du grand lac. Il parcourut les bois alentour quelque temps, examinant le sol en quête de traces irrégulières, de terre meuble, de trous. L'entreprise était vouée à l'échec : le sol de la forêt était irrégulier où qu'il regarde, et l'épais sous-bois aurait depuis longtemps recouvert toute cicatrice.

Imaginez ce pauvre Tom Glover dans les bois, seul parmi tous à me chercher encore. Il avait dû comprendre que sa venue était vaine, encore un coup dans l'eau, mais n'avait pas renoncé pour autant.

Maintenant, élargissez la focale, repensez au cercle sur la carte mais de six cents kilomètres de diamètre. De New York à la frontière canadienne. Et un homme, un seul, pour tout fouiller.

Le pire, c'est qu'il n'était vraiment, vraiment pas loin.

*

* *

Un samedi vers midi, Miranda entra dans la cuisine où Sarah mettait la touche finale au nettoyage de l'évier. Pour contenter Dan, il fallait que le bac soit frotté, javellisé et séché une fois terminée la vaisselle proprement dite, parce qu'il était convaincu que « l'évier était le dernier objet à laver ». Sarah s'y attelait, tamponnant l'Inox avec un torchon pour éviter toute trace de calcaire.

Ce matin-là, Miranda était déjà d'humeur incertaine. Aucun des membres de sa « vraie » famille n'était présent, uniquement Sarah et, quelque part dans la maison, Jamie. Miranda avait passé la matinée dans sa chambre, porte close, à lire, écouter de la musique sur sa radiocassette et rêvasser.

Sarah lui adressa un grand sourire :

— Coucou. Tu as un petit creux ? Je te prépare un truc ?

Miranda réajusta son soutien-gorge tout neuf, tirant sur l'élastique sous son aisselle, tic dont elle était désormais coutumière.

Sarah sembla remarquer et le tic et la nouvelle acquisition, mais ne fit pas de commentaire.

— Je viens d'acheter de la dinde, des escalopes délicieuses.

— Non, merci.

— Non merci, je n'ai pas faim ou non merci, je ne veux pas de dinde ?

— J'ai pas tellement faim.

— Mais ça va ?

— Ouais.

Sarah se sécha les doigts dans le torchon sans quitter Miranda des yeux.

— Tu es certaine que je ne peux rien faire pour toi ?

— Non, fit-elle.

Son ton était un peu hésitant, mais pas du tout hostile. Sarah s'approcha et vint se planter face à elle.

— Je ne suis pas si méchante, tu sais.

— Je sais.

— Tu pourrais me laisser ma chance.

— D'accord.

Sarah se pencha pour serrer Miranda dans ses bras et posa son menton sur l'épaule de la jeune fille, qui se raidit. Elle prit conscience du parfum de Sarah, de sa propre respiration – inspirer, expirer, inspirer, expirer – et de sa colonne rigide comme un balai.

Sarah recula, mais garda ses mains sur les bras de Miranda, dans un geste chaleureux.

Miranda n'avait pas souvenir d'avoir jamais été si proche d'elle. De près, l'impact de sa beauté s'émoussait. On pouvait démonter son apparence en composants distincts : visage fin, cheveux blonds, nez fragile, cou musclé, yeux bleu-gris. Et autre chose, également, derrière tout ça – une tension pulsatile, comme un fil tendu – et cela ne semblait guère joli à Miranda.

Sarah l'indifférait complètement, ne lui inspirait ni colère ni hostilité, ni sympathie ni pitié. C'était rare que Miranda se désintéresse des gens de la sorte. Elle qui était – depuis toujours – un ballot d'émotions désordonnées, un sac de chats en furie. Ça la décevait, cette absence d'émotions, alors que Sarah lui tendait la main avec une gentillesse si manifeste. Mais l'absence de sentiments était bien plus simple que l'inverse, le détachement était un luxe.

— OK, dit Sarah, je voulais que tu le saches, c'est tout.

— Que je sache quoi ?

— Juste ça... je sais pas. Simplement j'aimerais que nous soyons amies, un jour. C'est tout.

— D'ac.

— Ça doit être dur, pour toi. Je le sais. Ce n'est pas un âge facile, en plus, pas vrai ? Si un jour tu as envie de parler ou si tu as un problème, je suis là, d'accord ?

Miranda tiqua. Elle n'arrivait pas bien à saisir de quel problème Sarah parlait. Ma disparition ? Le soutif ? Ou encore autre chose ?

— Parce que moi aussi, je suis une mère, tu sais ?

— Ouais.

— Sauf que je ne suis pas la bonne, hein ?

— Non.

— Non. Sans doute pas. Bon, bien. C'est tout ce que je voulais te dire.

Miranda tourna les talons et grimpa sans bruit l'escalier pour aller méditer tout cela, ayant complètement oublié ce pour quoi elle était descendue à la cuisine en premier lieu : son déjeuner.

Pendant des années, elles se demanderaient toutes les deux ce qu'elles auraient dû se dire, et si ça aurait changé quelque chose. Miranda se le demande encore.

*

* *

Quelques jours après cette conversation bizarre avec sa presque belle-mère – trop peu pour que ce soit un hasard –, Dan fit une chose étrange : il passa chercher Miranda un soir, après son baby-sitting chez les Bowers, chose qu'il n'avait jamais faite auparavant. Le moment qu'il choisit pour arriver était bizarre, lui aussi. M. et Mme Bowers venaient de rentrer du restaurant à une minute près quand ils entendirent Dan klaxonner.

Le *miiip* nasal très européen de la Mercedes de Dan était inattendu, ils ne réagirent donc pas immédiatement.

Mme Bowers était à la cuisine en train de demander à Miranda comment s'était passée la soirée, tout en cherchant dans son sac un billet de cinq.

Dans l'entrée, M. Bowers venait de suspendre son blouson et remontait ses manches de chemise. Il était toujours un peu irritable, sur la réserve, en présence de Miranda, lui donnant l'impression – c'était le but – d'être une intruse, une présence importune. Par conséquent, elle l'évitait de son mieux. Ici, toutefois, il gardait ses distances pour une raison toute bête : il était crevé, avait un peu bu et n'avait pas envie de se farcir la baby-sitter un peu barrée que sa femme avait ramassée Dieu sait où. Il voulait simplement qu'elle s'en aille pour pouvoir enlever ses chaussures, s'affaler dans le canapé et lâcher l'énorme pet qu'il couvait comme une poule depuis trop longtemps.

Quand le klaxon résonna une seconde fois – *miiip miiip* – Miranda sut qui c'était et que ça n'annonçait rien de bon. L'unique règle pour pouvoir travailler ici – son père n'était pas le bienvenu – venait directement de M. Bowers. Miranda le savait sans qu'on le lui ait dit.

M. Bowers s'agaça :

— Mais c'est quoi ce… C'est qui ?

Puis ces sons : M. Bowers gagnant la fenêtre, la portière de la voiture s'ouvrant puis se refermant, les pas sur les marches du perron, la sonnette.

Miranda arriva dans l'entrée au moment où M. Bowers ouvrait.

Dan s'encadra dans la porte et examina M. Bowers, qui était plus costaud et bien plus grand. Dan affichait un visage aimable, neutre, comme s'il ignorait que sa présence puisse être une provocation.

— Miranda est là ?

M. Bowers ouvrit la porte en grand pour que Dan voie sa fille.

— Qui êtes-vous ?

— Dan Larkin. (Main tendue.) Enchanté.

Ignorant la main :

— Je n'apprécie pas de vous voir ici.

— Papa, je t'avais dit.

— Je sais, pardon. Mais je me suis dit que j'allais éviter à Miranda de rentrer à pied. De toute façon, je voulais faire votre connaissance. J'ai le sentiment que ma fille a comme une deuxième famille ici ! (Grand sourire, sans retour.) Je voulais simplement vous saluer et vous remercier de votre gentillesse. Allez viens, Mimi, on ne les embête pas plus longtemps. Il se fait tard.

— Ne revenez jamais ici. Si je vous vois dans le coin, j'appelle les flics.

— Parce que je suis venu chercher ma propre fille ?

— Vous m'avez très bien entendu. Ne vous avisez pas de revenir.

— Ah. OK. Allez, Miranda, on y va.

Miranda hésita, les deux hommes lui faisaient horreur. Elle jeta un regard à Mme Bowers, qui se tenait légèrement en retrait.

— Ne t'en fais pas, Miranda, lui lança-t-elle. Obéis à ton père.

Miranda la serra brièvement dans ses bras pour lui dire au revoir et murmura :

— Je suis tellement désolée. Je lui avais dit de pas venir, je vous jure. Je lui avais dit.

Mme Bowers lui tapota le dos.

— Tu ferais mieux d'y aller.

M. Bowers recula un peu pour laisser passer Miranda, qui se glissa au-dehors, puis dit à Dan :

— Ne vous approchez pas de ma famille.

Une fois Miranda récupérée, Dan mit les mains dans ses poches et d'un air faussement innocent, il demanda :

— Moi je veux bien, hein, mais comment je fais pour pas m'approcher si ma fille travaille sans arrêt ici ?

M. Bowers eut une envie irrépressible d'étrangler ce type – Dan faisait souvent cet effet aux gens – mais son visage ne trahit rien. Il claqua violemment la porte, faisant trembler les cadres au mur, puis, pour le geste, tourna le verrou avant d'annoncer à sa femme :

— C'était la dernière fois. On arrête, la discussion est close. C'est de la folie pure.

*

* *

En 1975, il y avait dans le North End un restaurant que Dan aimait bien, le Scotch'n Sirloin. Nous avions commencé d'y aller avant que je parte, et il continua de le fréquenter par la suite avec sa nouvelle fausse épouse. Le lieu était à l'image du nom, Scotch'n Sirloin, Whisky & Aloyau, un restaurant de mecs, de ceux qui s'intéressaient au premier plutôt qu'au deuxième. On s'y amusait bien, Dan et moi. Ça attirait tout type de gens, aussi bien des gros bras aux mains velues avec la chemise déboutonnée de haut en bas que des cadres urbains en costume aux ongles manucurés, comme Dan. Vu que c'était situé à quelques rues de Boston Garden, c'était toujours plein avant et après les matchs des Bruins et des Celtics.

Un vendredi soir, Dan emmena Sarah voir un match de hockey, avant d'aller au Scotch'n Sirloin. Elle détestait le hockey sur glace – et tous les sports, à vrai dire – mais elle l'avait accompagné, décidée à lui faire plaisir (moi aussi j'avais suivi, pendant des années. Et je vais vous dire une chose : les matchs me plaisaient bien plus qu'à Sarah, surtout le prodige des Bruins, le super Bobby Orr).

Le restaurant était bondé. Dans le brouhaha, Dan s'entendit dire qu'il y avait une heure d'attente pour avoir une table. Il glissa subrepticement quelques billets pliés au maître d'hôtel et Sarah et lui allèrent attendre côté bar pour, anticipait-il, moins d'une heure.

Dan prit la commande de Sarah (un verre de blanc, dans une foule de supporters de hockey – oh, ma pauvre petite Sarah) et se fraya un chemin parmi les clients agglutinés au comptoir.

Le temps d'attirer l'attention du barman, il se retrouva à côté d'une femme qui sembla le reconnaître. Elle le regarda à deux fois par en dessous puis le dévisagea frontalement, sans se gêner. Elle portait un petit haut à bretelles sans manches malgré le froid, révélant des épaules pleines de taches de son, avec un brushing vers l'arrière à la Farrah Fawcett.

Dan sentit peser son regard et l'ignora.

La femme dit :

— C'est vous, pas vrai ?

Elle avait un fort accent de Boston, une diction à la fois claire et racée.

— Vous, qui ?

— Ne jouez pas au con. C'est vous qui avez tué votre femme.

— Non. Désolé. Vous devez confondre.

— C'est ça, ouais, prends-moi pour une bille, à d'autres.

Il lui tourna le dos, lissa sa cravate jaune canari et chercha le barman du regard.

— Comment vous vous appelez ? Dites-moi.

— Moi, c'est Dan.

— Vous êtes accompagné, Dan ?

— Ouais.

— Par qui ?

— Ça vous regarde pas. Mêlez-vous de vos affaires.

Dan réussit enfin à capter l'attention du barman et passa sa commande, un verre de blanc et un cocktail à base de vodka. Quand il se retourna vers la femme, elle glissait une serviette en papier dans sa direction sur le comptoir.

— Tenez. Faites-en bon usage.

Dessus était noté un numéro de téléphone.

— C'est pour moi ?

— Nan, c'est pour le type à côté. Vous pouvez lui passer, s'il vous plaît ? (Elle secoua la tête.) Évidemment que c'est pour vous, tête de nœud.

— Vous pensez que j'ai tué ma femme, mais vous voulez me donner votre numéro ?

Elle se pencha vers lui et souffla :

— Vous êtes une star.

— Ça ne me paraît pas très malin.

— Vous avez dit que ce n'était pas vous.

— Ce n'était pas moi.

— Alors où est le problème ?

— Et si je mentais ? Comment le sauriez-vous ?

— Vous me mentez, Dan ?

— Non.

Les verres arrivèrent. Il paya et attendit la monnaie.

— Ça vous ennuie que votre copine puisse penser que vous mentez ?

— Qui vous dit que j'ai une copine ?

— Vous avez dit que vous étiez accompagné. Elle ne vous demande jamais si vous mentez ? Vous savez pourtant qu'elle y pense, chaque soir, quand elle vous rejoint au lit.

— Elle n'a pas besoin de demander. Elle me connaît.

— Vous ne savez pas ce qu'elle sait, *Dan*.

Le barman posa la monnaie sur le comptoir, près de la serviette. Dan ramassa les billets, en remit quelques-uns pour le pourboire. Hésita. Ramassa la serviette, la plia en deux, cachant le numéro, avant de la glisser dans sa poche. Puis il partit sans un regard pour la femme.

Quand Dan tendit son verre à Sarah, celle-ci lui dit :

— Une copine à toi ?

— Non. Une inconnue.

— Elle voulait quoi ?

— Un autographe.

— Et tu lui en as donné ?

Jusque-là, il avait surveillé la salle, mais maintenant il la regardait.

— Non.

— Tu veux y retourner pour terminer la conversation ?

— Non. (Mais son regard vacilla, comme attiré vers d'autres choses plus prometteuses : la foule, le bar. Il devait faire un effort pour se concentrer sur Sarah et ne pas regarder ailleurs.) Bien sûr que non.

Des regards comme ça, j'en avais vu plus d'une fois, chez Dan. Sarah devait savoir à quoi s'en tenir.

*
* *

Un après-midi, Miranda se prépara pour aller sonner chez les Bowers dans l'intention de s'excuser pour avoir amené le loup à leur porte. On ne la laissa pas entrer. Mme Bowers, en jean et tennis blanches Tretorn, sortit s'asseoir avec ma petite fille sur le perron. Elle expliqua, gentiment, mais sans ambiguïté, que Miranda ne pouvait plus venir chez eux, ni pour leur rendre visite ni pour garder les filles, qu'elle aimait comme des sœurs et qui l'aimaient aussi. Miranda eut cette sensation étrange, qui accompagne parfois les grands moments, de se dédoubler, de s'observer avec un petit pas de côté, tout le temps que dura cette conversation. Elle semblait n'en entendre que des bribes. Certains mots l'atteignaient en plein cœur – « Je dois penser d'abord à ma famille » ; « Tu n'y es pour rien » – et les phrases suivantes lui échappaient quelque peu.

— Je vous en prie, supplia Miranda, laissez-moi juste une dernière chance. Ça n'arrivera plus, je le jure. Je vais lui parler. Je vais lui faire promettre.

Rien ne sert de s'attarder sur cette période, sur les jours, les semaines qui suivirent. Ma fille s'effondra purement et simplement. Je vous laisse imaginer les répercussions, ma fille de 12 ans en proie aux larmes. En tant que mère, je ne saurais vous suivre sur cette piste. C'est là – et non au moment de ma disparition – que Miranda toucha le fond. Mon départ avait été une chose incertaine, inachevée, sans début ni fin nette. Là, c'était définitif. Désormais elle était seule. Tout le poids de sa perte, le manque de mère, devint patent. Encore aujourd'hui, Miranda se revoit, assise sur les marches vermoulues devant chez Mme Bowers qui lui expliquait : « Ma grande, je ne peux pas incarner ça pour toi. » Libre à vous de vous représenter tout ça. Pour ma part, je préfère détourner le regard.

*

* *

Un soir, nous dînions avec Katie et son mari. Ça se passait, quoi ?, une année environ avant ma disparition. Je m'en souviens pour deux raisons. D'abord parce que Dan se ridiculisa à table. Nous avions descendu deux bouteilles de vin, l'œuvre de Dan principalement, puisque Katie et son mari Stephen buvaient très peu. Mais le vin ne suffit pas à expliquer l'arrogance dont il fit montre ce soir-là. Ce n'était déjà plus le garçon que j'avais épousé. Cela n'avait rien d'étonnant ni d'imprévisible – loin de là : le Dan Larkin de 1973-74 était une évolution naturelle du garçon que j'avais rencontré à Brookline High, qui se sentait totalement autorisé à répandre ses virgules aux quatre coins de ma lettre au rédacteur en chef du *Sagamore*. Il avait les cheveux plus longs, les pattes plus marquées, sa chemise bâillait d'un ou deux boutons de plus, mais la principale différence, c'est que, à 38 ans, il avait trouvé le personnage qu'il souhaitait incarner en tant qu'adulte, le rôle qu'il jouerait : le type arrogant, pontifiant, pugnace, cultivant son esprit de contradiction.

Lui et Katie, c'était comme l'huile et l'eau, ça l'avait toujours été. Leurs prises de bec n'avaient jamais semblé gêner ni l'un ni l'autre. Katie était sereine dans les disputes – ne paraissant pas accorder aux opinions de Dan plus de poids qu'à celles d'un ado – et Dan était absolument radieux quand il débattait. Mais moi, j'ai toujours détesté ça. Je voulais qu'ils s'entendent, *a minima* parce que j'avais besoin de ma sœur auprès de moi et que j'avais sans cesse peur que la grossièreté de Dan finisse par l'éloigner, qu'il dépasse les bornes, même pour elle.

Les ennuis commencèrent après manger. Nous étions tous quatre autour de la table, en pleine léthargie suite à un menu que j'avais pioché dans *The Joy of Cooking*. En bout de table, Dan était avachi sur sa chaise. Il avait apporté à table une bouteille de Chivas et insistait pour que Stephen trinque avec lui. Dan avait retiré son élégante montre deux-tons argent et or, qu'il tournait machinalement entre ses doigts.

La conversation s'était portée sur le mariage. Il y avait eu une épidémie de divorces dans notre cercle à l'époque, et nous avions tous en tête la durée de vie moyenne d'un mariage.

Après les ragots sur un couple de notre connaissance – un homme qui avait quitté sa femme du jour au lendemain –, Dan dit :

— Je crois que tous les hommes mariés sont un peu malheureux, en secret, du moins ceux qui se marient jeunes.

— Comme toi ? fit Kate. Tu t'es marié jeune.

— Pas moi en particulier. Mais en général. Ça me paraît assez fréquent. Et parfaitement logique. On se marie trop jeune. Ça vaut pour tous les hommes. Avant qu'on ait le temps de profiter de la vie. Tu n'es pas de cet avis, Stephen ?

— Non, pas du tout.

— Quel âge as-tu ?

— Quarante et un.

— Et tu ne ressens aucune… ambivalence ?

— Au sujet de mon couple ? De ma femme ? Non, bien sûr que non. Bon, évidemment j'aimerais… j'aimerais être plus jeune, mais je n'ai aucun regret concernant mon mariage. C'est la seule chose que j'ai réussie.

Kate joignit les mains devant sa poitrine et fit semblant de fondre.

Je lâchai un petit grognement admiratif.

— Tu ne parles pas franchement. Pigé. Kate est ici, je comprends.

— À vrai dire, je ne pourrais pas parler plus franchement.

— Alors voilà comment je te présente les choses : je connais plein de gars – pas moi, juste des gars comme moi, pas vieux, mais plus très jeunes non plus – et ils ressentent tous ça : Alors c'est tout ? J'ai pas droit à plus ?

Stephen répliqua :

— J'ai pas droit à plus ? Des gars d'ici ? Ces gens qui ont la totale, les belles voitures, les belles montres, les belles maisons, les bonnes écoles ? Et ils sont là à geindre qu'ils en ont pas assez ?

— Ils ont peut-être tort de le penser, mais c'est comme ça. Ils sont malheureux.

— Malheureux ? Parce qu'ils vieillissent ? Dis-leur de grandir un peu ! C'est la vie ! Faut en profiter, ça finira bien assez tôt.

— OK, OK, mais c'est justement là que ça coince. La vie est courte. Ils commencent à en prendre conscience. Le temps commence à manquer.

— Le temps est compté pour tout le monde, Dan.

— Mais pas de manière équitable. Les hommes et les femmes vivent ça de manière très différente. Là, je dis la pure vérité. Les mecs que je connais... D'accord, regardez les choses sous cet angle : un homme jeune, c'est comme une action à la hausse, genre IBM ou Coca-Cola. Une action qu'on vend trop tôt, alors qu'elle continue à monter. Du coup qu'est-ce qui se passe ? Le gars regarde autour de lui, huit, dix, quinze ans plus tard, et qu'est-ce qu'il se dit ? Il se dit : « J'ai vendu trop bas, j'aurais dû résister plus longtemps. Je vaux franchement mieux que ça. »

— Donc la femme, dans ta petite métaphore, rétorqua Kate, c'est une action qui dégringole. Sa valeur a baissé au bout de huit ou dix ans.

— Non, elle, enfin, sa valeur... si. Mais regarde, je suis pas seul à le dire, c'est toute la société, c'est ce qu'on nous apprend. Soyons honnêtes, si on regarde les hommes et les femmes comme un marché, comme des actifs, en termes purement économiques, alors oui, notre société attribue une valeur plus élevée à une jeune femme sexy qu'à une mère de famille d'âge mûr.

— D'âge mûr ! répétai-je.

— Mais pas toi, Jane ! Je ne parle pas de toi.

Stephen lâcha un rire sonore. Sans élever la voix, d'un ton détaché et ironique, il dit :

— Dan, je te conseille d'arrêter maintenant.

— D'arrêter ? Tu es fou ? Ce n'est que le début. (Petit sourire.) Non, le truc c'est que... encore une fois, en termes purement économiques, on vend les femmes plus près de leur pic que les hommes. Avant qu'elles commencent à se déprécier. Et elles atteignent leur valeur maximale plus tôt que les hommes. Je dis rien de plus. Je ne vois rien là-dedans qui soit sujet à débat. Ce sont des faits.

— Oh mon Dieu, répondis-je.

— Et ça ne compte pas, ajouta Kate, si justement la femme se déprécie à cause de toutes ces années passées à enfanter, changer des couches, faire le ménage et nettoyer les fringues pendant que monsieur est au boulot afin qu'il puisse... en profiter ?

— En termes économiques, non, ça ne compte pas, parce que le marché s'en fout. Il regarde les femmes et il voit ce qu'il voit.

— Et bien sûr, quand tu dis « le marché », tu penses aux hommes. Les hommes regardent les femmes et voient ce qu'ils voient.

— Je n'ai pas inventé ce système, Kate, je ne fais que le décrire.

— Janie, je suis navrée pour ta dépréciation. Tu dois te sentir affreusement dépréciée à l'heure qu'il est.

— Oh oui, crois-moi.

— Heureusement que tu as là un mari dont la valeur a explosé ! Petite veinarde.

— Oui, j'ai fait bonne pioche.

Stephen se redressa sur son siège, arborant une expression professorale pleine de curiosité :

— Donc, Dan, si ta théorie du marché se tient, alors n'est-ce pas plus coûteux pour la femme que pour l'homme ? Tu sembles partir du principe que, si ce couple d'âge mûr venait à divorcer…

— Tu veux pas arrêter de dire *d'âge mûr* ! l'interrompis-je.

— Oui, pardon, tu as raison. Si ce couple d'âge indéterminé venait à divorcer, tu pars du principe que l'homme pourrait revenir sur le marché avec une valeur plus élevée que la femme, dont le cours aura chuté. Mais ça ne marche pas comme ça. Sur un vrai marché, la femme achète bas parce que le prix de l'action du mari est fonction du risque qu'il comporte. Le jeune homme qu'elle épouse aurait pu se révéler un tocard, son action aurait pu dévisser. Elle a pris le risque, et maintenant elle a droit à jouir de son succès. Pourquoi n'aurait-elle pas droit à garder son bénéfice ?

— Ah mais – Danny eut un petit sourire en coin – je n'ai jamais dit que cette métaphore était parfaite.

Il y eut des rires. Avec Danny, on n'obtiendrait pas davantage de concessions.

Puis Kate dit :

— Ce qui est flippant, c'est que je ne suis pas complètement sûre que tu plaisantes.

— Je ne plaisante pas.

— Oh, Danny. Permets-moi de sauver mon mari de ses propres démons – évidemment qu'il plaisante.

Dan se résolut enfin à prendre en compte les réactions de son public.

— Évidemment que je plaisante, fit-il d'un air malicieux.

Il fit un tour de table, nous regardant chacun son tour. Trois contre un.

— Évidemment que je plaisante.

Je vous ai dit que ce dîner était mémorable parce que Dan s'était ridiculisé. C'est vrai, mais il manque un versant de l'histoire. Ça m'était assez égal, cette théorie débile de Dan sur les hommes et les femmes vus comme des actions sur un grand marché boursier humain ; je l'avais déjà entendu dire des choses de cette nature, auparavant. Si cette soirée m'est restée en mémoire, c'est à cause de la réaction de Katie et de son mari. Leurs sourires forcés, les regards chargés de sous-entendus qu'ils échangeaient. J'ai compris. J'ai eu un aperçu de Dan tel qu'ils le percevaient. Pas amusant, non ; arrogant. Loin de la finesse et du franc-parler dont Dan se gargarisait ; juste un type cruel et mal aimable. J'ai eu honte, comme si j'avais laissé tomber ma grande sœur. Je pouvais presque les entendre débriefer dans la voiture, sur le chemin du retour : « Comment fait-elle pour le supporter ? Comme peut-elle tolérer ça ? » Plus jeune, j'aurais même pu prendre sa défense, j'aurais pu essayer de le voir sous un éclairage plus généreux. Mais ce soir-là j'ai su – c'est-à-dire que j'ai *senti*, au plus profond de moi – qu'ils avaient raison. Mon mari était devenu quelqu'un qui me déplaisait.

Pire – bien pire : j'ai compris, enfin, que mon mari ne m'aimait pas.

Une fois la cuisine rangée avec l'aide de Katie, je montai me coucher. Il était tard, et j'observai Dan se préparer pour la nuit. Il sortit de la salle de bains et alla se planter devant son armoire, plia son veston et suspendit soigneusement son pantalon, sans cesser de siffloter faiblement, à mille lieues de soupçonner la manière dont nos invités avaient perçu son petit numéro du jour.

— Tu penses vraiment que je suis une action en chute libre ?

— Hein ? Oh, pfff.

— Tu penses que je vaux moins qu'avant ?

— Je pense que tout le monde vieillit, on voit tous notre cote baisser. Toi comme moi.

— Mais ce n'est pas ce que tu as dit. Tu as dit que les hommes se bonifiaient avec l'âge. Que leur cours montait.

— C'est ce qu'on observe, en général. Ce sont les hommes qui font bouillir la marmite et, arrivé à notre âge, on sait pertinemment qui tient la route ou pas. C'est tout.

— Et mes actions ?

— Ton cours me plaît, Jane. Tu y mets trop de sens, c'est tout. C'étaient juste des mots.

— Je ne sais pas si je dois te croire. Laisse-moi te poser une question. Si on n'était pas mariés, si on était tous les deux célibataires et qu'on se rencontrait à une soirée ou autre, tu t'intéresserais à moi ? Je suis le genre de femme que tu draguerais ?

— Quelle question, Jane, évidemment que je te draguerais. Chaque fois que je te vois, je revois la fille que j'ai rencontrée au lycée. Comment ne pas la draguer ?

— Non, mais si on s'était jamais croisés avant, si tu me voyais pour la première fois aujourd'hui, tels qu'on est. Tu ne me draguerais pas, pas vrai ? Parce que tu vaux plus. Reconnais que c'est ça que tu voulais dire ?

— Ça n'a rien à voir. On se connaît depuis tellement longtemps, je ne pourrais jamais te rencontrer pour la première fois aujourd'hui.

— Je sais, mais imagine.

— Je sais pas, Jane. Je crois que c'est un débat stérile.

Il sourit, sujet clos. C'était sa réponse.

Difficile de croire que la soirée pouvait encore empirer, mais ce fut le cas.

À ma surprise, Danny vint se coller à moi, cette nuit-là. J'étais suffisamment optimiste, ou idiote, pour croire qu'il essayait peut-être de se faire pardonner ses remarques ou me réconforter. Quand on connaît un homme depuis aussi longtemps que je connaissais mon mari, il se peut qu'on mette du temps à percevoir les changements, qu'on continue à voir le garçon qu'on a connu plutôt que l'homme qui a pris sa place. Et puis, nous faisions très peu l'amour et ça m'inquiétait. Je fus donc contente qu'il me caresse, je ne voulais pas dire non malgré ma fatigue et mon peu d'envie. Je suivis le mouvement. Je le laissai me mettre à genoux pour qu'il puisse me besogner par l'arrière, une position que je détestais, mais qui avait ses faveurs. Au bout d'un moment, il essaya de s'introduire entre mes fesses. C'est une chose qu'on ne faisait jamais, je refusais systématiquement. Je le mis d'abord sur le compte de la distraction, puis pensai qu'il tentait sa chance. Je me poussai un peu, soufflai un « non » auquel il répondit « pourquoi pas ? ». Quand il se rapprocha à nouveau, je me dégageai, retombant à plat ventre.

— Arrête ! Qu'est-ce qui te prend ?

— C'est à toi qu'il faut demander ça !

Puis il me monta dessus et força le passage. Je m'abstins de crier parce que les enfants étaient à la maison, cependant la première pénétration m'arracha un cri perçant – un cri animal suraigu – et il me plaqua la main sur la bouche, sans s'arrêter pour autant.

Quand ce fut fini, le choc était tel qu'il ne laissait aucune place à la colère. Je ne savais pas trop quel sens donner à tout cela, qu'en penser. Je descendis au rez-de-chaussée pour m'éloigner de lui.

Danny me suivit, stupéfait de me voir si bouleversée, puis agacé d'avoir à rester debout pour me consoler, puis carrément vexé que je ne veuille pas le laisser approcher – que je ne sois pas reconnaissante de sa galanterie, de son geste consolateur. Il repartit à l'étage.

Je tentai de me convaincre que ce n'était pas grand-chose. Juste une mauvaise soirée, il avait bu, les choses avaient débordé, ça arrive au sein des couples. Mais quelques jours plus tard, le secret me devint intolérable et je racontai à Katie ce qu'il avait fait. C'était un viol, selon elle ; je soutins que non. Nous ne songeâmes ni l'une ni l'autre à en parler à la police. Elle me dit que je ferais mieux de le quitter, que c'était ce qu'elle aurait fait à ma place.

Je ne l'ai pas quitté, bien sûr. Je suis restée. Avec le temps, l'incident me parut du domaine du rêve, vous savez ? Comme si j'avais tout imaginé de bout en bout, et je fus contente d'en avoir parlé à Katie pour que quelqu'un soit à même d'étayer mes propres souvenirs, de me dire que je n'étais pas folle. Bref, je fis en sorte d'oublier, ça valait mieux. J'avais trois enfants, donc je suis restée. Je n'en ai plus jamais parlé et j'ai fait jurer à Katie de tenir sa langue.

Mais tout fut brisé, après cela. Je crus que je pouvais recoller les morceaux et reprendre comme avant, mais j'avais tort.

*

* *

Une centaine d'années après qu'on lui eut interdit l'accès au domicile des Bowers — ou peut-être seulement une poignée de semaines ; Miranda avait perdu toute notion du temps, alors – ma petite fille se rendit au lac d'un pas pesant, à une rue de chez nous. C'était le mois d'août, l'été touchait à sa fin, une saison de deuil pour elle. La journée était si poisseuse d'humidité qu'on entendait l'air craquer comme dans un four brûlant.

Sur la berge se trouvaient d'autres gamins, plus âgés, des ados paressant dans l'herbe en maillot de bain. Les plus audacieuses portaient des bikinis que les garçons couvaient d'un regard de prédateur.

Miranda s'assit sur un banc à l'ombre, aussi loin que possible de la séance de bronzette. Elle regrettait de n'avoir pas apporté de livre – pas pour le lire, mais pour maintenir à distance tous ces gens. Du fond de sa tristesse, voir des gens heureux lui était intolérable, ça l'isolait, comme si le monde était une immense et bruyante fête à laquelle elle n'était pas conviée. Elle n'en désirait pas moins les côtoyer, les épier de loin.

Un policier arriva à sa hauteur, arborant un uniforme léger bleu marine à manches courtes et des Ray-Ban d'aviateur.

Miranda leva les yeux. Pas de confusion possible, la tache sur le front.

— C'est vous, dit-elle.

— C'est moi. Ça t'ennuie si je m'assieds ici ?

— On est dans un pays libre.

Tom Glover prit place tout au bout du banc, laissant un large espace entre eux. Il retira ses lunettes, qu'il replia avant de les fourrer dans sa poche de chemise.

Miranda lui demanda :

— Qu'est-ce que vous faites là ?

— Je travaille.

— Ici ? Vous faites quoi ?

— Je surveille le lac.

— Au cas où on essaierait de le voler ?

Il sourit.

— Au cas où quelqu'un voudrait plonger.

— On n'a pas le droit de sauter dans le lac ?

— On est censé aller dans la zone de baignade surveillée. C'est plus sûr. On n'est pas censé se baigner ici.

— Tout le monde se baigne ici.

— Je sais.

— Pourquoi vous les en empêchez pas ?

— Il fait trop chaud. Je ne vais pas harceler une bande de gamins qui veulent se baigner.

— Mais vous venez de dire que c'était pas autorisé.

— C'est vrai. (Il croisa les bras, étendit les jambes en direction de la rive et se laissa légèrement glisser sur le banc.) D'après toi, je devrais tous les coffrer ? Ou tirer sans sommation ?

— Je me disais juste que si c'était le règlement...

— Je ne crois pas qu'on va virer à l'anarchie juste parce que deux-trois gosses font un plouf dans l'eau.

Elle se tourna vers lui. Son uniforme avec son badge de la police de Newton sur l'épaulette, ses godillots bien cirés. Il avait fière allure, comme ça.

Il dit :

— Comment ça se fait que tu n'ailles pas nager ?

— J'ai pas envie.

— Tu n'aimes pas nager ?

— Si, j'en ai pas envie pour l'instant, c'est tout.

Un blanc.

— Mais ça va, Miranda ?

— Non.

— Tu veux me dire ce qui se passe ?

— Non. J'ai pas vraiment envie de parler.

— OK.

Ils restèrent assis côte à côte, à observer la fête. Les rires, les bavardages, les batailles d'eau.

— Vous n'allez pas la retrouver, c'est ça ?

— Je ne sais pas.

— C'est pas ce que vous aviez dit avant.

Il grogna.

— Je continue à chercher.

— Vous la trouverez pas, je le sais. C'est pas grave. Inutile de mentir.

— Qu'est-ce qui te fait penser qu'on ne la trouvera pas ?

— Je le crois plus, c'est tout.

— Ton père, tu veux dire ?

Pas de réponse.

— Pourquoi tu le crois plus ?

— Je le crois plus, c'est tout.

— Il s'est passé quelque chose ?

Miranda songea à son père débarquant chez les Bowers et à leur réaction. Mais elle ne voulait pas le raconter à Glover pour ne pas faire de problèmes, et puis elle n'aurait pas voulu admettre devant lui qu'elle avait trahi sa propre mère en tombant amoureuse de Mme Bowers ; par-dessus tout, elle refusait d'admettre qu'en voyant combien les Bowers craignaient son père – comme ils le haïssaient, comme ils étaient sûrs de ce qu'il avait fait et de qui il était –, elle l'avait vu tel qu'ils le voyaient et elle savait qu'ils avaient raison. Tout cela était littéralement indicible.

Elle se contenta donc de souffler :

— Tout le monde pense qu'il l'a fait.

— Toi aussi ?

— Oui.

Il tourna la tête vers elle, sans rien dire.

— Avant, non, je le pensais pas, mais maintenant oui. J'ai changé d'avis.

Il allongea les bras de part et d'autre du dossier du banc, lui effleura brièvement l'épaule, précautionneusement, puis retira sa main et recroisa les bras.

— Je veux simplement que ma mère revienne. Sauf que je sais que c'est pas possible, alors il faut que je m'habitue.

— Tu ne t'y habitueras jamais.
— Comment vous savez ça ?
— J'ai perdu mon père quand j'étais jeune.
— Il est mort ?
— Non, il est juste parti. Mes parents se sont séparés et on l'a plus jamais revu.
— C'est pour ça que vous voulez tellement retrouver ma mère ?
— Je ne sais pas. Je ne crois pas.
— Pourquoi ça vous importe tant, alors ?
— À cause de toi, sans doute.
— Mais vous me connaissez même pas.
— Je te connais quand même un peu. Y a-t-il autre chose que tu voudrais me dire, Miranda ?
La fille resta silencieuse.
— On n'est pas obligés de parler. (Puis, la regardant :) C'est comme t'as envie.
— D'accord.
— Je reste simplement assis là, pour m'assurer que personne t'embête.
— Je peux vous poser une question ? Quand il est parti, votre père, comment vous avez su qu'il reviendrait pas ?
— Je sais pas trop. J'imagine que c'est comme toi quand tu dis : « Je le crois plus, c'est tout. » J'ai attendu, attendu, et un jour c'était fini, tout bêtement.
— Oh.
Glover rechaussa ses verres fumés et contempla le lac, les gens qui se baignaient et ceux qui paressaient au soleil.
— Bon sang, qu'il fait chaud, dit-il.

*

* *

C'est drôlement triste, toute cette histoire, hein ? Et moi qui ne vous laisse pas en paix. Sans compter que les choses ne vont pas aller en s'arrangeant, je le crains. Mais il y eut des moments de bonheur.

Voici mon Jeff, amoureux :

Aux alentours de minuit, Jeff et Jamie, dans le canapé du salon, s'embrassaient avec une fougue telle qu'ils semblaient s'entre-dévorer. Est-ce bizarre si moi, la mère du garçon, je dis que ces deux jeunes gens étaient magnifiques ensemble ? De toute manière, je m'en fiche. Parce que mon fils, qui avait été paumé, était si heureux avec cette fille sur le moment. Tandis qu'ils s'embrassaient, il continuait de sourire, et ses sourires interrompaient les baisers, et ça la faisait sourire à son tour, il devait se faire violence pour détendre suffisamment les lèvres pour pouvoir continuer d'embrasser cette jolie fille, cette fille qui lui semblait un cadeau tombé du ciel, un cadeau qu'il ne méritait pas. Ce que Jeff ressentait allait au-delà de l'excitation adolescente – même si ça y contribuait largement, à n'en pas douter. C'était un émerveillement.

Ils s'embrassaient sans bruit pour ne pas réveiller la maisonnée. Leur relation était un secret. Il le fallait, à cause de leurs parents, de l'étrangeté de l'arrangement, de l'éventualité qu'ils deviennent un jour frère et sœur si Dan et Sarah devaient se marier. Ils ne parvenaient pas à en parler, à recourir aux mots frère et sœur, alors ils se contentaient d'ignorer cet état de fait embarrassant, se le cachaient à eux-mêmes, et tout ce secret rendait l'affaire encore plus électrique du fait qu'elle n'appartenait qu'à eux. Toutes ces démonstrations d'amour étaient pour eux et eux seuls, loin de tout public. Eux seuls savaient, eux seuls comprenaient. Ils étaient seuls à deux.

Sauf que cette nuit-là, ils n'étaient pas seuls.

Sur le seuil, Dan observait, tapi dans l'ombre du couloir, en chaussettes. Il observait son fils. Et plus intensément encore, Jamie, qui se contorsionnait pour aller à la rencontre de la bouche de Jeff, tee-shirt soulevé juste assez pour qu'il puisse agripper sa poitrine à deux mains. Le visage de Dan affichait une expression calme, presque chagrine. Il devait être impressionné que son fils ait réussi à le rouler. Jeff, si flemmard, si mou dans bien des domaines, avait fait preuve en l'espèce d'une sacrée discipline.

Mais c'était Jamie, et non Jeff, qui aimantait Dan. Vous devez penser que cette gamine l'excitait – oui, elle lui rappelait peut-être moi dans mes jeunes années. Mais je crois que son ressenti était du même ordre que celui de Jeff : ce n'était pas de l'excitation, c'était de l'émerveillement, et un désir fou, non pour la fille, mais pour la passion qu'elle incarnait, l'éventail des possibles. Après tout, Dan aussi avait été ce garçon sur le canapé avec une fille dans les bras, il y a des années de cela. Mais cette époque était révolue pour lui.

Jamie perçut la présence de Dan on ne sait comment. Il n'y avait pas eu de bruit, mais elle se dégagea de l'étreinte de Jeff et regarda vers la porte.

— T'as rien entendu ? souffla-t-elle.

— Non.

— Je crois qu'on nous observe.

— Jamais de la vie. Ils dorment. Allez, viens.

Il l'attira de nouveau à lui. Le risque était le cadet de ses soucis, sur le moment. Mon garçon paumé avait trouvé l'amour. Son seul souci, c'était l'instant présent – ce moment, cette fille, l'extase. Le monde lui avait pris sa mère, mais désormais il commençait à rembourser sa dette et, qui sait, il retrouverait peut-être son chemin.

*
* *

La dernière fois que j'ai parlé à ma grande sœur, Kate, c'était la veille de ma disparition, le mardi 11 novembre 1975. Nous nous sommes appelées dans la matinée, comme souvent, une fois les enfants partis à l'école et les maris au travail, et avons passé un petit moment tranquille rien qu'à nous dans nos maisons vides. C'était notre moment entre sœurs. Katie n'était pas hyper bavarde au téléphone, en règle générale. Elle faisait toujours autre chose en même temps – elle lisait le journal, débarrassait la table, se fumait une clope, le combiné coincé entre l'oreille et l'épaule. Elle avait un de ces téléphones muraux de princesse avec un fil ultralong, et on l'entendait se mouvoir dans la cuisine tandis qu'elle papotait. Son attention allait et venait. Par conséquent, c'est moi qui alimentais le plus gros de la conversation, ce qui, aimait-elle à dire, était mon point fort.

On ne saurait trouver meilleure interlocutrice. C'était la personne la plus intelligente que j'aie jamais connue. Elle savait toujours quoi faire, avait toujours la bonne réponse. J'avais été mal servie, question mari, mais j'avais la meilleure des grandes sœurs.

Ce matin-là, je fis une confidence à Kate : j'avais l'impression que Dan s'apprêtait à me quitter.

— Il te l'a dit ?

Non, lui dis-je, c'était une impression diffuse. Dan avait juste dit qu'il n'était pas heureux, mais que c'était le cas de tout le monde à notre âge, de tous les hommes du moins. Était-ce vrai ?

— Non, Janie, évidemment que non. Pourquoi tous les hommes seraient-ils malheureux ? C'est absurde.

C'était toutefois ce que m'avait dit Dan. J'étais prise au dépourvu. Dan était de plus en plus distant et indifférent. Il avait des pointes de méchanceté. La vérité, c'est que je ne lui faisais plus confiance.

— Un peu de patience. Tous les couples connaissent des hauts et des bas, non ?

Non, certains n'ont que des bas.

— Jane, tu es sûre que le problème c'est pas plutôt que *toi*, tu as envie de le quitter ?

Je lui dis que c'était sans doute ce qu'elle voulait que je fasse.

— Peut-être, dit-elle. Mais ce que je veux n'a aucune importance. La question, c'est ce que tu veux, toi.

Je n'en savais rien. On avait sans doute besoin d'une petite pause, d'un peu de recul l'un sans l'autre. Une coupure. Quel couple n'aurait pas gagné à prendre un peu de temps off ?

— Tu veux dire une séparation ?

Quel mot affreux. Je ne savais même pas ce que ça signifiait, légalement.

— Ça veut dire ce que ça veut dire : vous vous séparez. Que veux-tu que ça signifie ?

Non, ce n'était certainement pas ce que je voulais. Je ne voulais à aucun prix avoir le sentiment d'avoir échoué dans ma vie d'épouse ou d'être responsable de l'éclatement de ma famille.

— Mais qui te dit que tu es responsable d'un échec ? Rien ne t'oblige à être éternellement malheureuse, c'est tout.

*

* *

Et Dan, que voulait-il ? Au bout du compte, il s'est débarrassé de la femme dont il ne voulait plus (moi) et a eu celle qu'il voulait. Il a obtenu tout ce qu'il voulait, mais la satisfaction n'est jamais venue. Est-ce ainsi que les hommes sont faits ?

Un soir vers 21 heures, un peu de moins de deux semaines après qu'il avait espionné Jeff et Jamie sur le canapé du salon, Dan se retrouva seul avec Jamie dans la cuisine.

Entre eux, la gêne était palpable. La fille, soupçonnant sans en être complètement sûre que Dan les avaient vus s'embrasser, voulait absolument faire comme si de rien n'était. Une manière de chasser par la pensée magique cette éventualité embarrassante. Jusque-là, ça semblait avoir fonctionné : le vieux ne l'avait jamais mentionné, n'avait jamais lâché la moindre allusion laissant penser qu'il savait que Jeff et Jamie étaient ensemble. C'est donc qu'elle avait tout imaginé, non ?

Dan, quant à lui, ne pouvait s'ôter cette image de la tête. La fille sur le canapé. Il ne parvenait plus à penser à elle de la même manière, maintenant qu'il savait que son corps était passé à l'action, à l'offensive.

En entrant, Jamie échangea un bref regard avec Dan puis alla se poster devant l'évier pour rincer fissa sa petite assiette et son verre avant de les enfourner dans le lave-vaisselle et de filer hors de la pièce, loin de lui. Mais le bac était encombré d'un fatras de vaisselle et elle se sentit implicitement obligée de tout ranger, d'être une invitée modèle chez les Larkin – un lieu qui n'était pas et ne serait jamais chez elle.

Elle demeura donc quelques minutes silencieuse devant l'évier, dos à Dan, rinçant les objets à la chaîne, coincée. Elle ne l'entendit pas approcher par-derrière et quand elle sentit sa main se poser sur elle, tâter sa fesse droite, elle se figea un instant, muette, avant de se reprendre suffisamment pour s'écarter net et dire :

— Non, mais ça va pas, tu fais quoi, là ? Non mais t'es pas bien ?

— Désolé. C'était un malentendu.

Mais il arborait un petit rictus trahissant le fond de sa pensée : pas désolé, pas de malentendu, et surtout pas de remords.

— T'es vraiment en dessous de tout, dit-elle à juste titre. Je reste pas ici une seconde de plus.

Elle se précipita à l'étage.

Quand la porte de sa chambre claqua, Dan n'avait pas bougé ; il souriait toujours, non pas de sa réaction, je crois, mais au souvenir de sa main sur elle, sentant, soupesant son fessier dans sa paume. Quoi qu'il se passe ensuite, quel qu'en soit le prix, il semblait penser que le pelotage en valait la peine.

Je vous le dis : ce n'est pas l'homme que j'avais épousé.

*

* *

Les flics convoquèrent Dan pour une dernière séance de questions, le matin du 17 janvier 1978. Ils devaient savoir que l'affaire était perdue. Ils avaient attendu qu'un nouvel élément surgisse ; et rien. D'un point de vue concret, l'enquête avait déjà pris fin.

Dan en avait bien conscience. Les enquêteurs lui demandèrent poliment de se présenter au commissariat de Newton pour une mise à jour des éléments du dossier, une mise en scène qui n'aurait pas été nécessaire s'ils avaient pu l'amener de la manière habituelle, menottes aux poignets. Loin des humiliations du début, ils en étaient réduits à le supplier. Dan accepta de bon cœur.

On le fit passer dans une salle d'interrogatoire, une pièce qu'il avait fréquentée à deux reprises pour des entrevues, dans le cadre de l'affaire. Il entra en bombant le torse, en costume sur mesure et cravate rouge sang.

De l'autre côté de la table, assis, s'alignaient deux inspecteurs de la police d'État et Tom Glover. Dans un angle de la pièce se tenait un technicien aux attributions inconnues et vêtu d'un costume sombre de croque-mort, assis face à un appareil qui, de dos, aurait pu être n'importe quoi, mais que Dan reconnut immédiatement.

— La bande au grand complet, dit-il.

À gauche de Dan, il y avait un vaste miroir. Il s'en approcha et le tapota de son index plié, provoquant un son creux, puis il retira ses lunettes et colla son nez à la surface vitrée, yeux écarquillés.

— Qui d'autre nous observe ? J'ai le droit de savoir ?

— Quelques enquêteurs, le procureur.

— Bien, dans ce cas pourquoi ne les fait-on pas entrer, puisqu'on sait tous qui est là ? Ça ne serait pas plus honnête ?

— Ce serait mieux que vous veniez vous asseoir ici, près de nous, répondit l'inspecteur en charge de l'enquête.

L'homme – un dénommé Freeman – avait la boule à zéro et la mâchoire puissante d'un ancien Marine. Dan le jugea particulièrement inintéressant. Pas un adversaire digne de ce nom.

— On fait comme vous voulez, alors, dit Dan. Tant pis pour l'honnêteté.

Une chaise était disposée face aux trois hommes. Dan l'écarta de la table, afin d'avoir la place d'allonger les jambes, chevilles croisées. Quand il eut réarrangé sa veste pour éviter qu'elle se froisse, il croisa également les bras, présentant aux policiers un nœud intriqué.

Le deuxième inspecteur, plus haut en couleur – et en grade, supposa Dan –, intervint :

— Nous aimerions en avoir terminé aujourd'hui, d'une manière ou d'une autre.

— Ah oui ? J'en déduis que vous avez du nouveau pour moi ?

— Non.

— Rien de nouveau, pas de découverte ?

— Non.

— Ça enregistre ? (Dan jeta un œil à la ronde.) J'ai le droit d'en être informé.

— Oui, tout à fait.

— Bien. Et votre ami, ici présent, monsieur Motus (il désigna du menton l'homme dans le coin), qui est-ce ?

— Un expert en polygraphie.

— Oh, un expert en polygraphie. C'est un peu comme un expert en phrénologie ? En vaudou ?

— C'est un expert en détecteur de mensonges.

— Ne me dites pas que vous en êtes rendus à ça ? Vous n'avez aucune idée de ce qui est arrivé à mon épouse, si je comprends bien ? Tout ce temps… et vous n'avez rien.

— Nous aimerions que vous passiez au détecteur de mensonges.

— Sûrement pas.

— Pourquoi ? De quoi avez-vous peur ?

— J'ai peur des charlatans comme ce monsieur Motus ici présent.

— Pourquoi refuser de passer au détecteur de mensonges si vous ne mentez pas ?

— Sérieusement ? On va jouer à ça ? Très bien, dans ce cas je tiens à ce que la déclaration suivante soit enregistrée et incluse dans le procès-verbal de cet entretien : je refuse catégoriquement de passer au détecteur de mensonges parce qu'il n'existe pas de détecteur de mensonges, et vous le savez. C'est un ramassis d'inepties. Vous allez me brancher à une machine qui mesure ma tension artérielle et mon pouls, et ça va vous permettre de deviner si je mens ou non ? Merci bien. Ce que nous avons là – et je pèse mes mots –, c'est un détecteur de stress. Il ne peut rien mesurer d'autre. L'ennui, c'est que certaines personnes savent mentir en toute sérénité. Là où d'autres – la plupart – vont sacrément stresser si on les ramène au commissariat, qu'on les branche à une machine et qu'on les accuse de meurtre.

— Un type innocent sauterait sur l'occasion.

— Un type idiot, peut-être. Pourquoi on n'essaierait pas une planche de ouija, plutôt ?

— Vous refusez de vous soumettre à ce test ?

— Je vous fais une proposition, inspecteur : c'est vous qui passez le test. On vous branche à la machine et je vous fais passer un interrogatoire, ici et maintenant. Je vous pose des questions, je vous accuse d'avoir assassiné mon épouse. Combien vous pariez que je réussis à affoler un peu votre rythme cardiaque ?

— Refusez-vous de vous soumettre à ce test, monsieur Larkin ?

— Et comment, que je refuse. Et pour information, pour ces messieurs de l'autre côté de la vitre comme pour le journal du soir, je refuse également que vous vous lanciez dans une séance de spiritisme ou qu'on me lise les lignes de la main ou qu'on demande à un mentaliste comme Kreskin ce qui est arrivé à ma femme.

— Vous êtes conscient que je tirerai mes conclusions du fait que vous refusiez ce test.

— Et ces conclusions seraient… ?

— Reconnaissance de culpabilité.

— Ah. Je vois que vous avez déjà tiré votre conclusion. Voici la mienne, de conclusion : vous avez tous échoué. Votre mission était de résoudre cette affaire et vous avez échoué. Je vous ai suppliés – suppliés, oui – de retrouver ma femme et vous avez échoué. Tous autant que vous êtes. Et je vous promets – croyez-moi, je ne bluffe pas – que si je lis dans la presse que j'ai refusé de me soumettre à ce test, je redirai en public ce que je viens de vous dire, et je vous assure que l'histoire que les gens retiendront, ce ne sera pas « Un homme tue sa femme », ce sera « Une enquête bâclée par des bons à rien ». Je ne vais pas rester planté là à me faire démolir, je rends coup pour coup. Je ne me laisserai pas harceler. C'est mon job. C'est ce que je sais faire.

Dan se leva et reboutonna sa veste de costume. Il adorait discourir, surtout quand il avait l'occasion de rhabiller pour l'hiver des types plus grands que lui, ce qui était le cas de la plupart. Mais ça a dû l'ennuyer que Tom Glover reste silencieux.

Il ajouta :

— Et vous, monsieur Glover ? Celui qui en dit le moins est souvent le plus malin. Que pensez-vous de tout ça ?

— Je pense que vous avez tué votre femme.

*

* *

Le dernier jour – mercredi 12 novembre 1975 –, je fus tirée du sommeil en entendant Dan prendre sa douche et s'habiller. Il n'avait jamais été très discret. Il semblait croire que le bruit qu'il faisait rendait service au reste de la famille, une manière de nous réveiller en douceur. Il se séchait les cheveux sans fermer la porte, sifflait ou chantonnait pendant ses préparatifs matinaux. Ce jour-là, il était de toute évidence de fort bonne humeur. Il n'allait ni au bureau ni au palais de justice, dit-il. Il devait rédiger un dossier et passerait la journée à la bibliothèque de droit, en ville. Cela impliquait qu'il pouvait partir un peu plus tard de la maison, voire déposer Miranda à l'école si elle le souhaitait (évidemment que oui). Il était tout de même en costume, comme à l'ordinaire, car on pouvait être appelé au tribunal à tout moment.

Nous pûmes prendre le petit déjeuner en famille – chose rare –, si on appelle petit déjeuner les allées et venues des enfants à différentes étapes de leur habillement, ramassant livres et affaires de sport, engouffrant leur nourriture tandis que je préparais à chacun un déjeuner à emporter.

Dan était assis au centre du chaos, mangeant un muffin avec fourchette et couteau, sa cravate rouge jetée par-dessus l'épaule. Comme il n'aidait jamais les enfants à se préparer le matin, il ne savait pas trop comment participer. Mais il fut d'une gentillesse inhabituelle à mon égard – inhabituelle, rapport au climat de plus en plus polaire qui régnait dans notre couple. Il me fit un petit sourire comme pour dire : Qu'ils sont beaux ces trois enfants, qu'elle est belle cette maison un peu folle que nous avons bâtie ensemble. Comme s'il découvrait à l'instant sa propre famille.

Il me les faisait voir, par là même. Mes trois enfants. Et mon bel homme, avec son costume de laine peignée et ses lunettes raffinées, imbu de sa personne comme un innocent bambin. Combien c'était précieux. Ce petit déjeuner me donna un léger, léger espoir. Quelle imbécile.

Dan attendit que les garçons aient filé au volant de la voiture d'Alex. Alex était furax parce que son petit frère le mettait tout le temps en retard. Jeff était morose parce qu'il devait supporter que son frère lui fasse la morale.

Clé en main, Dan escortait la princesse Miranda, bien décidée à traîner à la maison le plus longtemps possible pour rentabiliser au maximum son trajet en voiture.

Il déposa même un petit baiser sur ma joue avant de partir en compagnie de sa fille.

Tout cela était-il calculé ? Ce qui est certain, c'est que je ne me doutais de rien. Pourquoi l'aurais-je fait ?

Une heure et quinze minutes plus tard, il était de retour.

Je l'entendis se garer devant la maison, puis ouvrir la porte donnant sur l'arrière.

De là-haut, je lançai :

— Dan ? Ça va ?

— Ouais, juste oublié un truc.

Ça ne collait pas. Il n'oubliait jamais rien, en homme méticuleux.

Une pensée furtive : nous allions peut-être faire l'amour, là, maintenant. La maison était déserte. Nous n'avions rien fait depuis des semaines, mais Dan avait été un peu plus chaleureux avec moi, dernièrement. Ça nous ferait du bien. Et puis je venais de me doucher. J'avais mis un joli soutif. S'il était partant, j'étais prête.

— T'as fait tout le trajet jusqu'à Boston ?

— Oui.

— Et qu'est-ce qui s'est passé ?

— Je te l'ai dit, j'ai oublié un truc.

— Qu'est-ce que tu as oublié ?

— C'est rien. T'occupe.

Comme il ne monta pas tout de suite à l'étage, je regagnai ma chambre pour finir de m'habiller et ranger un peu.

Ses chaussures grincèrent dans l'escalier, puis il entra dans la pièce, sans sa veste de costume. Il avait enlevé sa cravate rouge, qui pendait dans sa main droite. Il avait relevé ses manches. Enlevé sa montre et son alliance.

— T'en fais une tête ! À quoi tu penses ? dis-je.

— À rien.

— Qu'est-ce qui t'est arrivé ? Tu as taché ta cravate ?

Il acquiesça.

— Tu as refait tout ce trajet juste pour ça ?

Haussement d'épaules.

Je ramassai quelques affaires de Dan pour les ranger dans sa commode.

Dan traversa la pièce jusqu'à la petite console où je cachais mes cigarettes, il retira ses lunettes et les déposa là.

Puis il vint se poster juste derrière moi tandis que je continuais de m'affairer. Il n'était pas grand, mais tout de même plus que moi, sans compter que j'étais pieds nus, donc je le sentais dans mon dos et au-dessus de moi. Il jouait un jeu. Nous étions si près.

Il tendit les bras et les passa autour de ma tête d'une manière étrange, plaçant le nœud de cravate lâche autour de mon cou – pas ainsi qu'un homme nouerait un collier à une femme, mais avec ses avant-bras croisés, de sorte que sa main gauche se trouvait derrière mon épaule droite et sa main droite sur mon épaule gauche. Son geste était très délicat, presque précautionneux, comme on passe une muselière sur le museau d'un chien nerveux, prêt à tout lâcher si la bête fait mine de mordre.

Je ne comprenais toujours pas ce qui se passait.

Derrière moi, je le sentis effectuer une rotation des poignets, enroulant chaque extrémité du tissu autour d'eux, resserrant sa prise.

Je m'apprêtais à dire : Dan, mais qu'est-ce que tu fais ?

La cravate se tendit autour de ma gorge, m'écrasant la pomme d'Adam. Un choc de douleur. Ma tête partit en arrière, puis en avant.

Dan me plaqua sur la commode pour m'immobiliser.

Je ne sais comment, la lanière glissa jusque sous le pli du menton, là où la peau est si douce, et elle s'enfonça dans les chairs. Je voulus l'agripper, mais c'était trop serré, impossible de passer mes doigts sous le tissu, impossible de la saisir.

Pas d'air.

Une autre décharge de douleur, dans mon pied droit. Je venais de décocher un coup dans le lourd meuble devant moi.

Puis la chute. J'étais à plat ventre au sol, Dan m'écrasait le dos de tout son poids, ses lèvres collées à mon oreille, sa respiration saccadée, haletant sous l'effort.

Ma bouche ne produisait pas le moindre son. Pas de cri. Pas même un mot. Pas d'air, pas de hoquet, pas de souffle, pas de voix.

Je sus alors que j'allais mourir.

Plus je me débattais, plus il resserrait le nœud.

Mes poumons se comprimèrent et convulsèrent – un besoin contrarié, instinctif de se gonfler et de s'emplir – mais c'était plus distant, sous tout le reste : l'air, le pied, la douleur atroce.

Combien de temps ? De minutes, de secondes ? Tout se passa si vite, les enfants, si vite.

Puis rien. Je franchis un cap. Soudain, il n'y eut plus de douleur, plus de panique. Je n'étais pas morte. Je savais exactement ce qui se passait. Je savais que Dan était juché sur moi, qu'il serrait encore et tirait sur la corde comme s'il voulait qu'elle me tranche la gorge. Je sentis ma colonne se cambrer en arrière sous sa traction. Mais ce ne fut pas douloureux. Avec la mort vint une forme d'anesthésie. Et une sensation merveilleusement tiède : détendue, calme, paisible.

LIVRE III

1

Quel enfer, ce vol de nuit depuis San Francisco. Pas le décollage, quand tout le monde est frais et dispos, plein d'allant, ni l'atterrissage, quand chacun est soulagé, un peu embrumé et tout poisseux après une mauvaise nuit. Non, je parle de cette plage interminable et sordide, en milieu de vol, lorsque l'avion n'est plus éclairé que par une faible luminescence vaguement rouge et que les passagers marmonnent dans leur sommeil, la bouche tordue, exhibant leurs pieds déformés par les cors. Vous vous dites : on est entassés dans ce tube métallique et si d'aventure ce tube se brisait – comme à Lockerbie –, on serait éjectés en plein ciel et on irait s'écraser au sol. Nous, petits animaux fragiles à la peau si tendre, si élastique, avec nos os comme des brindilles. C'est un miracle qu'on reste aussi longtemps en vie.

Je rentre à la maison pour enterrer ma mère. Ma sœur Mimi a appelé, hier – non, ce devait être avant-hier ; il est maintenant 1 h 30 du matin en Californie, 4 h 30 à Boston – pour me dire que des ouvriers avaient déterré les restes de maman à Trout Lake, dans le Vermont, non loin d'un lac où nous sommes allés une fois en vacances, enfants. Une équipe de trois hommes dégageait une clairière en vue d'y édifier un bâtiment, nivelant le sol à l'aide d'un chargeur, quand ils ont remonté le crâne de maman. Il était si terni et si plein de terre qu'ils l'ont d'abord pris pour une pierre. Ce n'est qu'à la pelletée de terre suivante qu'ils ont compris ce sur quoi ils étaient tombés.

Cela explique peut-être pourquoi, dans cet étui pour balles de tennis en alu, entouré de dormeurs, les pensées morbides tournent à plein régime sous mon propre crâne. Une tête humaine, c'est juste un étui à cerveau. La moitié inférieure est compliquée par des trous, tous les branchements du corps humain : trou pour la nourriture, pour l'air, pour la vue, pour les sons (d'autres trous, pour l'évacuation, sont localisés, avec sagesse, aussi loin que possible des entrées tout en permettant à la créature de courir et de sauter). Mais par-dessus toutes les cavités de la tête se trouve la partie magique, essentielle, le dôme d'os qui coiffe le cerveau. Nous sommes à l'image des poupées russes : dans ma tête il y a mon crâne, dans mon crâne il y a mon cerveau et dans mon cerveau, là, quelque part, il y a moi, Jeff Larkin.

*

* *

À l'aéroport Logan de Boston, nous nous ruons hors de l'appareil comme des réfugiés ou des prisonniers de guerre, tout raides, défaits, chacun jurant à part soi qu'on ne l'y reprendra plus.

Miranda m'attend, souriante et optimiste, elle a l'air vraiment contente de me voir. Sa tenue est un pur délire bohème : une espèce de blouse paysanne improbable ultradécolletée, un jean ample et des Dr. Martens noires. Ses poignets sont striés de bracelets tressés et d'anneaux dorés. Ses cheveux sont roulés en chignon sur le haut du crâne, dont s'échappent quelques mèches ingénues. Ma sœur a toujours affecté un style babos négligé, comme si elle refusait de s'abaisser à être purement séduisante. Sauf qu'elle ignore (selon moi) à quel point ça la rend mortellement attirante aux yeux des hommes.

Elle me colle un bisou sur la joue et, tandis qu'elle m'enlace, je me retrouve les bras plaqués le long du corps.

Tu m'as pas du tout manqué, dit-elle.

Toi non plus.

T'es prêt à aller enterrer maman ?

Je vois pas ce qu'on pourrait faire de mieux aujourd'hui.

Impec. On peut aller petit-déjeuner ? Je meurs de faim.

De ce pas. Enterrer sa mère, ça creuse. On va avoir besoin de forces.

Je sais ce que vous vous dites. On devrait avoir une attitude solennelle et dramatique quand on parle de notre mère, et c'est ce qu'on fait en public. Mais c'est épuisant, croyez-moi. Tout ça pour dire que, quand on voit sa famille en posture ridicule – pas juste au sens ordinaire du terme, mais vraiment l'objet du ridicule –, que faire d'autre que reprendre la blague à son compte ? Voici ce que j'ai appris, à l'orée de mon trentième anniversaire : il ne faut pas affronter ses problèmes avec sincérité et courage. C'est de la folie pure. Mieux vaut les enfouir sous une avalanche de sarcasmes. Ce n'est pas une méthode infaillible, il arrive que des problèmes resurgissent, remontent en grouillant vers la surface comme des vers de terre après l'averse. Quand ça arrive, voilà mon conseil : enfourchez la pelleteuse et réenfouissez bien profond ces petits connards. C'est la partie plus délicate – celle dont Miranda n'est pas toujours capable. Bref, on parle comme ça, avec Miranda, et je ne vais pas m'excuser. Essayez de vivre notre vie, et après vous aurez le droit de critiquer.

On erre un moment dans le parking central parce que Miranda n'a pas la moindre idée d'où elle a laissé la voiture.

Ce lieu est dément ! Comment font les gens pour retrouver leur bagnole, là-dedans ?

Je sais pas, Mim. J'imagine qu'ils prennent la première qui passe ?

On finit par la localiser et Miranda nous guide jusqu'à la sortie. Elle se tient très droite au volant, comme si c'était son premier jour d'auto-école.

Et maintenant, on fait quoi, Mimi ?

Rien. On ne peut rien faire avant que le procureur ait décidé de la suite.

Et l'enterrement ?

Pas possible. Le procureur doit d'abord nous rendre le corps. Ou les ossements, du moins. Je suppose que ce sont des preuves.

Sans blague, Mimi. Ça va prendre combien de temps ?

Personne sait.

Et qui te dit tout ça ?

Le bureau du procureur. Ils nous ont attribué un travailleur social.

Génial. Et on fait quoi, en attendant ?

On va petit-déjeuner.

Et papa ? Tu lui as parlé ?

Pas depuis qu'ils l'ont trouvée.

Et avant ça ?

Ça fait un bail.

Tu comptes en semaines ?

En mois.

Sans blague, Mimi. Qui appelle qui ? Il t'appelle ou c'est toi ?

C'est moi qui appelle. Mais c'est fini, je le ferai plus.

Ah ouais ? Et pourquoi ?

Je peux plus.

Je devrais l'appeler. Putain !

Fais ce que tu dois faire, Jeff.

Je lui ai pas parlé depuis quoi... ? Un an ? Plus ? Faudrait que je l'appelle. Et Alex ?

Toujours cent pour cent du côté de papa.

Ça fait un choc. J'aurais dû l'appeler lui aussi. Tu parles d'un dossier pourri jusqu'à la moelle. Tu ferais peut-être aussi bien de me ramener à l'aéroport. Pour l'instant, personne ne sait que je suis là.

Tante Katie est au courant.

C'est vrai ? Elle se place où, là-dedans ?

Elle réclame la tête de papa sur une pique.

Comme toi ?

Miranda réfléchit avant de répondre. Elle dit : Je ne suis pas sûre. Parfois, je voudrais voir sa tête au bout d'une pique et parfois, je voudrais juste oublier toute l'affaire et passer à autre chose. Je voudrais juste être normale.

Tu veux dire que la situation n'est pas normale ?

Ha ha, petit comique.

Elle m'emmène dans un endroit appelé Blue Diner. (Il faut lui reconnaître ça, elle a le sens de la poésie.) On s'installe sur une banquette et on commande tous les deux des pancakes. On a l'impression d'être des gosses avec des privilèges d'adulte : on peut commander des pancakes à toute heure.

Alors, la Californie, raconte un peu. Tu surfes ?

Non, je ne surfe pas. Je suis bien le seul.

Comme c'est triste. Et madame ta femme, comment va-t-elle ?

Encore des sarcasmes. Je ne suis pas marié, le serai probablement jamais. Miranda parle de ma copine. Ex-copine, depuis quarante-quatre jours aujourd'hui. Elle s'appelle Rachel. La pensée de Rachel accapare mon esprit comme une tumeur de la taille d'une balle de base-ball.

Vas-y, dis-moi que tu vas plus te garer devant chez elle pour l'espionner ?

Haussement d'épaules de ma part.

Jeff, mais qu'est-ce qui te prend ? C'est dingue.

Je sais, je sais. Mais je n'espionne personne. C'est juste que, si je suis là et que je tombe sur elle, où est le mal ?

C'est du harcèlement ! Tu veux pas te trouver un nouveau passe-temps ?

Picoler, ça compte ?

Yep. Promets-moi seulement que tu arrêtes de t'obséder avec cette fille.

J'essaie.

Elle en vaut pas la peine. Tu vas t'en remettre.

Comment tu sais qu'elle en vaut pas la peine ? Tu l'as jamais rencontrée.

Je le sais, c'est tout.

Et comment tu sais que je vais m'en remettre ?

Parce que tu t'en remets toujours.

Mimi, je ne m'en suis jamais remis.

Eh ben cette fois, il va falloir. On peut pas avoir deux enfants en vrac dans la famille, alors tu te démerdes et tu te ressaisis, frangin.

Bizarrement, ça marche un temps, cette méthode. Je me sens un peu mieux, un peu moins en vrac, juste parce que Miranda en a besoin.

J'ai lu ta nouvelle, Mimi. C'est vraiment bien, ça m'a plu.

Merci.

Tu l'as fait lire autour de toi ?

Uniquement à toi.

Tu devrais la montrer à Phil.

Phil Solomon ?

Ouais. Il écrit un livre, un roman.

Mais non ? Phil ? Il sait même pas écrire.

Je sais pas. Personne ne sait. Même pas lui.

Bon, lui montre pas. C'est personnel. Je ne sais pas encore ce que je vais en faire.

Tu ne peux pas la publier, tu sais. Tu as utilisé les vrais noms de tout le monde. Et tu montres papa en train d'assassiner maman. Et l'histoire de tante Kate, où il viole maman ? T'es dingue ? Tu peux pas publier ça.

Bon, je ne pense pas que ça va se bousculer au portillon pour l'éditer. Je l'ai pas écrit dans ce but, de toute façon. Mais pour me libérer de tout ça.

T'as posé ta crotte, quoi.

Non, j'ai rien posé du tout, espèce de porc. J'ai changé d'avis, je voudrais le montrer à Phil rien que pour pouvoir en discuter avec un autre adulte.

Donc je peux t'interroger là-dessus ? OK, j'ai bien aimé que ce soit la voix de maman. C'était plutôt cool. Ça m'a plu de l'entendre. Je ne sais même pas si elle parlait comme ça, mais ça m'a fait du bien. Seulement je me disais, si l'histoire est racontée par une morte, elle devrait pas expliquer d'où elle parle ? Genre nous dire ce que ça fait d'être mort ? Est-elle ici ? Ou au paradis ?

Qu'est-ce que ça peut faire, où elle est ? Pourquoi les choses doivent-elles toujours être si explicites et évidentes ?

Ça me semble naturel de se poser cette question en face d'un mort, non ? Que se passe-t-il quand on meurt ?

Jeff, tu es bien un mec. C'est une histoire. C'est imaginaire. On prend les choses comme elles viennent.

C'est une histoire, certes, mais bon, reconnais que c'est qu'en partie imaginé. Alors c'est quoi, un fantôme ? Ou juste un procédé littéraire ? Tu la vois comment ?

Je ne sais pas. Comme tu veux qu'elle soit.

Tu ne sais pas ?

Ben non, j'en sais rien. Je n'ai jamais été morte. Comment je saurais ?

Bah, je pensais... Si j'écrivais ça, j'expliquerais comment cette personne est en mesure de raconter l'histoire, pour que les lecteurs soient pas étonnés.

Bah vas-y, écris-le.

Hé, je te donnais juste mes impressions de lecteur.

OK, eh bien, merci pour cet avis tout à fait pertinent. On peut parler d'autre chose, maintenant ?

Bien sûr. Sinon, côté cœur, ça va ?

OK, autre chose encore peut-être ?

Ohh, écoute, tu sais ce que tu pourrais faire ? Si maman est un fantôme, elle pourrait revenir hanter papa.

Mon Dieu, tu as bu ou quoi ?

Juste un peu.

OK, on oublie l'histoire. Franchement, Jeff. On n'a qu'à parler de ma vie amoureuse.

Super. Alors, ça se passe bien ?

C'était un piège. Rien ne se passe, j'ai pas de vie amoureuse.

Ah bon ? Pas de petit copain ? Pas le moindre petit quelque chose ? Vraiment, rien de rien ?

Rien de rien. Une vraie nonne.

Tant mieux.

Comment ça, tant mieux ?

Parce que tu nous ramènerais un connard de hipster tout beau tout bio et faudrait que je fasse mine de l'apprécier.

Tu préférerais que je te ramène quoi ?

Que tu prennes un chien, plutôt. Et ton vieux friqué, là, il est passé où ?

Oh là là, mais ça remonte à une éternité, ça. Il est plus dans le tableau depuis longtemps.

Tant mieux. Tu parles d'un cliché. Un vieux plein aux as.

Je sais. Tu dis rien à Alex, hein. J'ai pas besoin qu'on me fasse la morale.

De fait, si on regarde le bon côté des choses, tu as fait un truc chiant à mourir pour une fois. C'est plutôt rassurant.

Il avait une Porsche, vois-tu.

Cela va de soi. C'est ce que font tous les vieux friqués qu'ont un micropénis. Ils se payent une Porsche.

Ils feraient mieux de s'acheter des microslips.

Ils font les deux. On t'avait pas prévenue ?

Non ! On m'a rien dit. Depuis que mon grand frère est parti en Californie, je dois tout apprendre par moi-même. T'aurais pu me prévenir au sujet des vieux gars friqués et de leurs micropénis.

Une info pareille, ça s'obtient à la dure, si tu vois ce que je veux dire.

Oh, t'es vraiment hilarant, Jeff. Excellente, cette blague du pénis.

La serveuse approche avec nos pancakes. Elle surprend ce dernier commentaire et hausse les sourcils.

Je lui fais signe que Miranda est folle, tournant mon index autour de ma tempe en désignant ma sœur du menton.

La serveuse me gratifie d'un sourire évasif avant de tourner les talons.

Alors, tu comptes appeler Jamie pendant que tu es ici ?

Mimi, pourquoi je ferais ça ?

Parce que ce serait gentil ? Parce que c'est une amie ?

Pour toi, peut-être.

Mais pour toi aussi ! C'était ta sœur.

Ce n'était pas ma sœur. Pour quelqu'un qui parle autant de pénis, tes notions de biologie me paraissent un peu embrouillées.

En tout cas, c'est toujours ma sœur, en ce qui me concerne.

Elle ressemble à quoi ?

Après toutes ces années, c'est ça qui t'intéresse ?

Oui.

Tellement superficiel.

Les propriétaires de pénis sont superficiels, crois-moi.

Ça, je suis au courant.

Alors raconte.

Elle est splendide.

Elle n'est pas splendide. Arrête.

Je la trouve splendide.

OK, si tu le dis. Tu lui passeras le bonjour.

Je ne suis pas ta secrétaire. Si t'as envie de lui dire bonjour, tu décroches ton téléphone et tu l'appelles.

J'ai pas envie. C'est toi qu'en as envie.

Tu fais ce que tu veux, je m'en fous. Je me disais simplement, vu votre… je me disais simplement que parfois ça pourrait te faire du bien de parler à un autre être humain.

Eh ben tu te trompes. Je n'ai jamais, jamais aucune envie de parler à aucun être humain. Je suis comme un arbre.

Les arbres parlent énormément, en réalité. Il faut simplement savoir écouter.

Épargne-moi tes délires. Elles seront à l'enterrement, Sarah et Jamie ?

J'en doute.

Qui va venir à un truc pareil ? On pourrait faire la cérémonie dans une cabine téléphonique.

Papa a dit que ce serait en toute intimité. Réservé à la famille proche.

Papa a dit ?

Ouais. Sauf que selon tante Katie, c'est pas à lui de décider. Elle dit que c'est la famille de maman qui organise et que papa n'est pas invité.

Tu parles d'une situation gênante, hein ?

S'il se pointe, tante Katie dit qu'elle le fera arrêter.

Ouais, bien sûr. Obligé. Si le type qui a assassiné ta frangine se pointe à son enterrement, tu vas pas te contenter de lui tendre un Kleenex.

Arrête. C'est pas drôle.

On n'a qu'à faire deux enterrements. On se répartit les os comme un cornet de frites.

Arrête, Jeff. Ce n'est pas drôle du tout.

Ça ne me fait pas plaisir de faire ce genre de blague. Je ne sais pas pourquoi je fais ça. Oui, je sais qu'il s'agit de ma propre mère et oui, je sais que c'est pas marrant. Je me déteste quand je fais ça. La petite pointe de mépris que j'inspire aux gens n'est rien à côté de combien je me déteste, crois-moi.

Je vais aller le voir.

Bien.

Viens avec moi, Miranda.

Jamais de la vie.

S'il te plaît. Me force pas à y aller seul. C'est aussi ton père.

Ce n'est pas moi qui me suis enfuie.

Le coup est imparable et ça nous laisse silencieux un bon moment.

Je vais lui poser la question, Mimi, sans détour.

Tu n'apprends donc jamais rien. Vas-y, pose-lui toutes les questions que tu veux. Tu sais très bien quelle sera sa réponse.

S'il te plaît, viens. J'ai pas envie d'y aller seul.

Je peux pas, Jeff. C'est trop pour moi, à l'heure qu'il est. Tu en es tout à fait capable. Tu es suffisamment solide.

Pas du tout. Tu me surestimes.

Hon-hon. Vas-y, tu vas gérer ça très bien. Je serais incapable de le regarder, pour l'instant. Ou d'écouter ses mensonges.

Je sais ce que tu penses qu'il s'est passé, Mimi. C'est écrit noir sur blanc dans ton texte. Mais on n'en sait rien, en vérité.

Avant qu'ils trouvent son squelette, peut-être qu'on savait pas. Mais maintenant, si. Faut cesser de se voiler la face.

Miranda a raison, bien sûr. Je sais qu'elle a raison, mais je ne suis pas encore tout à fait prêt à l'admettre. Pas encore.

Et sinon, comment tu vas, Mimi ? Tu te sens comment. Tout ça, ça tombe drôlement mal pour toi.

Non, ça va. Je vais plutôt bien. C'est comme si on m'avait donné les outils dont j'avais besoin.

Elle fait référence aux psychiatres du Wharton Center, un hôpital psychiatrique fantastique, miraculeux, situé dans l'ouest du Massachusetts. Miranda y a passé deux semaines coincée par la neige en mars dernier pour remédier à une dépression paralysante. J'avais fait le trajet depuis San Francisco pour venir la voir. Notre père, lui, n'avait pas quitté Boston.

Ah oui ? Quels outils ?

Juste des petites astuces.

Dis-m'en une.

Ça va te sembler débile.

Non.

Par exemple, j'utilise un truc qu'on appelle la méthode Rocky.

Rocky, comme Balboa ?

Hon-hon.

Montre voir.

C'est tout bête. Quand tu sens que ça vient, ça fait comme une sorte de… lourdeur, ouais une pesanteur. Comme si le corps se mettait à… à ralentir. C'est une sensation qu'on reconnaît à tous les coups. L'humeur commence à s'assombrir, on peut rien y faire, on commence à basculer. Alors dans ce cas, ce que tu fais, c'est que tu fermes les yeux, tu serres les poings et tu visualises un nuage qui avance vers toi, un énorme nuage. Tu t'imagines bomber le torse, les poings brandis à la Rocky, en train de crier : « Allez, vas-y ! Vas-y, fais-moi mal ! » Et tu visualises ce nuage qui t'enveloppe, et dans ce brouillard tu continues de crier : « J'adore quand ça fait mal ! Je suis plus fort que toi ! Je suis invincible. » Et tu continues jusqu'à ce que le nuage passe, alors tu peux t'imaginer debout au soleil, sous un ciel bleu azur. Tu rouvres les yeux et tu te sens mieux.

Ça marche ? Sérieux ?

Ouais. Je me sens l'âme d'une combattante.

En face de moi, au-dessus de son assiette de pancakes, ma sœur a les poings serrés, une position de boxe plutôt crédible, le droit devant le menton pour parer les coups, le gauche tendu pour venir cueillir l'adversaire. Au ralenti, elle esquisse un large crochet du droit vers ma pommette. Son bras s'arrête à mi-chemin de la table. Et bam, dit-elle.

*

* *

Je dépose Miranda à son appartement et, avec sa voiture, je rentre « à la maison ». En chemin, je passe devant mon ancienne école, l'aire de jeux, la maison des copains, une déambulation dans les vestiges de mon enfance. Tout a subtilement changé, tout est étrange, dissocié, désarçonnant – bizarre. Mais toute mon existence résonne ainsi dernièrement, lugubre et psychédélique.

Le temps que j'arrive devant la porte de mon ancienne maison, que je me force à avancer jusqu'au perron, ma tête n'est plus qu'un chaos d'idées, de reproches et de regrets. Je ne suis pas prêt à le voir.

La seconde d'après, le voilà devant moi, l'objet de mon obsession en personne, mais tellement amoindri, si petit, si médiocre qu'il semble indigne de toute cette attention. Tout l'ensemble – une vie entière à me définir autour de cette masse inamovible, mon père et ce qu'il a ou n'a pas fait –, tout me semble soudain futile, risible, un truc que j'aurais dû dépasser depuis bien longtemps déjà.

Il est vêtu d'un peignoir de bain élimé en tissu-éponge, sans rien en dessous apparemment. Ni Rolex ni épingle de col, ni chevalière ni foulard en soie dépassant de la poche-poitrine. Juste une paire de lunettes de soleil en écaille et métal. Ses verres sont plus épais que dans sa jeunesse, quand il avait l'habitude de tripoter constamment ses lunettes. Ses boucles sont échevelées et, à 57 ans, il commence à grisonner. L'ombre sur ses joues laisse aussi voir un peu de blanc, qui lui donne un teint de cendre. Entre les pans de son peignoir, de soyeuses touffes de poils encore plus grises. Ses mollets et pieds nus sont fins, glabres, lisses comme de l'os.

Une pointe de culpabilité m'assaille à le surprendre ainsi, dépouillé de ses atours, sans dignité. Lui qui était toujours tellement fier de son apparence.

Ça ne paraît pas l'affecter.

Avec un peu de sa suffisance d'antan, il lance :

Oh, un revenant. Bonjour.

Bonjour.

En voilà une surprise. Pourquoi tu ne m'as pas prévenu ?

Je ne savais pas que j'allais venir.

J'entre dans la vieille demeure, plus petite, plus sombre que dans mes souvenirs, mais inchangée par ailleurs. Elle semble par-dessus tout vide, abandonnée.

Viens par ici, dit-il.

À pas feutrés, il approche pour me faire la bise. Alors que je me penche pour tendre la joue, il pose une main derrière ma nuque.

Pourquoi je m'inflige ça ? Pourquoi je fais semblant ? Et lui ? On sait aussi bien l'un que l'autre quelle est la situation.

Viens, assieds-toi.

Il me mène jusqu'à la cuisine, toute défraîchie. Les murs, les placards auraient besoin d'un coup de pinceau. Mais tout est à sa place. Ni vaisselle ni aliments visibles et l'évier brille ; fidèle à lui-même, il l'a récuré à fond.

Café ?

Non, je viens de prendre le petit déj avec Miranda.

Sans blague ? Ah mais c'est formidable !

Ouais, ouais, sans doute.

Comment va-t-elle ?

Bien.

Tu es revenu pour les funérailles ?

Ouais.

Bien. Je suis content. Tu dors où ?

Chez Mimi.

Tu peux t'installer ici, tu sais. C'est pas la place qui manque. Ta chambre n'a pas bougé.

C'est bon, c'est assez grand chez Mimi.

Il opine du chef. Il semble résolu à parler de tout et de rien, à s'en tenir à la surface.

Et sinon ça approche, la date fatidique ? Le passage aux trente.

Ouais.

Mon fils de 30 ans. J'ai du mal à y croire.

Je tressaille, mais pas pour la raison qu'il imagine. J'en ai rien à foutre de passer les trente. On est en juin 1993. Je suis né en juillet 1963. C'est juste des maths, qu'est-ce que ça peut faire ? Je grimace parce que je sais ce qu'est cet homme. Je sais, point. On sait tous les deux. Et on est là à se dire des banalités. Combien de temps ça va durer, cette mascarade ?

Et comment ça va la vie, là-bas ? Tu es toujours… ?

… Barman ? Oui.

Une petite voix résonne dans ma tête : *Quel genre d'adulte perd son temps derrière un comptoir de bar ?*

Mais il continue sur sa lancée :

Génial. Ça te plaît ?

Pas vraiment.

Oh. Alors qu'est-ce que tu vas faire ?

Papa, j'ai un truc à te demander. Ces ossements.

Ces ossements, oui. On va enfin pouvoir faire une cérémonie. Mais tu as vu comme le procureur traîne la patte ? Il veut me torturer. Dix-huit ans. Dix-huit ans, ça ne lui a pas suffi.

Il attend que j'acquiesce, mais je m'abstiens.

Ah, il a du boulot, il a du boulot. J'ai compris. Je devrais pas te dire ce genre de chose, Jeff. Loin de moi l'idée de te mettre en porte-à-faux. Je sais ce que tu dois ressentir.

Ah ouais, tu sais ?

Disons que je sais comment moi, je me sens. C'est déjà pas mal.

Et peut-on savoir comment tu te sens ?

Anéanti.

Anéanti. Le choix des mots est judicieux.

Ah bon. En quoi ?

La forme passive. On dirait que c'est à toi qu'il est arrivé quelque chose.

C'est le cas.

Oui, enfin... Papa, faut que je te pose une question. Parce que j'essaie d'y voir clair, dans cette histoire, vraiment j'essaie. Comment ça se fait que le corps de maman ait été enfoui là-bas ? Spécifiquement là-bas.

Il me regarde longuement avant de répondre : Je l'ignore.

C'est un endroit que tu connaissais. Tu y étais allé. Comment ça se fait ?

Je n'en sais rien. C'est la stricte vérité. Que veux-tu que je te dise ?

Ça ne suffit pas. Personne ne va croire ça.

C'est la vérité. Je te le promets.

Je continue à espérer qu'il existe une explication innocente. Il y en a une ? Laquelle ?

J'ai retourné la chose dans tous les sens, Jeff. Elle est peut-être allée là-bas d'elle-même pour une raison ou une autre. Ça lui était déjà arrivé, tu sais. Elle était allée visiter des locations pour l'été suivant, pour nos prochaines vacances. Donc je suppose qu'elle a dû y retourner et qu'elle est tombée sur la mauvaise personne au mauvais moment. J'ai pas d'autre hypothèse.

Dans ce cas, comment t'expliques que sa voiture ait été retrouvée ici, à la gare ?

La personne qu'a fait ça a dû ramener la bagnole ici. Pour brouiller les pistes.

Je secoue la tête.

Tu ne me crois pas ?

Je ne sais pas. J'aimerais, je t'assure. Mais j'ai du mal, tu sais ? Ça n'a absolument aucun sens. Quel serait le mobile ?

Le mobile ? Va savoir. Des gens qui dévissent, ça arrive. J'en ai vu. Des assassinats, des viols – il n'y a pas toujours un mobile, pour ces crimes. Ça ne marche pas comme ça. Parfois, les gens passent à l'acte, point barre. C'est peut-être juste un crime opportuniste. Une femme débarque dans ce bled. C'est une proie facile. Elle est pas du coin, personne ne la connaît. Et ta mère ne savait pas se défendre.

Non, c'est pas ça qui s'est passé.

Pourquoi tu dis ça ?

J'y crois pas, c'est tout. Y a ce squelette, papa. Ça change tout. Comment peux-tu ne pas le voir ?

Jeff, je te dis la vérité. Je ne peux pas faire plus. Que veux-tu que je te dise d'autre ?

Tu dis toujours ça.

Dis-moi ce que je dois faire pour te convaincre. Je ferai n'importe quoi. Teste-moi. Donne-moi un moyen de faire mes preuves.

C'est impossible.

Exactement. Il n'y a rien que je puisse faire, aucune manière dont je puisse me défendre face à… ce soupçon. Face au doute. Tu te rends compte ? Tu te rends compte de la position qui est la mienne ? C'est impossible. Il n'y a aucune preuve, en soi. Que des rumeurs.

Maintenant si, la preuve est là. Tu sais qu'elle existe.

Quelle preuve ? Une poignée d'os ? Et qu'est-ce qu'ils ont à voir avec moi, ces os ?

Écoute, on ferait mieux de… Qu'est-ce que ça peut te faire, ce que je pense ? On s'en fout de ce que je pense.

Non, on ne s'en fout pas. Ça compte beaucoup, pour moi. Plus que tout. Plus que ce que les autres peuvent bien penser.

Il me regarde d'un air implorant, mais je n'ai rien à ajouter à cela.

Écoute, Jeff, je sais qu'on n'a pas toujours… Je sais que j'ai pas été le père que tu aurais voulu. Ça fait quoi, quoi ?, cinq ans que tu ne m'as pas adressé la parole ?

Tu ne m'as pas parlé non plus.

Je sais. Je n'accuse personne. Je ne veux pas qu'on se dispute. Je veux simplement dire que, aussi défaillant que j'aie été comme père, je ne t'ai jamais menti. Ça, tu sais que c'est la vérité. Même les choses que tu n'avais pas envie d'entendre, les choses qui te dressaient contre moi, je te les ai toujours dites en face, sans tourner autour du pot, j'ai raison ou pas ? J'ai toujours été franc avec toi. Et aujourd'hui, je te le redis : je ne mens pas. Je te le jure. Je te le jure.

Même avec ce peignoir ridicule, même bouffé d'anxiété, il reste un avocat talentueux. Je ne peux le nier. Il a identifié mon point faible – le doute – et donné l'estocade.

Je suis désolé. J'ai simplement beaucoup de mal à te croire.

Eh bien parlons-en, alors. Dis-moi pourquoi. Développe un peu.

Non. Tu sais quoi ? On ne va pas en parler. Je ne peux plus parler de ça.

OK, on verra ça plus tard, alors. Tu dois avoir drôlement sommeil.

Non. Je veux dire, je crois qu'il faut en rester là. Ne plus se parler.

Mais enfin, Jeff ? Tout de même ! Tu n'es pas sérieux.

À le voir bouche bée, je comprends que sa souffrance est réelle. Ça me procure un réconfort pathétique, minable. Que mon jugement lui importe. Qu'en le quittant, en me retirant, moi, tout médiocre que je suis, je lui inflige une souffrance. Tant mieux.

Jeff ?

Je vais y aller maintenant, lui dis-je.

Et c'est fini. Ça s'arrête là. Les adieux à mon père devraient être un moment grandiloquent, l'acmé de quelque chose, mais ça se déroule sereinement.

Ni sanglots ni violons. Ça paraît sommaire, une formalité. Comme quand on signe un contrat négocié bien en amont. C'est presque un soulagement. Je parie qu'il ressent la même chose, au fond, qu'il est content d'être débarrassé de moi. On n'a jamais fait que se disputer. Où est-il écrit qu'un père et un fils doivent s'entendre ?

En sortant, je remarque une photo de ma mère, un cadre argenté posé sur une console dans le salon. Pas beaucoup plus âgée que la trentaine, elle non plus. C'est une photo dont je me souviens.

Je peux la prendre ?

Bien sûr, vas-y.

Je ne m'attends pas à remettre les pieds ici. Donc OK. Tant mieux. Ça va.

*

* *

Depuis que le squelette de ma mère est sorti de terre dans un coin du Vermont, une chose a changé : Miranda et moi avons cessé d'imaginer qu'elle puisse se trouver quelque part, ailleurs, à vivre sous une fausse identité. Aussi énorme que ça puisse paraître, nous ne l'avons jamais exclu, même si on ne le clamait pas haut et fort. On se disait, après tout c'est possible, rien ne prouve le contraire. On a échafaudé toutes sortes de théories délirantes qui expliqueraient que maman ait eu besoin de se cacher : maladie mentale, amnésie, enlèvement, lavage de cerveau, chantage, secte (ça, je reconnais, c'est mon idée). Miranda adorait jouer à ça. Elle élaborait des scénarios complexes dans lesquels maman souffrait d'une commotion cérébrale qui effaçait tous ses souvenirs ou lui faisait croire qu'elle était quelqu'un d'autre. Elle aimait bien se représenter maman dans des lieux pittoresques, dans l'archipel des Keys, en Floride, ou en France, dans le Midi. Quel que soit le cadre, dans les projections de Miranda, maman était toujours heureuse. C'en est fini, désormais, de ces doux rêves.

Le procureur ne perd pas de temps à rêvasser, lui non plus. Après avoir attendu dix-huit ans que l'enquête progresse, il ne lui faut pas vingt-quatre heures pour rendre sa décision, une fois que le laboratoire a confirmé l'identité du propriétaire des os grâce à une nouvelle technique, l'analyse ADN.

Il a la décence de nous convier à son bureau de Cambridge pour nous expliquer la décision en personne. Nous nous y retrouvons par une matinée de juin paradoxalement belle. Le soleil brille, le mercure est à vingt-cinq. La ville entière, si maussade d'ordinaire, est inhabituellement joyeuse, tous ces habitants de la Nouvelle-Angleterre ont soif de journées estivales et s'enivrent de soleil sitôt que c'est possible.

Le bureau du procureur occupe la moitié d'un étage dans un bâtiment en béton moulé des années 1970. Ça ne me fait guère l'effet d'un palais de justice. Ni boiseries patinées par le temps ni statues de marbre. Uniquement des espaces administratifs standard. Des carrés de moquette ultrafine sur des sols en ciment, de frêles cloisons peintes en beige administratif, des tubes de néon, des faux plafonds isolants arborant des auréoles d'humidité. Ce pourrait aussi bien être le Bureau des immatriculations de véhicules ou le Bureau des poids et mesures.

Vers 10 heures moins le quart, nous commençons à nous regrouper dans la salle d'attente.

Tante Kate est déjà là en compagnie d'oncle Stephen quand j'arrive avec Mimi. Elle nous sourit et se lève pour nous serrer dans ses bras. Elle en fait des tonnes avec moi, qu'elle n'a pas vu depuis longtemps. Mais son visage est dur, creusé. Et ses yeux soulignés de cernes.

Le suivant à arriver est un inspecteur de Newton, dont le nom m'échappe d'abord. Mimi lui fait une bise dans le vide comme elle l'a fait pour oncle Stephen, amenant sa joue du côté taché de son visage. Puis elle refait les présentations. Il s'appelle Tom Glover, ce dont j'aurais évidemment dû me souvenir, mais je suis fâché avec les noms.

Alex fait une entrée impériale, dans un costume qui a dû lui coûter plus cher que ma voiture. Il serre les mains de chacun d'une poigne ferme, comme si c'était lui que nous étions venus voir. Mon Dieu, ce que mon frère peut être con.

Sa femme est avec lui. Une jeune cadre dynamique, elle aussi, une diplômée de Harvard avec du gel dans les cheveux, qui bosse dans un cabinet de conseil en je-ne-sais-quoi. Elle s'appelle Laurel Marcus. Elle a gardé son nom de jeune fille parce que, dit-elle, Laurel Larkin est difficile à prononcer et Laurel Marcus-Larkin encore pire, mais je crois que c'est surtout parce qu'elle est si anormalement accomplie, si parfaitement au point qu'elle ne peut pas davantage supprimer son nom que son nez. Néanmoins, elle est plus douce qu'Alex, elle témoigne de cette maladresse maîtrisée typique des enfants uniques, et elle n'a aucun passé commun avec nous, les Larkin. Aussi, elle semble sincèrement adorer Miranda, ce qui compte énormément à mes yeux (Alex et Laurel ont également trois jeunes enfants, de 7, 9 et 11 ans. Ces enfants gâtés me paraissent chaque fois plus insupportables. À ce rythme, je m'attends à ce que mes neveux et nièce ne soient bientôt plus bons qu'à être enfermés dans un sac en toile de jute avec un ragondin et balancés dans la rivière la plus proche).

Et c'est tout. Notre famille d'orphelins bancale enfin réunie dans une même pièce. Tante Kate est désormais la plus âgée d'entre nous. Les parents de ma mère sont morts il y a quelques années, sans avoir su si l'affaire serait un jour résolue. La mère de maman – ma grand-mère – était convaincue que mon père avait tué sa Jane chérie, et elle l'a honni jusqu'à son dernier souffle.

Nous sommes accueillis par une jeune femme portant le titre ronflant de « représentante des victimes et témoins ». Nous franchissons une porte solidement verrouillée, puis elle nous escorte à travers un dédale de box cubiques aux murs tendus de tissu jusqu'à une salle de conférences aveugle.

Là, le procureur en personne se joint à nous, un dénommé Martin Leary, un type pas souriant à la mâchoire carrée, et son premier adjoint, un type ramollo dans un costume trop large dont je ne parviens pas tout à fait à distinguer le nom. Chris Ceci-ou-cela.

Le procureur Leary nous salue un à un. Ce n'est pas un politicien-né. Je suis certain que personne ne s'est jamais dit en le rencontrant : Voilà le prochain gouverneur du Massachusetts. Il s'exprime d'une manière précautionneuse et laconique, avec une gestuelle engoncée.

Nous prenons place autour d'une table ovale. Côté Larkin, nous n'avons pas désigné de meneur, mais Alex et tante Kate dégagent chacun une autorité naturelle. Le reste d'entre nous se positionne entre eux comme des étoiles éparses dans une constellation.

Le procureur Leary dit : Je tiens à ce que vous sachiez combien cette affaire m'a causé de difficulté.

D'un point de vue professionnel, mais également plus personnel. Cette affaire me hante. Je songe à votre mère – à votre sœur, Kate –, je songe à elle tous les jours. Et ce depuis des années. Je vous le dis en toute sincérité. Tous les jours, année après année. Je veux que vous sachiez tous combien nous tenons à clore ce dossier. Nous le devons à Jane, et nous vous le devons. Personne, personne, j'insiste, ne tient davantage que moi à voir cette affaire passer en justice. Pour deux raisons évidentes. J'ignore quels sont vos sentiments à l'égard du rôle joué par Dan Larkin dans tout cela, et honnêtement, j'aime mieux ne pas le savoir. Notamment pour vous trois, qui êtes ses enfants, il demeure votre père et je ne vous demanderai jamais de choisir. C'est à moi qu'incombe cette décision. Je dois faire ce qui est le mieux au regard de l'affaire, et non ce qui est le mieux pour vous. Voilà qui est dit.

Le procureur se recule sur sa chaise, croise les bras puis, semblant réaliser que son langage corporel n'est pas le bon, décroise promptement les bras, se penche en avant et vient appuyer ses avant-bras sur la table. Bizarrement, cette absence flagrante d'élégance me rassure. Un homme aussi maladroit socialement ne peut se permettre de mentir. Il ne s'en sortirait jamais.

Ce que j'ai à vous apprendre n'est pas facile, à savoir que nous ne serons pas en mesure, pour l'heure, de procéder à une inculpation.

Tante Kate porte la main à sa bouche, rare perte de sang-froid.

Personne d'autre ne réagit.

J'ai examiné la question et en ai discuté avec des collègues ; nous manquons purement et simplement de preuves. J'en suis sincèrement désolé, mais les faits sont tenaces. Je ne nie pas que la mise au jour du cadavre de votre mère soit une avancée de taille. L'une des failles principales résidait dans l'absence de preuve du fait même que votre mère avait été assassinée. Ce problème est résolu. Toutefois, cela ne saurait suffire. Nous avons des présomptions, en soi ce n'est pas gênant ; des dossiers de cette nature, nous en remportons tout le temps. Mais nous n'avons pas un dossier suffisamment étayé pour procéder à une inculpation, à l'heure où je vous parle. Maintenant, une fois cela dit, je veux que vous compreniez bien que le dossier n'est pas clos. Il ne restera pas en sommeil, ni même en demi-sommeil. Nous allons poursuivre l'enquête sans relâche, comme nous l'avons toujours fait. Le jour où je mettrai en examen le meurtrier de votre mère, ce jour-là je ne le raterai pas, je vous en fais le serment. Mais je ne vais pas prendre le risque de fragiliser le dossier en me précipitant avec des éléments de preuve insuffisants.

Silence.

Kate finit par dire : En vous précipitant ? Mais ça fait dix-huit ans.

Il hoche la tête. Je sais.

Et si ce jour-là n'arrive jamais ? Si vous n'obtenez jamais davantage de preuves ?

Dans ce cas, il ne servirait à rien d'inculper qui que ce soit, si l'on sait d'avance que l'on va aboutir à un non-lieu. Si le dossier est vide, il est vide.

Mais quelle autre preuve pourrait-il y avoir, à ce stade ? Qu'est-ce que vous espérez ?

Pour être franc, je l'ignore, je peux imaginer toutes sortes d'éléments de preuve qui surgiraient : des preuves physiques, un nouveau témoin, une confession d'une nature ou d'une autre. L'avenir nous le dira.

Ça fait dix-huit ans qu'on attend.

Les choses peuvent évoluer. Croyez-moi, ça s'est vu. Des affaires au point mort, ce n'est pas une fatalité. On en résout. Des preuves peuvent apparaître.

Tante Kate secoue la tête. Elle a l'air à la fois déçue et un peu méprisante face à cet homme si fastidieux dans ses préparatifs, et peut-être si allergique à la prise de risque qu'il est incapable d'agir.

Alex dit, comme pour la consoler alors qu'il s'agit de la faire taire : Tante Kate, M. Leary a le devoir d'agir selon son intime conviction.

Je marmonne un : Oh putain.

Alex, mes parents sont morts, ma sœur est morte, j'ai 58 ans. Je n'ai pas l'éternité devant moi. Je crois que nous devons être francs : si ça ne se fait pas maintenant, ça ne se fera sans doute jamais. C'est ça que ça veut dire, c'est ça qu'il nous dit. Ton père va s'en tirer. Y a-t-il ici une seule personne qui trouve ça juste ? Alors, quelqu'un trouve ça juste ?

Tante Kate, tu pars du principe qu'il l'a fait. S'il n'y a pas de preuve le désignant, alors il se peut qu'il ne l'ait pas fait.

Le visage de Kate se crispe, empêchant les mots de franchir la barrière de sa bouche.

Miranda dit : Personne n'a prononcé son nom.

Un temps.

J'avais décrété que je ne parlerais pas, lors de cette réunion. J'ai beau être aussi impliqué que les autres personnes présentes, j'ai l'impression d'être un intrus. J'habite loin, je me sens loin, loin de tout ça, loin d'Elle, loin de Lui. Mais je me retrouve à dire au procureur : Puis-je vous poser une simple question ? À votre avis, c'est mon père ? Je ne vous demande pas si vous pouvez le prouver devant la cour. Simplement, pensez-vous que c'est lui ?

Oui.

Avez-vous d'autres suspects ?

Non.

Une preuve quelconque qui incriminerait quelqu'un d'autre ?

Non.

À quel point êtes-vous certain qu'il l'a fait ? Mettons, en termes de pourcentage ?

Difficile à dire.

Je veux simplement votre avis. Votre opinion. Êtes-vous sûr qu'il l'a fait ?

Oui, j'en suis sûr.

Sûr à cent pour cent ?

Je ne saurais pas le chiffrer.

Mais n'est-il pas possible que ce soit l'œuvre d'un inconnu ? Que ma mère se soit rendue toute seule dans cette petite ville ce jour-là et qu'un type l'ait agressée, un détraqué ? Il l'aurait volée ou... ou violée ou juste assassinée comme ça, sans raison, sur une impulsion. Ça arrive, parfois, non ?

On ne peut l'écarter.

Donc vous avez des doutes ?

Non. Je reconnais simplement qu'on ne peut pas l'exclure formellement. Nous sommes des êtres humains, on travaille avec des informations lacunaires – je pourrais me tromper. On ne peut l'exclure. Mais ça ne revient pas à dire que je doute.

Mais c'est absurde. Vous l'avez dit vous-même : vous en êtes sûr. Et maintenant vous nous dites qu'il se peut que vous vous trompiez.

On peut toujours se tromper. Mon travail exige néanmoins que je prenne des décisions. Je ne suis pas un avocat qui fait appel ou un journaliste qui déboule longtemps après les faits ; je n'ai pas le bénéfice du recul ni de nouveaux éléments de preuve. Je dois arrêter ma décision en me fondant sur les informations imparfaites dont je dispose devant moi. Quand bien même je prendrais la bonne décision, la décision raisonnable, il pourrait s'avérer un jour que j'aie eu tort. Mon travail est d'accepter cette possibilité et de prendre des décisions en dépit de cela. On ne peut pas faire autrement. Quelqu'un doit trancher. Et pour l'heure, cette personne, c'est moi.

Et pour mon père, votre avis est fait.

Oui.

Dan Larkin a tué ma mère ?

Selon moi, oui. Je suis désolé.

Je me renfonce dans mon siège, un peu sonné.

Alex dit : Je crois que nous ne devons pas perdre de vue que papa aussi a des droits. Je n'accepte pas qu'on parte du principe qu'il l'a fait. C'est notre père, Jeff, c'est aussi le tien. Tu lui dois au moins ça.

Je lui dois ? Et qu'est-ce que je lui devrais ?

La loyauté. La reconnaissance.

La reconnaissance ! Pour avoir tué ma mère ?

Pour ta vie. Pour t'avoir mis au monde.

Écoute, Alex, commence pas.

Kate dit : Alex, tu crois pas que tout ça, Jeff le doit aussi à sa mère ?

Si. Bien sûr que si, tante Kate. Tu vois ce que je veux dire.

Non je vois pas. Que veux-tu dire, Alex ?

Écoute, on sait tous... désolé, mais on sait tous que papa et Jeff s'entendent pas bien. Tu as mis trois mille kilomètres entre toi et lui.

Et trois mille kilomètres entre toi et moi.

Tante Kate dit : Ça suffit.

Jeff, je n'ai aucune envie qu'on se dispute. Je dis juste que tu dois faire preuve de justice envers lui aussi. Rien de plus.

C'est ce que je fais. Tu l'as entendu à l'instant, le procureur pense que Dan Larkin a tué sa femme.

Et toi tu décides de pas en tenir compte, et c'est à moi que tu viens faire des reproches à la place.

J'ai entendu le procureur exprimer une opinion. Eh bien, moi aussi j'en ai une, d'opinion. Je ne suis pas d'accord avec lui. « Dan Larkin a tué sa femme » ? Non, mais tu t'entends ? Qui parle comme ça ? Ce sont tes parents dont tu parles, là ?

Bon, intervient Kate, peu importe. Aucune de nos opinions n'a d'importance, n'est-ce pas, monsieur Leary ? Ce qu'on veut, ça ne compte pas. La décision vous appartient, à vous et à vous seul.

Cela compte. J'écoute toujours ce que votre famille a à dire, je le considère avec attention et ça compte énormément. Mais oui, au final, la décision me revient.

Et votre décision est prise. Vous n'allez pas inculper Dan pour avoir tué ma sœur.

Je ne suis pas en mesure de le faire. Je regrette.

Vous ne cessez de répéter ça, je regrette. Cela a-t-il le moindre sens, que vous regrettiez ? Vous ne regrettez pas suffisamment pour inculper l'homme dont vous êtes absolument certain qu'il a tué ma sœur.

Le procureur acquiesce sans piper mot.

Et si je vous dis, en tant que sœur de Jane, que je préférerais prendre le risque d'un non-lieu, que je préférerais le voir jugé pour ce qu'il a fait à ma sœur, même si ça fait long feu, plutôt qu'il s'en tire sans même être inquiété par la justice ?

Je regrette, je ne peux pas faire ça. Si nous l'inculpons et qu'il s'en tire, alors tout est fini. On n'aura pas de seconde chance. Je ne peux pas la gâcher si on a la moindre possibilité de le faire condamner. Sans compter qu'il en va de mon devoir professionnel de ne pas procéder à une mise en examen en l'absence de preuves.

Alex dit : Tante Kate, il n'a pas le choix.

Tante Kate lui fait des yeux ronds, enregistrant sa trahison, mais résolue à ne pas se laisser distraire pour autant.

Qu'est-ce qu'on est censé faire, alors ? Ma sœur est morte. Qu'est-ce que je suis censée faire ?

Le procureur secoue patiemment la tête, compréhensif, mais sans transiger pour autant :

Rien. Il n'y a rien que l'on puisse faire, hormis attendre en espérant une nouvelle brèche.

*
* *

Encore quelques annonces et la réunion avec le procureur prend fin. La dépouille de maman va nous être rendue pour les funérailles, apprend-on. Plus tard dans la journée, le procureur doit publier un communiqué de presse rendant publique sa décision. On nous intime de ne pas trop parler aux journalistes, si l'on nous contacte, afin de ne pas compromettre une hypothétique mise en examen dans un avenir brumeux.

Nous acceptons toutes ces informations dans un silence soumis de vaincus. Poignées de main embarrassées en tous sens.

À tante Kate, le procureur redit une dernière fois : Je sais que vous êtes déçue. Mais j'ai bon espoir qu'avec le temps vous compreniez ma position. Nous sommes du même bord, vous savez.

Elle lui concède un sourire indulgent, de ceux que les adultes réservent aux enfants.

Kate dit : Pouvons-nous emprunter la salle quelques minutes avant de partir ? J'aimerais avoir un temps en famille. Ce n'est pas une étape anodine.

Bien entendu.

Le procureur et ses adjoints s'éclipsent.

Leur emboîtant le pas, Glover dit à Miranda : Je te retrouve plus tard.

Mimi lui prend la main et le remercie d'avoir fait le déplacement. Attendant que Miranda lui libère la main, sous nos regards à tous, Glover semble pétrifié.

Tante Kate observe cette interaction avec curiosité.

Miranda, c'est toi qui lui as demandé de venir ?

Oui.

Pourquoi ?

Parce que c'est un ami.

C'est un inspecteur de police ?

Oui. Mais je voulais qu'il soit présent. Il connaît cette affaire sur le bout des doigts.

Miranda a le chic pour paraître plus naïve qu'elle l'est.

Kate dit à Glover : Vous restez.

Elle ferme la porte et se rassied.

Inspecteur… comment est-ce, déjà ?

Glover. Tom. Tom Glover.

Qu'est-ce qu'on fait, maintenant, inspecteur Glover ?

Eh bien, euh, en gros, il vient de le dire : vous n'êtes pas en mesure de faire quoi que ce soit.

Je m'y refuse.

Pourtant c'est comme ça. C'est lui qui décide. C'est comme ça que le système fonctionne.

Alors il faut changer de système. On doit le faire changer d'avis, non ?

Alex maugrée : Tante Kate, avec tout le respect que je te dois, de quoi on parle, là ? Tu as entendu le procureur, on manque de preuves. C'est tout. Il faut lâcher l'affaire.

Non. Je refuse. Il s'agit de ma sœur.

Et de ma mère. Et, indéniablement, de mon père également. Je ne devrais pas avoir à le répéter : il a des droits, on doit en tenir compte.

Alex, je t'aime, je t'ai toujours aimé et je t'aimerai jusqu'à ta mort. Mais je ne peux pas fermer les yeux. Ne me demande pas ça.

Je ne te demande pas de fermer les yeux, je te demande d'accepter la réalité. Il arrive un stade où l'on doit passer à autre chose. Pour notre bien à tous. Combien de temps ça va encore durer, cette affaire ?

C'est ça que vous vous dites, les enfants ? Jeff ? Miranda ? Qu'il est temps de passer à autre chose ? C'est ce que vous voulez ?

Mimi a la tête baissée.

Kate : On pense qu'il est coupable, oui ou non ? C'est pas ça, la question essentielle ?

Je dis : Je ne sais pas. Je ne sais rien.

Et c'est la vérité : mes pensées tourbillonnent. Je ne sais sincèrement plus que croire. Surtout, ce qui m'ennuie, c'est qu'on me force à y penser, qu'on me force à me frotter à ce sujet pénible, à penser tout court. Ce que je veux, au fond de moi, c'est être à San Francisco, loin, très loin, avec une bière et un joint et la tête aussi vide et légère qu'un ballon à l'hélium du défilé de Macy's.

Miranda relève la nuque et déclare : Je crois que oui.

Elle fait un tour de table, jaugeant nos réactions, mais personne ne réagit plus que ça.

Tante Kate dit : Bon, ça nous fait deux « coupable », un « non coupable », un qui doute.

Il y a d'autres personnes dans la pièce, bien sûr, les pièces rapportées et Glover. Mais ils n'ont pas voix au chapitre.

Alex fait la tronche : Comprenons-nous bien, je n'ai pas dit « non coupable ». J'ai dit qu'il avait droit au bénéfice du doute, comme n'importe qui. Les procédures sont importantes. On doit les respecter.

Tante Kate : D'accord, alors deux « coupable », *zéro* « non coupable ». Inspecteur, qu'est-ce qu'on peut faire ? Il faut que cette affaire soit jugée. Comment on peut obtenir ça ?

Je ne sais pas.

Il doit y avoir un moyen.

Glover : Trouver plus de preuves.

On a attendu dix-huit ans. Peu probable que de nouvelles preuves surgissent maintenant. Alors quoi ? Réfléchissez. À qui peut-on s'adresser ?

Il n'y a plus personne à qui parler. Comme je l'ai dit, c'est le procureur qui décide.

Il doit bien y avoir quelqu'un au-dessus de lui. À qui peut-on en référer ? Qui a le pouvoir de l'obliger à lancer les poursuites ?

Le ministre de la Justice et le gouverneur. Je vous souhaite bonne chance.

Qui pourrait le persuader, alors ? Qui écouterait-il ?

Je ne sais pas. Peut-être George Bailis ?

Ah, enfin un nom. Super. C'est qui, George Bailis ?

Un avocat. Au tout début de l'affaire, il était le bras droit du procureur. Le procureur était âgé et malade. Bailis était le petit prodige. Rien ne se passait sans son consentement. C'est lui qui a décidé de ne pas poursuivre, en premier lieu, il y a vingt ans de cela.

Comment le savez-vous ?

J'étais dans la salle. Je ne l'ai pas quitté des yeux.

Et pour quelle raison le procureur écouterait-il George Bailis ?

Parce qu'il a régné sur cette administration pendant des lustres. C'est le pape, ici.

Et où le trouve-t-on ? Au Vatican ?

Aucune idée.

S'il est avocat, il devrait pas être si compliqué à trouver. Ces gens-là n'ont pas coutume de se cacher.

Kate se lève et attrape un annuaire professionnel sur une étagère, dans un coin de la pièce.

Alex dit : Tante Kate, c'est une mauvaise idée. Je ne suis pas d'accord avec ça.

Alex, si tu veux pas participer à ça, je comprends, mon chéri. Mais c'était ma sœur. Tant qu'il reste quelque chose à tenter, je ne vais pas me priver.

*

* *

Bailis a ses bureaux en ville, dans une ruelle sombre qui donne sur Franklin Street. Le bâtiment évoque un tombeau, avec sa façade de granit et son style d'avant guerre. Dans le hall, des grandes lettres dorées et ternes annoncent que l'on se trouve dans le Stratford Building, une prétention qui me donne envie d'embarquer ce vieil immeuble croulant dans un coin discret et de lui flanquer une balle.

Nous nous entassons dans un ascenseur étroit qui nous emmène en tressautant jusqu'au troisième étage. Par chance, seuls quatre d'entre nous sont venus : tante Kate, Miranda, Glover et moi, néanmoins nous sommes plaqués les uns contre les autres de manière pénible.

C'est confort, plaisante Mimi.

Elle a raison d'en rire. Toute cette excursion paraît bien peu sérieuse. Nous savons tous que c'est pour faire plaisir à tante Kate. Ma tante a la tête dure, mais elle se rendra bientôt à l'évidence, elle n'aura pas le choix. Le moment est venu d'enterrer Jane une bonne fois pour toutes.

Pour ma part, je suis déjà en train de prévoir les funérailles. Est-ce que le cercueil sera aux dimensions d'un adulte, auquel cas il sera presque entièrement vide ? Ou est-ce que ce sera une boîte à chaussures, largement suffisant pour le peu d'os qu'il reste ? Et les os, seront-ils noués entre eux ou enveloppés dans quelque chose pour éviter qu'ils s'entrechoquent ? L'un d'entre nous devra-t-il faire un discours ? Pas moi, j'espère. Vivement qu'on me mette dans mon avion, avec une vodka bien frappée, que je retrouve San Francisco et une amnésie cotonneuse et glacée. C'est tout ce que je demande.

Une fois dans les locaux de George M. Bailis et associés, je suis gagné par l'étrange sensation d'être dans un lieu ensorcelé. L'immeuble ténébreux, l'ascenseur d'un autre âge, le couloir plongé dans l'ombre – tout sonne comme un conte de fées, comme si on avait franchi une série de portes dissimulées et de passages secrets et atteint une caverne secrète. Le cabinet n'a rien de grandiose, en soi. De vieux bureaux au bois craquelé, un tapis oriental déformé, une reproduction d'une toile de second rang figurant un trois-mâts sur les flots. Tout est minuscule, miteux, une pâle copie de l'immense et impeccable cabinet de mon père.

Bailis vient promptement à notre rencontre. Ses jours d'enfant prodige sont loin derrière lui. C'est un homme mince d'allure sérieuse, avec une chevelure plus sel que poivre. Il porte des mocassins bruns, un costume gris et une cravate bon marché dont mon père ne voudrait même pas pour son enterrement.

Quand le policier Tom Glover explique la raison de notre venue, Bailis dit : Oui, bien sûr.

Quand tante Kate le remercie de nous recevoir, il dit : Je me souviens de votre nom.

Il semble qu'il nous attendait, toutes ces années. Je suis tenté de m'excuser de n'être pas venu plus tôt.

Bailis nous guide jusqu'à une salle de réunion qui donne, à travers un store vénitien, sur un puits d'aération. Là, impassible, il écoute Kate récapituler notre rendez-vous frustrant avec le procureur.

Mimi et moi échangeons déjà des regards : maintenant, c'est Bailis qui fait plaisir à Kate.

Quand elle en a terminé, l'avocat – le pape – demande : Qu'attendez-vous de moi ?

Glover demande si Bailis accepterait d'intervenir auprès du procureur, pour le pousser à reconsidérer sa décision.

Bailis répond : Ça ne servira à rien. Il n'écoutera pas. Il est trop timoré, il l'a toujours été.

Kate rétorque : Alors Dan va s'en tirer sans rien ? On ne peut rien faire ?

Bailis nous déroule les mêmes conseils juridiques élimés qu'on a entendus une heure plus tôt : si le procureur refuse de le mettre en examen pour ce meurtre, on ne peut rien faire. Seul le gouvernement a le pouvoir de l'inculper pour meurtre. Bla-bla-bla.

Tante Kate secoue la tête.

On la croirait au bord des larmes, chose que je n'ai jamais vue et que je ne pensais pas possible.

Bailis dit : Il existe une autre voie. Si vous êtes absolument déterminés, vous pourriez le poursuivre en justice.

Le poursuivre ? Pour le meurtre ?

Oui. Enfin, pour faute ayant entraîné la mort, techniquement. Pour le préjudice physique – la souffrance et la détresse psychologique – et moral – la perte d'un proche – que ça a constitué.

Le poursuivre pour obtenir des dommages et intérêts, vous voulez dire.

C'est exact. Mais l'argent n'est pas l'objectif. Le but, c'est d'obtenir de passer devant le tribunal. C'est une manière – la seule – d'établir la vérité devant une assemblée publique. De l'obliger à rendre des comptes.

Mais on n'a pas suffisamment de preuves.

Pour un crime au pénal, sans doute pas. Dans ces procès-là, le procureur doit apporter la preuve de la culpabilité au-delà de tout doute raisonnable. Au civil, la prépondérance de la preuve fait loi. Il suffit de passer la barre des cinquante pour cent.

Vous pensez qu'on pourrait le faire ?

Il faudrait que je jette un œil aux éléments de preuve, mais on est en droit de penser que si le procureur a hésité, à son niveau d'exigence, alors pour nous la décision doit être autrement plus simple. L'autre point positif, c'est qu'on pourrait alors mener notre propre enquête, rassembler nos éléments de preuve. On fait des découvertes, on appelle des témoins à la barre. On peut interroger M. Larkin sous serment. Si c'est ce que vous souhaitez.

Tante Kate : Je n'en avais jamais entendu parler.

Bailis hausse les épaules.

Elle nous regarde, Miranda et moi, assis en face d'elle. Faudrait que ce soit votre décision, les enfants, dit-elle. Vous avez déjà traversé tellement d'épreuves. Je ne vous forcerai pas la main.

Évidemment, une heure plus tôt, tante Kate était farouchement décidée à passer outre la volonté d'Alex. Apparemment, elle nous considère plus fragiles, Miranda et moi. Elle n'a pas tort. J'aimerais juste que ce ne soit pas si évident.

Bailis : J'ajouterai encore un point. Ça vous semblera atroce, mais vous avez le droit de savoir. Dans un dossier au civil tel que celui-ci, le meilleur plaignant, c'est le plus cabossé, celui qui a le plus souffert, qui inspire le plus d'empathie aux jurés. En l'espèce, les enfants sont une denrée de choix.

Tante Kate : Non. C'est moi qui devrais mener ce dossier.

Eh bien, de nouveau ça vous paraîtra atroce, mais c'est vrai : perdre sa mère vaut bien plus que perdre sa sœur.

Kate cligne les yeux, interdite.

Miranda : Tout ça est dément. Vous voulez qu'on attaque notre propre père ? Jeff et moi ? Vraiment ?

J'ajoute : C'est une mauvaise idée. Je ne suis même pas capable de garder une plante verte en vie, je doute d'être le candidat idéal.

Je ne veux pas que vous fassiez quoi que ce soit dont vous n'auriez pas envie, intervient Bailis. Je vous informe, factuellement, que le dossier est beaucoup moins solide sans vous deux.

Miranda secoue la tête.

Ça ne me paraît pas très judicieux, hésite tante Kate. Je ne suis pas à l'aise avec l'idée d'exposer les enfants sur le devant de la scène.

Dites, fait Miranda, j'ai pas envie d'être celle qui refuse si c'est ce que vous, vous voulez – tante Kate, si c'est ce que tu veux.

Et toi, qu'est-ce que tu veux, Miranda ?

Je pourrais le faire.

Je sais pas, ma puce. Je ne suis pas sûre que tu en sois capable. Je ne crois pas que je devrais te laisser.

Bailis se tourne vers moi : Et vous…

Jeff.

Jeff. Qu'en dites-vous ?

Je ne pense pas que je sois capable d'attaquer qui que ce soit, franchement, encore moins mon père.

OK.

Je n'y crois tout simplement pas.

OK.

À quoi ça servirait ? À obtenir de l'argent ? L'argent ne nous la ramènera pas, l'argent ne me rendra pas plus heureux.

C'est fort possible. Mais, une fois encore, il ne s'agit pas d'argent.

Vous n'arrêtez pas de dire ça : il ne s'agit pas d'argent. Mais si, il s'agit d'argent. C'est même la raison d'être d'un procès.

Pas pour moi. Écoutez, on utilise l'argent comme punition, parce qu'on n'a pas le choix. C'est la seule chose qu'on puisse lui prendre. C'est la seule forme de justice à notre portée. Le gouvernement garde le monopole sur les sévices corporels – le pouvoir d'embarquer les gens menottes aux poignets et de les enfermer. Alors on a recours aux outils qu'il nous reste. Ce n'est pas parfait, je vous le concède, mais c'est tout ce qu'on a.

Mais ça ne me paraît pas juste.

OK, j'entends. Sachez que je n'essaye pas de vous convaincre de quoi que ce soit. Mais laissez-moi vous poser une question, juste pour étancher ma curiosité. Que pensez-vous qu'il se soit passé, Jeff ? Que pensez-vous vraiment ?

Le procureur a dit qu'il était sûr que mon père était coupable.

Oui, mais vous ? En êtes-vous sûr ?

Je ne sais pas.

Il me semble pourtant que si, vous savez. Je me trompe ? Vous pouvez le dire, si c'est ce que vous ressentez.

Un ange passe.

Oui, je pense qu'il l'a probablement fait.

Vous en êtes sûr ?

Cinquante pour cent et des poussières.

Cinquante pour cent et des poussières, ça ne suffira pas. Il faut être sûr, sinon ça n'a aucun sens d'aller plus avant. C'est juste trop pénible. Vous devez être sûr.

Une autre pause.

Oui. Je suis sûr.

Dans ce cas, c'est un fardeau extrêmement lourd pour un jeune homme. C'est lourd à porter.

Vous n'avez pas le droit de me manipuler.

Je ne m'y risquerais pas. C'est juste que cette affaire me suit depuis trop longtemps.

Pas autant que moi.

Non, pas autant que vous. Bien sûr.

Et vous, que pensez-vous ? Que mon père l'a fait ?

Oui, il l'a fait.

À quel point en êtes-vous sûr ? Cinquante pour cent et des poussières ?

Laissez-moi vous présenter les choses autrement : j'ai fait une terrible erreur en refusant de procéder à une mise en examen il y a vingt ans.

Si vous l'aviez fait... ?

Il serait sous les verrous à Walpole, je vous le promets.

Donc aujourd'hui vous voulez réparer cette erreur. Votre erreur.

Il est trop tard pour réparer quoi que ce soit. On ne peut pas refaire le passé. Voilà bien une chose qu'on apprend en vieillissant. J'ai fait une erreur ; je dois vivre avec. Mais on peut peut-être faire en sorte d'améliorer un peu les choses. Pour tout le monde.

Avec de l'argent ?

Avec la vérité.

Mais vous garderez quand même l'argent.

Rien ne vous oblige à le garder, Jeff, si cela vous gêne. Vous pouvez le donner à une association si ça vous chante. Permettre qu'il en sorte quelque chose de bien.

Je ne saurais dire, sur le moment, si le grand George Bailis est juste un avocat véreux de plus ou s'il pense sincèrement ce qu'il dit.

Je lui déclare : Bon, pour parler franchement, tout ce que je touche foire, ces derniers temps. Je ne suis pas certain d'être armé pour supporter ça en ce moment.

Mimi me regarde avec un air si déçu que je dois détourner les yeux. C'est comme si elle m'avait vu comme le monde me voit, non comme un grand frère, mais comme le raté que je suis véritablement, et elle est dépitée, et moi aussi. J'ai toujours été satisfait de me décevoir, et ravi de décevoir les autres, mais la décevoir, elle, ça m'est insupportable.

Tante Kate, qu'est-ce que tu veux ?

Je veux que vous soyez en paix, les enfants.

Mais toi. Tu en attends quoi ?

Je veux qu'on me rende ma sœur, rien d'autre. (Kate lâche un long soupir résigné.) Mais comme ça, c'est impossible, je veux que l'homme qui lui a fait ça paie. D'une façon ou d'une autre. Si c'est pas en prison, alors peut-être que c'est la seule manière. Il faut qu'il y ait un prix à payer. Sinon c'est juste que – le monde est – tout est trop… injuste.

Ce qui a démarré comme une excursion hasardeuse dans un cabinet d'avocat pour faire plaisir à ma tante nous laisse tous anéantis.

Bailis conclut : Bon, ce que je propose, c'est que chacun y réfléchisse de son côté. C'est une décision majeure, je ne vous apprends rien. En attendant, je vous confie cette réflexion : il y a toujours une personne qui paie. Votre mère a payé, de manière patente, de sa vie. Mais depuis trop longtemps, vous payez, vous aussi. Oui, tous. Vous, Jeff. Votre sœur, toute votre famille. La question n'est pas de savoir si quelqu'un doit payer, mais qui. Vous ? Ou lui ?

*

* *

Dans les jours qui suivent la rencontre avec les avocats, Miranda glisse dans la dépression. Rien de bien grave au premier abord, juste une modulation un ton en dessous. Elle est taiseuse, sombre, maussade, exténuée. Moi, je bous à l'idée d'attaquer papa en justice, j'oscille entre fascination, terreur et euphorie, mais Miranda refuse d'en parler, au point de quitter la pièce si on aborde le sujet.

Je dors sur le canapé chez Miranda, dans son petit deux pièces de Somerville. À côté du canapé, sur ma valise ouverte, s'entassent toutes les affaires que j'ai amenées, plus un fouillis de draps et de couverture que je roule en boule chaque matin et balance sur la pile. Le lendemain de nos réunions, alors que la décision du procureur de ne pas poursuivre mon père s'étale en une du *Globe*, Miranda vient s'asseoir près de moi sur le canapé, au milieu de mon bazar.

Mimi, je peux faire quelque chose pour toi ?

Non.

Y a un traitement ou autre que tu peux prendre ?

Elle me décoche un regard sévère. Je me ridiculise.

Tu veux qu'on fasse ton truc de Rocky, là ?

Non.

Vas-y, fais-moi mal ! J'adore quand ça fait mal ! Allez, Adrian !

C'est pas grave, Jeff. Faut pas t'en faire, t'es pas obligé de tout réparer. Je suis juste un peu énervée, c'est tout.

Si, je m'inquiète.

Eh ben arrête.

Tu n'as pas envie d'aller mieux, Mimi ?

Non. J'ai juste envie de me sentir exactement comme ça.

OK. Désolé.

Comment tu peux ne pas être en colère, Jeff ? Je ne sais pas où on va, maintenant.

Le deuxième jour, Miranda s'est réfugiée dans son lit. Jusqu'à présent, je n'ai jamais vraiment compris à quoi ressemblaient les prémices des passages dépressifs de Miranda ; j'ai seulement assisté à la phase au fond du gouffre et, plus souvent, à ce qui suit, la lente guérison. Donc je ne peux pas déterminer avec certitude s'il s'agit de ça ou si, comme Miranda le répète, c'est juste un petit chagrin de rien, une réaction normale après une journée vraiment pénible. Mais les heures passent et sa détresse devient physique : elle a l'air tellement malade, son expression est vide et son épuisement est immense. Comme si elle combattait une infection – ce qu'elle fait, d'une certaine manière.

Je rôde autour d'elle autant qu'elle me le permet, mais elle finit par exiger que je la laisse seule.

Le deuxième soir, pris d'une angoisse frénétique, craignant qu'elle fasse une bêtise, je me glisse dans sa chambre et passe la nuit sur une chaise, au pied de son lit.

Le lendemain matin, je me réveille sur mon siège. J'ai la nuque endolorie, mes vertèbres protestent quand je tourne la tête.

Il est tôt.

Miranda dort sur le flanc, face à moi, étonnamment paisible.

Je lui murmure : Mimi, il faut que tu te sortes de tout ça. Je suis tout seul ici.

Elle ne cille pas.

Ce jour-là, elle ne quitte pas la chambre, sauf brièvement pour manger et aller aux toilettes. Elle fait une longue sieste dans l'après-midi et se rendort aussitôt après dîner. À quel moment dois-je appeler un médecin ? À quel moment dois-je aller à l'encontre du souhait de Mimi et demander de l'aide ?

Vers 22 heures, je vais voir où elle en est. Dans la chambre règne une odeur de maladie. Ce n'est pas la tristesse romantique qu'on voit dans les films. Ça ressemble davantage à une fièvre.

Miranda, tu veux manger quelque chose ? Je peux aller te chercher à manger.

Non.

Tu te sentirais mieux si tu mangeais. Tu dois avoir faim.

Pas de réponse.

Miranda, allez s'il te plaît, essaie au moins.

Pas de réponse.

Mimi, écoute-moi. Donne-moi quelque chose à faire sinon je vais péter les plombs.

Elle pose les yeux sur moi, comme si ça ne l'avait jamais effleurée que sa souffrance puisse affecter quelqu'un d'autre. Elle dit, peut-être pour me donner une mission : J'aimerais voir Jamie.

*
* *

Jamie répond au bout de quatre sonneries. Sa voix est instantanément reconnaissable, même cadence, même ton distinctif, un peu plus grave, plus dense. Une voix de femme adulte. Ma voix aussi a dû changer. La dernière fois que Jamie Bennett m'a entendu parler, j'avais 16 ans. Mais j'ai peur que ce qu'elle entende dans ma voix, ce ne soit pas la maturité, mais la défaite, l'échec, la compromission, la dispersion.

Au téléphone, on se parle à peine et nous nous gardons bien d'évoquer notre embarrassant passé. Il ne s'agit plus du tout de Jamie et moi ; Miranda la réclame, c'est tout ce qui compte, alors Jamie va venir.

Une demi-heure plus tard, elle est là – la voir me provoque toujours un petit frisson, bien sûr. À 30 ou 31 ans, elle est exactement telle que je l'imaginais. Transformée, mais quand même familière. Pas « splendide » comme l'avait juré Miranda, mais *correcte* d'une manière mystérieuse. Elle est le gabarit standard, l'étalon à partir duquel j'évalue les autres femmes, consciemment ou non. Le test est simple : où se situe-t-elle en comparaison ? Est-elle plus ou moins jolie, maligne, intelligente, gentille, etc. que Jamie Bennett ? Tel est le pouvoir d'un premier amour sur la durée : il est définitif, il vous marque à vie.

Jamie ne trahit guère d'émotion face à moi. Elle sourit, mais d'une façon polie et mesurée. Je fais partie d'un souvenir d'adolescence désagréable, je ne peux pas lui en vouloir.

Elle est contente de me voir, me dit-elle, elle me tapote l'épaule comme une tante bienveillante et me laisse là pour gagner la chambre de Miranda.

Elle s'assied au bord du matelas, près de ma sœur, passe sa main dans ses cheveux et dit : Alors ma puce, qu'est-ce qui s'est passé ?

Je referme la porte pour les laisser seules. Mon soulagement est déjà palpable, au sujet de ma sœur. Les secours sont là. Je ne sais pas ce dont ma sœur a besoin pour l'heure, mais une chose est claire : Jamie a ce qu'il lui faut, et pas moi.

*
* *

Une demi-heure plus tard, Jamie émerge, seule, de la chambre de Miranda et vient s'asseoir sur la chaise en face de moi. Elle se tient droite comme un i et me fixe.

Bon... dit-elle.

Bon.

Je suis affalé dans le canapé, où j'attendais en me gavant d'Oreo et de télé décérébrée. Je me redresse et éteins la télé d'un air coupable. Je veux être présent, sérieux. Aussi équilibré et adulte que semble l'être Jamie. Je veux me mettre à son niveau.

Comment va-t-elle ?

Ça va aller. Il faut du temps. Ça arrive. Tu as l'air crevé, Jeff. Comment vas-tu ?

Tu veux que je te parle de ces quinze derniers jours ou des quinze dernières années ?

Les deux.

Je vais mal, dans les deux cas.

Miranda dit que tu vas l'attaquer en justice.

On y réfléchit, oui.

Elle est pas sûre d'en être capable.

Elle l'est pas, ça se voit, non ?

Et toi, tu t'en sens capable ?

Je ne crois pas.

C'est compréhensible.

Ils veulent que je sois le principal requérant. Que j'occupe le devant de la scène. Mick Jagger.

Et toi, qu'est-ce que tu veux ?

Tu me connais : je ne suis pas Mick Jagger. Je suis le bassiste, le type dont personne se rappelle le nom.

Je me rappelle ton nom.

Ah oui ?

Bien sûr.

Tant mieux.

L'avocat doit t'en penser capable sinon il ne te l'aurait pas demandé.

D'après lui, en tant qu'enfant de la victime, mon dossier serait plus solide. J'ai subi le plus gros préjudice. J'ai gagné le gros lot : une mère morte.

Et qu'en dis-tu ?

J'en dis que j'ai une sœur qui est en crise depuis quarante-huit heures rien que d'y penser, et que j'ai un frère qui joue dans l'équipe adverse. Donc ça ne laisse guère que moi.

Personne ne te force à faire quoi que ce soit.

Non.

Donc une part de toi a envie de le faire.

Une part de moi pense qu'elle doit le faire.

Pourquoi ? Pourquoi ce serait obligatoire ?

Pour ma mère.

C'est ce qu'elle aurait voulu ?

Non. À vrai dire, c'est la dernière chose qu'elle aurait voulue. Elle aurait voulu qu'on s'entende tous bien. Qu'on forme une grande et belle famille.

Jamie grimace : *Raté, c'est trop tard.*

On peut parler d'autre chose, Jamie ?

Pourquoi ? Qu'est-ce qui pourrait être aussi important aujourd'hui ?

Parce que j'aime bien l'idée qu'un jour, peut-être, tu pourrais me regarder sans penser au meurtre.

OK. De quoi veux-tu qu'on parle, alors ?

Parle-moi un peu de toi. Qu'est-ce que tu fais dans la vie ?

Je suis assistante de direction.

Je ne sais même pas ce que ça veut dire.

Ça veut dire que je fais des commissions.

Ah ouais ? Et pour qui ?

Un type qui possède des galeries d'art.

Combien de galeries ?

Trois. Boston, Wellesley, Provincetown.

Il est homo ?

Pourquoi cette question ?

Tu connais la réputation de Provincetown.

Oh.

Et puis, je crois que ça me plairait qu'il soit gay.

Ah bon ?

Ouais, plutôt.

Ah. Merci. Eh oui, il est gay.

Tant mieux. C'est un bon patron ?

Ouh là non, c'est un tyran. Je crois qu'il m'a embauchée uniquement pour avoir quelqu'un sur qui se défouler.

Ça a l'air charmant. Tu habites où ?

À Brookline.

Avec ton mari.

J'en ai pas.

Tu voudrais ?

Non. J'ai assez d'un tyran dans ma vie.

T'as un fiancé ? Un copain ? Un chien ?

Non. Peut-être. Oui.

Peut-être un copain ?

Ça dépend, définis « copain ».

Envisages-tu cette personne comme ton copain ?

Hum. Je ne sais pas. Par moments.

Il est plus grand que moi ?

Tu veux une réponse sincère ?

Surtout pas.

Alors il est riquiqui.

Tu mens affreusement mal. Je le déteste déjà. Il ne te mérite pas.

Il se peut que tu aies raison sur ce point.

Tu as dit oui au chien ?

Ouais.

Raconte un peu. C'est quand même pas un petit roquet à la con ? Je déteste les chiens qui font la taille d'un hamster.

Il doit faire trente-cinq, quarante kilos.

Bien. Comment il s'appelle ?

Stanley.

T'as appelé ton chien Stanley ?

Il avait déjà ce nom quand je l'ai eu. La personne qui l'a appelé Stanley l'a aussi abandonné près d'un étang.

C'est quoi, comme chien ?

Un bâtard. Avec une bonne part de berger, je pense.

Et Stanley, il aime bien ton mec ?

Stanley aime tout le monde. C'est pas une flèche.

OK, imaginons : si ton mec était allergique aux chiens, tu virerais qui, le mec ou le chien ?

S'il était allergique aux chiens, il serait sans doute jamais devenu mon mec.

Tu as dit avant que c'était pas ton mec.

Je reprends juste ton terme.

OK, peu importe. Imagine que ça arrive du jour au lendemain, soudain le gars développe une allergie aux chiens.

C'est pas du tout réaliste.

Si, carrément. À Fresno, un homme a été percuté par un camion et quand il s'est réveillé, il était devenu allergique aux chiens.

Waouh. C'est véridique ? J'ai dû rater cette histoire.

C'est la vérité vraie.

D'ac. Si mon copain, qui n'est pas vraiment mon copain, était percuté par un camion à Fresno et qu'il se réveillait avec une mystérieuse allergie aux chiens, je le dégagerais sans hésiter.

Ah, ça m'étonne pas. T'aurais pas le choix. Parce que bon, qu'est-ce qu'il faisait à Fresno le gars ?

Exactement.

Je peux te poser une question ? Tu te souviens du jour où on a pris la voiture de ta mère ?

Bien sûr. Sauf que si je m'en souviens bien, c'est toi qui conduisais.

Tu m'avais forcé.

Jamais de la vie !

Tu m'y avais poussé.

C'est tellement faux. J'étais une victime sans défense.

J'adore ce souvenir. C'est un de mes préférés.

À moi aussi. Tu n'avais jamais peur, Jeff… de rien.

C'était du bluff.

Quelle différence ça fait ?

Je sais pas.

Miranda dit qu'on t'a brisé le cœur, là-bas.

Un peu.

Je suis désolée.

Elle ne m'aimait pas. C'est pas sa faute.

C'est très mature de ta part. Mais tu n'en as pas moins le cœur brisé.

Pas brisé. Juste un peu fendillé.

Ce n'est pas ce que dit Miranda.

Ah bon ? Et que dit-elle ?

Elle dit que tu n'es plus toi-même. Que tu bois trop, que tu dors jusqu'à midi.

Et c'est pas moi, ça ?

Tu n'étais pas comme ça, avant.

Non, tu as raison, mais ça c'était avant.

Faut pas plaisanter avec ça, Jeff.

Oh, je suis pas d'accord. Rien ne me fait autant rire que moi-même.

Eh bien pas moi.

Tout ça c'est trop, on est trop près de l'essentiel. Je n'ai qu'une hâte, c'est qu'on change de sujet.

Je lui demande :

Et ta mère, comment elle va ? Elle me hait toujours autant ?

Elle ne t'a jamais haï, tu le sais bien. Il ne s'agissait pas de toi.

Comment va-t-elle ?

Bien. Elle s'est remariée.

Elle a bien fait. De partir, de t'emmener.

Elle ne pouvait pas faire autrement.

Je sais. Je comprends. Elle a agi comme n'importe quelle mère l'aurait fait.

Ça n'avait rien à voir avec toi, Jeff.

Je sais. Pardon. Je n'aurais pas dû évoquer ce sujet.

Qu'est-ce que tu vas décider, pour le procès ?

Je n'en sais vraiment rien. Tu me conseilles quoi ?

Ce n'est pas à moi de dire. Il l'aura bien mérité, en tout cas.

Un blanc.

Bon, il se fait tard. Je ferais mieux d'y aller.

OK.

Nous nous levons tous les deux. Restons un long et pénible moment debout à nous dévisager.

Je demande : On se prend dans les bras ou on se serre la main ?

Les bras, sans hésiter.

Elle s'avance pour m'accorder une chaste accolade.

Je la serre contre moi, les mains à plat dans le bas de son dos, et appuie ma tête contre son épaule. Son corps est confortable, solide, épais. Et c'est irrépressible : ce que je veux, dans ce premier élan, c'est baiser avec Jamie Bennet aussi vite et aussi héroïquement que possible ; m'y perdre, m'y dissoudre, m'y oublier. Mais un sens du tragique infuse toute la scène (*Tu te souviens du jour où on a pris la voiture de ta mère ?*) et anesthésie ma libido débile. Mon désir ne m'a-t-il pas systématiquement induit en erreur ? (*Miranda dit qu'on t'a brisé le cœur, là-bas.*) Et progressivement mon désir reflue, se réduit à un pur concept, une pensée désérotisée, gérable, minuscule, et je suis heureux de le voir m'échapper. Ce qui demeure, ce que je veux alors, c'est simplement rester là, ma tête sur son épaule et son corps collé au mien, tant que possible, tant qu'elle m'y autorise. C'est tout ce que je veux. Me reposer là quelques instants.

Elle se penche vers moi, comme un arbre plie sous le vent. Ce qu'elle ressent, je n'en ai pas la moindre idée.

Puis le moment passe.

OK, Jeff, je crois que je ferais mieux d'y aller.

*

* *

Vers 16 heures, le lendemain, je suis de retour dans la salle d'attente du cabinet de George Bailis.

Sur la table basse devant moi sont disposés les exemplaires du *Massachusetts Lawyers Weekly* que je feuillette, étrangement fasciné, depuis deux bonnes heures.

Dans le couloir, on entend l'ascenseur grincer.

Sans autre information que ce bruit, la secrétaire, Donna, me fait signe : *C'est lui*. Donna et moi avons établi un petit pacte. Ça semble l'impressionner que j'aie attendu aussi longtemps pour voir son patron.

Quand Bailis fait son entrée, elle déclare : M. Larkin est ici, il vous attend.

Ah oui ?

Je me lève.

Pourquoi n'avez-vous pas téléphoné pour prendre rendez-vous ? Je ne vous aurais pas fait attendre.

Je n'ai pas vraiment réfléchi. Sinon je ne serais sans doute pas ici.

Bailis plisse le front. Avec son visage dévasté, son dos voûté et, au bout de son bras, cette mallette d'avocat rigide qui a connu des jours meilleurs, il paraît très âgé pour un type dans les 50 ans et quelques, ce qui doit être son âge si les calculs de Glover sont bons. Seul un bref éclat dans la pupille, une trace de vivacité, rappelle le petit prodige qui a marqué Glover.

Bon, fait-il, je suis content que vous n'ayez pas trop réfléchi alors. Venez, entrez.

La réceptionniste lui tend une pile de messages du standard sur des feuillets roses et, de l'autre main, propose de le débarrasser de sa mallette.

Il refuse les deux et me conduit directement à son bureau.

Là, il se laisse tomber dans son fauteuil, ouvre un tiroir de son bureau de manière à y caler son pied.

Asseyez-vous, Jeff. Vous êtes venu seul, cette fois ? Où est passé le reste de l'équipe ?

Ils ignorent que je suis ici.

Ah, très bien.

Je ne sais pas trop quoi leur dire. Je ne suis pas sûr de pouvoir supporter tout ça.

C'est compréhensible. C'est une étape importante.

Vous voyez, je n'arrête pas de me dire : et si on se trompe ? Et si on détruit la vie de mon père alors qu'on a tort ? Parce que ce procès va le détruire qu'on ait raison ou qu'on ait tort, n'est-ce pas ?

Probablement, oui.

Et ce sera moi le responsable, n'est-ce pas ?

En partie.

Vous pensez vraiment que mon père l'a fait ?

Oui. Je vous l'ai déjà dit.

Oui, mais, c'est ça qui m'échappe. Vous semblez tellement sûr. Comment faites-vous ?

J'examine les indices et je tranche. Que pourrais-je bien faire d'autre ?

C'est aussi ce qu'a dit le procureur. Je crois pas que je sois programmé pour ça. Pour juger les gens. Si on fait fausse route, je sais pas si je parviendrai à vivre avec. Avec la responsabilité.

Je ne vous envie pas. Vous êtes trop jeune pour devoir prendre une décision pareille.

C'est juste que je n'ai envie de blesser personne.

On peut traverser sans mal une vie entière sans jamais blesser personne, ni faire aucune erreur, ni jamais se tromper. Il suffit de ne pas agir. De ne rien faire. De laisser le monde exactement comme on l'a trouvé.

À ces mots, je ferme les paupières, me masse les sourcils. J'ai le cerveau noué.

Bailis contourne son bureau pour aller fermer la porte d'un geste plein de tact. Puis il revient s'asseoir à côté de moi, côté client. La pièce n'est pas gigantesque, nos genoux se touchent presque.

Je peux vous poser une question, Jeff ? Quelle relation entretenez-vous avec votre père ?

Actuellement ?

Actuellement.

Aucune.

C'est-à-dire ? Vous ne vous parlez pas du tout ?

Non, pas du tout.

Quand est-ce que vous lui avez parlé pour la dernière fois ?

Ça faisait des années, et puis je l'ai revu une fois il y a quelques jours. Je l'ai accusé.

Et qu'a-t-il dit ?

Il a dit que j'avais tort, qu'il n'avait rien fait. Il a insisté. Je ne lui ai pas reparlé depuis, je crois que je ne lui parlerai plus jamais.

Je suis désolé.

Ce n'est pas si grave.

Si, c'est grave. Quelle relation aimeriez-vous entretenir avec votre père ?

Qu'est-ce que ça peut faire ? Ça ne dépend pas de moi.

Et pourquoi pas ?

Parce que je ne peux pas le changer,

Pourquoi voudriez-vous le changer ? Pourquoi ne pas l'accepter tel qu'il est ?

Vous savez pourquoi.

Non, dites-moi.

À cause de ce qu'il a fait.

Il y a une minute encore vous ne saviez pas ce qu'il avait fait, vous doutiez.

Je ne doute pas, je… résiste. Je ne veux pas de ça. Je ne veux pas que ce soit vrai.

Je ne vous blâme pas, mon garçon.

Vous avez des enfants, monsieur Bailis ?

Une fille.

De quel âge ?

Trente-deux.

Vous êtes un bon père ?

Un père imparfait.

Un père qui tient la route ?

Je ne sais pas. J'essaie.

Je suis un fils imparfait.

Il n'en existe pas d'autre sorte, Jeff.

Ouais, mais tous ne portent pas plainte contre leur père. On déçoit son père, mais on ne l'attaque pas en justice. Et si je décide de ne pas continuer ? Qu'advient-il du dossier ?

J'imagine que les choses en restent là. Si les enfants s'opposent à la procédure, s'ils croient encore en leur père, il est peu probable qu'un jury aille à l'encontre de cela.

Mais nous ne nous y opposerions pas. Simplement, nous ne participerions pas.

Et comment le jury est-il censé voir la différence ?

Et ma tante Kate ? Elle a le droit de prendre un avocat, non ?

Oui, oui, sans doute. Elle a droit à un avocat, mais elle n'a aucun droit de m'avoir, moi. Et je ne défendrais pas ce dossier si je pensais que vous ou votre sœur ne le souhaitiez pas.

Est-ce une tentative pour me pousser à y aller ?

Bien au contraire. J'essaie de relâcher la pression. Tenez…

Il retourne à son bureau, farfouille dans les piles de papiers et en extirpe une pochette jaune pâle, qu'il me tend.

Tenez. Lisez cela. Voyez ce que vous en pensez. C'est mon dossier sur la… disparition de votre mère. J'ai conservé quelques rapports du bureau du procureur.

C'est légal ?

Je l'ignore. Il faudra que vous demandiez à un avocat.

Il m'adresse un clin d'œil.

Bien. Je vous raccompagne.

Et si je vois ce que tout le monde a raté… c'est possible ?

Non. Vous ne trouverez aucune réponse là-dedans, juste des faits. De vieux rapports de police, des photos, des comptes rendus des débats du jury. Quelques pièces éparses du puzzle, qui ne s'assemblent pas. Mais allez-y, lisez-le, ça vous aidera peut-être à prendre votre décision.

Je vous le rapporterai.

Gardez-le. Si vous décidez de ne pas lancer la procédure, alors je n'en aurai plus l'usage.

Mais vous l'avez conservé si longtemps.

Exactement. Il est sans doute temps qu'on passe tous à autre chose.

Je peux vous poser une question ? Vous connaissiez mon père, à l'époque ?

Bien sûr.

Vous avez déjà plaidé contre lui ?

Souvent, oui.

C'était un bon avocat, n'est-ce pas ?

C'était un excellent avocat.

Que pensiez-vous de lui, personnellement ?

C'était un excellent avocat.

Ah. C'est ce que je pensais. Pourquoi vous ne l'aimiez pas ?

Il était difficile. Mais c'est commun, chez les avocats.

Vous voulez dire que c'était un enfoiré.

Ça aussi c'est commun, chez les avocats.

Alors quel était le problème ?

Je ne lui faisais pas confiance.

Il vous a menti ?

Dans ce boulot, tout le monde ment.

Vous mentez ?

Et comment.

Non, vous ne mentez pas. Je n'en crois rien.

Bien sûr que je mens. Si j'ai un client dont je sais qu'il est coupable et que j'affirme devant la cour qu'il est innocent, je n'ai pas menti ?

Non. C'est comme quand on annonce un full au poker. C'est pas mentir, ce sont les règles du jeu.

Ce sont les règles du jeu. Exactement. C'est pour cela que je ne devrais pas dire du mal de lui.

OK, donc à l'époque, il a un peu menti. Ça ne signifie pas qu'il est coupable.

Non, en effet.

Vous l'en pensez capable.

Je pense que dans les circonstances adéquates, tout le monde est capable de tout.

Pas moi.

Vous vous sous-estimez.

Surestimez, vous voulez dire.

Bailis grimace, sourcils dressés, tête inclinée de côté. Peu importe. Il dit : Peut-être que vous surestimez votre père. Vous ne seriez pas le premier fils dans ce cas.

Arrivés à la salle d'attente, il me dit : Tenez-moi au courant de vos intentions. Quelle que soit votre décision, ce sera la bonne. Vous le saurez.

Le *Massachusetts Lawyers Weekly* se trouve toujours sur la table basse, là où je l'ai abandonné.

Je peux vous le prendre ?

Faites.

*

* *

Alex m'invite à faire une partie de golf à son club de Brookline. Ce n'était jamais arrivé. Je me moque du golf comme des country clubs ou, pour ce que ça vaut, d'Alex. Mais il m'est difficile de dire non à mon frère dont l'invitation ressemble à un ordre. Son *Tu veux faire un golf ?* a la même assurance tranquille qu'une grosse fortune disant à son chauffeur *Vous voudrez bien m'avancer la voiture ?*

J'y suis extraordinairement mal à l'aise. Le club est snob, les membres forment une armée d'héritiers grotesquement clichés. Et moi je suis là, avec mon pantalon informe et mes vieilles baskets.

Alex porte une tenue de golf impeccable, très près du corps. On dirait un immense acrobate.

Il fait lourd, ce matin-là, et personne ne transpire autant que moi sur le green, j'en suis certain.

Il va de soi que je ne fais pas le poids, face à Alex. Son jeu est spectaculaire. Avec son long corps et ses longs clubs, il ressemble à un moulin à vent qui générerait de l'énergie sans effort, de ses vastes moulinets nonchalants. Il maîtrise un coup, le *backspin*, qui fait qu'à l'arrivée, la balle, semblant planter ses griffes dans l'herbe, s'arrête illico. Moi, je ne sais pas jouer, et ce n'est pas un parcours adapté aux débutants : il est court, mais ardu, plein de fosses de sable, d'obstacles d'eau, de buttes, d'herbes hautes et de passages étroits. C'est exaspérant. C'est conçu pour. Même les passages de gazon sont bosselés et ondulent comme la surface de l'océan.

Je me débats avec les sept premiers trous, envoie cinq balles dans les bois, en perds deux. Un groupe de quatre nous colle au train et je stresse à l'idée de les ralentir. Alex et moi nous parlons à peine. Je me sens pitoyable.

Mais à hauteur du huitième trou survient un miracle. C'est un Par 3 avec un fairway incliné vers la droite. Une seule manière de le jouer, m'informe Alex, il faut taper la balle vers le coude du fairway, où le sentier tourne, et de là revenir vers le green. La chance des débutants me sourit : pour la première fois, je touche au but. Je n'y connais rien, mais au son magique du bois numéro 3 cognant le tee, je comprends ce qui attire les golfeurs ici : le petit plaisir de la balle bien frappée, le ravissement de voir l'arc qu'elle décrit vers son but. Le sentiment passager de justesse, de perfection – *oui !*

Grisé par mon petit succès, je baisse un peu la garde tandis que nous remontons dans la voiturette et roulons sur le green. Je me prends à imaginer qu'Alex et moi pouvons être de vrais frangins.

Et je lâche donc une de mes théories favorites :

On fait pas plus débile, comme sport. Non, mais franchement ? Tout ce temps passé à jouer, et pour quel résultat ? Maîtriser l'art de taper dans la baballe avec un bâton ? Ça t'avance à quoi, tu peux me le dire ? C'est pas une compétence facile à réutiliser. Pense à tout ce que tu aurais pu accomplir.

On peut dire ça de n'importe quel sport. Quel est l'intérêt de lancer un ballon dans un panier ? Ou de le faire passer par-dessus un filet ?

Oui, mais le golf est quand même particulièrement ridicule. C'est *tellement* chronophage.

Ouais, faut dire que t'as tellement mieux à faire, toi, Jeff. T'es tellement débordé.

C'est même pas un sport équilibré. Non, mais regarde-nous. On roule en voiturette, bon sang. On dirait des handicapés. T'appelles ça du sport ?

Tu dis ça parce que tu joues comme un pied.

Je joue comme un pied, ouais, mais je suis tout aussi nul en chirurgie cardiaque, je suis tout aussi nul au trombone, mais il me viendrait pas à l'idée de dire que c'est débile.

On arrive à ma balle. Ça a beau avoir été mon premier coup potable de la journée, je suis toujours dix mètres derrière la balle d'Alex, au bas mot.

T'es à perpète, dit Alex, en bon connard qu'il est.

Je n'ai pas la moindre idée du club que je dois utiliser pour tel ou tel coup, donc je dois interroger Alex : Je tape avec quoi ?

Fer 7.

Je sors le club de mon sac, qu'Alex a emprunté à un ami à lui parce que les siens sont beaucoup trop longs pour moi.

Et puis il y a les terrains. Non, mais quel gâchis immobilier. Tout cet espace foutu en l'air. Ça pourrait pas servir à autre chose ?

Non, Jeff, ça pourrait pas.

Ça avait sans doute un sens, à l'origine, en Écosse, vu que le pays ressemble à un terrain de golf géant. Y avait rien à construire, merde. Tu creusais trois petits trous et, *pif pouf*, tu l'avais, ton terrain de golf.

Tu n'as jamais mis les pieds en Écosse, Jeff. Allez, joue.

Les terrains de golf et les cimetières : le pire gâchis immobilier en Amérique.

Tu la frappes, ta balle ?

J'exécute donc quelques gestes golfesques. Je recule pour regarder le drapeau et visualise la trajectoire en arc de la balle. C'est une technique qu'Alex m'a confiée : Imagine-toi en train de réussir ton coup et le reste suivra. Je surplombe la balle et agite mon club. Je suis prêt. Puis – que s'est-il passé ? – je ne le suis plus. J'ai trop attendu. Le moment est passé, et maintenant je cogite trop : *Je peux faire un par. Le plus compliqué, c'est le drive. Si je parviens à atteindre le green. Réfléchis pas trop. Détends-toi…*

Je donne un coup sec avec le talon du club. La balle file mollement vers la gauche, pas plus de six mètres.

Je hais le golf, merde.

Ça demande de l'entraînement.

Je prends mon mulligan.

Tu peux pas prendre un mulligan. On joue, là.

Exactement, on joue. Tu connais le sens de ce verbe ?

Ça veut dire qu'il y a un gagnant et un perdant.

Non ! C'est pas du tout ce que ça veut dire. De toute façon, tu dois avoir douze coups d'avance.

Onze.

On s'en fout, Alex ! J'ai qu'à abandonner. C'est bon, t'as gagné. On peut jouer pour le plaisir, maintenant ?

Mais c'est quoi le but du jeu, alors ?

Ben justement ! Y en a pas. On joue pour jouer.

On joue pour gagner, c'est une compétition. Il y a toujours un but : c'est la vie.

La vie, c'est du golf ?

Nan, la vie c'est une compétition. C'est comme le golf. C'est une métaphore.

C'est pas une métaphore, putain ! Alex, on envoie une balle dans un trou à la con. Je vois pas ce qu'il y a de métaphorique là-dedans.

Hé, mais tu vois, c'est ça ton problème : tu veux que tout soit facile. Tu veux jamais bosser pour obtenir les choses. Elle est là, la métaphore.

Quoi ? Mais tu sais ce que c'est, une métaphore ?

Jeff, tu sais pourquoi les gens jouent au golf ?

Non, mais tu vas me le dire, pas vrai ?

Ils jouent au golf parce que ce n'est *pas* facile. Pour se lancer des défis. Ça, tu connais pas. Le jour où tu te lanceras un défi n'est pas arrivé.

Attends, tout ça parce que je suis nul au golf ?

Non, c'est pas juste le golf. Ici aussi, tu as des problèmes, et donc tu te barres à San Fran.

Personne ne dit San Fran.

Et quand tu vois que ça règle rien, tu bois et tu déconnes. Tu as 30 ans, Jeff – 30 ! – et t'en es où ? Toute ta vie est un mulligan. Un alibi sans fin. Le coup du mulligan, c'est une forme de mensonge pour échapper à ses responsabilités.

Je ne comprends pas un mot de ce que tu dis. Je veux juste recommencer ma frappe.

Laisse-moi te demander un truc : qu'est-ce que tu penses faire, avec cet avocat ? Attaquer papa ?

Quel est le rapport ?

Je me demande juste. Quel genre de personne porte plainte contre son propre père ?

Laisse-moi deviner : le genre de personne qui demande un mulligan ?

Je suis sérieux, Jeff.

OK, soyons sérieux alors. Que dis-tu de : le genre de personne dont le père a tué la mère ?

Oh, c'est tellement merdique. Ton petit discours naïf, moralisateur, mélodramatique et bien-pensant. T'y crois même pas toi-même.

J'y crois, si. Pas au côté naïf ni moralisateur.

Tu peux pas croire à ça. Ça n'a aucun sens. C'est complètement ridicule.

Pourquoi ?

Parce que c'est ton père. Tu percutes ou pas ?

Oui. Y a rien de compliqué là-dedans.

Alors comment t'as pu faire ça ? Ne serait-ce qu'y songer ? Tu vas faire exploser toute ma famille ? Mais qu'est-ce qui déconne, chez toi ?

C'est une question-piège ? Ce qui déconne, chez moi, c'est que j'ai une conscience.

Une conscience ?

T'en fais pas, j'essaie de m'en débarrasser.

C'est ça que tu te racontes ? Que c'est ta conscience ? Oh le pauvre petit.

Tu sais quoi, Alex ? J'ai compris, c'est bon. Et moi qui croyais que tu voulais jouer au golf. Mais que je suis con ! C'est pour ça que tu m'as amené ici, avoue ? Pour que je sois coincé sur le terrain et que tu puisses me tirer les vers du nez.

Non, je pensais qu'on pourrait en parler comme des adultes.

Comment as-tu pu t'imaginer ça ?

Jeff, si tu fais ça... je sais pas, moi. Si tu fais ça, il restera plus rien. Tu vas tout détruire, le peu qu'il nous reste. Il n'y aura plus de famille vers laquelle se tourner.

Parce que j'en ai une à l'heure qu'il est ?

Oui ! Je suis là, devant toi ! Je suis quoi ? Je suis ta famille.

C'est pas ton meilleur argument.

Et Miranda, t'en fais quoi ? Et papa ?

Et maman alors ? Ah non, *oups*.

Il grogna. C'est bon, Jeff, j'ai pigé. Il t'est arrivé un grand malheur, tu as perdu ta mère.

Je ne l'ai pas perdue. C'était pas un trousseau de clés.

Elle est morte, ça te va ? Ça a été une tragédie. Une saloperie de tragédie de bout en bout. Ça a été cruel, atroce. Et tu n'es pas le seul à en avoir souffert, tu sais. Mais c'était il y a longtemps, et on n'y changera rien. Le monde continue de tourner. On va faire quoi, après ?

Alors c'est tout, je l'oublie ?

Non, tu ne l'oublies pas. Mais simplement tu arrêtes de t'apitoyer sur ton sort. Tu vas pas passer ta vie dans la peau d'une victime ; lance-toi, construis quelque chose. Arrête d'en vouloir aux autres. Prends-toi en main. Sois un homme, bordel.

« Sois un homme » ? Sérieux ? Tu te crois dans les vestiaires avant un match contre Yale ?

Non, comme dans : sois un homme. Ta famille a besoin de toi. T'es plus un enfant.

Je commence à avoir l'impression que tu ne vas pas m'accorder ce mulligan.

Jeff, ça suffit, d'accord ? Si tu veux pas le faire pour toi, fais-le pour Miranda. Elle a besoin de toi. Faut que tu l'aides, pas que tu l'entraînes dans ta chute. Tu dois aider ta famille. Aider ta famille.

Aider papa, tu veux dire.

Oui, aider ton père. C'est si fou ?

Oui, parfaitement fou.

Jeff, je vais te dire comment je conçois les choses. Je veux que la situation s'améliore, pas qu'elle empire. Ça va pas plus loin.

C'est tout ? C'est ça ta grande idée ?

Oui. Je veux voir la famille de nouveau réunie, au moins un peu.

Alex, c'est pas du tout réaliste.

Bien sûr que si.

Toute la famille est anéantie. Tout le monde, excepté toi.

Alors, soigne-toi ! Change ! Essaie, au moins.

J'essaie, Alex. Crois-moi, je fais des efforts.

Tu es sûr ? Et ça améliore les choses ? Si la réponse est non, pourquoi ?

Visiblement, il y croit lui aussi. Aux yeux d'Alex, rien n'est impossible. Et pourquoi pas, en effet ? A-t-il jamais échoué dans ce qu'il entreprenait ? Imagine-toi en train de réussir et le reste suivra. Qui suis-je, pour dire qu'il a tort ?

Alex, c'est des mensonges. Tu fais tout un fromage pour un mulligan...

Oh lâche-moi avec ton mulligan, je m'en fous.

... mais pour *ça*, tu es disposé à détourner le regard ? Je te comprends pas.

Je ne détourne pas le regard, Jeff. J'essaie juste de t'éviter de faire une connerie monumentale. Point barre.

*
* *

Après la décision du procureur de ne pas poursuivre, il faut attendre presque une semaine avant que la dépouille nous soit rendue. Tante Kate et mon père se disputent des jours et des jours pour déterminer qui organisera les funérailles – qui aura la main sur les os – jusqu'à ce que mon père cède et autorise Kate à organiser une brève cérémonie autour de la tombe, réservée à la famille et donc sans publier d'avis pour ne pas attirer les curieux. Sa haine de mon père est totale. Lorsqu'il déclare à un journaliste du *Globe* que le procureur l'a blanchi du crime – en appelant au bon vieux *Et comment faire, maintenant, pour retrouver ma réputation ?* – tante Kate appelle ledit journaliste pour rétablir les faits : le procureur n'a rien dit de tel, la famille le tient toujours pour le meurtrier de Jane Larkin. Elle semble le narguer, le défier de l'attaquer pour diffamation. Papa a raison, néanmoins, quand il affirme n'avoir pas été mis en examen, il a donc en théorie son mot à dire sur l'enterrement de son épouse (ou réenterrement). En fin de compte, il laissera Kate décider de tout, mais on ne l'empêchera pas d'y assister.

C'est ainsi que par une chaude matinée de juillet, notre petite famille se trouve rassemblée autour d'une pierre tombale, à West Roxbury. Mimi et moi. Alex, sa femme et leurs enfants. Tante Kate et oncle Stephen. Neuf personnes, voilà tout ce qu'il reste.

Un cercueil de taille classique est suspendu sur d'épaisses lanières au-dessus de la tombe ouverte, entouré d'un tissu dissimulant la cavité à nos yeux.

Une dizaine de chaises pliantes.

Un employé des pompes funèbres se tient debout, près de la tombe. Dégarni, le teint rosé, costume sombre. Un alcoolique, j'imagine, mais qui lui en tiendrait rigueur ? Il a bien voulu se charger de réciter quelques phrases de circonstance, nous délivrant de l'obligation de parler.

Papa est le dernier à arriver. Je le soupçonne d'avoir voulu minimiser son temps de présence, surtout auprès de tante Kate. Il s'approche de nous d'une démarche d'une dignité théâtrale, un homme avec un rôle d'endeuillé à tenir, mais également rien à cacher. Il porte un costume sur mesure anthracite. Il faut lui reconnaître cela : ce type sait s'habiller. Malgré la chaleur, il a boutonné sa veste. Je suis de nouveau frappé de voir sa chevelure si grise, bien que je l'aie vu il y a quelques semaines à peine. De le voir si beau, le genre de personne dont on se dit, en le croisant sur le trottoir : *Ce doit être quelqu'un d'important*. Frappé, aussi, du peu de sentiments qu'il m'inspire. Ni amour, ni haine, ni colère, ni rien du tout. C'est juste quelqu'un que j'ai connu avant.

Seul parmi nous, Alex va à sa rencontre pour le saluer. Une poignée de main, puis une accolade d'homme, juste avec les épaules. Aucun des deux n'est tactile. Leur disparité de stature rend la chose plus bancale encore.

Après la partie facile, papa vient se planter gauchement devant Mimi et moi.

Il me tend la main. Il sait que c'est sans danger, que je ne vais pas le mettre en difficulté. On entend beaucoup cette phrase, ces derniers temps, dans la presse : le président Clinton serait « hostile au conflit ». On peut en dire autant de moi, et j'accepte la poignée de main consciencieusement. Ce que je peux me détester, dans ce genre de moment.

Après moi, vient l'opération plus délicate consistant à dire bonjour à Miranda. Papa reste un moment en face d'elle, à l'observer, comme si c'était un coffre-fort dont il fallait trouver la combinaison ou un engin explosif à déminer. Il dit : Bonjour, Mimi.

Bonjour.

Pas *Bonjour, papa*. Juste *Bonjour*.

Il pose une main sur chacun de ses bras, une sorte d'accolade pudique, je suppose, mais dans les faits ça ressemble davantage à une prise de catch. Sans la lâcher, il l'embrasse sur la joue.

Elle se dérobe à ce baiser, mais juste un peu, et sans enthousiasme. Quand c'est fini, Mimi a les yeux qui brillent.

Chérie, dit-il.

Tante Kate lui dit : Dan, écarte-toi d'elle, tu veux ?

Papa, laisse-la tranquille, je t'en prie.

Papa se tend, mais va se placer au côté d'Alex.

Le type des pompes funèbres dit quelques mots pour nous accueillir et nous expliquer qu'il comprend que la famille souhaite que la cérémonie soit aussi brève que possible. Il sait que nous ne sommes pas croyants, mais à la demande de tante Kate, il lira un unique passage de la Bible. Tiré des Proverbes, nous dit-il tout en ouvrant un exemplaire à la couverture souple.

Qui peut trouver une femme vertueuse ? Elle a bien plus de valeur que les perles.

Le cœur de son mari a confiance en elle, Et les produits ne lui feront pas défaut.

Elle lui fait du bien, et non du mal, Tous les jours de sa vie.

Le passage s'étire longuement, litanie des accomplissements de cette femme vertueuse :

Elle se procure de la laine et du lin [...]

Elle se lève lorsqu'il est encore nuit [...]

Elle veille sur ce qui se passe dans sa maison [...]

Ses fils se lèvent, et la disent heureuse [...]

Tout ce temps, Kate ne quitte pas papa des yeux.

Lorsque le croque-mort, ayant fini de pérorer – *Récompensez-la du fruit de son travail, Et qu'aux portes ses œuvres la louent* –, lève les yeux, il trouve l'assemblée estomaquée. Prenant notre choc pour l'expression de notre peine, il murmure à notre place : Amen.

Puis demande : Quelqu'un souhaite-t-il dire quelques mots ?

Tante Kate vient le rejoindre. Elle porte un tailleur noir et a noué un foulard blanc au creux de sa gorge, comme un col romain, et a l'air d'autant plus solennelle, plus légitime du fait de ce voisinage. Kate a beaucoup maigri avec les années, elle dégage quelque chose de dur et de puritain.

D'une voix posée, tout en contrôle, elle dit : Je comptais vous parler de ma sœur. J'avais écrit toutes ces… remarques. Je n'ai pas fermé l'œil de la nuit, espérant trouver le ton juste. Je voulais me souvenir d'elle. Et être avec elle, d'une certaine manière, l'espace d'une minute. Elle était belle, elle était malicieuse, elle était marrante, elle était tendre, c'était quelqu'un de bien. Je voulais que l'on chérisse le souvenir de ma sœur ici, tous ensemble. En famille.

Un temps.

Mais Dan, Dan. En venant ici, tu profanes ce moment, Dan. Ta présence ici est obscène. Monstrueuse.

Miranda souffle : Oh mon Dieu.

Tu es venu ici pour l'enterrer, Dan ? Pourquoi tu prends pas une pelle ? Ça ne serait pas la première fois.

Oncle Stephen dit : Kate, arrête. Ce n'est pas le moment. Ça suffit.

Mais Kate n'a aucunement l'intention d'en rester là.

Que signifie cette expression sur ton visage, Dan ? Qu'est-ce que ça veut dire ?

Tante Kate, je t'en prie, arrête.

Tu vas enfin me dire pourquoi, Dan. Pourquoi tu as fait ça.

Papa regarde vers la droite, comme s'il préférait épargner à Kate la honte d'être vue dans cet état.

Parce que je suis capable de vivre sans ma sœur, je crois. Je l'ai fait suffisamment longtemps. Mais pour l'amour du ciel, Dan, je ne peux pas vivre sans savoir pourquoi.

S'ensuit une longue plage de silence. Les bruits de la ville, comme des applaudissements au loin.

Elle a été si bonne, avec toi, Dan. Elle t'a tout donné. Et tu as tout pris. Jusqu'à ses ossements. Ai-je tort ?

Je n'en ai rien fait.

Si, tu l'as fait. Oh que si, tu l'as fait.

Non.

Pourquoi es-tu venu, Dan ? À quoi ça rime, d'être ici ?

C'est comme toi : je l'aimais. C'était mon épouse. Je l'ai perdue, moi aussi, Kate.

Tu n'as rien à faire ici. Tu ferais mieux de partir.

Non.

Kate a la bouche entrouverte, tendue au point qu'on voit à peine la pointe de ses dents dans son visage squelettique.

Dans ce cas, je vais m'en aller. C'est au-delà de mes forces. Les enfants, je regrette. Je regrette tellement.

Miranda supplie : Tante Kate…

Mais Kate a déjà tourné les talons. Tête baissée, comme si le sol était inégal et qu'elle risquait de trébucher si elle relevait la nuque.

Après un instant d'hésitation, oncle Stephen se précipite à sa suite, sans un mot.

Tandis que je les observe s'éloigner, j'entends mon père dire : J'aimerais dire quelque chose.

Miranda : Oh mon Dieu, non, pitié abstiens-toi.

Papa, soulignant ses propos de petits gestes de ses bras mûrement répétés après des années de tribunal : Je suis désolé que vous ayez entendu de telles paroles, les enfants. Votre tante Kate est très en colère, apparemment, je ne lui en tiens pas rigueur. Chacun est libre de dire ce qu'il veut. J'aimais beaucoup votre mère. Beaucoup. Et elle me manque terriblement. Rien ni personne ne doit jamais vous laisser penser qu'il en va autrement.

Et ça s'arrête là. C'est tout ce que Dan Larkin a à dire à propos de sa femme, après dix-sept ans de mariage et dix-huit ans de deuil. Il n'a pas davantage de chagrin ou de souvenirs à convoquer. *J'aimais beaucoup votre mère.*

Alex dit : On sait, papa.

Mimi et moi ne disons rien. Il n'y a rien à ajouter de toute façon.

Le type des pompes funèbres, avec un sens du macabre exquis, prend sa voix de prêtre réconfortante – comme s'il ne s'était rien passé de tordu – et déclare : La cérémonie est close. Si des membres de la famille souhaitent assister à la mise en terre du cercueil, ils sont les bienvenus. Sinon, la cérémonie est terminée.

Je dis : Je vais rester.

Miranda marmonne dans la manche de ma veste : Fais-le partir, s'il te plaît, Jeff.

Papa, tu dois y aller.

Mon père fait alors un pas en direction de Miranda, sans doute pour la consoler. Il s'agit de sa fille, après tout. Il dit : Miranda.

Casse ! Toi ! ordonne-t-elle.

Papa, vas-y.

Casse-toi ! Mais qu'est-ce qui cloche chez toi ?

Quelque chose, dans la voix grimpée dans les aigus de Miranda, semble l'atteindre un peu.

Sa posture inébranlable se défait, ses épaules s'arrondissent, s'avachissent légèrement.

OK, je suis désolé. Je ne voulais pas...

Il fait volte-face et s'en va. Je ne peux qu'espérer que tante Kate a déjà quitté le parking sinon on risque d'avoir un second enterrement avant la fin de la journée. Qui sait, on aura peut-être un prix de gros.

La femme d'Alex, Laurel Marcus-mais-pas-Larkin, dit : On ferait mieux de ramener les enfants à la maison. Ce n'est pas un spectacle pour eux.

Elle jette un regard appuyé au cercueil et Alex opine.

Moi non plus, je n'ai pas envie d'assister à ça, ajoute Miranda.

Moi si.

Pourquoi, Jeff ? C'est glauque.

Je sais pas, Mim. Je sens juste que j'ai envie de le faire. Ça va aller. Va m'attendre près de la voiture. Je te rejoins.

Une fois seuls avec le cercueil, le croque-mort et moi, un quarteron d'hommes en noir munis de pelles se signale, dans l'ombre d'un arbre non loin, ne sachant trop si leur heure est venue. Il leur fait signe d'approcher. Ils évitent de croiser mon regard et de me parler. Leurs gestes sont rapides et efficaces. On retire le drap entourant le cercueil, qu'on dépose dans l'herbe, près d'un monticule de terre impeccable recouvert d'une bâche. Des manivelles sont attachées aux lanières qui soutiennent le cercueil. On les fait tourner et le cercueil entame sa descente. Puis on dégage les lanières de dessous et on les remonte.

Les hommes ôtent la bâche et, évitant mon regard, commencent à reboucher le trou qu'ils ont creusé quelques heures plus tôt. La terre et les cailloux résonnent sur le bois du cercueil. Puis le son s'adoucit, s'assourdit, la terre tombant sur la terre, tandis que le cercueil disparaît peu à peu.

Je m'avance et tends la main vers la pelle que tient un des fossoyeurs. Je peux ?

Il hésite, indécis.

C'est bon, j'affirme.

Il me cède la pelle. Il a les doigts tout terreux.

Les autres s'écartent pour me laisser œuvrer. Ils n'arrivent pas à déterminer si je souhaite qu'ils m'aident, alors je leur adresse un petit geste et dis : C'est bon, je m'en occupe.

La tâche n'est pas difficile. Il n'a pas beaucoup plu dernièrement ; la terre est sèche. Souple, légère. Ça fait du bien de bouger, d'être actif. Bizarrement, la tâche n'a rien de triste. Je me sens productif, utile, pragmatique. Combler ce trou se révèle satisfaisant. Je m'y emploie avec soin, répartis la terre de manière équitable ; je ne voudrais pas foirer ça comme je foire tout le reste. Je n'ai pas été aussi près de ma mère depuis bientôt dix-huit ans – en tout, j'aurai passé plus d'années sans elle, qu'avec elle. Depuis tout ce temps, c'est la première fois que je fais quelque chose pour elle, et j'ai le sentiment d'être utile, d'être un bon fils, comme si je lui avais filé un coup de main en cuisine toutes ces années.

J'ai eu une mère, autrefois. Comme c'est étrange. Je voudrais pouvoir passer un moment avec elle, comme l'a dit tante Kate. Juste quelques minutes auprès d'elle. Je voudrais entendre sa voix. Je voudrais être à la hauteur, avec elle. Non pas pour elle (ça ne l'affecte plus depuis longtemps), mais pour moi. Je voudrais retourner à l'endroit où j'ai fait une sortie de route et reprendre la bonne direction.

*

* *

Dans l'après-midi, toujours vêtu du costume et de la cravate que je portais au cimetière, je vais en ville pour rendre à M. Bailis son dossier et lui dire que je suis partant.

Il se présente à l'accueil. Son col de chemise est de traviole. Sa ceinture trop serrée fait bouffer son pantalon. Vit-il seul ? N'y a-t-il pas une épouse pour arranger son col, s'inquiéter de sa perte de poids ?

Informé de ma décision, il se contente d'acquiescer : D'accord.

Vous tenez votre plaignant principal. Larkin contre Larkin. C'est bien ce que vous vouliez ?

Ce n'est pas ce que je veux. C'est ce que nous devons faire.

Je croyais que vous seriez plus content.

Je suis content de cette occasion. C'est juste que… ça ne peut que mal finir, vous le savez ? Ainsi va la vie : quoi qu'on fasse, on est perdant.

*

* *

Le lendemain matin, Miranda me raccompagne à l'aéroport, où m'attend un vol de retour vers San Francisco. À la porte d'embarquement, elle dit avec une fausse désinvolture : Jamie m'a demandé de te dire au revoir.

Ah bon ?

Ouais.

Elle est raide dingue de moi, pas vrai ?

Je ne crois pas, non. Elle t'a appelé Steve.

Ah, là t'es marrante.

Elle me fait un gros câlin de nounours candide et me lance : Tu vas pas me manquer.

Pourquoi tu viendrais pas avec moi, Miranda ? Tu adorerais San Francisco avec toutes ces hippies qui brûlent leurs soutifs. Tu serais pile dans ton élément.

Tu as la moindre idée de ce que ça coûte, un soutif correct ?

Je suis sérieux, Mimi. Viens. Qu'est-ce qui t'en empêche ?

Ce n'est pas chez moi.

Elle me considère en toute candeur, espérant que je sois d'accord.

Jeff, promets-moi simplement une chose, tu veux ? Arrête de boire. Au moins pendant un temps. Et oublie cette fille.

Ça fait deux promesses.

Non. L'alcool et la fille, c'est la même chose.

Pour la fille, d'accord. Mais je peux continuer à boire, au moins ?

Non.

On dirait Alex.

Peut-être qu'il a raison. Tu vaux mieux que ça. Ce n'est pas toi.

Je ne vaux pas mieux que ça. Je suis comme ça. C'est exactement qui je suis.

Ce n'est pas vrai, Jeff. Je t'aime, mais s'il te plaît, faut que tu te ressaisisses. Pour moi.

Miranda a raison, de fait. Il est temps que je grandisse, que je cesse mes enfantillages. Dieu sait qu'on me l'a déjà dit. Au sujet de l'alcool, elle a tort, en revanche. L'alcool, c'est le symptôme, pas la maladie. La maladie, c'est d'être malheureux. Et j'ai l'impression que j'en ai fini avec ça, que l'heure est venue d'arrêter. Toute cette obsession romantique, ces ruminations, la mélancolie, la rébellion – tout ce manège du « jeune homme triste ». Comme si le costume commençait à me serrer aux entournures, que je me sentais prêt à m'en débarrasser.

Mais d'abord, un verre. Ou deux. Sitôt que l'avion s'est stabilisé et que nous fusons tranquillement vers l'ouest, je me commande deux minivodkas et un verre de glaçons. L'hôtesse y ajoute deux portions de cacahuètes dans des sachets démoniaques impossibles à ouvrir. Un petit déj de champion. Je vide les mignonnettes dans le gobelet en plastique à l'effigie de United Airlines et je me rassieds parmi tous ces voyageurs, avec leurs coussins appuie-tête et leurs magazines people, qui n'ont jamais entendu parler de Jane Larkin.

2

Quatorze mois plus tard, 21 septembre 1994. Cinq jours avant l'ouverture du procès.

Me revoici dans la salle de réunion, dans les modestes locaux de M. Bailis. J'ai accepté le fait que la seule manière de gérer cette situation soit de m'y immerger entièrement – dans les détails de la stratégie juridique et des preuves. Quand faut y aller, faut y aller. Je me plonge donc dans les comptes rendus de dépositions – les témoignages sous serment, menés par les avocats – qui ont formé le plus gros des « découvertes » (terme merveilleux) de Bailis, durant cette longue période d'audience préliminaire. J'ai sous les yeux la déposition de Jamie, qui s'est déroulée dans cette même pièce en avril dernier. Si ça se trouve, elle était assise dans le siège que j'occupe à présent.

M. Bailis : M. Larkin vous faisait-il peur ?

Témoin : Oui.

M. Bailis : Pourquoi ? Est-il arrivé qu'il se conduise d'une manière effrayante ou inquiétante ? Ou qui vous fasse craindre pour votre sécurité ?

Témoin : Oui.

M. Bailis : Ou la sécurité de votre mère ?

Témoin : Oui.

M. Bailis : Qu'a-t-il fait ?

Témoin : Il a eu des gestes déplacés à mon égard.

M. Bailis : Sexuellement déplacés ?

Témoin : Oui.

M. Bailis : Est-il arrivé qu'il vous frappe ou qu'il vous blesse physiquement ?

Témoin : Non.

M. Bailis : Mais il vous a touchée d'une manière qui n'était pas la bienvenue ?

Témoin : Oui.

M. Bailis : Combien de fois ?

Témoin : Dix ou douze. Environ.

M. Bailis : Sur quel laps de temps se sont déroulés ces faits ?

Témoin : Presque une année.

M. Bailis : En avez-vous parlé à quelqu'un à l'époque ?

Témoin : Au bout d'un moment, oui.

M. Bailis : À qui en avez-vous parlé ?

Témoin : À ma mère.

M. Bailis : Et quelle a été sa réponse ?

Témoin : Nous avons déménagé.

M. Bailis : Parlons-en un peu, voulez-vous.

J'ai déjà relu cette déposition plusieurs fois.

D'après M. Bailis, en tant que client, j'ai parfaitement le droit de voir les éléments factuels. Il n'y a que ses notes manuscrites qu'il se réserve le droit de ne pas me montrer. Il veut me faire plaisir, je pense, mais dans le même temps ça l'aide. Sa vie a quelque chose de solitaire et monastique. Il semble être content que je sois là, à son cabinet. C'est ma deuxième journée d'affilée dans cette salle de réunion à examiner les documents, et il passe une tête toutes les heures pour voir comment je m'en sors.

Entrant dans la pièce en fin d'après-midi, il demande : Alors, qu'en dites-vous, maître ? Vous ne respirez pas la joie.

Certaines de ces choses sont dures à lire.

Oui. Notre métier est ainsi fait.

De toute façon, je pense qu'on va perdre. On n'a rien de solide.

On a toujours cette impression. Regardez.

Se saisissant de mon bloc-notes jaune, il entame une nouvelle page, qu'il divise en deux colonnes de largeur égale en tirant un trait vertical. À gauche, il trace un minuscule signe moins, à droite un signe plus.

Tout ce que vous avez à faire, me dit-il, c'est disposer chaque élément, chaque argument, chaque fait, dans une colonne ou dans l'autre. Soit c'est bon pour nous, soit c'est mauvais. Puis vous essayez de déplacer tous les éléments négatifs vers la colonne des plus. D'ici à ici. Le droit, c'est aussi bête que ça.

Et ce qu'on ne peut pas déplacer ?

On peut toujours tout déplacer.

Et c'est tout ? Trois ans d'études juste pour faire ça ?

À vrai dire, on n'apprend pas le métier d'avocat en fac de droit.

Où est-ce qu'on l'apprend, alors ?

Ici. En faisant ce que vous faites en ce moment même. Il y avait des avocats bien avant qu'il y ait des facs de droit. Comment pensez-vous qu'ils aient appris leur métier ?

Clin d'œil. Le procès approche et son humeur s'en ressent, il se déride.

Assez travaillé pour ce soir, Jeff. On n'est pas obligés de trouver toutes les réponses aujourd'hui.

*

* *

Ce soir-là, je suis dans un restaurant de Brookline Village. J'attends Miranda et Jamie. C'est un lieu sans prétention, tables serrées, cuisine ouverte, du bruit, des éclats de voix, on est bien.

Sitôt arrivée, Jamie se fraie un chemin jusqu'à moi. C'est un plaisir de l'observer. Quelque chose dans sa démarche vigoureuse, son visage en forme de cœur encadré de boucles.

Je me lève pour une étreinte cordiale.

Tu es en avance.

Cinq minutes d'avance, c'est déjà dix minutes de retard.

Elle plisse les yeux. Qui êtes-vous et qu'est-il arrivé à Jeff Larkin ?

C'est une phrase que mon père disait souvent.

Où est Miranda ? J'ai l'impression de m'incruster. T'es sûr que ça te dérange pas qu'elle m'ait invitée ?

Bien sûr que non. Elle n'est pas encore arrivée.

Je crois qu'elle veut qu'on passe un petit moment en tête à tête, toi et moi.

Elle croit surtout que c'est ce que moi, je veux.

Jamie fronce le nez : *On va s'épargner ça*. Tu as l'air changé. Tu as changé quelque chose ?

Non, je ne crois pas.

Une serveuse vient prendre la commande des boissons.

Jamie, à moi : Tu prends quoi ?

Juste de l'eau.

Vraiment ?

Vraiment.

Bon, très bien. À la serveuse : Pour moi, ce sera une sangria.

La serveuse s'en va.

Jamie, je peux te demander un truc avant que ma sœur arrive ? J'ai lu ta déposition.

Hum, voilà qui est embarrassant.

Comment ça se fait que t'en aies jamais parlé ?

Mais j'en ai parlé.

Non, mais à moi.

Elle baisse le regard.

Et pourquoi as-tu attendu si longtemps pour en parler à ta mère ? Si tu avais peur, s'il posait la main sur toi... ça m'échappe. Pourquoi avoir attendu ?

Elle ne répond pas. Elle n'est pas prête à en discuter.

On n'est pas forcés d'en parler si tu n'en as pas envie. C'est simplement que... pourquoi avoir tant attendu ?

T'en as vraiment aucune idée ?

Non.

À cause de toi.

Un blanc.

Je savais qu'une fois que j'en aurais parlé, je ne te verrais plus jamais.

Oh. Oh.

C'est pas grave, Jeff. C'était il y a longtemps.

Si, c'est grave. Si seulement j'avais su. Je l'aurais tué.

Merci.

Je suis sérieux. Ça me met dans une telle rage, même maintenant.

C'est du passé. Et l'avocat m'a dit que je n'avais pas à comparaître, donc personne n'en saura rien. D'après lui, ce n'est pas pertinent.

Moi ça me paraît tout à fait pertinent.

Eh. C'est arrivé longtemps après que ta mère avait disparu. Qu'est-ce que ça prouverait ?

Si mon père avait un faible pour les jeunes femmes et que son épouse n'était plus si jeune ? S'il avait vu un truc qu'il ne pouvait pas avoir et qu'il essayait quand même de le prendre ? Ça me semble pertinent. Mais tout ça... c'est pas ce à quoi je pense. Je n'en sais rien, si c'est pertinent dans le cadre de cette affaire. Je ne suis pas avocat. Mais pour moi, c'est pertinent.

Bon, écoute, il y a des hommes dont on sait, quand on est une femme, qu'il ne faut pas les approcher. Ton père était de ceux-là. Inutile pour autant de te ronger les sangs. Plus aujourd'hui.

Pas sûr de te suivre là-dessus.

Ça me fait un peu plaisir que tu sois furieux, pour être franche. Merci.

Je suis content que ta mère t'ait tirée de là. Même si.

Moi aussi. Même si.

Là-dessus, Miranda arrive toute virevoltante, petit oiseau regagnant son nid dans un battement de sourires, d'excuses et de bises. Les deux personnes que je préfère, dit-elle.

Miranda surjoue les choses, ce soir. Elle fait en sorte de paraître enjouée, de tenir à distance la vague qui l'emporte.

Elle dit à Jamie : Et ça va, toi, ma puce ? Tu as l'air contrariée.

Tout va bien.

Qu'est-ce qu'il t'a dit d'affreux ? Vous avez l'air si sérieux, tous les deux.

On discutait, c'est tout.

De quoi ?

Jeff me racontait pour le procès.

Le procès. J'aimerais tellement qu'on arrive à penser à tout sauf ça. Au moins après ce sera fait, c'est déjà ça. On va se faire les montagnes russes jusqu'au bout du bout et après on pourra enfin descendre.

Je lui dis : Mimi, je t'ai déjà dit, faut pas penser comme ça. Tu vas être déçue. Les montagnes russes vont pas s'arrêter pour autant.

Qu'est-ce que je suis censée faire alors ?

Te protéger un peu, c'est tout.

Comment ? Comment je m'y prends ? Comment tu t'y prends, toi ? C'était pas ton genre. Je ne sais pas ce qui t'est arrivé.

Peut-être que je vieillis.
Eh ben, arrête alors.
Jamie pose sa main sur celle de Miranda, la serre, ce qui est sans doute ce que j'aurais dû faire.

*
* *

Après le dîner, Miranda fait en sorte de filer pour que je me retrouve seul avec Jamie.

Nous marchons jusque chez elle – une promenade d'une vingtaine de minutes par une douce soirée de septembre.

Elle dit : Tu le pensais vraiment, quand tu as dit à Miranda que le procès n'allait rien changer ?

J'ai dit que ça ne serait pas la fin pour elle. Pour moi, si. J'ai besoin de commencer ma vie.

C'est tard, 30 ans, pour commencer sa vie.

Trente et un. Eh oui, je sais.

Il te reste quand même quelques belles années devant toi.

Trop aimable.

Une fois en bas de son immeuble, elle dit : Tu veux monter ?

Je crois que si je monte, les choses risquent de prendre une certaine tournure.

C'est un peu l'idée, oui.

Je ne... Je n'ai pas l'habitude de décliner ce genre de proposition.

Jeff, je n'ai pas particulièrement l'habitude d'en faire non plus.

C'est juste que... j'ai comme l'impression que, si les choses venaient à... à prendre une certaine tournure avec toi, je voudrais que tout soit parfait, tu comprends ?

Tu risques d'attendre longtemps. Parfait, c'est un bien grand mot.

Je sais. Simplement je n'ai pas envie que ça fasse partie de tout ça, que ça soit un truc qui se serait passé parce qu'on était flippés, parce que le procès approchait. Je voudrais que ça vienne après.

Après. D'accord.

C'est vrai ?

Ça me va, Jeff.

C'est pas l'impression que j'ai. J'ai l'impression que je suis en train de tout foutre en l'air, de laisser passer ma chance.

Qui sait. La vie.

Ouais. La vie.

Mais n'attends pas trop longtemps, d'accord ? Réfléchis pas trop.

J'y travaille.

Elle rentre et moi non. Je reste sur le trottoir, sachant déjà que le moment ne se reproduira pas. Je peux encore entrer. Je peux changer d'avis. Mais je n'en fais rien. Et m'éloigne.

*

* *

Quatre jours avant le début du procès, mon père m'appelle. Il me propose un règlement à l'amiable. Ce genre d'offre est tout à fait courant, nous apprend M. Bailis. Ç'aurait été étonnant qu'il ne nous propose pas un arrangement, au moins du bout des lèvres. (Qu'a-t-il à perdre ?) Mais il est frappant de voir que, même dans cet échange on ne peut plus banal, mon père ne peut s'empêcher d'exaspérer M. Bailis. Au lieu de passer par la voie officielle, comme les avocats le font d'ordinaire, mon père exclut M. Bailis de la boucle en nous proposant directement une rencontre. Repérant d'instinct le maillon faible – l'instinct du tyran – il convie d'abord Miranda, la plus influençable et la plus sentimentale des trois parties civiles. Une fois qu'elle a accepté son invitation, les autres sont coincés. Au lieu de nous retrouver au cabinet de notre avocat, il propose que l'on se voie chez lui, autour de la table qui nous a vus dîner en famille toute notre enfance. Tout cela est d'une telle transparence, si manipulateur – il en appelle à l'émotion, à la loyauté familiale – que je l'admire à moitié de se lancer dans une tentative si éhontée.

Mais d'un point de vue émotionnel, c'est obtus. Immanquablement, quand je suis dans cette maison, je ne peux pas ne pas penser à ma mère. Le temps ne l'a pas effacée des lieux. Elle est dans le parquet, elle est dans les murs. Elle est dans les chaises qui grincent de la salle à manger où, un vendredi matin, nous nous rassemblons pour écouter le grand Dan Larkin plaider l'indulgence auprès de ses enfants. Comment pouvait-il ne pas savoir que, assis à la table où nous avons dîné tous les soirs, le souvenir d'elle imprégnerait ses enfants ? Qu'ils ressentiraient de la colère plutôt que de la nostalgie, et en aucun cas de la loyauté envers leur bon vieux paternel ?

Il préside, avec quelques documents étalés devant lui. Il a passé un costume. La boutonnière au revers de sa veste bâille – une authentique boutonnière cousue main, pas une fausse décoration rajoutée à la machine. Il a retiré sa cravate pour donner une impression d'épuisement, de tourment, d'être au bout du rouleau. Mais tout cela dégage une telle raideur, un tel artifice – tant de soin. (Je sais que ça a l'air ridicule, mais mon père est incapable ne serait-ce que de retirer sa cravate sans calculer son geste : ce type ne fait jamais rien de spontané, rien. Voilà un homme qui se fait fort de ne pas s'asseoir deux jours de suite au même endroit sur son canapé pour que les coussins s'usent de manière homogène. Je vous le dis : l'absence de cravate ne doit rien au hasard.)

En face de lui, à la place de ma mère, se tient Kate. Il a dû l'inclure ; elle fait partie des plaignants, il ne peut rien signer sans son accord. Mais elle semble si peu disposée à s'entendre avec le meurtrier de sa sœur qu'il est surprenant qu'elle se soit déplacée. Sans doute est-elle venue pour empêcher tout accord, et non pour valider quoi que ce soit. Ce qui est aussi frappant, à la voir assise à la place de Jane, c'est combien elle lui ressemble tout en différant d'elle – un bloc de pierre sculptural, une version squelettique de ma mère. Et bien sûr, tante Kate est bien plus âgée que maman a jamais pu l'être.

Miranda, sur « sa » chaise d'enfance, arbore une queue-de-cheval et quinze bons centimètres de bracelets au poignet gauche.

M. Bailis a apporté sa vieille mallette.

Et puis il y a moi. Au centre de toutes ces émotions, ce qui m'inquiète, de manière absurde, ce n'est pas le meurtre ni l'accord à l'amiable, mais le fait que j'ai eu l'occasion de coucher avec Jamie Bennett hier soir et que je l'ai laissée passer. C'est superficiel, je le sais, de songer à une partie de jambes en l'air dans un moment pareil, mais je suis vivant et ma mère, paix à son âme, ne l'est plus.

Le grand absent, c'est Alex, que Mimi s'est mise depuis peu à appeler Benedict Larkin. Alex ne s'est pas porté partie civile, mais il n'en fait pas moins partie de la famille et son absence se remarque. Je suppose que cela aussi a été soigneusement calculé : mon père sait que je dirai systématiquement non à tout ce que pourra valider Alex.

Papa nous fait part de sa proposition : c'est tout ce qu'il a. Deux virgule huit millions de dollars comptants (exempts d'impôts, nous dit-il, en agitant l'index), les économies de toute une vie. Il y inclura la maison dans laquelle nous nous trouvons également, mais se réservera l'usufruit pour continuer d'y vivre jusqu'à sa mort.

Tandis qu'il déroule son offre, nous échangeons des regards autour de la table. La somme est en vérité assez basse et malhonnête. Rien que son héritage sera bien plus conséquent que ce qu'il nous propose, à moins que la fortune de Coachman Shoe se soit intégralement évaporée. Il est clair qu'il a mis de l'argent de côté.

Il conclut avec cet argument final :

J'ai soigneusement réfléchi à ce qui serait le mieux pour nous tous. Personne ne souhaite ce procès. C'est trop bête. Personne n'en sortira gagnant, vous devez bien le savoir. J'ai passé toute ma carrière dans des salles d'audience et je peux vous le dire : il n'y a pas de gagnant. Je ne veux pas affronter mes enfants devant la cour, et je veux que vous trouviez la paix que vous cherchiez, les enfants. Vous demandez 25 millions de dommages et intérêts. C'est dément. Je ne sais pas d'où sort ce montant. Ce n'est tout bonnement pas réaliste. La véritable raison d'une demande aussi outrancière, c'est de me ruiner, je ne vois pas comment l'interpréter autrement. C'est de m'éliminer une bonne fois pour toutes. Je vous demande de vous montrer raisonnables et, en contrepartie, on s'épargne tous ce qui va suivre. Il n'est pas trop tard. Tout ce que je demande, c'est de me laisser ce que j'ai sur le dos et un toit sur la tête. Je ne suis plus si jeune ; si je devais être ruiné de la sorte, j'aurais du mal à rebondir, croyez-moi. Si vous ne me faites pas confiance, j'ai ici un courrier – attendez que je le trouve ; ici – d'un expert-comptable agréé qui établit qu'il s'agit de la totalité de mes avoirs. Vous ne pouvez littéralement pas obtenir un centime de plus au tribunal. Ce serait une victoire intégrale pour vous. Vous m'aurez tout pris.

Kate dit : Non, pas tout. Tu n'admets pas ce que tu as fait.

Kate, tu sais que je ne peux pas faire ça.

Les aveux, c'est la seule chose qui compte. Je n'ai pas besoin d'argent, je n'ai pas besoin de maison. J'ai besoin de savoir. Enfin.

Tu ne peux pas me demander d'avouer un meurtre. Il n'y a pas de prescription, en matière de meurtre.

C'est la seule raison ?

Non, Kate, bien sûr que non. Je ne l'ai pas fait.

Alors pourquoi transiger ?

Parce que la vérité importe peu. Je ne peux pas remporter ce procès, et vous le savez. Sitôt que j'aurai franchi le seuil de la salle d'audience, j'aurai perdu. Peu importe ce que dira le jury. J'aurai l'air d'un assassin du simple fait d'être assis là. Car c'est bien de cela qu'il s'agit, pas vrai ? Me juger aux yeux de tous, que vous obteniez ou non gain de cause. Je serai sali. C'est votre but.

Kate secoue la tête. Non. Pas sans aveu.

Kate, sois raisonnable. On parle d'un accord, pas d'une capitulation. Chaque partie doit céder sur quelque chose. C'est ça, une transaction à l'amiable.

Comment veux-tu que je transige sur quelque chose d'aussi capital que la vie de ma sœur ?

Et comment veux-tu que j'avoue un meurtre que je n'ai pas commis ?

Bon, Dan, il semblerait que nous soyons dans l'impasse.

Miranda intervient : S'il y a un moyen d'éviter le procès, j'aimerais mieux ça.

Silence.

Papa dit : Ça fait beaucoup d'argent. Ça serait un vrai coup de pouce pour vous les enfants, je serais ravi de vous aider. Et vous ne gagnerez pas un sou de plus en allant au procès parce qu'il n'y a pas un sou de plus en banque.

Miranda : Qu'en dis-tu, Jeff ?

Mimi, je crois qu'on doit être francs. Puisque chacun joue cartes sur table, je crois que papa a raison quand il dit que ce procès va être une épreuve pour nous tous. Et ça fait une sacrée somme. Mais je trouve aussi que tante Kate a raison : on a une dette envers maman. Il faut que quelqu'un la défende. Et puis, il y a toi et moi, Miranda. Il faut qu'on puisse en ressortir en ayant donné du sens à tout ça. Ça, papa ne nous le propose pas. Je ne lui en veux pas, vraiment. S'il avoue le meurtre…

Jeff, ce n'est pas pour ça…

Je sais, papa, j'ai entendu ce que tu as dit, pigé, tu n'y es pour rien. Sauf que, si les jurés décident de prononcer ta culpabilité…

M. Bailis me corrige : Sa responsabilité, pas sa culpabilité. On est au civil.

OK, ta responsabilité. Si les jurés disent que tu l'as fait – même si ça bascule juste à cinquante pour cent et des poussières, davantage probable qu'il l'ait fait que l'inverse – alors peut-être que les choses bougeront également côté pénal. Peut-être que les gens s'y intéresseront de nouveau, que le procureur se repenchera sur l'affaire. Je crois que papa sait tout cela aussi bien que moi. C'est chiffré dans sa proposition.

Je ne sais pas si j'ai envie que papa aille en prison. Je n'ai pas envie d'être la cause de tout ça.

Je te remercie, ma chérie.

Miranda tressaille à cette marque de tendresse.

Que préconisez-vous, monsieur Bailis ?

Jeff, je ne peux pas vous dire quoi faire. La décision vous revient. Je peux dire que cette conversation ne devrait pas avoir lieu ici, en présence de votre père. Nous devrions aller en débattre en privé.

C'est tout vu, dit Kate d'une voix neutre. Je vais vous épargner tout ça. Je ne transige pas. Je sais que j'avais dit que je n'irai pas au procès sans vous, les enfants, mais j'ai changé d'avis. J'ai été trop loin. Si vous voulez vous arrêter là, les enfants, si vous pensez que c'est la chose à faire, alors faites. Je vous aime, quoi que vous fassiez. Mais je vais aller au bout.

Kate, ça n'a aucun sens !

Elle croise les bras.

Je vous donne *tout*. Tout ce que je possède. Mais tu veux me saigner à blanc.

Oui, je le veux. J'en ai besoin.

Et combien ça vaut, ça ? Voir quelqu'un à terre ? Vas-y, balance un chiffre.

Je ne sais pas, Dan. Tu vas me le dire : à combien tu évalues le prix de la vie de ma sœur ? Deux millions huit plus une maison ? Ça me semble un peu chiche.

Je n'ai jamais réussi à rien avec toi, Kate. Pourquoi es-tu venue aujourd'hui, en fait ?

Pour te voir souffrir.

Oh, arrête ça. On ne peut pas parler avec toi, on ne peut pas réfléchir posément. Tu m'as toujours détesté, même du temps de Jane. Tu as toujours été une salope.

Il crache ce dernier mot. Il ne l'a pas lâché par mégarde, le mot ne lui a pas échappé. Il est soulagé de l'avoir enfin dit.

Kate le balaie d'un revers de main – elle fait littéralement le geste sur la table, envoyant valser d'invisibles particules de poussière avec un mépris royal.

Les enfants, dit-elle, je ne peux pas vous dicter votre décision. Simplement, si vous négociez, faites-le raquer.

M. Bailis dit : Je crois que nous ferions mieux de prendre un petit temps de réflexion.

Je dis : Non. Je n'ai pas besoin de temps. J'en suis. Mimi, si tu veux te dédire, pas de problème. Ça ne changera rien, ni dans un sens ni dans l'autre. Mais je suis d'accord avec tante Kate. On va au bout.

J'inspire à fond et expire lentement. Un sentiment inattendu et désarçonnant de soulagement me tombe dessus. Mon dos et mes épaules se relâchent. Je ne m'étais même pas rendu compte que j'étais si tendu.

Miranda dit : Dans ce cas, je vous suis.

Vous faites une grosse erreur, les enfants. Vous n'avez aucune idée de ce dans quoi vous vous embarquez. Aucune !

Mimi et moi échangeons un regard nerveux, car il a raison. Nous ignorons complètement où tout cela va nous mener.

Mais n'oubliez pas, j'aurai tout fait pour essayer de nous épargner ça, à chacun. Je ne peux rien donner de plus, je n'ai plus rien à perdre.

Ce qui est faux, et il le sait.

*

* *

8 h 30, lundi matin, salle d'audience 12B.

En attendant l'ouverture du procès, deux officiers de justice en uniforme s'attardent près du bureau du juge. Le greffier – un type ventripotent avec une mèche rabattue sur le crâne – va et vient dans la salle par la porte du fond. À un moment donné, il interpelle un des officiers, qui part chercher un pichet d'eau, qu'il pose ensuite à la place des magistrats. Tout cela respire la compétence et l'ennui.

La salle est moderne, un peu cracra, avec un haut plafond. On y trouve deux box pour les jurés (j'ignore pourquoi : y a-t-il des procès exigeant deux jurys ?) ; dans le second, une petite caméra est posée sur un trépied. Aucun logo ne permet d'identifier à quelle chaîne elle appartient.

Il reste encore bon nombre de places libres sur les bancs du public. Trois journalistes se sont installés au centre de la première rangée, une journaliste télé en tailleur pantalon chic flanquée de deux gratte-papier mal fagotés, serrant dans leur main de petits carnets à spirale.

Notre groupe – les parties civiles : Miranda et moi ; tante Kate et oncle Stephen ; George Bailis – est assis dans l'angle le plus près de la porte. Sous l'éclairage blafard d'un réalisme télévisuel, Miranda est d'une pâleur de cendre. Elle n'a pas dormi depuis longtemps.

Dans le coin opposé, mon père et ses deux uniques soutiens : Alex et ma grand-mère, Mildred. Grandma Mildred a désormais 90 ans. Alex et papa l'encadrent comme des gardes prétoriens.

Son apparence me frappe. Elle est amaigrie, l'œil chassieux, le dos ployé – loin de la posture de commandant qui était la sienne. Elle porte néanmoins un élégant tailleur en laine et des mocassins à petits talons avec l'immanquable chaîne à maillons dorés, semblable à un collier qu'elle avait offert autrefois à ma mère. Ses cheveux cassants, blancs comme neige, sont impeccablement coiffés. Je ne lui ai pas adressé la parole depuis des années, depuis les funérailles de Grandpa. Avec le meurtre de ma mère et nos soupçons incessants sur papa, un fossé s'est ouvert qui ne cicatrisera jamais. L'idée qu'elle puisse décéder sans que je lui aie jamais reparlé ne m'en semble pas moins impardonnable. Elle est un lien à ma petite enfance. Sa seule présence en ces lieux convoque des souvenirs, une nostalgie, des regrets.

On ne peut pas ne pas aller la saluer, Mimi.

Si, on peut.

Mais c'est notre grand-mère !

Alors qu'elle vienne nous dire bonjour, elle !

Elle a 90 ans ! T'es pas bien ou quoi ?

Nous nous chicanons comme des enfants, conscients de la main invisible de maman posée sur notre épaule (*Les enfants, allez dire bonjour à votre grand-mère*) et des six ou sept mètres de bancs qui nous séparent.

Papa et Alex nous jettent un regard noir. Difficile de les prendre au sérieux, cependant, pas juste parce que je me moque de ce qu'ils peuvent bien penser, mais aussi parce que, assis comme ça côte à côte, ils ne ressemblent à rien, Alex et son mètre quatre-vingt-dix-neuf et mon père qui prétend atteindre les quatre-vingts. (Sur les bandes de surveillance du FBI du début des années 1980, les mafieux de Boston avaient été surpris à évoquer mon père. Ils l'appelaient « Petites mains » et « le Nain ». Voilà pour le tableau.)

Comme, toute voûtée qu'elle est, ma grand-mère semble incapable de lever les yeux vers moi, je m'agenouille devant elle.

Grandma, c'est moi, Jeff.

Oh, Jeff. C'est affreux, tout ça.

Oui, affreux. Et toi, comment te sens-tu ?

Secouant la tête, elle émet un faible grognement.

Ça me fait plaisir de te voir, Grandma.

Sur ses genoux reposent des mains tachées, noueuses et déformées par l'arthrite. Je prends sa main dans les miennes, elle est rêche, fine comme du papier. Elle pose l'autre sur mes mains et dit : Oh, ce qu'on l'a aimée, ta mère. Je ne sais pas ce qui a pu se passer. Je ne sais pas ce qui s'est passé.

Je ne saurais dire si ce sont des divagations dues au grand âge ou si elle se joue de moi. Elle ignore ce qui s'est passé ? Vraiment ? Elle a les yeux dans le vague, les paupières lourdes, la cornée humide, émue.

Je lui dis : Je ferais mieux d'y aller, Grandma. On va bientôt commencer. Tu veux venir dire bonjour à Miranda ? Elle est juste ici.

Miranda !

Mimi s'agenouille et enlace délicatement sa grand-mère, attentive à ne pas déranger sa coiffure.

Miranda, répète la vieille dame qui en retour, de sa main en serre, lui caresse l'arrière du crâne. Puis : Miranda, qu'est-ce qui cloche, chez toi ? Comment as-tu pu faire une chose pareille ? À ta propre famille ?

La tête de Miranda recule jusqu'à se libérer de l'emprise de Grandma. Se relevant, elle dit : Comment ai-je pu ? Moi ? Sur ces mots, elle quitte directement la salle.

Tante Kate bondit de son siège et s'élance derrière elle par les portes battantes.

*

* *

À 10 h 09, une officière de justice annonce : Levez-vous !

Une femme se glisse dans la salle, la cinquantaine, les cheveux couleur paille, peu avenante. Le greffier nous apprend qu'il s'agit de la juge, Christine Maginnis.

Toute cette entrée en matière est si efficace, si rapide – et je suis tellement frappé par la magistrate, qui dégage une aura si pugnace, si masculine, si faut-pas-m'emmerder, tout en arborant trois rangées de perles et un maquillage raffiné – que tout ce rituel prend fin avant que j'aie pu rassembler mes esprits. J'en suis encore à me lever alors qu'autour tout le monde se rassied.

Le greffier annonce d'une voix mécanique : On appelle les parties civiles numéro 93-tiret-0410, Jeffrey D. Larkin, Miranda S. Larkin et Katherine A. Witner, à titre individuel et au nom de Jane A. Larkin, décédée, les plaignants, contre Daniel M. Larkin, le prévenu. La plainte stipule que le prévenu est responsable de fautes ayant entraîné la mort de Jane A. Larkin, du fait d'une conduite malveillante, intentionnelle, insouciante ou déréglée ; que le prévenu est responsable d'avoir infligé à Jane A. Larkin des souffrances physiques et morales avant sa mort ; et que le prévenu est responsable du fait que les plaignants ont subi une privation de la compagnie de Jane A. Larkin. La plainte demande également des dommages et intérêts à caractère punitif.

Il relève la tête, le visage inexpressif.

Les manières blasées du greffier, ce déjà-vu-déjà-fait, sont étrangement rassurantes. Ici, l'histoire rocambolesque de ma famille – toute cette pelote informe de chagrin indémêlable que je me trimballe avec moi – tient parfaitement en trois catégories : fautes ayant entraîné la mort, souffrances physiques et morales, privation de la compagnie. Le simple fait de nommer ces faits les amoindrit, les aplanit. Voilà ce que vous avez perdu, ni plus ni moins. Voilà la nature précise de votre chagrin. Fautes ayant entraîné la mort, douleur et souffrance, privation de la compagnie. Je n'avais jamais disposé des termes pour le décrire. Mon préjudice. Ou, comme le dit l'avocat, ma plainte.

Messieurs les avocats, veuillez décliner vos identités devant la cour.

Bonjour, Votre Honneur. George Bailis, pour le compte des parties civiles.

Et, Votre Honneur, Daniel Larkin, comparaissant en mon nom propre et agissant en qualité d'avocat.

La juge considère un instant mon père sans faire de commentaire. Est-ce dû au fait qu'il se représente lui-même ? Ou à autre chose ?

Y a-t-il des requêtes préliminaires ?

Bailis dit : Oui, Votre Honneur, quelques-unes, vous les avez devant vous. Je souhaiterais également soulever un point additionnel : j'attire l'attention de la cour sur le fait que le prévenu assure lui-même sa défense, ce qui pose un certain nombre de problèmes. Cela risque de brouiller les frontières entre avocat et témoin. En sa qualité d'avocat, le prévenu sera tenté de s'adresser directement aux jurés, de glisser subrepticement des propos qui prendront la teneur d'un témoignage, au lieu de témoigner comme il se doit à la barre, sous serment et sous le feu des questions contradictoires. Je tenais simplement à ce qu'il soit rappelé au prévenu de ne pas contrevenir à cette règle.

Mon père rétorque : Votre Honneur, le procès n'a même pas encore commencé. M. Bailis est libre d'objecter à sa guise, à chacun de mes propos, quand il lui plaira.

Oui, monsieur Bailis, je statuerai sur les objections à mesure qu'elles se présenteront. Autre chose ?

Oui, Votre Honneur, j'ai une requête concernant la recevabilité des déclarations de la victime dans cette affaire, Jane Larkin. Selon la Loi générale de l'État, chapitre 233, section 65, les déclarations d'une personne décédée sont recevables et n'ont pas à être exclues comme propos rapportés, sachant que…

Je connais la loi, monsieur Bailis. Monsieur Larkin, avez-vous une objection ?

À la loi ? Non. En l'absence de nouveaux éléments quant à la nature desdites déclarations, il m'est impossible de statuer pour l'instant. Je me réserve le droit d'objecter si l'une de ces déclarations s'avérait impropre.

Bien. Une chose de faite. Requête rejetée. Je statuerai sur ces déclarations en temps voulu. Autre chose ?

Votre Honneur, j'ai une requête, je demande que l'on interdise au prévenu de présenter des éléments démontrant qu'il n'a été ni arrêté ni inculpé ni jugé ni condamné dans une affaire criminelle. Au Massachusetts, une règle antédiluvienne veut que de tels éléments ne soient pas recevables au civil, étant entendu que les standards de preuve et la nature des faits à établir diffèrent considérablement dans un contexte de droit civil. Le fait que le procureur ait conclu à l'absence de preuves au-delà d'un doute raisonnable ne dit rien quant au standard de simple prépondérance de preuve attendu ici.

Monsieur Larkin ?

Votre Honneur, la question du caractère satisfaisant ou non des preuves est tout l'enjeu de ce dossier. Je serais dans l'incapacité de me défendre si on m'interdisait d'en débattre.

Requête acceptée, en l'état des choses. Toutefois, le prévenu pourra débattre du caractère suffisant ou non des preuves contre lui à la condition qu'il ne laisse pas entendre que l'absence de poursuites criminelles à son encontre témoigne de son innocence dans l'affaire ici présente. Entendu ? Bien. Ensuite ?

Les requêtes suivantes relèvent de M. Larkin, je crois.

Oui, Votre Honneur. J'ai plusieurs requêtes. La première est d'exclure le fait que j'ai refusé de me soumettre au détecteur de mensonges. Ce type de preuve est irrecevable dans le Massachusetts et...

Requête acceptée.

Je vous présente également une requête visant à exclure les déclarations qui évoquent ce détecteur de mensonges, qui risqueraient d'ouvrir la porte à de telles présomptions.

Refusée pour le moment. Je statuerai sur les objections en temps voulu.

J'ai déposé une requête pour exclure toute référence au terme « meurtre » dans la déclaration préalable des parties civiles.

Refusée.

J'ai une requête pour exclure les éléments concernant ma situation financière personnelle ou la possibilité d'un héritage.

Refusée.

J'ai une requête pour exclure toute mention d'un voyage aux Caraïbes.

Refusée.

Requête pour exclure toute mention d'autres agissements négatifs.

Refusée.

Requête pour exclure toute référence au fait que j'ai invoqué le Cinquième Amendement et mon droit à refuser de témoigner contre moi-même.

Refusée.

Je renouvelle mon opposition au recours aux caméras de télévision dans la salle du tribunal.

Refusée.

Un temps.

Ce sera tout ?

M. Bailis réarrange sa petite pile de feuilles, tapotant les bords sur la table pour les aligner. Il n'a eu à argumenter contre aucune des requêtes de la défense. S'est borné à rester là. *Snic, snic, snic*, font les papiers sur le bureau.

Assis derrière mon père, je le vois qui tourne la tête vers M. Bailis. Il écarte les pans de sa veste et plante le poing droit sur sa hanche. Il se tient droit, épaules carrées, port de tête fier, un vrai général prussien. Rien que de dos, je peux l'affirmer : il est en rogne.

Tant mieux. Qu'il aille se faire foutre.

Le juge demande : Y a-t-il une requête pour exclure certains témoins ?

Non, Votre Honneur. Je veux que les témoins soient ici. Je veux que mes enfants voient combien tout ceci est absurde. Je veux ce deuxième jury.

Monsieur Bailis, simple vérification, avez-vous l'intention d'appeler M. Larkin à la barre ?

Tout à fait, Votre Honneur.

Monsieur Larkin, je suppose que vous en êtes informé ? Ainsi que de votre droit à invoquer le Cinquième Amendement ?

J'ai pleinement l'intention de témoigner, Votre Honneur. Je n'ai rien à cacher et rien à craindre.

Dans ce cas, l'affaire est entendue. S'il n'y a rien d'autre, monsieur le greffier, vous pouvez faire entrer les jurés. Avançons.

*

* *

Le lendemain matin.

J'ai déjà appris, après avoir passé toute la journée de la veille au fond de la salle durant les heures interminables du processus de sélection du jury, qu'un procès, c'est comme un match de base-ball : la plupart du temps, il ne se passe pas grand-chose ; toute l'action se concentre en quelques instants clés. Mon père avec ses poings fichés sur les hanches, les yeux rivés sur M. Bailis – c'en était un, de moment signifiant.

Le suivant a lieu durant les exposés préliminaires.

Aujourd'hui, la salle est pleine comme un soir de première à Broadway. Les spectateurs sont des professionnels aguerris, ils se sont épargné, la veille, l'ennuyeuse étape de la sélection des jurés, une perte de temps.

Le procureur est là en personne, flanqué de son adjoint, ce même duo rencontré il y a un peu plus d'un an qui a refusé de poursuivre. S'ils en ressentent un quelconque embarras, ils le cachent bien.

M. Bailis vient de conclure ce qui me paraît un discours d'une longueur peu commune. Ce n'est pas un orateur-né, mais un technicien – sans compter qu'en tant que représentant de l'accusation, il se doit de présenter les éléments du dossier de manière méthodique.

Il débuta ainsi : Un après-midi de novembre 1975, une petite fille du nom de Miranda Larkin rentra chez elle après l'école. La maison était vide et sa mère introuvable...

Puis, durant les vingt minutes qui suivirent – qui en parurent bien davantage – le jury l'écouta dérouler les faits, impassibles, avec attention, mais sans émotion.

C'est au tour de mon père de faire face aux jurés. Il est tout ce que M. Bailis n'est pas : théâtral, grandiloquent, passionné. Une personnalité « chaude » après la froideur de M. Bailis.

Il surjoue d'une manière qui m'est très familière :

Vous ne trouverez pas un *iota*, pas une *once* de preuve directe, tangible. *Où* sont les *témoins* ? Où est le témoin qui aurait *vu* ou *entendu* un quelconque indice parmi ceux que l'on s'attend à trouver dans une affaire de meurtre sanglant ? Où est le *témoin* qui a entendu la victime crier ? Où est le *témoin* qui a vu le cadavre ? Où est le *témoin* qui a vu le meurtrier s'enfuir de la scène du crime ? Où est le témoin qui a entendu un aveu ? Où est le policier qui a relevé des traces de sang sur les mains du meurtrier ? Où est...

Rien que du bla-bla prévisible vu à la télé. Seule la gestuelle de mon père, ses effets de manche y confèrent de l'intérêt.

Malheureusement pour papa, son ego palpable semble rebuter autant de jurés qu'il en impressionne. Un homme notamment – rang du fond, tout à gauche – ricane et détourne le regard, comme si le ton emphatique de papa avait activé son radar à conneries.

Néanmoins, je dois reconnaître que je ressens une fierté perverse à assister à cette performance. Toutes ces années, je ne l'ai en fin de compte jamais vu plaider, et la raison de ses succès me saute aux yeux instantanément : il est doué. C'est un assassin, un menteur et un avocat virtuose, et tout cela n'est pas sans lien. Suis-je fou de me sentir un peu fier de lui ? (Réponse : oui. Je le sais.)

Puis vient un moment clé. Papa a épuisé le sujet de l'insuffisance de la preuve contre lui – les pas-un-iota, pas-une-once et tout le toutim. L'heure est venue de clore. Avec un peu moins de bravade, d'un ton plus mesuré, il opère un contact visuel avec chacun des jurés tour à tour et leur déclare :

À tout moment, dans ce procès, posez-vous la question : lequel d'entre vous oserait se lever, quitter les bancs du jury pour venir échanger sa place avec la mienne ? Qui voudrait se retrouver accusé d'un meurtre sur la base de… de rien ? Comment prouveriez-vous votre innocence s'il n'existait de prime abord aucune preuve à votre encontre ?

À ces mots, M. Bailis se lève pour protester, mais le mal est fait. Il reste un moment penché sur sa chaise, puis se rassied sans avoir prononcé un mot.

Le juré tout à gauche du dernier rang est tiré de sa torpeur, il se redresse un peu. Son radar à conneries s'est mis en veille.

*
* *

Plus tard, cette même matinée. Il est environ 11 h 30. Dans la salle, l'énergie fléchit. Tout le monde est vidé – la juge, les jurés, les avocats – et a la pause de midi en ligne de mire.

M. Bailis a cité à comparaître son premier témoin, l'inspecteur Glover. Glover est notre Virgile ; en quatre-vingt-dix minutes de déposition, il a mené les jurés d'un bout à l'autre de l'enquête. C'est le seul enquêteur présent depuis le début de l'affaire, le seul à connaître chaque élément d'accusation – la cravate rouge manquante, la voiture récurée à fond, le fait que Jane était malheureuse en couple, les vacances en famille à Trout Lake, dans le Vermont, où le corps a finalement été exhumé. C'est un témoin chevronné, professionnel, doté d'une mémoire remarquable, mais aussi un homme réservé, complexe, et son style laconique fonctionne ici. Il respire la stabilité et la fiabilité, sans rechercher l'attention. Une fois parvenu au bout de son témoignage, je ne doute pas qu'il a relevé le défi : les jurés sont familiarisés avec notre dossier. Surtout, on comprend qu'il est convaincu que Dan Larkin a assassiné sa femme.

Il ne lui reste plus qu'à survivre au contre-interrogatoire.

M. Bailis regagne sa place et le juge annonce : Monsieur Larkin, il est 11 h 30, cela fait déjà un moment que nous avons commencé. Souhaitez-vous que nous fassions une pause avant que vous questionniez le témoin ?

Non, Votre Honneur.

Entendu, dans ce cas, allez-y.

Papa gagne un petit lutrin, y dépose son grand bloc-notes jaune puis revient se camper face au box des jurés. Posant sa main sur la barre devant eux, presque l'un d'eux, c'est de là qu'il pose ses questions, sans notes.

Monsieur Glover, comment dois-je vous appeler, inspecteur ou monsieur ?

Peu importe.

Allons-y pour inspecteur, alors. Inspecteur, quel âge avez-vous aujourd'hui ?

Cinquante et un ans.

Cinquante et un ans. Donc, si mes calculs sont bons, quand on a vous a confié cette affaire, il y a dix-neuf ans, vous en aviez trente-deux.

Oui.

C'est affreusement jeune pour se voir confier une affaire d'homicide, non ?

Ce n'était pas un homicide quand on me l'a confiée. C'était une affaire de disparition.

Et l'affaire a-t-elle gardé cette dénomination officielle ?

Oui.

Aviez-vous déjà travaillé sur une affaire de disparition, à l'époque ?

Non.

Aviez-vous déjà travaillé sur un homicide ?

Pas tout seul, non. Uniquement en équipe.

Et pourtant vous vous êtes retrouvé seul affecté à ce dossier aussi difficile qu'inhabituel. À l'âge de trente-deux ans. Seul.

Pas exactement. D'autres inspecteurs ont été impliqués. Tout le commissariat était disponible. Sans compter la police d'État et le bureau du procureur. Je n'ai jamais été seul.

Pourtant je n'ai jamais rencontré que vous, n'est-ce pas ?

Nous avons discuté à plusieurs reprises, c'est exact.

Vous et personne d'autre.

Oui.

Vous n'avez jamais fait équipe avec quiconque. Je ne vous ai jamais vu accompagné de quiconque.

Effectivement.

Et aujourd'hui, c'est encore vous et rien que vous, est-ce exact ?

C'est exact.

Aucun autre policier ne s'est occupé de l'affaire tout ce temps, je me trompe ? C'était vous et rien que vous.

Rien que moi.

Et aucun autre policier ne viendra témoigner dans cette affaire, est-ce exact ?

Bailis : Objection.

La juge : Objection retenue.

Tout à l'heure, vous avez déclaré aux jurés la chose suivante : *C'est une affaire de preuves indirectes, une affaire circonstancielle, mais pris ensemble les éléments de preuves sont solides.* Mais vous n'avez pas toujours été de cet avis ?

De quelle époque parlez-vous ?

Plusieurs années durant, après que ma femme a disparu, vous avez continué à investiguer la possibilité qu'elle ait refait sa vie ailleurs. Sous un nom d'emprunt, une identité factice, est-ce exact ?

C'est exact.

Visiblement, même vous n'étiez pas convaincu qu'elle avait été assassinée.

Mon travail consistait à suivre toutes les pistes.

Inspecteur, ne jouez pas au plus malin. Si vous ne pensiez pas qu'il y avait une chance que Jane se trouve à Cleveland, à Petaluma ou dans les autres endroits où vous vous êtes rendu, vous ne vous seriez pas donné la peine de vous déplacer, si ?

Non.

Non, bien sûr que non. Donc apparemment, vous pensiez qu'il existait une chance, même infime, qu'elle puisse être en vie.

Oui.

Vous aviez des doutes.

Bailis : Objection.

La juge : Objection rejetée.

Vous pouvez répondre à la question, inspecteur. Aviez-vous des doutes quant au fait que Jane ait pu ne pas avoir été tuée ?

Cela me paraissait très, très fortement improbable.

Mais pas impossible.

Exact.

Donc il est juste de dire que ces preuves circonstancielles, qui considérées dans leur ensemble sont si solides, n'en laissent pas moins la place au doute.

Objection.

Objection retenue. Continuez.

Inspecteur, nous allons passer en revue les éléments de preuve.

Entendu.

Vous avez déclaré précédemment que le jour où Jane a disparu, vous pensiez que ma voiture venait d'être nettoyée. Dites-moi, quand un homme conduit sa voiture à une station de lavage, avez-vous pour habitude d'en déduire qu'il a commis un meurtre ?

Je ne parlerais pas d'habitude, non. Ajouté à d'autres indices, en revanche ça se peut. C'est ainsi qu'on fonctionne pour les preuves circonstancielles.

C'est ainsi qu'on fonctionne pour les preuves circonstancielles ? En additionnant des actes innocents pour générer une fausse impression de culpabilité ?

Bailis : Objection.

La juge : Objection retenue.

Inspecteur, faut-il que nous demandions aux jurés si certains, parmi eux, ont fait nettoyer leur voiture récemment ?

Bailis : Objection.

La juge : Objection retenue.

Dans votre témoignage direct, vous avez déclaré qu'il y avait de la terre sous mes ongles.

Oui, c'est ce que j'avais remarqué.

Mais que, par ailleurs, mes mains semblaient avoir été scrupuleusement nettoyées.

Oui.

Et que j'avais changé de cravate ?

Oui.

Et de chemise ?

Oui.

Et que donc j'avais tué ma femme ?

Bailis : Objection.

La juge : Objection retenue.

Faut-il que nous demandions aux jurés si certains, parmi eux, se sont lavé les mains aujourd'hui ? Ou ont changé de tenue ?

Bailis : Objection.

La juge : Objection retenue.

Bailis : Votre Honneur, puis-je avoir un aparté avec la défense ?

La juge : Oui.

Les deux avocats se concertent à l'extrémité de l'estrade de la juge, à l'abri des oreilles des jurés, et des miennes. M. Bailis, sans quitter la juge des yeux, défend son point de vue à voix basse. Mon père lui rétorque d'un haussement d'épaules signifiant : *Qui ça, moi ?* La juge semble l'avertir, mais tandis qu'il regagne sa place près du box des jurés – tournant le dos à la juge et à M. Bailis – il décoche aux jurés un regard : *Vous avez vu ce qui se passe, là ?*

Inspecteur, vous avez déclaré que le jour où Jane a disparu, vous avez trouvé mon attitude nerveuse, fuyante.

Je ne crois pas avoir dit nerveuse. J'ai dit que vous sembliez sur vos gardes et fuyant.

Est-ce dû à un propos que j'aurais tenu en particulier ?

Non.

Simplement à mon attitude ?

C'est cela, oui.

C'était juste une impression, alors ? Un ressenti ?

On pourrait dire ça.

Vous avez simplement deviné que, en mon for intérieur, je devais dissimuler quelque chose.

C'était mon impression, oui.

Fondée sur votre vaste expérience des enquêtes pour meurtres à Newton, Massachusetts et du haut de vos 31 ans ?

Chacun sait reconnaître quand on lui ment.

Combien de meurtres par an, en moyenne, sont commis à Newton ?

En moyenne ? Zéro.

Vous serez d'accord pour dire que vous manquiez cruellement d'expérience à l'époque où vous avez tiré cette conclusion ?

Je n'avais pas mené beaucoup d'enquêtes criminelles, c'est vrai.

Et pourtant vous avez jugé mes sentiments peu convaincants.

Oui.

M'aviez-vous déjà rencontré auparavant ?

Non.

Nous ne nous étions jamais vus, et pourtant vous saviez de quoi j'ai l'air quand je suis – comment était-ce encore ? – sur mes gardes et fuyant ?

C'était mon intuition, oui.

Et lui arrive-t-il de se tromper, à cette intuition ?

Bailis : Objection.

La juge : Objection rejetée.

Je ne sais pas.

Eh bien, c'est un talent sacrément utile, pour un enquêteur comme vous ! Être capable de savoir ce que pensent les autres même quand ils n'ont rien dit ni fait de suspect.

Bailis : Objection.

La juge : Objection retenue.

Bailis : Votre Honneur, je souhaite demander des mesures correctives. On ne peut pas continuer ainsi.

La juge : Mesdames et messieurs les jurés, vous êtes priés de ne pas tenir compte de la dernière question. Faites comme si vous ne l'aviez jamais entendue. Les avocats auront l'occasion de vous présenter leurs arguments ultérieurement. Monsieur Larkin, vous êtes prié de vous en tenir aux questions appropriées. Pas de grandes tirades.

Inspecteur, croyez-vous toujours que, pris dans leur ensemble, les éléments de preuve sont solides ?

Oui.

Lors de la perquisition de mon domicile, vous avez embarqué tous mes costumes et mes chaussures. Ces vêtements ont-ils été analysés en quête d'éléments matériels prouvant le crime ?

Oui.

Et qu'a-t-on trouvé ?

Rien.

La pelle prise dans mon garage – quels indices a-t-on relevés dessus ?

Aucun.

Et ma voiture, que vous avez désossée en quête d'éléments matériels. Qu'y avez-vous trouvé ?

Rien.

Et dans la voiture de Jane, qu'on a retrouvée à la gare, qu'avez-vous trouvé ?

Rien. Elle avait été nettoyée de fond en comble.

Par « nettoyée », vous voulez dire qu'on n'y a trouvé aucun indice ?

Je veux dire qu'on y a trouvé des indices laissant penser que le véhicule avait été nettoyé de fond en comble pour supprimer toute empreinte digitale ou autre trace.

Il n'y avait donc aucun indice dans le véhicule me désignant, moi ou un autre ?

C'est exact.

Vraiment aucun ?

C'est exact.

Et pourtant, pris ensemble, les éléments sont solides ?

Oui.

Vous avez déclaré qu'aucun témoin n'était à même de confirmer que je me trouvais à la bibliothèque de droit social, où j'ai prétendu être le jour de la disparition.

C'est exact.

Mais il n'y a pas non plus de témoin qui dise que je n'y étais pas, ai-je raison ?

Il est difficile d'attester un fait négatif.

C'est sans doute difficile, mais ça n'en est pas moins votre travail. Vous avez laissé entendre aux jurés que je n'étais pas là où je le prétendais. Avez-vous des témoins ou des preuves qui l'attestent ?

Non.

Non ? Pas le moindre témoin ?

Non.

Pas le moindre soupçon de preuve tangible ?

Uniquement le fait qu'aucun témoin ne confirme vos dires.

Donc, pour autant que vous le sachiez, il est possible que je me sois trouvé exactement là où j'ai dit que j'étais ce jour-là ?

Un temps.

C'est possible, oui.

Depuis le fond de la salle, mon regard dérive de la séance de questions-réponses et va se porter sur le public, la juge, les jurés, le cadre en lui-même. Je cesse d'écouter. Je n'ai jamais assisté à un contre-interrogatoire, avant cela. Il se peut que ça se déroule toujours aussi mal, mais j'en doute. Ça semble parti pour durer encore un bon moment. Les faits à évoquer sont nombreux et papa prend tout son temps. Comme un chat jouant avec sa souris avant de l'achever : ce n'est pas de la cruauté, juste de l'instinct, le plaisir de laisser parler sa nature. Papa est loin, bien loin d'avoir eu son content, mais je crois que l'on peut s'épargner ce spectacle.

*

* *

Le lendemain matin, 9 h 30.

Miranda est au pupitre, M. Bailis l'a appelée pour qu'elle relate ses faits et gestes dans les premières heures suivant la disparition de ma mère.

Le témoignage de ma sœur a été annoncé dans les médias, attirant un lot prévisible d'avocats et de détraqués. Le procureur est présent, lui aussi, comme c'est le cas depuis les déclarations préliminaires. Miranda est une loque. Elle a à peine fermé l'œil de la nuit. Je lui ai dit que si elle perdait ses moyens, une fois à la barre, il fallait qu'elle regarde le tatouage à son bras : *Omnia mea mecum porto,* Tout ce qui est mien, je le porte en moi.

Aussi retournée soit-elle, Miranda parvient à raconter son histoire d'une voix posée, dépourvue d'émotions. Le retour de l'école dans une maison vide. L'attente, seule, des heures durant. La longue nuit. L'apparition de l'inspecteur Glover, le lendemain matin.

Tout cela est poignant, mais rien là-dedans n'incrimine mon père, qui n'y trouve rien à redire. Il ne fait aucune objection et s'abstient de la couper. Se contente d'écouter, abattu.

On vient à peine de commencer – vingt minutes se sont écoulées depuis le début de son témoignage – quand la porte de la salle s'ouvre. La femme s'arrête sur le seuil, ne sachant trop où aller, où s'asseoir. Il n'y a plus une place de libre sur les bancs.

Dans le tribunal, le silence se fait.

À la barre des témoins, Miranda – qui avait l'intention de raconter aux jurés comment l'inspecteur Glover l'a questionnée le lendemain de la disparition de ma mère – cesse de parler.

Depuis l'autre bout de la pièce, à six mètres de là, la femme regarde Miranda et lui sourit avec douceur.

Il s'agit de ma mère.

À côté de moi, j'entends une soudaine inspiration par les narines, venue de tante Kate. Jane !

Ça ne peut pas être ma mère. Elle est trop âgée. Mais l'est-elle vraiment ? Serait-ce ce à quoi ma mère ressemblerait si elle avait vécu jusqu'à 58 ans ?

Cet instant fantomatique se prolonge, en point d'orgue, jusqu'à ce que papa pivote sur son siège pour voir ce qui se passe.

Mimi adresse un immense sourire à cette femme, porte la main droite à son cœur et articule sans bruit un *Merci*. Elle seule semble savoir de qui il s'agit.

Puis je comprends. C'est Mme Bowers, qui rappelait tant notre mère à Miranda, à l'époque.

Je me lève et lui fais signe, lui offrant ma place, comme si c'était une vieille dame dans le bus.

Elle décline la proposition d'un signe de tête, croise les bras et se cale contre le chambranle de la porte. Elle restera là où elle est pour écouter la déposition de Miranda. Sa posture suggère qu'elle restera debout jusqu'à ce que Miranda en ait fini, toute la journée s'il le faut.

Tante Kate n'arrive pas à détacher son regard d'elle.

À la barre des témoins, Miranda semble se tenir plus droite, plus raide, comme si la véritable Jane venait de faire son entrée. Elle se penche vers le micro : Désolée, j'ai oublié quelle était la question. Pouvez-vous répéter ?

*

* *

Quand le témoignage de Miranda prend fin et que M. Bailis se rassied, je me trouve profondément désarçonné. Miranda a reparcouru une bonne part des événements dont l'inspecteur Glover a parlé : le mystère de la cravate manquante ; les affaires de ma mère en bon ordre dans la chambre parentale – la brosse à cheveux, les cigarettes, les bijoux – aucun vol, aucune trace de lutte ; la conduite étrangement atone de mon père dans les premières vingt-quatre heures d'absence de ma mère, ponctuée par des démonstrations scénarisées, peu convaincantes, de colère ou de peur. Dans la vaste salle du tribunal, sous les yeux de la juge et des jurés peu enclins au pardon, tout semble insuffisant. On ne tient rien, aucune preuve irréfutable, et rien ne viendra. Je me répète en boucle le mantra *cinquante pour cent et des poussières* pour me rassurer. Nous n'avons pas besoin d'éliminer tout doute, il nous faut juste passer le cap des cinquante pour cent.

Miranda semble vidée. La perspective de venir déposer la terrorisait. Avec ce témoignage, elle se sent coupable d'avoir trahi son père, mais elle aurait eu le sentiment de trahir sa mère tout autant si elle n'avait pas témoigné. Son visage trahit son épuisement et son soulagement d'en avoir bientôt terminé.

Papa se lève pour l'interroger. Sa position est délicate. Il ne peut pas se présenter aux jurés dans la position de celui qui malmène sa propre fille ; en même temps, il faut bien qu'il attaque son témoignage. Elle essaie de lui nuire ; il doit répliquer.

Cette fois, il vient se placer tout près de la place du témoin, aussi près de Mimi que possible, assurément pour que le jury le voie au côté de sa fille, un père et son enfant, ensemble dans le camp des victimes.

Miranda.

Oui.

Je sais combien c'est pénible, pour toi. Je suis tellement désolé que tu aies dû subir tout ça.

M. Bailis : Objection.

La juge : Objection retenue. Posez une question.

Mon père acquiesce avec réticence.

Miranda, te souviens-tu du dernier matin que nous avons passé ensemble avec ta mère ?

Oui.

Tu te souviens qu'on a pris le petit déjeuner ensemble avant l'école ?

Oui.

C'était un chouette petit déjeuner, pas vrai ?

J'imagine.

Il n'y a pas eu de dispute ou d'accrochage ?

Non.

Tout le monde était content ?

Oui.

Maman était contente ?

Je crois, oui.

Tu te souviens que, ce matin-là, ta mère s'est moquée de la manière dont je mangeais ?

Oui.

Qu'a-t-elle dit ?

Que tu ne devrais pas manger ton muffin à la fourchette.

Et ça nous a tous fait rire, pas vrai ?

Oui.

Y compris maman ?

Oui.

Tu t'en souviens parce que ça a été le dernier repas pris ensemble, n'est-ce pas ?

Oui.

Tu t'es repassé la scène dans ta tête des milliers de fois ?

Oui.

Moi aussi. Où étions-nous assis, toi et moi ? Tu te rappelles ?

À table.

Et où était maman ?

Dans la cuisine.

Papa s'exprime sur un ton doux empreint de nostalgie. C'est tout juste s'il ne tient pas la main de Miranda pour la soutenir dans cette épreuve.

Et où était Jeff ?

En retard ?

Pourquoi Jeff était-il en retard ?

Parce qu'il était toujours en retard.

(Ce qui est faux, par ailleurs. Il m'arrivait de ne pas être en retard.)

Et où était Alex ? Tu t'en souviens, de ça ?

Il était là aussi.

Quand tu es partie en cours, ce jour-là, tu ne te faisais pas de souci au sujet d'une mésentente entre ton père et ta mère, si ?

Non.

Tu ne t'inquiétais pas que maman soit malheureuse ?

Non.

Elle ne te paraissait pas fâchée, ou agacée, ou triste, si ?

Non.

Et je n'avais pas l'air fâché, ou agacé, ou triste, si ?

Non.

C'était juste un matin comme les autres.

Oui.

Ce soir-là, puis le lendemain, tu te souviens d'être restée avec moi, à attendre que maman nous appelle ou qu'elle revienne ?

Oui.

Où étions-nous assis ?

Sur le canapé du salon.

Nous étions assis l'un à côté de l'autre, n'est-ce pas ?

Oui.

Tu n'avais pas peur de moi ?

Non.

Tu n'as jamais eu peur de moi ? Je n'ai jamais rien fait qui t'aurait effrayée, si ?

Non.

Et ta mère n'a jamais rien dit qui laisserait penser qu'elle avait peur de moi ?

J'étais une enfant. Si elle avait eu peur, je ne crois pas qu'elle m'en aurait parlé.

Exact, tu étais une enfant, mais pas n'importe laquelle, la sienne. Si ta mère avait pensé que je représentais un quelconque danger, tu ne crois pas qu'elle aurait fait en sorte de te prévenir ?

Si.

Elle aurait fait tout ce qui était en son pouvoir pour te protéger ?

Oui, c'est sûr.

Mais elle n'a jamais rien dit de tel, pas vrai ?

Non.

Elle ne t'a jamais donné aucune raison de penser qu'elle avait peur, pas vrai ?

Non.

En fait, pendant des années après sa disparition, tu as cru que je n'y étais pour rien, ai-je raison ?

M. Bailis : Objection.

La juge : Objection rejetée.

Je te croyais, c'est vrai.

Miranda, crois-tu qu'il soit possible que, parfois, les enfants s'imaginent des choses à propos de leurs parents ? Qu'ils se fassent des idées erronées à leur sujet ?

Objection.

Objection rejetée.

Sans doute, oui.

Parce qu'il va de soi que les parents ne disent pas tout à leurs enfants, pas vrai ?

Oui.

Miranda, sais-tu qu'une poignée de semaines avant sa disparition, ta mère est allée à Trout Lake, dans le Vermont, pour chercher un bungalow à louer l'été suivant ?

Objection.

Objection rejetée. Monsieur Larkin, je suppose que vous produirez des éléments de preuve pour corroborer vos dires ?

Oui, Votre Honneur, mon propre témoignage.

La victime est autorisée à répondre.

Je l'ignorais. C'est la première fois que j'entends ça.

Non, elle ne te l'a jamais dit. Elle ne me l'a dit qu'après. Ce devait être une surprise.

Objection.

Objection retenue. Posez une question, monsieur Larkin.

Il est donc possible que ta mère se soit rendue d'elle-même dans cette petite bourgade et que tu n'en aies aucune idée ?

J'imagine que oui.

Cela rend l'affaire moins louche, non ? Qu'elle ait eu une bonne raison de se rendre dans la ville même où l'on a retrouvé son corps ? Qu'il existe une explication simple, rationnelle au fait que son corps se soit trouvé là ? Et cela n'a rien à voir avec moi.

Je ne sais pas.

Tu ne sais pas ou tu préfères ne rien dire ?

Je ne sais pas.

Miranda, je regrette tellement qu'on t'ait mise dans cette position.

Objection.

Objection retenue. Le jury est prié d'ignorer cette dernière déclaration.

Je n'ai pas été mise dans cette position, papa, j'ai choisi d'être ici.

Mon père marque une pause, lui renvoie le mot : *Papa*.

Miranda ne répond pas.

Ce que je veux souligner, c'est qu'il peut y avoir des faits que tu ignorais au sujet de ton père et ta mère, je me trompe ?

Ça se peut.

Ça se peut. Tu n'en es pas certaine, hein ?

Les mains de Miranda sont crispées devant elle, sur une petite rambarde du pupitre des témoins, comme un confessionnal d'église. Sans se presser, mais aussi sans prévenir, papa pose sa paume sur les mains jointes en prière de Miranda, qu'il presse d'un geste rassurant, puis retire sa main prestement avant que Miranda – ou M. Bailis – ait le temps de réagir.

Papa repose sa question : Tu n'en es pas certaine, hein ?

De quoi ?

De ce qui est arrivé à maman ? Personne n'a de certitude.

Moi si.

Papa opine du chef. Il en restera là, il ne poussera pas sa fille plus loin dans ses retranchements. Encore un regard aux jurés, c'est tout ce dont il a besoin pour faire passer son message : *Doutez, doutez, doutez.*

*

* *

Troisième jour.

Tom Glover et Miranda avaient grosso modo la même faiblesse, en tant que témoins : c'étaient des gens vulnérables. Du fait de leur manque de confiance en eux, ils semblaient se dérober, hésiter, et comme aucun ne disposait du type de preuve imparable qui pourrait emporter l'affaire, leur déposition paraissait faible et bien maigre.

Tante Kate n'a jamais été vulnérable et elle dispose d'un atout imparable.

Kate était la confidente de Jane depuis toujours. Les deux sœurs se parlaient quotidiennement, parfois juste pour un bonjour, parfois pour se confier des détails intimes de leurs vies de couple. En règle générale, ça avait lieu le matin, une fois les enfants partis à l'école. Ma mère s'asseyait à la cuisine, avec un café et le téléphone posé sur le plan de travail, et papotait. Tel un vieux gant de base-ball, l'appareil lui-même montrait des stigmates du bavardage permanent de ma mère, décoloré par son maquillage cuivré, qui déteignait sur les touches et sur la partie micro du combiné.

Pour l'heure, au pupitre, Kate rapporte ce que Jane lui a dit.

(Une déclaration faite hors du tribunal par une personne décédée n'est pas recevable au tribunal, mais une loi du Massachusetts permet qu'on rapporte de tels propos dans les affaires civiles, à la condition expresse que le juge constate que les propos ont été « tenus en toute bonne foi et en connaissance de cause de la personne décédée qui les a prononcés ». Un motif récurrent commence à émerger : mon père s'oppose à ce que Kate répète ce que Jane lui a dit – *Objection, propos rapportés*. À quoi la juge répond : *Je constate que les propos ont été tenus en toute bonne foi et en connaissance de cause du déclarant*.)

Aux dires de Jane, son mari était malheureux en couple. Elle le soupçonnait d'avoir des aventures et de vouloir la quitter. Mais elle pensait aussi qu'il n'oserait pas divorcer. L'époque était aux jugements généreux envers les ex-épouses, surtout celles qui se faisaient larguer (plus que celles qui concédaient qu'existaient des « différences irréconciliables »), et encore plus envers les ex-épouses – la vaste majorité d'entre elles, alors – dont les moyens financiers faisaient pâle figure à côté de ceux de leur mari. Dan avait un talon d'Achille, selon Jane : l'argent, son obsession. Il magouillait constamment pour se remplir les poches. Ses parents étaient fortunés, c'est vrai, mais Dan semblait n'en avoir jamais assez. Il dépensait comme un gosse de riches – montres, vêtements, voitures, voyages, Jane en était étourdie – mais le couple n'avait jamais de quoi tenir ce train de vie. Les parents de Dan ne donnaient pas un centime. Ils lui avaient dit qu'il n'hériterait rien avant leur mort, qui surviendrait peut-être trop tard pour lui être d'un grand secours. (La présence de la mère de Dan au procès était là pour le confirmer.) Jane n'avait pas la désinvolture de son mari, typique des riches, son assurance que l'argent apparaissait toujours quand on en avait besoin. Ça la tracassait, et elle le lui disait. Ils se disputaient.

Toutefois, si Dan était malheureux, l'argent n'en était pas la cause principale. Kate décrit des dîners avec Jane et Dan au cours desquels il l'insultait ou la réprimandait pour des broutilles. Ç'avait toujours été un sale type, dit Kate, mais en 1975 il semblait indéniablement ne plus rien éprouver pour Jane. Aucune des deux sœurs ne se doutait de l'existence de Sarah Bennett, la copine de Dan, mais pour autant Kate n'avait pas été surprise quand elle avait débarqué.

Suivant le fil des questions de M. Bailis, tante Kate décrit un dîner, environ une année avant la disparition de Jane, où Dan a dit : Je crois que tous les hommes mariés sont un peu malheureux en secret, du moins ceux qui se marient jeunes. Il avait une théorie, au sujet du mariage, comparant les jeunes hommes à des actions à la hausse dont la valeur culmine entre 40 et 50 ans. Un homme qui se marie jeune aura donc nécessairement le sentiment d'avoir vendu à une valeur trop basse et de se retrouver coincé avec un capital qui se déprécie – sa femme.

À cette étape du récit, le portrait que dresse Kate est peu flatteur, mais pas fatal. Elle décrit un goujat, mais pas forcément un meurtrier.

Mais le coup imparable que j'ai mentionné, ce ne sont pas les problèmes de couple de Dan. C'est son potentiel de violence. Ça a toujours été un point difficile à dépasser. Est-il plausible qu'un homme qui n'a jamais été violent auparavant puisse soudainement tuer sa femme ? Saurions-nous convaincre les jurés d'accepter cette possibilité ?

Sur le même ton déterminé et factuel, tante Kate répète la description que Jane lui a faite de la nuit où il l'a violée.

Papa n'émet pas d'objection. Il a déposé une requête avant le procès demandant à exclure ces éléments, que la juge a rejetée. Il souhaite désormais éviter de souligner l'incident en essayant – et en échouant – à le tenir hors de portée d'oreille des jurés.

Quelques minutes suffisent à tante Kate pour décrire les faits, mais l'impact sur la salle est immédiat. Même notre juré sceptique – au fond à gauche – se redresse sur son siège, le visage crispé, tout ouïe.

Papa se lève pour le contre-interrogatoire et se positionne cette fois en plein centre de la salle, à équidistance de la témoin, des jurés et de M. Bailis. Je suis fasciné par toutes les décisions tactiques qu'il prend, par le jeu de scène. On dirait un boxeur dominant le ring, obligeant tante Kate à reculer dans les cordes.

Celle-ci demeure imperturbable. Même acculée dans l'angle, elle saura le mettre K-O.

Kate, dit-il, prenant garde à l'appeler par son prénom, tu te rappelles la première fois qu'on s'est rencontrés ?

Au débotté comme ça, non.

Cela te rafraîchirait-il la mémoire si je te disais que c'était au lycée ? On participait tous les deux au journal du lycée. Tu te souviens maintenant ?

Pas vraiment. C'était il y a longtemps.

Tu seras d'accord, cependant, pour dire que tu me connais depuis plus longtemps que Jane.

Vu que tu l'as tuée, oui.

Il sourit patiemment. Ce que je veux dire, c'est que tu m'as connu avant elle, tu confirmes ?

Oui.

Et tu ne m'as jamais apprécié, pas vrai ?

Avant que vous sortiez ensemble, je n'avais jamais fait attention à toi.

Et après ?

Je n'ai jamais aimé ta manière de te comporter avec les gens, y compris avec ma sœur. C'est vrai.

Et ta sœur, elle le savait que tu ne t'entendais pas avec son mari ?

Je n'en faisais pas mystère.

Et pourtant on a continué à se fréquenter, à faire des sorties à quatre ?

Oui.

Tu n'as jamais refusé de me voir ?

Ça aurait signifié ne plus voir ma sœur.

Tu ne m'as jamais vu faire preuve de violence ?

Non.

Ni envers ta sœur ni envers quiconque.

Personnellement, non, je n'ai jamais assisté à ça.

Dans ta déposition, tu as expliqué que, au bout de quinze années de mariage, je te paraissais malheureux en ménage.

Oui.

Crois-tu qu'il soit rare qu'avec le temps un homme ressente moins de... d'enthousiasme pour son couple ?

Rare ? Comment le saurais-je ?

Vraiment ? Tu n'as pas une idée ? Tu connais pourtant cette statistique – un lieu commun – selon laquelle un mariage sur deux dans ce pays finit par un divorce ?

Oui.

Alors tu conviendras qu'il n'est pas si rare qu'un couple marié soit confronté à des difficultés, à l'usure, à l'ennui ?

Apparemment.

Et ça concerne tout le monde, les hommes comme les femmes ?

Apparemment.

Donc si, plus jeune, je ne trouvais plus mon couple si... *captivant* qu'au début, ce ne serait guère étonnant, non ?

Si tu le dis.

La question appelle une réponse claire. Oui ou non, Kate ?

Non.

Être malheureux en ménage, c'est banal ; divorcer, c'est banal, tu en conviens ?

Oui.

Mais assassiner sa femme c'est très, très peu banal. Tu en conviendras aussi, n'est-ce pas ?

Oui.

C'est donc qu'un grand nombre de couples ne ressentent plus de passion l'un pour l'autre sans que ça les mène au meurtre ?

Je suppose.

Et pourtant, dans mon cas, et uniquement dans mon cas, tu laisses entendre aux jurés qu'être déçu par sa conjointe est un mobile suffisant pour la tuer ?

Je n'ai pas dit que c'était un mobile suffisant.

Donc ce n'est *pas* un mobile suffisant.

Dan, il n'existe aucun mobile suffisant pour tuer ta femme.

Sauf que tu suggères que moi, ça m'a suffi, je me trompe ?

Il m'est impossible de dire ce qui te paraît suffisant à toi, Dan. Janie aurait été mieux à même de répondre à cette question.

Objection.

La juge : Objection retenue. Les jurés sont priés de ne pas tenir compte de la dernière réponse de la témoin.

Parlons de ce soi-disant viol – c'est bien le mot que tu as utilisé pour décrire l'incident ?

C'est le mot que j'ai utilisé parce que c'est ce dont il s'agit.

Est-ce ce que tu as dit à ta sœur, qu'elle avait été violée ?

Oui.

Donc tu as dû la pousser à aller porter plainte à la police ?

Oui.

Mais elle n'en a rien fait, je me trompe ?

Non.

Donc elle n'était pas d'accord avec toi ?

Au sujet de la plainte ? Non, elle n'était pas d'accord.

Lui as-tu dit une fois ou plusieurs fois d'aller porter plainte ?

Plusieurs.

Mais tu ne l'as pas convaincue, tu ne l'as pas fait changer d'idée ? N'est-ce pas là le signe que tu avais exagéré les faits ? Qu'elle ne croyait pas un instant qu'il s'agissait d'un viol ?

Non. C'est le signe qu'elle ne voulait pas détruire sa famille en accusant son mari d'un acte de violence.

De violence ? Avait-elle subi des blessures ?

On n'a pas besoin d'exhiber des blessures pour prouver un viol.

Avait-elle subi des blessures ?

Pas que je sache.

T'a-t-elle jamais dit avoir subi des blessures ?

Non.

Donc elle n'avait pas de blessures, elle ne pensait pas avoir subi un viol et elle ne voulait pas déposer plainte. Tout cela est-il exact ?

Oui, mais de nombreuses femmes…

De nombreuses femmes, mais pas Jane, n'est-ce pas ? Pas ta sœur, pas mon épouse.

Elle ne voulait pas y mêler la justice, c'est vrai, mais ça ne prouve rien.

Donc la seule qui voulait agir, c'était toi.

Oui, je le voulais.

T'est-il arrivé de dire à Jane de me quitter, de divorcer ?

Tout à fait.

Mais elle n'en a rien fait non plus, ai-je tort ?

Non.

Elle ne me détestait pas autant que toi.

Non.

Ce sera tout.

Papa lui a déjà tourné le dos, il avance vers la table de la défense quand tante Kate lance : Si elle t'avait quitté comme je lui disais de le faire, elle serait ici aujourd'hui.

Papa se retourne vers elle, le temps de peser sa réponse.

M. Bailis m'a expliqué les bases du contre-interrogatoire : si l'on s'y prend bien, seules les questions comptent, parce qu'elles contiennent les réponses.

Il faut savoir s'arrêter. Dire ce que l'on a à dire et retourner à sa place. On n'est pas dans une série télé, les témoins ne vont pas s'effondrer, même s'ils ont tort à cent pour cent, même s'ils mentent comme des arracheurs de dents.

Je m'attends à ce que papa regagne sa place. Ses questions ont été suffisamment percutantes pour brouiller le témoignage de tante Kate, ou du moins pour le complexifier. Il a porté quelques coups. Ça suffit.

Mais tante Kate a toujours su le faire sortir de ses gonds. Quelque chose, chez cette femme obstinée, lui est intolérable.

Il dit : Si elle m'avait quitté, comme tu lui as dit de le faire, tu me haïrais tout autant.

Objection !

Objection retenue.

Et tu serais quand même prête à dire n'importe quoi pour…

Monsieur Larkin !

… me nuire.

Monsieur Larkin. Objection retenue. Mesdames et messieurs les jurés, vous êtes priés de ne pas tenir compte des dernières déclarations de l'avocat de la défense et de la témoin. Elles ne doivent pas vous influencer. Vous ne devez leur accorder aucun crédit et les effacer intégralement de votre esprit. Monsieur Larkin, en avez-vous terminé ?

Oui, Votre Honneur.

*

* *

Après une suspension de séance, le temps que les esprits se calment, Sarah Bennett vient témoigner. Son calme est un soulagement bienvenu après l'intensité de tante Kate. Elle porte un maquillage très léger, une robe gris souris et aucun bijou à l'exception d'une montre-bracelet en cuir brun.

Jamie est là, elle aussi, pour soutenir sa mère. Elle ne vient pas nous voir, Miranda et moi ; j'imagine qu'aucun de nous ne saurait quoi dire.

Techniquement, Sarah est un témoin de l'accusation, mais son témoignage est si neutre – en matière de contenu comme de ton – qu'on est à deux doigts de penser que si M. Bailis ne l'avait pas citée à comparaître, papa l'aurait fait. Son récit est ultrafactuel, ultraprécis. Oui, sa liaison avec Dan a commencé quand Jane était encore vivante, et oui, elle savait depuis le début que Dan était marié. Elle savait que c'était mal, mais n'a pas eu le sentiment d'avoir le choix ; le cœur a ses raisons. Non, Dan n'a jamais rien dit de particulièrement négatif sur Jane. Il n'a jamais dit à Sarah qu'il comptait se séparer de sa femme, encore moins s'en prendre à elle. Pas plus, dit-elle, que sa décision de le quitter au bout du compte n'a de rapport avec cette affaire ou avec une quelconque peur de Dan.

Pourquoi l'avoir quitté, alors ? demande M. Bailis.

La relation était arrivée à son terme. Ce n'était plus un homme avec lequel j'avais envie de passer ma vie.

C'est tout ?

C'est tout.

Je ne peux m'empêcher d'observer Jamie. Que doit-elle penser ? Que penseraient les jurés si, moins d'une heure après avoir appris que mon père avait violé sa femme, ils apprenaient qu'il avait également tripoté une jeune adolescente ? Cela dit, Sarah a raison de protéger sa fille. Je ferais de même, moi aussi, pour la simple raison que Jamie est en vie et ma mère non, et qu'il y a déjà eu suffisamment de dégâts comme ça. (Jamie ne témoignera pas au procès. M. Bailis a choisi de ne pas la citer.)

Le point culminant de la déposition de Sarah – le moment clé, comme je l'ai appelé – arrive après sa description d'un merveilleux séjour aux Bermudes, effectué en compagnie de mon père moins d'un an après que maman a disparu.

M. Bailis passe patiemment en revue les détails du voyage, qui avaient tous été soigneusement organisés par ma mère pour elle et mon père – les vols, l'hôtel, les restaurants et les activités. Le fait qu'ils aient attendu la date anniversaire, un an après la disparition de maman, avant de s'envoler pour les Bermudes. Sarah a acquiescé sans hésiter à tout cela.

Vous apparaissez comme la remplaçante. Vous étiez la femme qui avait pris la place de Jane pour ces vacances ?

Ce n'est pas ainsi que je le voyais.

Dan vous a-t-il semblé triste, durant ce séjour initialement prévu avec sa femme ?

Non.

A-t-il exprimé un quelconque chagrin, de la colère, une émotion quelconque liée au fait que sa femme n'était pas présente lors de ce voyage qu'ils avaient planifié ensemble ?

Non.

Non. Il était heureux ?

Il l'était, oui.

Il était amoureux ?

Je le crois.

Une année après, il avait obtenu exactement ce qu'il voulait, n'est-ce pas ?

Sarah marque un temps d'arrêt. Voici le moment clé.

Objection.

Objection retenue.

Sarah n'est pas autorisée à répondre, mais sa réponse importe peu.

Comme aime à le dire M. Bailis, la question contient déjà la réponse.

*
* *

La déposition de l'expert médical n'apporte rien. Après dix-huit années sous terre, le corps est dans un état de décomposition trop avancé pour révéler grand-chose. Ce qu'on apprend est anecdotique.

Le trou dans le crâne de ma mère a sans doute été causé *post mortem*. Il est probable (mais non certain) qu'elle ait été enterrée sans vêtements, pour accélérer la décomposition ou rendre plus difficile l'identification au cas où le corps viendrait à être déterré. Sinon on aurait retrouvé des éléments vestimentaires plus durables – boutons, fermetures à glissière, boucle de ceinture, œillets et minuscules clous des souliers, tissus synthétiques – qui subsistent longtemps après que les tissus en fibre naturelle se sont décomposés.

Et un détail que j'aurais aimé ne jamais apprendre : il faut huit à douze ans pour qu'un corps humain enseveli à deux mètres de profondeur, sans cercueil ni embaumement, dans un sol ordinaire, devienne un squelette. Le cadavre de ma mère a dû se réduire à des ossements plus rapidement encore, selon l'expert, du fait de la faible profondeur de la sépulture et de la nature humide et acide du sol à proximité du lac. Le témoin a rechigné à chiffrer plus précisément le processus, mais sa supposition tournait autour de sept à dix années.

Ce qui signifie que pendant plus de la moitié du temps où je rêvais de ma mère, elle n'était déjà plus que des os. Le poids total de ces os aujourd'hui, note le rapport, n'est que de sept kilos.

*
* *

Après deux heures de déposition, M. Bailis pose une ultime question à mon père (trop dramatique, trop facile à parer) :

Avez-vous tué Jane Larkin ?

Non, absolument pas.

*
* *

Quand vient le moment du verdict du jury, et qu'il est demandé à la salle de se lever, mon père a ce geste insolite. Il se met debout, reboutonne sa veste. Jette un bref regard aux jurés qui se réinstallent dans le box, puis fait volte-face vers le public sur les bancs. Sa propre mère et le loyal Alex à sa droite. La foule au centre, parmi elles les journalistes et le procureur. Enfin, les mutins de la famille sur la gauche, Miranda, tante Kate et moi. Il effectue un petit salut formel, inclinant le buste, une dizaine de degrés, pas plus, tel un chef d'orchestre. S'agit-il de nous remercier ? De nous prévenir de ce qui va suivre dans un instant ?

Le greffier tend au juge la feuille sur laquelle est inscrit le verdict. Ce dernier la parcourt sans ciller et la lui rend.

Le greffier : Êtes-vous parvenus à un verdict, monsieur le président ?

Oui.

Le greffier lit le document entre ses mains : Question relative au verdict spécial.

Question numéro un : Le prévenu, Daniel Larkin, a-t-il causé la mort de Jane Larkin ?

Réponse : Non.

Miranda fuse immédiatement hors de la salle, le visage enfoui dans ses paumes.

Je reste pétrifié, incapable de bouger.

LIVRE IV

Le dimanche 15 octobre 2017, l'article suivant a paru en première page du *Boston Globe*.

Une affaire non élucidée remontant à plusieurs décennies sur le point d'être résolue

En juillet 2016, un détenu de 78 ans du nom de Norris White, condamné à perpétuité sans possibilité de libération conditionnelle, fait l'expérience des premiers symptômes d'une crise cardiaque : cage thoracique comprimée, bras gauche engourdi, difficultés à respirer. Craignant que le temps lui soit compté, White décide de se décharger d'un secret. Durant les semaines qui suivent, d'abord à ses geôliers puis à différentes agences gouvernementales, il livre un compte-rendu détaillé de sa carrière de violeur et d'assassin récidiviste, sur des victimes exclusivement féminines.

White avait déjà été condamné pour le meurtre de trois femmes à Los Angeles et de deux autres au Texas. Il avait également été jugé et déclaré non coupable d'un autre meurtre en Floride, et soupçonné d'avoir tué deux femmes dans l'Ohio, affaire dans laquelle il avait été relâché sans qu'il soit retenu de charges contre lui.

À ce jour, l'homme a avoué avoir tué au moins soixante femmes. Il se peut qu'il y en ait eu davantage, a-t-il déclaré, sans en être tout à fait sûr. Les meurtres s'étalent entre le début des années 1970 et l'année 1974, et concernent 24 villes dans 16 États différents. Il a revendiqué des meurtres multiples dans plusieurs États, et au moins cinq dans les suivants : New York, Ohio, Kentucky, Floride, Texas et Californie. Norris White menait une vie nomade. La période la plus longue où il a vécu au même endroit, c'est trois ans, passés à Jacksonville, en Floride. Il jetait son dévolu sur des femmes dont la mort passerait inaperçue, généralement des travailleuses du sexe ou des toxicomanes. Mais il lui arrivait aussi d'agir sous le coup d'une impulsion et de faire une entorse à son mode opératoire quand l'occasion se présentait.

Un expert ès meurtres en série du FBI s'est rendu en Californie pour interroger Norris White. L'expert l'a jugé aimable et disposé à collaborer. White avait une mémoire prodigieuse concernant ses crimes et a été capable de se rappeler énormément de détails. Il a même esquissé des portraits en buste des victimes, aux crayons de couleur, pour aider à les identifier. L'expert n'a eu aucun doute sur le fait que White a dit la vérité. Il a néanmoins été soumis au détecteur de mensonges, test qu'il a réussi.

White n'éprouvait aucun remords pour aucun des faits relatés. Il a expliqué à l'agent du FBI qu'il ne considérait tout simplement pas avoir mal agi, pas plus qu'un homme lambda ne se sentirait coupable après des relations sexuelles consenties avec une femme. Dans son rapport, l'expert a relevé qu'il n'y avait aucun élément notable ou rebutant dans l'attitude de White. Malgré sa carrure intimidante, ses manières étaient assez douces.

Une année ou presque s'est écoulée depuis son aveu initial, que les enquêteurs ont mise à profit pour corroborer 34 meurtres avec certitude, grâce aux preuves ADN. D'autres dossiers non élucidés ont également été clos, même en l'absence de traces ADN, sur la base des déclarations ultraprécises de White, surtout lorsque ces détails avaient été cachés au public. Dans la quasi-totalité des cas, la victime avait été agressée sexuellement et tuée par strangulation. Il est probable que Norris White soit l'un des tueurs en série les plus prolifiques que le pays ait connus.

Il est aussi quasiment certain que Norris White a assassiné Jane Larkin, une habitante de Newton dont la disparition, le 12 novembre 1975, a tenu en échec les enquêteurs pendant plus de quatre décennies.

Tout ce temps, les soupçons se sont portés principalement sur son mari, Daniel Larkin, un avocat pénaliste désormais à la retraite. Ce dernier, toutefois, n'a jamais été inculpé officiellement, et a toujours fermement clamé son innocence.

En 1994, M. Larkin a fait l'objet d'une plainte au civil déposée par la famille de son épouse, dont deux des propres enfants de M. Larkin. La plainte partait du principe qu'il avait assassiné sa femme. Les jurés dans cette affaire civile n'ont pas jugé M. Larkin responsable du préjudice subi.

Le mystère semble désormais levé.

Dans ses aveux, Norris White a décrit le meurtre de Jane Larkin en détail. Il s'en souvenait avec clarté, a-t-il dit, car elle se démarquait beaucoup de ses cibles habituelles.

Durant l'automne 1975, White habitait le Vermont, près de Trout Lake, dans un appartement délabré qu'il partageait avec trois autres hommes. Alors âgé de 37 ans, il venait d'arriver quelques semaines auparavant, suite à la proposition de logement d'un ami. Originaire d'Akron, dans l'Ohio, White vivait à Cincinnati avant d'arriver dans le Vermont.

Mme Larkin, alors âgée de 39 ans, était apparemment venue prospecter pour louer un bungalow l'été suivant, afin de réitérer un séjour de vacances en famille effectué quelques mois plus tôt, en août 1975. C'était, semble-t-il, sa deuxième ou troisième visite à Trout Lake.

White avait été embauché par la municipalité pour des travaux d'entretien. Ce jour-là, on l'avait assigné à un chemin non carrossé dans les bois, pour, selon ses mots, « virer la broussaille et boucher les trous ». Lorsque Mme Larkin s'est présentée, White avait en main une pelle fournie par les services de la ville. Selon les dires de White, elle lui a demandé son chemin pour se rendre à l'une des locations en bordure du lac.

Dix-huit années après les faits, en juin 1993, ses ossements avaient été découverts non loin de là, dans la forêt.

White a pu décrire le meurtre avec force détails. Jane avait une cicatrice caractéristique sur l'épaule, se souvenait-il, et conduisait une Ford Thunderbird blanche décapotable avec un toit marron. Il se rappelait qu'elle tenait le dépliant touristique d'une agence immobilière locale avec une liste des bungalows à louer.

Norris White a quitté Trout Lake sitôt le meurtre accompli. Il a prétendu que ce n'était pas une fuite : simplement il trouvait le Vermont trop rural, il s'y ennuyait. Au total, il n'y sera resté qu'une poignée de semaines.

On ne dispose d'aucune trace ADN dans l'affaire Jane Larkin, mais les enquêteurs ont conclu qu'elle avait bien été tuée par Norris White. Au mois de mai, les autorités du Massachusetts et du Vermont ont officiellement clos l'enquête. Aucune charge n'a été retenue ; ç'aurait été vain. Plusieurs États avaient déjà déposé de premières demandes d'extradition ; le procureur du Vermont aurait dû attendre son tour, la procédure aurait pris des années.

Norris White n'avait pas ces années devant lui. Il est décédé le 4 septembre. Jusqu'à la fin, il n'aura exprimé aucun remords pour ce qu'il a fait subir à Jane Larkin et à ses autres victimes. Il ne paraissait même pas comprendre pourquoi il aurait dû ressentir quoi que ce soit.

Les familles de Daniel et Jane Larkin ont refusé de commenter les faits. La fille de M. Larkin, Miranda Larkin, a déclaré que son père, désormais âgé de 81 ans, n'était pas en mesure de répondre à des demandes d'interview. Souffrant d'Alzheimer depuis plusieurs années, selon Mlle Larkin, il est atteint des troubles typiques de cette maladie, avec notamment des états de confusion avancée et de sévères pertes de mémoire.

1

Je suis de sale humeur. Alex et Miranda – avec la complicité de Jeff, je le soupçonne – m'ont infligé la visite d'une maison de retraite, Les Saules. J'y serai en sécurité, me disent-ils. Je ferai des rencontres formidables. Des activités formidables, des repas formidables. Si c'est un tel paradis, ils n'ont qu'à y aller eux-mêmes, bordel.

Ma fille me rappelle à plusieurs reprises que je dois me montrer aimable.

À l'accueil, la directrice vient à notre rencontre, une femme échevelée grisonnante, dégageant une certaine autorité. Bien gaulée (ma libido le remarque encore, même si ça fait bien longtemps que ma bite décrépite, lovée comme un chien au coin du feu, a perdu tout intérêt pour la chose). S'ensuit une séance de bavardage insupportable dans son bureau, puis on nous fait visiter au pas de charge un réfectoire avec des nappes blanches, un gymnase désert, une bibliothèque en bois sombre et même un salon de coiffure. Dans une « salle d'activités », un groupe de femmes fait du macramé. Pour finir, quelques appartements cubiques. Tout est très chic. Je suis sûr que ça coûte affreusement cher.

Après ça, je fais remarquer que nous n'avons pas vu l'unité de vie protégée.

Les yeux de la directrice passent de Miranda à Alex non sans inquiétude, mais elle articule avec assurance : C'est exact.

Miranda dit : Papa, tu es loin d'en avoir besoin. Tu n'en es qu'au stade intermédiaire.

Intermédiaire... n'importe quoi ! On baratine pas un baratineur.

L'unité de vie protégée se trouve au sixième étage, derrière des portes closes.

Nous entrons dans une vaste salle commune. Sur la gauche, une sorte de salon : une douzaine de résidents y sont installés en demi-cercle autour d'une femme plus jeune (la quarantaine) qui dirige une sorte de danse, comme une ronde, mais assis. Voici la version de la comptine diffusée par une petite enceinte, assez fort : *On met pied droit devant, on met pied droit derrière. On met pied droit devant et on tourne tourne tourne. On fait le boogie-woogie et on tourne sur soi-même...* La femme fait preuve d'un entrain sans faille. Elle vocifère ses instructions aux danseurs et chante des bouts de la comptine. Allez, on y va, pied droit ! Mais les danseurs sont léthargiques. Ils tendent un pied, le laissent pendouiller, le ramènent, tout cela sans une once d'énergie, l'air ailleurs. Certains ne bougent pas d'un pouce. L'un est en fauteuil. Il n'y a que deux hommes, dans le groupe. Aucun ne danse.

Une seule femme, livide mais souriante, s'est levée de son siège. Devant ses mouvements gracieux rappelant la salsa, je ne peux m'empêcher de m'interroger sur ce qu'elle peut bien penser, ce qu'a pu être sa vie. Nous apercevant, la danseuse de salsa semble comprendre ce qui nous amène. Elle me fixe, exécute quelques mouvements en cadence – main gauche devant, main gauche derrière – comme pour m'inviter dans la ronde.

Tout le personnel est féminin, vêtu de blouses de couleur vive, à l'exception d'un homme plus âgé qui porte un pantalon et un polo lie-de-vin sur la poitrine duquel est brodé « Les Saules ».

La directrice nous informe qu'il y a des activités tout au long de la journée, dont le but est toujours d'améliorer les performances cognitives et d'encourager l'exercice physique. Tout se déroule au sein de l'unité fermée.

On nous guide dans un long couloir, où nous passons devant les chambres des résidents. Au mur, des photographies vintage en noir et blanc : Marilyn Monroe, Frank Sinatra, les Beatles avec leur coiffure au bol, JFK, Ted Williams et Joe DiMaggio.

Quelques résidents d'âge très avancé sont assis dans le couloir, presque immobiles. Notre passage les laisse de marbre.

La plupart des chambres sont vides même si, au détour d'une porte, j'entrevois un pied atrophié, rose veiné de bleu, entortillé dans les draps. À chaque porte, un panneau de liège flanqué de portraits de famille, et notamment de photos des résidents eux-mêmes, plus jeunes, plus dynamiques.

Pour le moment, nous n'avons aucune chambre de disponible, nous apprend notre guide. *Pour le moment*.

Au bout du long couloir, nous arrivons à un dernier espace, une petite alcôve avec quelques fauteuils épars près d'une fenêtre. Une table avec rien dessus – ni livres ni revues.

Une femme est assise là, mains à plat sur les genoux. Elle est assez vieille. Probablement plus de 90 ans. Ses cheveux couleur cendre flottent librement sur ses épaules. Robe de chambre blanche. Yeux un peu jaunes, nébuleux.

Voici Janice, nous dit-on. Bonjour, Janice.

La femme ne répond pas.

Comment allez-vous, aujourd'hui, Janice ?

Pas de réponse.

Vous allez l'air en forme, lui dit la directrice.

Je suis prête à rentrer chez moi maintenant, murmure la vieille dame.

Mais vous êtes chez vous, ici, Janice.

Je suis prête à rentrer chez moi maintenant, je suis prête à rentrer…

*

* *

Sur le trajet du retour, je reste silencieux. Tant de temps a passé, déjà ? Comment se fait-il que la fin soit si proche ? Je croyais qu'il me restait des années. Le choc m'assomme, presque littéralement. Je suis écrasé, cloué sur mon siège.

Ma fille remarque : Tu es affreusement silencieux.

Mmh.

Tu veux qu'on en parle ?

Je n'irai jamais dans cet endroit.

D'accord.

Jamais. Promets-le-moi.

D'accord. Personne ne peut t'y forcer.

Promets-le-moi.

Je te le promets. On ne t'oblige à rien, en aucun cas. On a simplement pensé que ce pourrait être une bonne chose d'étudier les différentes options.

Tu le sais aussi bien que moi, si je rentre là-dedans, je n'en sortirai jamais.

À t'entendre, on croirait que c'est une prison.

Mais c'est une prison. Les gens qu'on a vus sont enfermés.

Pour leur propre sécurité, papa. Je te l'ai dit, on en est très loin. Le service de vie protégée, c'est pour le bout du bout. Pour plus tard. C'est justement parce qu'ils ont cette UVP qu'on a voulu visiter les lieux, pour quand tu en auras besoin. Tu pourras passer en douceur d'une étape à l'autre sans avoir à déménager. C'est une bonne chose, c'est un luxe. Tu as de la chance qu'on puisse se le permettre.

Tu parles d'un luxe.

Il faut être réaliste. Tu as une maladie, il va te falloir des soins. Je sais que c'est difficile, mais on ne peut pas faire comme si de rien n'était.

Tu les as vus, ces gens ? C'étaient des zombies.

Ce n'étaient pas des zombies. C'étaient des gens. Des gens malades. Qui font ce qu'ils peuvent. Et qui ne m'ont pas paru malheureux.

Je refuse de devenir un zombie.

Papa, tu ne peux pas envisager tout ça depuis ta perspective d'aujourd'hui. Tu dois avoir en tête ce dont tu auras besoin plus tard, quand tu en seras à ce stade. Ça pourrait prendre des années. Qui peut dire comment tu te sentiras à ce moment-là ?

On doit trouver un moyen de faire autrement.

Autrement comment ? Comment ? Dis-moi. Je fais tout ce que je peux, et ça ne suffit pas. Même à l'heure qu'il est, ça ne suffit pas. Papa, le jour viendra où tu auras besoin de plus d'aide que je ne peux t'en apporter.

Je ne veux pas qu'on m'aide. Je ne suis pas un fardeau.

Tu n'es pas un fardeau. Je t'interdis de dire ça.

C'est exactement ce que je suis.

Pas pour le moment. Écoute, on discute tranquillement.

Pour le moment... *Pfff*.

On n'aurait pas dû la visiter, cette unité de vie protégée. Je te l'avais dit. C'est toi qui as insisté pour qu'on aille voir.

J'ai le droit de connaître la vérité.

Je dis ça, je dis rien. Tu verras peut-être les choses différemment d'ici cinq ou dix ans.

Je n'ai pas cinq ou dix ans devant moi. Tu le sais pertinemment.

Cette maladie est imprévisible. Personne ne peut dire avec certitude à quelle vitesse ça va évoluer ni combien de temps il te reste.

Promets-moi simplement que tu ne me mettras pas là-dedans.

Je te l'ai déjà promis, papa. Mais qu'est-ce qu'on va faire ? Il nous faut prévoir quelque chose pour l'étape suivante.

Eh bien prévoyons autre chose alors.

*
* *

La fille se dispute au téléphone :

Non, je ne te prends pas pour un fou. Je n'ai jamais dit ça... Non, non, je n'ai pas dit ça. J'ai dit que tu y mettais de la mauvaise foi. Que tu manquais d'objectivité. Je sais que c'est pénible. Que c'est pas facile à avaler... Non ! Tu te doutes bien que je n'accorde aucun crédit à cette ordure. Mais y a pas que lui. Les flics aussi en sont persuadés, et le procureur. Pourquoi ils feraient ça s'ils n'avaient aucun élément ?

Elle est patiente, mais il la devine furieuse. Elle dit : Oh mon Dieu, Jeff, tu vas arrêter, oui ? Pourquoi voudraient-ils à tout prix clore l'enquête après tout ce temps ? D'ailleurs ça intéresse plus personne, personne en a entendu parler. Ils veulent résoudre l'affaire, pas l'enterrer... Et après ? On a déjà parlé de ça mille fois ! Il ne se rappelle pas ce genre de détail parce que c'était un vagabond et que quarante ans ont passé ! Je sais, tu es avocat... Il a pas été capable de nommer ses codétenus, et alors ? Quelle différence ça fait ? Regarde ce qu'il a su se rappeler... Oui, c'était dans la presse. Mais c'était il y a des années et des années... Ils ne lui donnaient pas d'infos. Ils l'interrogeaient. Comment veux-tu qu'ils l'interrogent au sujet d'un crime sans le décrire ? Pourquoi lui auraient-ils donné des infos précises ? Oh mon Dieu, maintenant c'est toi qui as l'air cinglé, Jeff. Ces gens sont de ton côté et ce sont des professionnels hyper expérimentés – pourquoi feraient-ils un truc pareil ?

Tout en écoutant, elle pose une main sur le dessus de son crâne puis tend le bras, semblant dire, *Mais de quoi tu parles ?* Puis, dans le combiné :

Je sais, parfois les flics se plantent. Et oui, les faux aveux, ça existe. Je t'ai entendu, je te crois... Je vois bien, Jeff. Je comprends...

Elle lève de nouveau sa main libre, frustrée.

Tu veux bien arrêter avec cette alliance ! On s'en fout de l'alliance. Ça ne fait rien. Rien. Je peux imaginer des tas de raisons qui expliquent son absence. Tiens par exemple : elle est restée sous terre avec les ossements pendant quarante ans ! Ou peut-être que White lui a retiré sa bague et n'y a plus pensé après. Tout ça, c'était il y a quarante ans, Jeff ! Ce qui serait surprenant, c'est qu'il se rappelle tout en détail sans se tromper !

Elle écoute pendant un certain temps. Puis :

Jeff, se peut-il que tu sois si convaincu de la culpabilité de papa, et ce depuis si longtemps, que tu ne puisses pas accepter l'idée que c'est faux ? C'est possible, non ? Tu réalises un peu à quel point ce que tu dis est délirant ? Non, ils ne lui ont pas dicté ses aveux. Arrête. C'est ridicule... Ils ne lui ont pas donné de détails. Pourquoi auraient-ils... Jeff, je suis crevée, je ne vais pas me fâcher avec toi… D'accord, toi tu discutes et moi je me fâche… Mais parce que tu as tort, Jeff, voilà pourquoi. Je t'aime, mais tu as tort… J'en peux plus. On tourne en rond, là. On pourrait pas juste…

Elle raccroche et lâche un gémissement.

Se retournant, elle s'aperçoit que j'écoutais. Je suis sûr qu'elle m'en veut.

Oh mon Dieu, papa, pardon. Tu as tout entendu ?

J'acquiesce.

Tu sais de quoi on parlait ?

Non. Tu as des ennuis ?

Si j'ai des ennuis ? (On dirait que la fille va pleurer. Elle dit :) Ouais, je crois bien.

*

* *

Cuisine déserte. Milieu de journée. Il fait chaud, le soleil brille.

Je suis debout dans la cuisine. Tout étourdi. La pièce tourne autour de moi. Les objets tremblotent, leurs bords palpitent – les plans de travail, les placards, l'électroménager.

Sur le seuil, la fille dit : Hé, papa, qu'est-ce que tu fais ?

Je suis un peu…

Tu cherches quelque chose ? Tu as faim ?

Non, simplement je… je…

Tu es sûr que ça va ? Qu'est-ce qui va pas ?

Elle entre dans la pièce d'un pas précautionneux, avec une drôle d'expression. Contourne l'îlot central.

Il s'est passé quelque chose ?

Son regard passe de mes yeux à mes mains, qui pendent le long de mes flancs. Elle m'attrape les poignets et les lève. Ils sont rouge vif, baignés de sang frais. Surtout le gauche.

Oh mon Dieu ! Papa, qu'est-ce qui s'est passé ? Mais qu'est-ce qui s'est passé ?

Cherchant d'où vient le sang, elle me fait lever les bras pour inspecter mes mains. Le sang avait formé une mare, côté gauche, entre mes doigts en coupe ; le tout coule maintenant le long de mon poignet et sur son pouce.

Il y a des traînées rouges sur mon pantalon, au niveau de la hanche gauche. Du sang sur le sol. Il commence déjà à pénétrer les vieilles lattes d'érable, qui prennent une teinte brune. Un couteau effilé gît par terre.

Mon poignet est glissant. Il lui échappe. Ça fait à peine mal. Juste une petite brûlure ou une démangeaison. Bien loin de la douleur à laquelle je m'attendais.

Qu'est-ce que tu as fait ? Ça va ? Qu'est-ce que tu as fait !

Elle me lâche pour aller chercher un torchon.

Sur mon poignet, le sang perle d'une incision nette. Je presse la blessure sur ma poitrine pour arrêter le sang, rougissant le devant de ma chemise.

Elle éloigne mon bras de mon torse. Écarquille les yeux. Elle enroule le tissu fermement autour de mon poignet.

Que s'est-il passé ? Qu'est-ce que tu faisais ?

Je ne sais pas.

Qu'essayais-tu de faire ? Viens ici, il faut rincer. Mais qu'est-ce que tu faisais ?

Penchée sur l'évier, elle déroule le torchon, s'en débarrasse puis place nos quatre mains sous le filet d'eau froide tandis que le sang se dilue et s'éclaircit. Elle frotte le bout de ses doigts sur mes paumes et entre les doigts pour nettoyer le reste.

On ferait mieux d'aller aux urgences.

On ne va pas aux urgences, papa. Si tu te pointes comme ça, ils vont te faire passer un examen psychiatrique.

Ce qui signifie ?

Ça signifie que tu risques de ne pas rentrer chez toi ce soir.

Comment tu le sais ?

Je le sais, c'est tout.

Mais comment ?

Tiens-moi ça. Et appuie. Je vais aller chercher des compresses. Il faut qu'on nettoie tout ça. Papa, mais à quoi tu pensais ?

Pardon.

Ne me refais jamais ça.

Elle me serre dans ses bras. Je ne me rappelle pas qu'elle ait jamais fait ça avant.

Pas comme ça, papa. Pas comme ça.

*

* *

Un homme est assis face à moi.

Ça vous ennuie si j'enregistre ? dit-il.

Ça m'est égal.

J'aimerais que nous discutions de votre vie et de votre maladie, si vous le voulez bien ?

Entendu.

Nous nous sommes déjà vus, à vrai dire, il y a des années de cela. J'ignore si Miranda vous l'a dit. Je suis un vieil ami.

Je ne me souviens pas de vous. Il va falloir vous montrer indulgent, beaucoup de choses m'échappent, désormais. Avec cette maladie.

Ça ne fait rien. Puis-je vous demander comment vous vous sentez aujourd'hui, rapport à votre maladie ?

Ça va.

Pouvez-vous me décrire ce que ça vous fait ? Je dois dire que vous me paraissez très présent, très alerte, et que vous vous exprimez avec clarté. Je ne m'attendais pas à cela, pour être franc.

Eh bien, je fournis un effort conséquent pour être, euh, au niveau de cette conversation. Je me concentre et je réfléchis de toutes mes forces. Et puis, j'ai mes bons et mes mauvais jours. Je ne sais jamais d'avance de quoi je serai capable d'un jour à l'autre.

Et aujourd'hui est un bon jour ?

Oui.

Globalement, vous avez plutôt des bons ou plutôt des mauvais jours ?

Des mauvais.

Miranda me dit que vous en êtes au stade intermédiaire de la maladie. Cela vous semble-t-il exact ?

Non.

Et pourquoi ?

Parce que j'ai tellement perdu.

En matière de souvenirs ?

Oui. Et de capacités de réflexion.

Qu'est-ce que ça vous fait ? Sauriez-vous le décrire ?

Le passé sombre dans l'oubli. Ça se dégrade constamment. Je perds chaque jour davantage. Chaque jour, je me réveille et je dresse l'inventaire de ce qui a disparu et de ce qui reste. C'est tout bonnement une confiscation constante.

Et la perte de mémoire s'est-elle accélérée ?

Oui.

Vous souvenez-vous de quoi que ce soit qui remonte à loin ?

Oui. Mais on perd énormément. Les détails. C'est comme un voile, dans le cerveau. On sent que les souvenirs doivent s'y trouver, mais on ne peut pas les voir à travers le brouillard. On ne distingue rien clairement, on ne peut pas réfléchir clairement.

Cela doit être effrayant, d'être perdu dans le brouillard.

Je dois l'accepter. J'ai décidé il y a longtemps de ne pas résister à la maladie.

Voilà qui est admirable.

J'ai eu mon content d'années pour m'habituer à cette idée.

Et que ressentez-vous, alors, s'il n'y a pas de peur ?

Je ne ressens rien.

Vous ressentez forcément quelque chose.

Il m'arrive d'avoir honte, ou d'être gêné. Chacun a envie de se sentir capable et normal, et je ne suis plus ni l'un ni l'autre.

De la colère, alors ?

Non. Je ne suis pas une personne émotive. Les choses arrivent. Pourquoi faudrait-il que je sois épargné ?

Selon Miranda, la maladie vous a transformé, vous a rendu plus serein, plus doux, plus gentil.

Je ne sais pas. Ça se peut.

Vous n'étiez pas comme ça, avant, si vous me permettez ce constat. Vous étiez quelqu'un de fier, pugnace, sûr de lui.

S'il y a bien une chose que la maladie vous retire, c'est votre assurance. Quand on se sent impotent, dépendant, on se comporte différemment. On ne vit plus de la même manière.

Et c'est ce qui vous est arrivé ?

Ce n'est pas un choix conscient, mais oui.

Je me demande si ça n'est pas une bénédiction, parfois. De pouvoir écarter certaines émotions négatives – la vanité, l'agressivité. De subir une transformation aussi fondamentale.

Une bénédiction, non, je ne dirais pas ça. Je n'idéalise pas la maladie. Elle me dévore. Et elle va continuer à me dévorer jusqu'à la fin.

Et donc ?

Et donc à chacun de prendre ses responsabilités.

Et vous avez pris les vôtres, m'a dit Miranda.

Oui. J'ai pris ma décision.

Pourquoi maintenant ? Vous ne semblez pas malheureux. Vous avez perdu vos souvenirs, du moins une partie d'entre eux, mais vous me semblez encore bien vif. Vu de l'extérieur, vous paraissez avoir encore beaucoup de temps devant vous.

Eh bien, la nature de la décision fait que vous devez la prendre bien en amont.

Tant que vous êtes encore en mesure de la prendre, voulez-vous dire.

Oui.

Et vous vous sentez complètement apte ? Vous comprenez la décision, ce qu'elle implique ?

Tout à fait.

Miranda m'a donné ce document rédigé de votre main. « J'atteste par la présente de la décision que j'ai prise de mettre un terme à ma vie avant que ma maladie compromette ma qualité de vie d'une manière qui me paraît inacceptable. Personne n'a joué aucun rôle dans cette décision en dehors de moi-même. Personne ne m'a conseillé, ni aidé en aucune façon, ni n'a participé de quelque manière que ce soit. Cette décision est entièrement de mon fait et l'acte en lui-même, le jour venu, sera entièrement de mon fait. » Êtes-vous toujours d'accord ?

Oui.

Cela me semble tout à fait fondé juridiquement, si vous me permettez cette remarque. Vous avez pensé à laisser une trace écrite.

Oui.

Pour que personne n'ait d'ennuis.

C'est exact. Nous vivons dans un pays où... où on n'a pas le contrôle de sa propre existence, on ne peut pas choisir sa mort. Il faut donc que je le fasse par moi-même.

Miranda dit que vous vous êtes tranché le poignet avec un couteau il y a quelques mois.

Oui.

À cause de vos pertes de mémoire et de la confusion ?

Oui. À cause de la maladie.

Il me semble que les troubles de la mémoire sont déjà bien entamés et pourtant, vous semblez plutôt content, pas du tout en colère. Je dirais même – et peut-être est-ce l'écrivain en moi qui parle, qui idéalise, comme vous dites – mais les pertes de mémoire sont peut-être la raison même de votre sérénité actuelle. Vous n'avez plus accès à votre passé, mais votre passé n'était pas si rose. Il y a certains souvenirs qui gagnent peut-être à disparaître. Vous avez traversé des périodes difficiles, je peux vous le dire. Les choses seraient peut-être plus simples si on pouvait tous oublier notre passé – toutes les erreurs et les regrets, les rancunes – et vivre simplement dans l'instant. Ni passé ni futur. Ça semble plutôt zen.

Ce n'est pas ce que je ressens.

Alors pourquoi ? Pourquoi maintenant ? Parce que la maladie s'accélère ?

Parce qu'elle accélère, oui. Ça change. Ça va au-delà de l'oubli. Il y a autre chose.

Le brouillard.

Quelque chose dans le brouillard.

La démence.

Oui.

Vous le ressentez ?

Je suis conscient de ce qui se produit.

Comment ? Que ressentez-vous ? Je veux savoir.

Pourquoi voulez-vous savoir ça ?

Je suis écrivain. J'écris sur vous.

Quelle idée, pourquoi écrire sur moi ?

Vous avez mené une vie intéressante, monsieur Larkin. J'écris sur ce qui vous est arrivé. Y voyez-vous un inconvénient ?

Non, je ne crois pas.

Je veux vous comprendre, savoir ce que ça fait, d'être vous. Pour que les gens comprennent votre situation, ce que vous avez enduré. Je veux m'immiscer dans vos pensées.

Vous voulez vous immiscer dans mes pensées ?

Oui. Qu'y trouverais-je, si j'y parvenais ?

Rien. Du brouillard.

Alors, racontez-moi. J'ai le sentiment de rencontrer un de mes personnages en chair et en os. Je n'avais jamais eu cette chance jusqu'à présent. Que pensez-vous en ce moment même ? Que pensez-vous de votre vie, de l'affaire, de Jane ?

Je ne pense rien.

Cela me semble dur à croire, sincèrement. Je vous trouve très fuyant.

Pas du tout. Je suis désolé. Ce n'est pas mon intention.

(Après une longue pause :) Je dois vous demander – je suis désolé, mais je dois vous poser la question au moins une fois, de but en blanc. C'est inévitable. Savez-vous quelque chose sur la disparition de Jane ?

Quoi ?

Je regrette, mais je dois vous poser la question. Savez-vous quoi que ce soit au sujet de ce qui est arrivé à Jane ?

Je ne sais pas de quoi vous parlez.

De Jane.

Je ne connais pas de Jane.

Vous ne vous souvenez pas d'elle.

Non. Qui est-ce ?

C'était votre épouse. Les gens ont pensé que vous y étiez pour quelque chose.

Qu'est-ce que j'ai fait ?

Je l'ignore.

Qu'est-ce que j'ai fait ? Dites-moi.

Je ne sais pas. Je ne crois pas que vous ayez fait quoi que ce soit, à dire vrai. Mais je dois poser la question. C'est mon boulot.

Je ne sais pas de quoi vous parlez.

OK. Désolé. Je ne voulais pas être désagréable. C'est de ma faute. Pardon.

(J'essaie de fouetter mon esprit au ralenti en quête d'informations. Mais je n'ai rien. Je n'ai rien. Mon cerveau est vide. Qui *est* cet homme ?)

Ça vous ennuie qu'on continue la conversation, monsieur Larkin ?

Qui êtes-vous encore ? Que faites-vous ici ?

J'écris un livre. Sur votre famille. Un crime a été commis.

Je n'ai jamais entendu parler d'un livre.

Ça ne fait rien. Je suis un vieil ami de Miranda et Jeff, un vieil ami de la famille. C'est tout. Je suis votre ami.

Vous n'êtes pas mon ami.

Je le suis, je vous assure.

Je ne comprends pas.

L'homme me dévisage, l'air inquisiteur. Il a des traits banals et un air aimable, mais il *attend* quelque chose de moi. Il baisse la tête, déçu.

Non, dit-il, je suis sûr que vous ne comprenez pas. Je vous crois.

Je suis désolé.

Ça ne fait rien, monsieur Larkin. C'est moi qui devrais vous présenter des excuses. Je suis désolé de vous avoir mis en rogne. Votre fille m'a demandé de venir. Elle voulait que je vous parle.

Pour que vous puissiez écrire votre livre ?

Pour que je l'écrive à sa manière, je crois.

Vous ne me ferez pas passer pour un imbécile ? La manière dont je m'exprime. J'ai du mal à trouver mes mots, parfois. Je ne suis plus celui que j'étais. Ce n'est pas moi.

Ça ne fait rien. Je pourrai arrondir les angles. Je saurai trouver les mots à votre place.

La fille finit par intervenir : Tu en as vu assez, Phil ? Je crois qu'il commence à fatiguer.

Ouais. Bien sûr.

Il nous reste encore pas mal de temps, pas vrai, papa ? On est prévoyants, c'est tout. Je voulais simplement que mon ami vienne te voir avant qu'il soit trop tard. Mais il nous reste encore des années ensemble. Des années.

2

Le soir.

Bruit d'une voiture devant la maison.

Je vais jeter un œil au carreau. C'est une drôle de voiture, vieille et défoncée.

Un homme en sort. D'âge moyen. Aussi négligé que sa bagnole. Barbe, casquette, bedaine.

Il gagne la portière côté passager, l'ouvre et s'adresse à quelqu'un à l'intérieur :

Tu veux bien sortir maintenant ? Non... Je ne te porterai pas... Non... Ce n'est pas que je veux pas ; je ne *peux* pas. Parce que tu pèses beaucoup trop lourd... Je n'ai pas dit grosse. J'ai dit que tu pesais trop lourd... Allez, lève-toi... Bien sûr que si tu en es capable. Non, je te l'ai dit, je ne rentre pas... Parce que je ne rentre pas, point, c'est comme ça.

Tendant la main, il tire Miranda hors du véhicule. Elle reste là, nuque ployée, paupières closes, paume de la main sur le front.

OK, prête ?

Juste une seconde. Et la voiture, ça va ?

La voiture va très bien.

Et la bouche d'incendie ?

En meilleur état que la voiture.

Oh mon Dieu. Je vais avoir tellement d'emmerdes.

Tu n'auras aucune emmerde. Je suis le seul à être au courant. Tu peux marcher ?

Non.

Allez, viens, saute.

L'homme tourne le dos à Miranda et se penche.

Qu'est-ce que tu fais ?

Je demande un examen de la prostate. À ton avis, je fais quoi ?

Beurk.

Triple buse, je vais te porter sur le dos.

Oh.

Allez saute.

Tu es trop grand. Je peux pas sauter si haut. Plie les genoux.

Ils sont pliés.

Plie-les plus.

Si je plie plus, je pourrai jamais me redresser.

Mais le type n'en plie pas moins davantage les jambes. Miranda s'accroche à ses épaules arrondies et se juche sur son dos.

OK, en route.

L'homme bougonne et vacille, mais parvient à se redresser.

Oh mon Dieu.

Tu étais plus costaud, avant.

Et toi t'étais plus mince.

Tu vas y arriver ?

Je t'emmène pas plus loin que la porte.

L'homme progresse péniblement jusqu'au perron, Miranda sur le dos. Il sort de mon champ de vision, bien que j'entende toujours son pas pesant sur les marches en bois tandis qu'il approche du seuil.

Je lui ouvre avant qu'il puisse sonner.

Oh. Salut, papa.

Qu'est-ce qui s'est passé ?

Rien. Tout va bien.

Qui est-ce ?

C'est ton fils, Jeff.

Vraiment ?

Il hoche la tête dans ma direction avec une grimace.

Elle va bien ? Qu'est-ce qui s'est passé ?

Elle va bien. Elle est ivre. Elle en fait des tonnes, c'est tout.

Je n'en fais pas des tonnes. Amène-moi à ma chambre.

Mimi, pour l'amour du ciel, qu'est-ce que je t'ai dit !

Tu peux pas simplement – on est obligés de faire ça maintenant ? Amène-moi à ma chambre, vas-y. C'est juste une maison. Qu'est-ce qui pourrait bien se passer ? C'est juste une maison, merde alors.

Il la porte dans l'escalier, plié en deux, main rivée à la rampe.

Une fois redescendu, il dit : Elle pionce. Demain matin, elle ne se souviendra de rien. Ni toi non plus, j'imagine.

Non, sans doute pas en effet.

Elle s'occupe bien de toi ?

Oui. Elle est très gentille.

Trop gentille, oui. Tu as de la chance.

Je ne dis rien.

Tu es le plus chanceux des connards que la terre ait jamais portés.

Je laisse passer l'insulte aussi. Je lui demande seulement : Vous voulez venir vous asseoir ?

Non. Je rentre chez moi.

Vous êtes sûr ?

Ouais.

Vous étiez ensemble, ce soir ?

Non. Miranda m'a appelé pour que je vienne la chercher.

Et son mari ?

Il me dévisage, les yeux plissés, comme si j'étais fou, puis il me grogne dessus comme si j'étais débile – ce que je suis – et je sais que j'ai fait une erreur.

Elle n'a pas de mari.

Oh.

Mimi ferait mieux de ne pas boire. Je le lui ai déjà dit. Elle en est pas capable, elle tient pas la route, putain.

Boire trop, c'est jamais bon.

C'est pas bon pour elle, en tout cas. Elle ne boit pas, normalement. Tout ça, c'est ta faute.

Moi ?

Oui, toi. Tu la rends dingue. Elle doit te courir après. S'occuper de toi.

Je n'ai aucune idée de ce dont il parle.

Dis à Miranda que je prends la voiture. Dis-lui – laisse tomber. Je lui enverrai un texto demain. Tu t'en souviendras pas. J'embarque la voiture, je connais un carrossier qui va régler ça.

Merci.

Pourquoi tu me dis merci ?

Merci de m'aider.

Ouais, c'est ça. J'amène la bagnole à réparer, je te donne pas un rein.

Bien sûr.

Il souffle, exaspéré, et examine mon visage. Il me fait un peu peur. Sa colère, son gabarit.

Sais-tu au moins qui je suis ?

Non. Qui ?

Je suis ton fils.

Non. Je sais qui est mon fils.

Ah oui ? Et qui d'autre tu connais ?

Venez vous asseoir.

Non. Comment je m'appelle ? Dis-moi.

Je ne sais pas.

C'est bien ce que je pensais. Miranda m'a demandé de rester ici cette nuit. Elle dit qu'il faut te surveiller, sinon tu risques de te barrer ou de mettre le feu à la baraque ou je ne sais quoi. Mais t'as pas l'air si mal en point.

Ça va.

Tu ne vas pas mettre le feu à la maison ?

Non.

Bon, tant mieux. Parce que je reste pas. Tu nous mets pas le bazar, d'accord ? Tu la laisses dormir en paix, pour une fois.

OK.

Parce que ça suffit, t'en as assez fait.

OK.

Il pose la main sur la poignée de la porte d'entrée, qu'il contemple un moment. C'est une poignée ancienne, en cuivre, ornée de minuscules fleurs en relief. Comme il y a un peu de jeu, son geste la fait cliqueter.

Tu devrais vendre cette maison. C'est qu'une source d'emmerdes.

Mais de quoi cet homme me parle-t-il ?

Ton petit jeu ne prend pas, avec moi, dit-il.

Quel petit jeu ?

Tu parviens peut-être à tromper Mimi, mais pas moi, je ne suis pas dupe.

Il s'en va, se servant de la clé de Miranda pour verrouiller la porte de l'extérieur.

*

* *

Dehors. Fraîcheur du soir. Pas une maison éclairée. Les bruits nocturnes sont agréables.

Une voix de femme dans mon dos me murmure : Papa, qu'est-ce que tu fais ?

Quelle question idiote. Je ne fais rien, je suis juste là, debout.

Tu sais quelle heure il est ?

Non. Quelle heure il est ?

Il est presque une heure du matin ! Je te croyais au lit.

Je ne suis pas fatigué.

Allez viens. Il est tard. Il est l'heure de se coucher.

Je ne suis pas fatigué.

Et où tu comptais aller comme ça ?

Me promener.

Te promener ? À cette heure-ci ? Mais où ça ?

Je ne sais pas.

Elle se frotte le visage. Elle a un joli visage.

OK, attends, je vais chercher mes chaussures. Bouge pas, je reviens dans deux secondes. Tu ne bouges pas, hein.

Plus tard, je suis en train de marcher quand elle arrive en courant.

Je t'avais dit de ne pas bouger ! Je peux pas te lâcher des yeux une minute ! Tiens, enfile ça, on gèle. Tu n'as pas froid ?

Non.

Elle me passe un blouson et remonte la glissière. Après quoi, elle tire sur la languette pour vérifier que c'est bien fermé. Là, dit-elle, c'est mieux ?

Bien.

Où on va ?

Je ne sais pas.

Par ici, c'est le lac. On n'a qu'à continuer dans cette direction. Qu'en dis-tu ?

D'accord.

Le trottoir n'est pas assez large pour marcher de front, donc nous avançons au beau milieu de la chaussée.

Ça me plaît bien, lui dis-je.

À moi aussi.

Ma maladie m'a retiré beaucoup de choses, mais ça, ça demeure : la joie toute bête de marcher par une nuit glaciale parmi les demeures endormies, des feuilles mortes entassées dans les caniveaux et sur le trottoir. Je l'apprécie peut-être encore plus qu'avant, sachant que ça va disparaître aussi, au bout du compte.

Elle marche les mains croisées dans le dos. Elle doit faire ma taille, mais me semble bien plus grande. Forte. C'est comme si elle pouvait me porter comme un bébé et me ramener à la maison, s'il le fallait.

Elle m'appelle papa pour me rappeler qui elle est, ce que j'apprécie. Son nom m'échappe, sur le moment. J'ai conscience du caractère dément de tout ça, de combien je suis ridicule, mais je n'ai aucune envie de gâcher le moment en posant la question. La promenade est si agréable, la nuit si parfaite. Je serai triste, tout à l'heure, peut-être. Mais pas pour l'heure. Son nom me reviendra peut-être demain matin, qui sait.

On arrive à un lac. Elle crochète son bras autour du mien pour me guider le long d'une pente, après les arbres, vers la berge où la surface de l'eau miroite au clair de lune et des réverbères.

Que c'est beau, dit-elle. Tu trouves pas ?

Si.

Merci de m'avoir montré ça.

Je lui souris. OK.

Tu es content, papa ?

Oui. Et toi ?

Non. Je suis très triste, à vrai dire.

Pourquoi ?

Parce que je t'ai fait de la peine.

Non, pas du tout. Il ne faut pas dire ça. Jamais.

Et pourquoi je le dirais pas ? Puisque c'est vrai.

Ça n'a aucune importance.
Bien sûr que si.
Non ! Il ne faut pas dire ça !
D'accord. Pardon, papa. Tu es prêt à rentrer ? Il se fait tard.
Pas encore.

*
* *

Un jour – des mois plus tard, c'est le printemps désormais, le monde est pluvieux et vert – la femme vient me voir avec un petit sourire, toute fébrile : Papa, viens voir, j'ai un truc à te montrer. T'inquiète pas, ça va te plaire.
Me prenant la main, elle me mène jusqu'au salon. Il n'y a plus rien sur la table basse, à l'exception d'une petite boîte en carton.
Qu'est-ce que c'est ?
C'est une machine à souvenirs.
Elle me demande de m'asseoir sur le canapé devant la boîte. Une fois installés, elle dit : Maintenant, ferme les yeux et écoute, d'accord ? C'est bien fermé ? Reste comme ça et tu écoutes, c'est tout. Tu adorais ce disque.
Elle allume la musique, ajuste le volume.
It had to be you, it had to be you. I wandered around and finally found the somebody who — le rythme est lent, indolent et triste – *could make me be true, could make me be blue, and even be glad just to be sad thinking of you.*
Là. Garde les yeux bien fermés. Détends-toi.
Some others I've seen might never be mean.
Contente-toi de fermer les yeux. Essaie de te détendre. Prends quelques minutes pour te concentrer sur ce que tu entends. Profite de la musique.

Might never be cross or try to be boss, but they wouldn't do.

Quand j'étais petite, tu l'écoutais tout le temps, celui-là.

For nobody else gave me a thrill, with all your faults, I love you still. It had to be you, wonderful you, it had to be you.

Ça ne me rappelle rien.

C'est pas grave. Ne t'en fais pas. N'essaie pas de fouiller ta mémoire. Contente-toi de te détendre et d'en profiter.

Le morceau continue. Une trompette sourde. Une basse. Le chanteur éploré.

On dit parfois que la musique a le pouvoir d'atteindre une couche profonde du cerveau et de débloquer certains souvenirs anciens. Ils ne surgissent pas forcément sous forme de souvenirs, mais simplement d'une sensation, d'une bouffée. Peut-être une sensation familière, simplement. Familière et ancienne et agréable et positive. Mais ne te mets pas la pression. On écoute juste de la musique, rien de plus. On profite.

Le morceau prend fin – *wonderful you, it had to be you* – et redémarre aussitôt en boucle. *It had to be you, it had to be you, I wandered around and finally found.*

Elle chantonne doucement en stéréo : *Somebody who-o-o could make me be true, could make me be blue, and even be glad just to be sad thinking of you.*

Je commence à hocher la tête en cadence. Ça te plaît, papa ?

Oui.

Tu connais cette chanson ?

Je ne sais pas.

D'accord. Ça ne fait rien. Continue d'écouter. C'était un de tes disques. Tu sais qui c'est ?

Non.

C'est Billie Holiday. Ça te dit quelque chose, Billie Holiday ?

Non. Je le connaissais ?

Mais non, voyons. Bon, tu peux rouvrir les yeux. Tu es prêt ? Tu t'en sors très bien.

Ma fille baisse le son, mais ne coupe pas la musique. Elle s'assied près de moi, me masse un peu la paume de la main pour me rassurer.

Maintenant on va regarder quelques photos, tu veux bien ? On va regarder ensemble. Toi et moi. Qu'en dis-tu ?

D'accord. Si tu veux.

Some others I've seen might never be mean…

Elle retire le couvercle de la boîte en carton et en sort une vieille photo.

Les couleurs ont passé et jauni. On voit un homme en beau costume et veston. Large cravate ocre. Chemise bleu pâle avec un col blanc qui ressort. Il a d'épais cheveux bouclés, des lunettes aviateur. Il se tient très droit, un verre à la main.

Tu sais qui c'est ?

C'est une fête.

C'est une fête. Je crois que tu as raison. Mais tu sais de qui il s'agit ?

Non, qui est-ce ?

Tu sais où ça se passe ? Regarde bien. Observe la pièce. Vois si tu peux deviner.

Je ne sais pas. Dis-moi.

C'est ici ! Il est dans le salon !

Ah bon ?

Mais oui ! Regarde. Tu vois l'étagère, là ? Il se tient juste ici. Bon, c'était un peu piégeux comme question. On en essaie une autre.

For nobody else gave me a thrill, with all your faults, I love you still.

Elle attrape une autre photo. Elles semblent rangées dans un certain ordre ; elle saisit la photo du dessus sans hésiter ni fourrager dans la pile. On y voit un adolescent efflanqué au visage étroit. Il porte une élégante chemise blanche et regarde l'appareil avec un air empreint de sérieux.

Qui est-ce ?

J'en sais rien.

Prends ton temps. Qui est ce garçon ? C'était ton préféré. Le préféré des préférés. Tu te souviens de lui ?

Non.

OK, je t'aide un peu : regarde ce qu'il tient. Qu'est-ce qu'il a dans la main ?

Un ballon.

Un ballon, bien. Quel genre de ballon ?

Un ballon. Qu'est-ce que ça veut dire, quel genre de ballon ?

D'accord, oublie ça. C'est un ballon de basket. Ça t'aide un peu ? Qui aimait le basket ?

Toi ?

Non, pas moi ! Tu te moques de moi ? Allez, qui aime le basket ?

Lui.

Oui, lui. Oh, t'es d'humeur farceuse aujourd'hui. C'est Alex. Tu te souviens d'Alex, ton fils.

OK.

OK, on en essaie une autre.

Un autre garçon. Cheveux plus longs, plus voûté, sourire de petit malin.

Qui est-ce ?

Mon fils.

Ton fils ! Mais oui ! Tu te rappelles son prénom ?

Alex.

Non, celui-ci, c'est Jeff. Tu te souviens de Jeff ?

Bien sûr.

Vraiment ? Ou c'est juste pour parler ? Dis-moi la vérité ?

Je me souviens de tout le monde.

Tu dis la vérité ?

Évidemment.

D'accord, on passe à la suivante. Prêt ? Celle-là est super difficile.

OK.

La chanson redémarre. *It had to be you, it had to be you. I wandered around and finally found the somebody who...*

Sur la photo, une petite fille. Blonde. Mignonne.

C'est toi.

C'est moi. Comment tu as trouvé ça ? Tu as dit au hasard ?

Non. Je ne sais pas. Je reconnais ma petite fille si mignonne.

C'est vrai ?

Bien sûr !

Eh bien. C'est drôlement touchant.

Elle porte les deux mains à son cœur et fait mine d'être sur le point de fondre en larmes. Elle m'embrasse sur la joue.

OK, veux-tu qu'on continue ? Celle-là est ardue. Je ne crois pas que tu vas trouver.

Some others I've seen might never be mean, might never be cross or try to be boss.

Photo d'un couple, en vacances peut-être, dans un lieu ensoleillé. Lui, bouclé, lunettes de soleil aviateur, montre de luxe au poignet, elle, chevelure blonde ramenée en un élégant chignon, vêtue d'une robe de couleur vive avec un motif floral.

Qui est cette femme, as-tu une idée ?

Non. Je devrais ?

Il n'y a pas de « devrais ». Si tu t'en souviens pas, ça ne fait rien.

Je ne m'en souviens pas.

Elle s'appelle Sarah. Ça t'aide ?

Je ne crois pas, non.

Et lui ?

Euh.

Mais c'est encore toi, idiot ! Maintenant je sais que tu te paies ma tête. Allez, encore deux et on arrête.

L'image suivante montre une femme aux cheveux blancs. Je n'attends même pas qu'elle demande : C'est ma mère.

C'est ta mère ! Excellent ! C'était aussi ma grand-mère ! Allez, la dernière.

Sur la dernière, on voit une belle jeune femme, le visage rond, arborant un demi-sourire chaleureux. Elle porte des créoles. Ses cheveux bruns lui encadrent le visage.

Regarde avec attention. Qui est-ce ?

Je la connais ?

Tu l'as connue autrefois.

Tu en es certaine ?

Certaine, oui, papa.

Tu la connaissais aussi ?

Très bien, oui. On la connaissait tous les deux. Prends ton temps. Regarde-la longuement, et de près.

Je saisis la photo et la regarde longuement avec attention. J'ai envie de trouver la réponse pour ma fille. Je suis censé savoir. Elle pense que je l'ai connue. Elle veut à tout prix que je trouve ; ça se voit sur son visage, à la manière dont elle se penche en avant, suspendue à ce que je vais dire.

Mais dans mon esprit, c'est le vide. Comme ça arrive de plus en plus fréquemment. Je ne sais pas, et je ne sais pas si je l'ai jamais su, et je ne sais pas si je le saurai de nouveau jamais ou si cette partie de moi a disparu pour toujours. Rester rivé sur cette image ne fera resurgir aucun souvenir, parce qu'il n'y a aucun souvenir à convoquer ; je n'ai jamais vu cette femme.

Mais je la connaissais. C'est ma fille qui le dit.

Une vague monte, je ne sais plus si je suis sain d'esprit et simplement oublieux, ou si c'est ce qu'on ressent quand on devient fou, l'esprit qui s'assombrit par bribes, se désintègre, s'évapore. Que restera-t-il dans mes pensées quand j'aurai atteint l'autre rive de tout ça, quand l'effacement sera total ? Ma tête sera-t-elle pleine de silence ? Ou autre chose viendra-t-il combler le vide – les fantasmes, les rêves, le chaos ? Si c'est ça, sentir qu'on glisse vers la fin – si c'est l'étape intermédiaire, comme le dit la femme –, alors qu'est-ce que ce sera ensuite ? Après ?

Je ne sais pas.

Ça ne fait rien. Essaie. Regarde son visage. Tu l'as connue.

Qui est-ce ?

Elle comptait beaucoup pour toi.

Je ne sais pas qui c'est.

Ma fille se couvre la bouche de la main et ferme les yeux.

Je lui dis : Pardon, tu es triste. Qu'est-ce que j'ai fait ? Pourquoi es-tu si bouleversée ?

Ça ne fait rien, papa, je ne suis pas bouleversée.

Qui est-ce ?

Ça ne fait rien, papa, c'est personne.

*

* *

Quelque temps plus tard. Je ne sais pas combien ; les jours, les semaines, les mois passent sans que je les compte, sans notion du temps.

Je suis au lit.

Ma fille entre dans la chambre, Bonjour papa, et va ouvrir les volets. Ses gestes ont l'air bien rodés, combien de journées ont-elles débuté ainsi ?

La lumière estivale adoucit les angles. Les détails familiers de la pièce – le bois ayant viré au miel, les murs jaune pastel –, tout prend une beauté toute neuve.

Comment te sens-tu ce matin ?

Bien.

Tu te souviens de quel jour on est ?

Non.

Elle s'assied au bord du matelas, me prend la main et l'embrasse sur le dessus. Elle dit : C'est le dernier jour. Le 25 juillet.

Oh. Oui. Je sais.

Comment vois-tu les choses ? Tu te sens prêt ?

Je suis prêt.

Tu en es sûr ?

J'en suis sûr.

Et de fait, j'en suis sûr. Il est temps. Avant que je perde le contrôle, avant que le monstre tapi dans le brouillard – la démence – emporte ce qu'il reste de moi. Je n'ai pas peur ; personne n'a vocation à vivre éternellement. La maladie ne m'a pas rendu amer : tous les corps sont faillibles. Je suis prêt.

Bien. Alors viens, on va te faire un brin de toilette et t'habiller convenablement. Elle me suit dans la salle de bains.

Tu as besoin d'aller aux toilettes ?

Oui.

D'accord, je vais attendre dehors.

Alors que j'ai péniblement éjecté quelques gouttes, on frappe à la porte. Tu es prêt ?

Oui.

Elle revient dans la pièce, tire la chasse d'eau. Tu prends une douche aujourd'hui ?

Je secoue la tête.

Dans ce cas, parfait. Elle met du dentifrice sur ma brosse à dents et me la tend.

Pendant que tu frottes, je vais chercher un gant.

Quand j'ai fini, elle me tend un comprimé. Tu te rappelles ce que c'est ?

Non.

C'est l'antinauséeux. Tu dois le prendre quelques heures avant.

D'accord.

Donc tu le mets dans la bouche. Bien. Non, ça ne se croque pas. Tu le mets sur l'arrière de ta langue, tu bois un coup et ça va descendre tout seul. Bien, comme ça. C'est bien. Tu l'as avalé ?

Oui.

C'est pas évident, les comprimés, hein ? Je déteste ça.

Ouais.

Elle me présente le gant de toilette. Tu veux le faire toi-même ou tu veux de l'aide ?

De l'aide.

D'accord, bras en l'air.

Mes bras se lèvent tout seuls, sans que je leur en donne l'ordre.

Elle fait glisser mon tee-shirt par-dessus ma tête, mouille le gant sous l'eau chaude et y frotte le savon, puis elle le passe sur mes épaules, mes bras, mes aisselles, le dos, le ventre, rinçant le gant au robinet de temps à autre. Une fois cela fait, elle le rince un bon coup et l'essore.

On ferme les yeux, dit-elle.

Mes yeux se ferment pour elle et elle humecte mon visage avec le gant tiède.

On s'assied.

Elle me désigne le rebord de la baignoire. S'agenouillant, elle me frotte les pieds, le gauche puis le droit.

Debout.

Je me lève, mon bas de pyjama est descendu et elle me nettoie les fesses avec le gant éponge tiède, avant de remonter le pantalon.

Bien, c'est fait. Tu te sens mieux ?

Oui.

On se débrouille pas mal, à force, pas vrai ? Bon, et pour les cheveux, on fait quoi ?

C'est important ?

Si c'est important ? Quand je pense que tu faisais tout un plat de ta coiffure quand tu étais plus jeune ! Et comment que c'est important. Tu veux les brosser toi-même ?

Non, vas-y, toi.

D'accord, ne bouge pas.

Elle pêche une brosse dans un tiroir et me tripatouille un peu les cheveux, tout en racontant combien j'étais méticuleux sur ce chapitre à l'époque.

Je crois qu'on fera pas mieux. Tu veux jeter un coup d'œil ? Viens voir dans le miroir. Ça te va ?

Ça me va.

Excellent. Maintenant, les habits.

Elle me cornaque jusque dans la chambre. Elle marche à petits pas pour m'attendre – je suis lent quand je marche, désormais. Quand je parle aussi. Mais je vois bien qu'elle trépigne d'avancer à son allure normale.

Elle ouvre mon armoire. Des pantalons et des costumes suspendus côté droit, le reste sur des étagères.

Tu veux choisir ? As-tu réfléchi à ce que tu voulais porter ?

Non.

Alors on va choisir une tenue confortable. Je crois que c'est ce qui sera le mieux pour toi, aujourd'hui.

Elle me tend un slip propre.

Enfile ça. Je regarde pas. Le pyjama, dans le panier, papa, pas par terre.

D'accord.

Mon slip passé, je reste planté devant elle comme un enfant. Elle se tourne pour me montrer une chemise, sans cesser de papoter – Et celle-ci ? La couleur te va bien – mais en me voyant en slip, elle perd un peu de son naturel, un bref instant. Un maigre soupir lui échappe. Elle ferme les paupières, inspire profondément, telle une comédienne se préparant à entrer en scène. Quand elle les rouvre, elle a repris sa contenance. Nous abordons cette dernière journée comme n'importe quelle autre.

Elle dit : Je crois que celle-là sera bien.

Merci, lui dis-je. Puis : Ça ira très bien.

Elle acquiesce. Un jean ? J'avais imaginé un jean et des tennis ? Tu seras plus à ton aise.

Une fois que je suis habillé, elle me contemple et sourit. Me serre contre elle.

Tu as très belle allure, dit-elle.

Merci.

Quoi encore ? Tu as faim ? Tu n'es pas censé manger, mais je me dis que si tu grignotes un petit truc léger, ça passera.

Je n'ai pas faim.

Tu as réfléchi à ce que tu pourrais dire à Alex et Jeff ? Tu pourrais leur écrire quelques mots, peut-être. Je pourrais t'aider.

Je n'ai rien à dire.

Quelque chose en particulier à leur donner ?

Ils prendront ce qu'ils voudront, après.

Et pour toi ? Tu as beaucoup d'affaires, tu sais. Regarde, je te montre.

Elle ouvre mon armoire, au sol se trouve un petit coffre, acheté chez Home Depot et installé quand je suis tombé malade. Elle dit : On a mis plein de choses de côté, comme ça, ça ne risquait rien. Tu connaissais même la combinaison, à l'époque. Tu te rends compte ?

Elle tape un code sur un clavier, qui bipe à chaque pression. Elle en sort un coffret à bijoux, qu'elle me passe.

Pas de raison de s'en priver maintenant ? Tu as toujours aimé les belles choses. Des montres, des épingles de col, des boutons de manchettes. Tu étais drôlement élégant.

Vraiment ?

Oui. Allez. Choisis ce que tu veux. Donne-leur une petite leçon de style.

Je m'assieds, la boîte sur les genoux. C'est un coffre en cuir de belles dimensions, dans lequel on trouve pêle-mêle des montres, des bagues, des gourmettes d'homme, même un bracelet avec un pendentif figurant une corne torsadée que j'ai dû porter à un moment donné. Et de menus objets cachés dans des pochettes à bijoux.

Ma fille en extrait une bague. Celle-là, tu l'as longtemps portée. C'est une chevalière. Tiens, mets-la.

J'essaie d'enfiler la bague.

Trop serré.

Et sur le petit doigt ? Tu vois, c'est mieux. Ça te plaît ? Et que dirais-tu d'une montre ? Je n'ai jamais vu quelqu'un en posséder autant. Choisis-en une, je te la préparerai.

Il y en a tellement !

Je sais ! C'est une véritable malle aux trésors. Fais ton choix.

Et ça, c'est quoi ?

Ce sont des boutons de manchettes. Ça se met avec un smoking.

Tu les veux ?

Papa, je ne porte pas de smoking.

Ni moi non plus. Prends une montre.

Non, la montre, c'est pour toi. Choisis-en une. Vas-y, elles sont toutes à toi.

Elle s'assied à mes côtés. Le tatouage sur son bras accroche mon regard, mais elle le recouvre de son autre main, intentionnellement ou non.

Que penses-tu de celle-ci ?

D'accord. Très joli. Ooh, Rolex – super chic, je me souviens t'avoir vu avec, aussi. Laisse-moi voir si je peux la régler. Quelle heure est-il ?

Elle se lève pour vérifier l'heure et régler la montre et moi, je fourrage de nouveau dans la boîte.

Quand elle revient, elle tient la montre laconiquement entre deux doigts. Elle dit : Je crois que j'ai réussi. C'était délicat.

Mais moi aussi, j'ai quelque chose pour elle. Un cadeau. Je le tiens au creux de ma paume.

Je veux que tu aies ceci.

Qu'est-ce que tu me caches là, papa ? Tu n'as rien besoin de m'offrir.

J'y tiens. J'ai trouvé ça. Vas-y, tends la main.

Elle me présente sa paume et je glisse la bague à son annulaire. Elle glisse à merveille, elle semble se placer à la base de son doigt comme si c'était sa place depuis toujours. Comme si elle avait bondi d'elle-même à son doigt, comme un chien se jetant dans les jambes de son maître.

Elle examine la bague. Son visage se décompose, bouche bée. Elle baisse la tête pour mieux l'inspecter.

Oh non non non non non non. Papa, qu'as-tu fait ?

La question n'a aucun sens pour moi, mais mon cerveau est si peu digne de confiance que je préfère ne rien dire et ne pas me ridiculiser.

Papa, qu'as-tu fait ?

Quel est le problème ?

Papa, qu'as-tu fait ?

Elle s'éloigne, va jusqu'au mur, les yeux rivés sur la bague à son doigt.

Elle est belle. Il y a des cœurs dessus. Elle est pour toi.

Qu'as-tu fait ?

Tout va bien, tu peux la garder. Quel est le problème ?

Elle hurle : *Qu'as-tu fait ?*

Quoi ? J'entends ma propre voix s'élever d'un ton, confuse, effrayée. Qu'ai-je fait pour la mettre en colère ?

Qu'as-tu fait ?

Elle se précipite sur moi, attrape ma chemise des deux mains et nous chutons au sol. Penchée sur moi, elle me secoue en criant : Qu'as-tu fait ? Qu'as-tu fait ? Qu'as-tu fait ?

Je ne sais pas. Tu me fais mal, tu me fais mal.

Elle finit par s'épuiser et sa tête retombe sur ma poitrine et elle dit une dernière fois – avec résignation, cette fois : Qu'as-tu fait ?

(Stupéfait :) Qu'est-ce que j'ai fait ?

Tu ne comprends donc pas ? Elle ne l'enlevait jamais. Elle ne l'enlevait jamais.

Qui ça ?

Elle la portait ce jour-là. Ils ne l'ont jamais retrouvée. C'est toi qui l'avais. Oh, papa. Oh mon Dieu. Qu'as-tu fait ?

*
* *

Plus tard, un homme arrive. Tout a été arrangé d'avance. Mes fils et leurs enfants ne seront pas là. M'aider, c'est prendre le risque d'aller en prison. Seule ma fille sera dans les parages – mais pas dans la pièce – et cet homme servira de témoin pour que personne n'ait d'ennuis. C'est ce que j'ai exigé, apparemment. Ni cérémonial ni grandes effusions.

Ma fille est silencieuse. Quelque chose a dû la contrarier.

Je demande ce qui ne va pas, si je peux faire quoi que ce soit pour elle, pour faciliter les choses.

Elle dit que ça ne sert à rien de m'expliquer. Je ne comprendrais pas.

Elle m'en veut ? Pourquoi elle m'en veut ?

Il est trop tard, c'est tout ce qu'elle consent à dire.

J'ai mal au crâne. C'est parce que je suis tombé, m'explique-t-elle. Je suis tombé ? Mais quand ?

Nous entrons tous les trois dans ma chambre.

Ma fille demande si je me sens bien.

Je me sens bien.

Tu veux retirer tes chaussures pour t'allonger ?

Non, c'est pas la peine.

Tu veux passer aux toilettes ?

Non.

Est-ce qu'il te manque quelque chose ?

J'ai un petit creux.

Je crois que tu ferais mieux de ne pas manger, tu sais, avant. Tu risquerais de… ça pourrait remonter.

On verra après, alors.

Ça la fait tiquer, elle décoche un regard à son ami, qui paraît gêné.

C'est ça, après, papa. Je vais devoir quitter la pièce, maintenant. Je ne peux pas être présente à ce moment-là, c'est interdit. Tu te souviens ?

Non.

Mon ami Phil va rester ici avec toi. Il n'a pas le droit d'intervenir, cela dit. Il ne peut pas t'aider concrètement. Mais si tu as des questions, tu peux les lui poser, d'accord ?

D'accord.

Tu te souviens de ce que tu t'apprêtes à faire ?

Non.

Il y a deux verres sur ta table de chevet. L'un, c'est le produit. Tu ouvres le flacon, tu verses le contenu dans le premier verre et tu bois. Le deuxième verre, c'est juste du vin. C'est un bon barolo, comme tu les aimes. Le produit sera peut-être un peu amer, donc si le goût te déplaît, tu bois une gorgée de vin derrière et ça fera passer. Ensuite, il ne te reste plus qu'à t'allonger sur le lit, à fermer les yeux et te détendre.

Pourquoi tu peux pas rester ?

Parce que pour ce que tu vas faire – ce que tu as choisi de faire –, je n'ai légalement pas le droit de t'assister. Personne n'en a le droit. Tu dois le faire seul.

Son ami intervient : Monsieur Larkin, comprenez-vous quel est l'enjeu ici ?

Oui.

Vous mettez un terme à votre existence. Vous le comprenez, n'est-ce pas ?

Oui.

Et c'est votre souhait ?

Oui.

Et vous savez que vous pouvez reculer à tout moment. Rien ne vous oblige à aller au bout.

Je le sais.

L'homme hoche la tête, guère convaincu.

OK, papa. Je vais te dire au revoir. Je peux te prendre dans les bras ?

Oui.

Elle me serre contre elle et je suis content. Elle m'embrasse sur la joue.

Je lui dis : Je t'aime.

Elle acquiesce et répond : OK, je vais y aller maintenant.

OK.

Une fois que la porte s'est refermée derrière elle, je gagne la table de nuit. Flacon, verre à eau vide, verre à vin plein. Je prends le deuxième et bois. Le vin est sombre, tannique.

L'homme dit : Vous vous souvenez des gestes à faire ?

Non.

Vous allez tout d'abord ouvrir le flacon et verser le contenu dans le verre.

Dans lequel ?

Le vide.

Je repose le verre de vin, ramasse la petite fiole. Il y a un opercule plastique sur le dessus. J'essaie de le tordre, de le percer avec mon ongle.

J'arrive pas à l'ouvrir. Y a un truc dessus.

Essayez encore. Je ne peux vraiment, vraiment pas y toucher.

Je m'acharne un moment, puis l'homme cède et vient m'aider.

Voilà, tenez.

Il pose le bout de plastique sur la table de chevet puis se ravise et le fourre dans sa poche.

Merci. Et maintenant, qu'est-ce que... ?

Vous le versez dans le verre.

Je verse le liquide transparent dans le verre à eau.

L'homme dit : Savez-vous de quoi il s'agit ?

Non, quoi ?

C'est un barbiturique.

Un barbiturique ?

Du poison. Si vous buvez ça, vous mourrez.

Je comprends.

Vous en êtes bien certain ?

Oui oui.

D'accord. Voulez-vous vous asseoir d'abord ? J'ignore à quelle vitesse ça fait effet. Vous feriez peut-être mieux de vous asseoir.

Je m'assieds au bord du lit.

Combien je dois en boire ?

Tout, je suppose. Je ne sais pas trop.

Je porte le verre à mon nez. Je ne sens rien. Je prends une minuscule gorgée. Ça a un goût acidulé, ce n'est pas si affreux. N'empêche, je recrache le liquide dans le verre.

Ça a mauvais goût ?

Oui.

Essayez avec le vin, peut-être. Vous pourriez boire un peu de l'un, puis de l'autre.

Ça a mauvais goût.

Oui, c'est à ça que sert le vin. Vous voulez réessayer ?

Je ne sais pas. J'hésite.

Ça ne fait rien, vous n'êtes pas obligé.

OK.

On en reste là, alors. Vous voulez qu'on arrête ?

Oui. Je veux qu'on arrête.

Très bien. Je vais chercher Miranda. Attendez-moi ici.

Je vais boire celui-ci, en revanche.

N'oubliez pas, le vin, c'est le rouge. N'allez pas… non, rien. Celui-là, je l'emporte.

Il prend le verre de liquide transparent et va à la porte appeler Miranda.

Bruits de pas, raffut.

Elle le retrouve sur le seuil.

L'homme lui dit : Il ne veut plus aller au bout.

Il tend le verre à la fille.

Tu veux pas aller attendre dehors, Phil ?

Miranda…

Je vais juste lui parler.

Elle s'écarte pour le laisser sortir.

Il reste planté là un moment. Puis soupire – un léger haussement d'épaules – et sort.

La femme entre, verre en main, puis referme la porte.

L'homme pose la main sur le battant pour l'en empêcher. Je le vois qui observe la scène par l'entrebâillement et appelle : Miranda !

Elle referme la porte.

14275

Composition
PCA

Achevé d'imprimer en Slovaquie
par NOVOPRINT SLK
le 30 septembre 2024.

Dépôt légal : octobre 2024
EAN 9782290398524
L21EPNN000603-620138

ÉDITIONS J'AI LU
82, rue Saint-Lazare, 75009 Paris

Diffusion France et étranger : Flammarion